刺青・少年・秘密

谷崎潤一郎

角川文庫
22545

目次

刺青(しせい) 5
少年 17
幇間(ほうかん) 65
秘密 91
悪魔 119
続悪魔 151
神童 209
異端者の悲しみ 321

注釈 410
作品解説 綱淵謙錠 413
同時代人の批評 永井荷風 423
年譜 434

刺青

それはまだ人々が「愚」という貴い徳を持っていて、世の中が今のように激しく軋み合わない時分であった。殿様や若旦那の長閑な顔が曇らぬように、御殿女中や華魁の笑いの種が尽きぬようにと、饒舌を売るお茶坊主だの幇間だのという職業が、立派に存在して行けたほど、世間がのんびりしていた時分であった。女定九郎、女自雷也、女鳴神、――当時の芝居でも草双紙でも、すべて美しい者は強者であり、醜い者は弱者であった。誰も彼も挙って美しからんと努めた揚句は、天稟の体へ絵の具を注ぎ込むまでになった。芳烈な、或は絢爛な、線と色とがその頃の人々の肌に躍った。

*馬道を通うお客は、見事な刺青のある駕籠舁を選んで乗った。吉原、辰巳の女も美しい刺青の男に惚れた。博徒、鳶の者はもとより、町人から稀には侍なども入墨をした。時々両国で催される刺青会では参会者おのおの肌を叩いて、互に奇抜な意匠を誇り合い、評しあった。

清吉という若い刺青師の腕ききがあった。浅草のちゃり文、松島町の奴平、こんこん次郎などにも劣らぬ名手であると持て囃されて、何十人の人の肌は、彼の絵筆の下に絖地となって拡げられた。刺青会で好評を博す刺青の多くは彼の手になったものであった。達磨金はぼかし刺が得意と言われ、唐草権太は朱刺の名手と讃えられ、清吉は又奇警な構図と妖艶な線とで名を知られた。

もと豊国国貞の風を慕って、浮世絵師の渡世をしていただけに、刺青師に堕落してからの清吉にもさすが画工らしい良心と、鋭感とが残っていた。彼の心を惹きつけるほどの皮膚と骨組みとを持つ人でなければ、彼の刺青を購う訳には行かなかった。たまたま描いて貰えるとしても、いっさいの構図と費用とを彼の望むがままにして、その上堪え難い針先の苦痛を、一と月も二た月もこらえねばならなかった。

この若い刺青師の心には、人知らぬ快楽と宿願とが潜んでいた。彼が人々の肌を針で突き刺す時、真紅に血を含んで脹れ上がる肉の疼きに堪えかねて、大抵の男は苦しき呻き声を発したが、その呻きごえが激しければ激しいほど、彼は不思議に言い難き愉快を感じるのであった。刺青のうちでも殊に痛いと言われる朱刺、ぼかしぼり、――それを用うることを彼はことさら喜んだ。一日平均五六百本の針に刺されて、色上げを良くするため湯へ浴って出て来る人は、皆半死半生の体で清吉の足下に打ち倒れたまま、暫くは身動きさえも出来なかった。その無残な姿をいつも清吉は冷ややかに眺めて、

「さぞお痛みでがしょうなあ」

と言いながら、快さそうに笑っている。

意気地のない男などが、まるで知死期の苦しみのように口を歪め歯を喰いしばり、

ひいひいと悲鳴をあげることがあると、彼は、

「お前さんも江戸っ児だ。辛抱しなさい。――この清吉の針は飛び切りに痛えのだから」

こう言って、涙にうるむ男の顔を横目で見ながら、かまわず刺って行った。また我慢づよい者がグッと胆を据えて、眉一つしかめず怺えていると、

「ふむ、お前さんは見掛けによらねえ突っ張者だ。――だが見なさい、今にそろそろ疼き出して、どうにもこうにもたまらないようになろうから」

と、白い歯を見せて笑った。


彼の年来の宿願は、光輝ある美女の肌を得て、それへ己れの魂を刺り込むとであった。その女の素質と容貌とに就いては、いろいろの注文があった。啻に美しい顔、美しい肌とのみでは、彼は中々満足することが出来なかった。江戸中の色町に名を響かせた女という女を調べても、彼の気分に適った味わいと調子とは容易に見つからなかった。まだ見ぬ人の姿かたちを心に描いて、三年四年は空しく憧れながらも、彼はなおその願いを捨てずにいた。

ちょうど四年目の夏のとあるゆうべ、深川の料理屋平清の前を通りかかった時、彼はふと門口に待っている駕籠の簾のかげから、真っ白な女の素足のこぼれているのに気がついた。鋭い彼の眼には、人間の足はその顔と同じように複雑な表情を持って映

った。その女の足は、彼に取っては貴き肉の宝玉であった。拇指から起こって小指に終わる繊細な五本の指の整い方、絵の島の海辺で獲れるうすべに色の貝にも劣らぬ爪の色合い、珠のような踵のまる味、清冽な岩間の水が絶えず足下を洗うかと疑われる皮膚の潤沢。この足こそは、やがて男の生血に肥え太り、男のむくろを蹈みつける足であった。この足を持つ女こそは、彼が永年たずねあぐんだ、女の中の女であろうと思われた。清吉は躍りたつ胸をおさえて、その人の顔が見たさに駕籠の後を追いかけたが、二三町行くと、もうその影は見えなかった。

清吉の憧れごこちが、激しき恋に変わってその年も暮れ、五年目の春も半ば老い込んだ或る日の朝であった。彼は深川佐賀町の寓居で、房楊枝をくわえながら、錆竹の濡れ縁に万年青の鉢を眺めていると、庭の裏木戸を訪うけはいがして、袖垣のかげから、ついぞ見馴れぬ小娘がはいって来た。

それは清吉が馴染の辰巳の芸妓から寄こされた使いの者であった。

「姐さんからこの羽織を親方へお手渡しして、何か裏地へ絵模様を画いて下さるようにお頼み申せって……」

と、娘は鬱金の風呂敷をほどいて、中から岩井杜若の似顔画のたとうに包まれた女羽織と、一通の手紙とを取り出した。

その手紙には羽織のことをくれぐれも頼んだ末に、使いの娘は近々に私の妹分として御座敷へ出るはず故、私のことも忘れずに、この娘も引き立ててやって下さいと認めてあった。

「どうも見覚えのない顔だと思ったが、それじゃお前はこの頃こっちへ来なすったのか」

　こう言って清吉は、しげしげと娘の姿を見守った。年頃は漸う十六か七かと思われたが、その娘の顔は、不思議にも長い月日を色里に暮らして、幾十人の男の魂を弄んだ年増のように物凄く整っていた。それは国中の罪と財との流れ込む都の中で、何十年の昔から生き代り死に代ったみめ麗しい多くの男女の、夢の数々から生まれ出ずべき器量であった。

「お前は去年の六月ごろ、平清から駕籠で帰ったことがあろうがな」

　こう訊ねながら、清吉は娘を縁へかけさせて、備後表の台に乗った巧緻な素足を仔細に眺めた。

「ええ、あの時分なら、まだお父さんが生きていたから、平清へもたびたびまいりましたのさ」

と、娘は奇妙な質問に笑って答えた。

「ちょうどこれで足かけ五年、己はお前を待っていた。顔を見るのは始めてだが、お前の足にはおぼえがある。――お前に見せてやりたいものがあるから、上がってゆっくり遊んで行くがいい」

と、清吉は暇を告げて帰ろうとする娘の手を取って、大川の水に臨む二階座敷へ案内した後、巻物を二本とり出して、まずその一つを娘の前に繰り展げた。

それは古の暴君紂王*の寵妃、末喜を描いた絵であった。瑠璃珊瑚を鏤めた金冠の重さに得堪えぬなよやかな体を、ぐったり勾欄に靠れて、羅綾の裳裾を階の中段にひるがえし、右手に大杯を傾けながら、今しも庭前に刑せられんとする犠牲の男を眺めている妃の風情と言い、鉄の鎖で四肢を銅柱へ縛いつけられ、最後の運命を待ち構えつつ、妃の前に頭をうなだれ、眼を閉じた男の顔色と言い、物凄いまでに巧みに描かれていた。

娘は暫くこの奇怪な絵の面を見入っていたが、知らず識らずその瞳は輝きその唇は顫えた。怪しくもその顔はだんだんと妃の顔に似通って来た。娘はそこに隠れたる真の「己」を見出した。

「この絵にはお前の心が映っているぞ」

こう言って、清吉は快げに笑いながら、娘の顔をのぞき込んだ。

「どうしてこんな恐ろしいものを、私にお見せなさるのです」

と、娘は青褪めた額を擡げて言った。

「この絵の女はお前なのだ。この女の血がお前の体に交じっているはずだ」

と、彼は更に他の一本の画幅を展げた。

それは「肥料」という画題であった。画面の中央に、若い女が桜の幹へ身を倚せて、足下に累々と斃れている多くの男たちの屍骸を見つめている。女の身辺を舞いつつ凱歌をうたう小鳥の群、女の瞳に溢れたる抑え難き誇りと歓びの色。それは戦いの跡の景色か、花園の春の景色か、それを見せられた娘は、われとわが心の底に潜んでいた何物かを、探りあてたる心地であった。

「これはお前の未来を絵に現わしたのだ。ここに斃れている人達は、皆これからお前のために命を捨てるのだ」

こう言って、清吉は娘の顔と寸分違わぬ画面の女を指さした。

「後生だから、早くその絵をしまって下さい」

と、娘は誘惑を避けるが如く、画面に背いて畳の上へ突俯したが、やがて再び唇をわななかした。

「親方、白状します。私はお前さんのお察し通り、その絵の女のような性分を持っていますのさ。——だからもう堪忍して、それを引っ込めてお呉んなさい」

「そんな卑怯なことを言わずと、もっとよくこの絵を見るがいい。それを恐ろしがるのも、まあ今のうちだろうよ」

こう言った清吉の顔には、いつもの意地の悪い笑いが漂っていた。

然し娘の頭は容易に上がらなかった。襦袢の袖に顔を蔽うていつまでも突俯したまま、

「親方、どうか私を帰しておくれ、お前さんの側にいるのは恐ろしいから」

と、幾度か繰り返した。

「まあ待ちなさい、己がお前を立派な器量の女にしてやるから」

と言いながら、清吉は何気なく娘の側に近寄った、彼の懐には嘗て和蘭医から貰った麻睡剤の罎が忍ばせてあった。


日はうららかに川面を射て、八畳の座敷は燃えるように照った。水面から反射する光線が、無心に眠る娘の顔や、障子の紙に金色の波紋を描いてふるえていた。部屋のしきりを閉て切って刺青の道具を手にした清吉は、暫くはただ恍惚としてすわっているばかりであった。彼は今始めて女の妙相をしみじみ味わうことが出来た。その動かぬ顔に相対して、十年百年この一室に静坐するとも、なお飽くことを知るまいと思われた。古のメムフィスの民が、荘厳なる埃及の天地を、ピラミッドとスフィンクスとで飾ったように、清吉は清浄な人間の皮膚を、自分の恋で彩ろうとするのであった。

やがて彼は左手の小指と無名指と拇指の間に挿んだ絵筆の穂を、娘の背にねかせ、その上から右手で針を刺して行った。若い刺青師の霊は墨汁の中に溶けて、皮膚に滲んだ。焼酎に交ぜて刺り込む琉球朱の一滴々々は、彼の命のしたたりであった。彼はそこに我が魂の色を見た。

いつしか午も過ぎて、のどかな春の日は漸く暮れかかったが、清吉の手は少しも休まず、女の眠りも破れなかった。娘の帰りの遅きを案じて迎いに出た箱屋までが、

「あの娘ならもう疾うに帰って行きましたよ」

と言われて追い返された。月が対岸の土州屋敷の上にかかって、夢のような光が沿岸一帯の家々の座敷に流れ込む頃には、刺青はまだ半分も出来上がらず、清吉は一心に蠟燭の心を掻き立てていた。

一点の色を注ぎ込むのも、彼に取っては容易な業でなかった。さす針、ぬく針のたびごとに深い吐息をついて、自分の心が刺されるように感じた。針の痕は次第々々に巨大な女郎蜘蛛の形象を具え始めて、再び夜がしらしらと白み初めた時分には、この不思議な魔性の動物は、八本の肢を伸ばしつつ、背一面に蟠った。

春の夜は、上り下りの河船の櫓声に明け放れて、朝風を孕んで下る白帆の頂から薄らぎ初める霞の中に、中洲、箱崎、霊岸島の家々の甍がきらめく頃、清吉は漸く絵筆を擱いて、娘の背に刺り込まれた蜘蛛のかたちを眺めていた。その刺青こそは彼が生命のすべてであった。その仕事をなし終えた彼の心は空虚であった。

二つの人影はそのままやや暫く動かなかった。そうして、低く、かすれた声が部屋の四壁にふるえて聞こえた。

「己はお前をほんとうの美しい女にするために、刺青の中へ己の魂をうち込んだのだ、

もう今からは日本国中に、お前に優る女はいない。お前はもう今までのような臆病な心は持っていないのだ。男という男は、皆お前の肥料になるのだ……」

その言葉が通じたか、かすかに、糸のような呻き声が女の唇にのぼった。娘は次第々々に知覚を恢復して来た。重く引き入れては、重く引き出す肩息に、蜘蛛の肢は生けるが如く蠕動した。

「苦しかろう。体を蜘蛛が抱きしめているのだから」

こう言われて娘は細く無意味な眼を開いた。その瞳は夕月の光を増すように、だんだんと輝いて男の顔に照った。

「親方、早く私に背の刺青を見せておくれ、お前さんの命を貰った代りに、私はさぞ美しくなったろうねえ」

娘の言葉は夢のようであったが、しかしその調子にはどこか鋭い力がこもっていた。

「まあ、これから湯殿へ行って色上げをするのだ。苦しかろうがちッと我慢をしな」

と、清吉は耳元へ口を寄せて、労わるように囁いた。

「美しくさえなるのなら、どんなにでも辛抱して見せましょうよ」

と、娘は身内の痛みを抑えて、強いて微笑んだ。

「ああ、湯が滲みて苦しいこと……親方、後生だから私を打っ捨って、二階へ行って待っていてお呉れ、私はこんな悲惨（みじめ）な態（ざま）を男に見られるのが口惜（くや）しいから」

娘は湯上りの体を拭（ぬぐ）いもあえず、いたわる清吉の手をつきのけて、激しい苦痛に流しの板の間へ身を投げたまま、魘（うな）される如くに呻（うめ）いた。気狂（きちが）いじみた髪が悩ましげにその頬へ乱れた。女の背後には鏡台が立てかけてあった。真っ白な足の裏が二つ、その面へ映っていた。

昨日とは打って変わった女の態度に、清吉は一（ひ）と方（かた）ならず驚いたが、言われるままに独り二階に待っていると、凡（およ）そ半時ばかり経（た）って、女は洗い髪を両肩へすべらせ、身じまいを整えて上がって来た。そうして苦痛（くるしみ）のかげもとまらぬ晴れやかな眉（まゆ）を張って、欄干（らんかん）に靠（もた）れながらおぼろにかすむ大空を仰いだ。

「この絵は刺青と一緒にお前にやるから、それを持ってもう帰るがいい」

こう言って清吉は巻物を女の前にさし置いた。

「親方、私はもう今までのような臆病な心を、さらりと捨ててしまいました。――お前さんは真先に私の肥料（こやし）になったんだねえ」

と、女は剣（つるぎ）のような瞳を輝かした。その耳には凱歌の声がひびいていた。

「帰る前にもう一遍、その刺青を見せてくれ」

清吉はこう言った。

女は黙って頷（うなず）いて肌を脱いだ。折から朝日が刺青の面（おもて）にさして、女の背（せなか）は燦爛（さんらん）とした。

少年

　もうかれこれ二十年ばかりも前になろう。漸く私が十ぐらいで、蠣殻町二丁目の家から水天宮裏の有馬学校へ通っていた時分――人形町通りの空が霞んで、軒並の商家の紺暖簾にぽかぽかと日があたって、取り止めのない夢のような幼心にも何となく春が感じられる陽気な時候の頃であった。

　或るうららと晴れた日のこと、眠くなるような午後の授業が済んで墨だらけの手に算盤を抱えながら学校の門を出ようとすると、

「萩原の栄ちゃん」

と、私の名を呼んで後ろからばたばたと追いかけて来た者がある。その子は同級の塙信一といって入学した当時から尋常四年の今日まで附添人の女中を片時も側から離したことのない評判の意気地なし、誰も彼も弱虫だの泣き虫だのと悪口をきいて遊び相手になる者のない坊ちゃんであった。

「何か用かい」

　珍しくも信一から声をかけられたのを不思議に思って私はその子と附添いの女中の顔をしげしげと見守った。

「今日あたしの家へ来て一緒にお遊びな。家のお庭でお稲荷様のお祭があるんだから」

緋の打ち紐で括ったような口から、優しいおずおずした声で言って、信一は訴えるような眼差をした。いつも一人ぼっちでいじけている子が、何でこんな意外なことを言うのやら、私は少しうろたえて、相手の顔を読むようにぼんやり立ったままであったが、日頃は弱虫だの何だのと悪口を言っていじめ散らしたようなものの、こういって眼の前に置いて見ると、有繫良家の子息だけに気高く美しい所があるように思われた。糸織の筒袖に博多の献上の帯を締め、黄八丈の羽織を着てきゃらこの白足袋に雪駄を穿いた様子が、色の白い瓜実顔の面立とよく似合って、今さら品位に打たれたように、私はうっとりしてしまった。

「ねえ、萩原の坊ちゃん、家の坊ちゃんと御一緒にお遊びなさいましな。実は今日手前共にお祭がございましてね、あのなるべくおとなしいお可愛らしいお友達を誘ってお連れ申すようにお母様のお言い附けがあったものですから、それで坊ちゃんがあなたをお誘いなさるのでございますよ。ね、いらしって下さいましな。それともお嫌でございますか」

附添の女中にこう言われて、私は心中得意になったが、

「そんなら一旦家へ帰って、断わってから遊びに行こう」

と、わざと殊勝らしい答えをした。

「おやそうでございましたね。ではあなたのお家までお供して参って、お母様に私からお願い致しましょうか、そうして手前共へ御一緒に参りましょう」

「うん、いいよ。お前ン所は知っているから後から一人でも行けるよ」

「そうでございますか。それではきっとお待ち申しますよ。お帰りには私がお宅までお送り申しますから、お心配なさらないようにお家へ断わっていらっしゃいまし」

「ああ、それじゃさよなら」

こう言って、私は子供の方を向いてなつかしそうに挨拶をしたが、信一は例の品のある顔をにこりともさせず、ただ鷹揚にうなずいただけであった。

今日からあの立派な子供と仲好しになるのかと思うと、何となく嬉しい気持がして、日頃遊び仲間の髢屋の幸吉や船頭の鉄公などに見付からぬように急いで家へ帰り、盲縞の学校着を対の黄八丈の不断着に着更えるや否や、

「お母さん、遊びに行って来るよ」

と、雪駄をつゝかけながら格子先に言い捨てて、そのまま塙の家へ駈け出して行った。

有馬学校の前からまっすぐに中之橋を越え、浜町の岡田の塀へついて中洲に近い河岸通りへ出た所は、何となくさびれたような閑静な一廓をなしている。今はなくなったが新大橋の袂から少し手前の右側に名代の団子屋と煎餅屋があって、そのすじ向うの角の、長い長い塀を繞らした厳めしい鉄格子の門が塙の家であった。前を通るとこ

んもりした邸内の植込みの青葉の隙から破風型の日本館の瓦が銀鼠色に輝き、そのうしろに西洋館の褪紅緋色の煉瓦がちらちら見えて、いかにも物持の住むらしい、奥床しい構えであった。

なるほどその日は何か内にお祭でもあるらしく、陽気な馬鹿囃しの太鼓の音が塀の外に洩れ、開け放された横町の裏木戸からはこの界隈に住む貧乏人の子供達が多勢ぞろぞろ庭内にはいって行く。私は表門の番人の部屋へ行って信一を呼んで貰おうかとも思ったが、何となく恐ろしい気がしたので、その子供達と同じように裏木戸の潜りを抜けて構えの中へはいった。

何という大きな屋敷だろう。こう思って私は瓢箪形をした池の汀の芝生に彳んでひろいひろい庭の中を見廻した。周延が描いた千代田の大奥という三枚続きの絵にあるような遣り水、築山、雪見燈籠、瀬戸物の鶴、洗い石などがお誂い向きに配置されて、一つの大きな伽藍石から小さい飛び石が幾個も幾個も長く続き、遥か向うに御殿のような座敷が見えている。そこに信一がいるのかと思うと、もうとても今日は会えないような気がした。

多勢の子供達は毛氈のような青草の上を踏んで、のどかな暖かい日の下に遊んでいる。見ると綺麗に飾られた庭の片隅の稲荷の祠から裏の木戸口まで一間置きくらいに地口の行燈*が列び、接待の甘酒だのおでんだの汁粉だのの屋台が処々に設けられて、余興のお神楽や子供角力のまわりには真っ黒に人が集まっている。せっかく楽しみにして遊びに来たかいもなく、何だかがっかりして私はあてどもなく、そこらを歩き廻った。

「兄さん、さあ甘酒を飲んでおいで、お銭は要らないんだよ」

甘酒屋の前へ来ると赤い襷をかけた女中が笑いながら声をかけたが、私はむずかしい顔をしてそこを通り過ぎた。やがておでん屋の前へ来ると、また、

「兄さん、さあおでんを喰べておいで、お銭がなくっても上げるんだよ」

と、頭の禿げた爺に声をかけられる。

「いらないよ、いらないよ」

と、私は情ない声を出して、あきらめたように裏木戸へ引き返そうとした時、紺の法被を着た酒臭い息の男がどこからかやって来て、

「兄さん、お前はまだお菓子を貰わねえんだろう。けえるんならお菓子を貰ってけえりな。さ、これを持ってそこの御座敷の小母さんの処へ行くとお菓子をくれるから、早く貰って来るがいい」

こう言って真紅に染めたお菓子の切符を渡してくれた。私は悲しさが胸にこみ上げて来たが、もしや座敷の方へ行ったら信一に会えるか知らんと思い、言われるままに切符を貰って又庭の中を歩き出した。

幸いとそれから間もなく附添いの女中に見附けられて、

「坊ちゃん、よくいらしって下さいました。もう先からお待ち兼ねでございますよ。さあ彼方へいらっしゃいまし。こういう卑しい子供達の中でお遊びになってはいけません」

と、親切に手を握られ、私は思わず涙ぐんですぐには返事が出来なかった。

床の高い、子供の丈ぐらい有りそうな縁に沿うて、庭に突き出た広い座敷の蔭へ廻ると、十坪ばかりの中庭に、萩の袖垣を結い繞らした小座敷の前へ出た。

「坊ちゃん、お友達がいらっしゃいましたよ」

青桐の木立の下から女中が呼び立てると、障子の蔭にばたばたと小刻みの足音がして、

「こっちへお上がんな」

と甲高い声で怒鳴りながら、信一が縁側へ駈けて来た。あの臆病な子が、どこを押せばこんな元気の好い声が出るのだろうと、私は不思議に思いながら、見違えるほど盛装した友の様子をまぶしそうに見上げた。黒羽二重の熨斗目の紋附に羽織袴を着けて立った姿は、縁側一杯に照らす麗らかな日をまともに浴びて黒い七子の羽織地が銀沙のようにきらきら光っている。

友達に手をひかれて通されたのは八畳ばかりの小綺麗な座敷で、餅菓子の折の底を

嗅ぐような甘い香りが部屋の中に漂い、ふくよかな八反の座布団が二つ人待ち顔に敷かれてあった。すぐにお茶だのお菓子だのお強飯に口取りを添えた溜塗の高台だのが運ばれて、

「坊ちゃん、お母様がお友達と仲よくこれを召し上がるようにって。……それから今日は好いお召を召していらっしゃるんですから、あんまりお徒をなさらないようにおとなしくお遊びなさいましよ」

と、女中は遠慮している私に強飯やきんとんを勧めて次へ退ってしまった。

　物静かな、日あたりの好い部屋である。燃えるような障子の紙に縁先の紅梅の影が映って、遥かに庭の方から、てん、てん、てん、とお神楽の太鼓の音が子供達のガヤガヤいう騒ぎに交じって響いて来る。私は遠い不思議な国に来たような気がした。

「信ちゃん、お前はいつもこのお座敷にいるのかい」

「ううん。ここは本当は姉さんの所なの。あそこにいろんな面白い姉さんの玩具があるから見せて上げようか」

　こう言って信一は地袋の中から、奈良人形の猩々や、極込細工の尉と姥や、西京の芥子人形、伏見人形、伊豆蔵人形などを二人のまわりへ綺麗に列べ、さまざまの男女の姿をした首人形を二畳ほどの畳の目へ数知れず挿し込んで見せた。二人は布団へ腹這いになって、髯を生やしたり、眼をむきだしたりしている巧緻な人形の表情を覗き

込むようにした。そうしてこういう小さな人間の住む世界を想像した。

「まだここに絵双紙が沢山あるんだよ」

と、信一は又袋戸棚から、半四郎や菊之丞の似顔絵のたとうに一杯詰まっている草双紙を引き擦り出して、色々の絵本を見せてくれた。何十年立ったか判らぬ木版刷の極彩色が、光沢も褪せないで鮮やかに匂っている美濃紙の表紙を開くと、黴臭いケバケバの立っている紙の面に、旧幕時代の美しい男女の姿が生き生きとした目鼻立ちから細かい手足の指先まで、動き出すように描かれている。ちょうどこの屋敷のような御殿の奥庭で、多勢の腰元と一緒にお姫様が蛍を追っているかと思えば、淋しい橋の袂で深編笠の侍が下郎の首を打ち落とし、死骸の懐中から奪い取った文箱の手紙を、月にかざして読んでいる。その次には黒装束に覆面の曲者がお局の中へ忍び込んで、ぐっすり寝ている椎茸髱の女の喉元へ布団の上から刀を突き通している。又ある所では行燈の火影かすかな一と間の中に、濃艶な寝間着姿の女が血のしたたる剃刀を口に咬え、虚空を摑んで足許に斃れている男の死に態をじろりと眺めて「ざまを見やがれ」と言いながら立っている。信一も私も一番面白がって見たのは奇怪な殺人の光景で、眼球が飛び出している死人の顔だの、胴斬りにされて腰から下だけで立っている人間だの、真っ黒な血痕が雲のように斑をなしている不思議な図面を、夢中になって覗き込んでいると、

「あれ、また信ちゃんは人の物を徒らしているんだね」

こう言って、友禅の振袖を着た十三四の女の子が襖を開けて駈け込んで来た。額のつまった、眼元口元の凜々しい顔に子供らしい怒りを含んで、つッと立ったまま弟と私の方をきりきり睨め付けている。信一は一と縮みに縮み上がって蒼くなるかと思いの外、

「何言ってるんだい。徒らなんかしやしないよ。お友達に見せてやってるんじゃないか」

と、まるで取り合わないで、姉の方を振り向きもせずに絵本を繰っている。

「徒らしないことがあるもんか。あれ、いけないってばさ」

ばたばたと姉は駈け寄って、見ている本を引ったくろうとしたが、信一もなかなか放さない。表紙と裏とを双方が引張って、綴じ目の所が今にも裂けそうになる、暫くそうして睨み合っていたが、

「姉さんのけちんぼ!　もう借りるもんかい」

と、信一はいきなり本をたたき捨てて、有り合う奈良人形を姉の顔へ投げ付けたが、狙いが外れて床の間の壁へ当たった。

「それ御覧な、そんな徒らをするじゃないか。――またあたしを打つんだね。いいよ、打つなら沢山お打ち。この間もお前のお蔭で、こら、こんなに痣になってまだ消えや

しない。これをお父様に見せて言っつけてやるから覚えておいで」

恨めしそうに涙ぐみながら、姉は縮緬の裾をまくって、真っ白な右脚の脛に印せられた痣の痕を見せた。ちょうど膝頭のあたりからふくら脛へかけて、血管が青く透いて見える薄い柔らかい肌の上を、紫の斑点がぼかしたように傷々しく濁染んでいる。

「言っつけるなら勝手にお言いつけ、けちんぼけちんぼ」

信一は人形を足で滅茶々々に蹴倒して、

「お庭へ行って遊ぼう」

と、私を連れてそこを飛び出してしまった。

「姉さん、泣いているか知ら」

戸外へ出ると、気の毒なような悲しいような気持になって私は尋ねた。

「泣いたっていいんだよ。毎日喧嘩して泣かしてやるんだ。姉さんたってあれはお妾の子なんだもの」

こんな生意気な口をきいて、信一は西洋館と日本館の間にある欅や榎の大木の蔭へ歩いて行った。そこは繁茂した老樹の枝がこんもりと日を遮って、じめじめした地面には青苔が一面に生え、暗い肌寒い気流が二人の襟元へしみ入るようであった。大方古井戸の跡でもあろう、沼とも池とも附かない濁った水溜りがあって、水草が緑青のように浮いている。二人はその滸へ腰を下ろして、湿っぽい土の匂を嗅ぎながらぼんやり足を投げ出していると、どこからともなく幽玄な、微妙な奏楽の響きが洩れて来た。

「あれは何だろう」

こう言いながらも、私は油断なく耳を傾けた。

「あれは姉さんがピアノを弾いているんだよ」

「ピアノって何だい」

「オルガンのようなものだって、姉さんがそう言ったよ。異人の女が毎日あの西洋館へ来て姉さんに教えてやってるの」

こう言って信一は西洋館の二階を指さした。肉色の布のかかった窓の中から絶えず洩れて来る不思議な響き。……或る時は森の奥の妖魔が笑う木霊のような、或る時はお伽噺に出て来る侏儒共が多勢揃って踊るような、幾千の細かい想像の綾糸で、幼い頭へ微妙な夢を織り込んで行く不思議な響きは、この古沼の水底で奏でるのかとも疑われる。

奏楽の音が止んだ頃、私はまだ消えやらぬ ecstasy の尾を心に曳きながら、今にあの窓から異人や姉娘が顔を出しはすまいかと思い憧れてじっと二階を視つめた。

「信ちゃん、お前はあそこへ遊びに行かないのかい」

「ああ徒らをしてはいけないって、お母さんがどうしても上げてくれないの、いつかそッと行って見ようとしたら、錠が下りていてどうしても開かなかったよ」

信一も私と同じように好奇な眼つきをして二階を見上げた。

「坊ちゃん、三人で何かして遊びませんか」

ふと、こう言う声がしてうしろから駈けて来た者がある。それは同じ有馬学校の一二年上の生徒で、名前こそ知らないが、毎日のように年下の子供をいじめている名代の餓鬼大将だから顔はよく覚えていた。どうして此奴がこんな処へやって来たのだろうと、訝りながら黙って様子を見ていると、その子は信一に仙吉々々と呼び捨てにされながら、坊ちゃん坊ちゃんと御機嫌を取っている。後で聞いて見れば塙の家の馬丁の子であったが、その時私は、猛獣遣いのチャリネ*の美人を見るような眼で、信一を見ない訳には行かなかった。

「そんなら三人で泥坊ごっこしよう。あたしと栄ちゃんがお巡査になるから、お前は泥坊におなんな」

「なってもいいけれど、この間見たいに非道い乱暴をしっこなしですよ。坊ちゃんは縄で縛ったり、鼻糞をくッつけたりするんだもの」

この問答をきいて、私はいよいよ驚いたが、可愛らしい女のような信一が、荒くれた熊のような仙吉をふん縛って苦しめている光景を、どう考えて見ても実際に想像することが出来なかった。

やがて信一と私は巡査になって、沼の周囲や木立の間を縫いながら盗賊の仙吉を追い廻したが、こちらは二人でも先方は年上だけに中々捕まらない。漸くのことで西洋館の裏手の塀の隅にある物置小屋まで追い詰めた。

二人はひそひそと示し合わせて、息を殺し、跫音を忍ばせ、そうっと小屋の中へはいった。併し仙吉はどこに隠れたものか姿が見えない。そうして糠味噌だの醤油樽だのの咽せ返るような古臭い匂が、薄暗い小屋の中にこもって、わらじ虫がぞろぞろと蜘蛛の巣だらけの屋根裏や樽の周囲に這っている有様が、何か不思議な面白い徒らを幼い者にそそのかすようであった。するとどこやらでくすくすと忍び笑いをするのが聞こえて、忽ち梁に吊るしてあった用心籠がめりめり鳴るかと思うと、そこから「わあ」と言いながら仙吉の顔が現われた。

「やい、下りて来い。下りて来ないと非道い目に合わせるぞ」

信一は下から怒鳴って、私と一緒に箒で顔をつッ突こうとする。

「さあ来い。誰でも傍へ寄ると小便をしっかけるぞ」

仙吉が籠の上から、あわや小便をたれそうにしたので、信一は用心籠の真下へ廻り、有り合う竹竿で籠の目から仙吉の臀だの足の裏だの、所嫌わずつッ突き始めた。

「さあ、これでも下りないか」

「あいた、あいた。へい、もう下りますから御免なさい」

悲鳴を揚げてあやまりながら、痛む節々を抑えて下りて来た奴の胸ぐらを取って、

「どこで何を盗んだか、正直に白状しろ」

と、信一は出鱈目に訊問を始める、仙吉は又、やれ白木屋で反物を五反取ったの、にんべんで鰹節を盗んだの、日本銀行でお札をごまかしたのと、出鱈目ながら生意気な事を言った。

「うん、そうか、太い奴だ。まだ何か悪い事をしたろう。人を殺した覚えはないか」

「へいございます。熊谷土手で按摩を殺して五十両の財布を盗みました。そうしてそのお金で吉原へ参りました」

緞帳芝居*か覗き機巧*で聞いて来るものと見えて、如何にも当意即妙の返答である。

「まだその外にも人を殺したろう。よし、よし、言わないな。言わなければ拷問にかけてやる」

「もうこれだけでございますから、堪忍しておくんなさい」

信一は、手を合わせて拝むようにするのを耳にもかけず、素早く仙吉の締めている薄穢い浅黄の唐縮緬の兵児帯を解いて後手に縛り上げた上、そのあまりで両脚の踝まで器用に括った。それから仙吉の髪の毛を引っ張ったり、頬ぺたを摘まみ上げたり、眼瞼の裏の紅い処をひっくりかえして白眼を出させたり、耳朶や唇の端を摑んで振って見たり、芝居の子役か雛妓の手のようなきゃしゃな青白い指先が狡猾に働いて、肌

理の粗い黒く醜く肥えた仙吉の顔の筋肉は、ゴムのように面白く伸びたり縮んだりした。それにも飽きると、

「待て、待て。貴様は罪人だから額に入墨をしてやる」

こう言いながら、そこにあった炭俵の中から佐倉炭の塊を取り出し、唾吐をかけて仙吉の額へこすり始めた。仙吉は滅茶々々にされて崩れ出しそうな顔の輪廓を奇態に歪めながらひいひいと泣いていたが、しまいにはその根気さえなくなって、相手の為すがままに委せた。日頃学校では馬鹿に強そうな餓鬼大将の荒くれ男が、信一のために見る影もない態になって化け物のような目鼻をしているのを見ると、私はこれまで出会ったことのない一種不思議な快感に襲われたが、明日学校で意趣返しされるという恐れがあるので、信一と一緒に徒らをする気にはなれなかった。

暫くしてから帯を解いてやると、仙吉は恨めしそうに信一の顔を横目で睨んで、力なくぐたりとそこへ突っ俯したまま何と言っても動かない。腕を摑んで引き起こそうとしてもまたぐたりと倒れてしまう。二人とも少し心配になって、様子を窺いながら黙って佇んでいたが、

「おい、どうかしたのかい」

と、信一が邪慳に襟頸を捕えて、仰向かせて見れば、いつの間にか仙吉は泣く真似をして汚れた顔を筒袖で半分ほど拭き取ってしまっているおかしさに、

「わははは」

と、三人は顔を見合わせて笑った。

「今度は何か外のことをして遊ぼう」

「坊ちゃん、もう乱暴をしちゃいけませんよ。こら御覧なさい、こんなにひどく痕が附いたじゃありませんか」

見ると仙吉の手頸の所には、縛られた痕が赤く残っている。

「あたしが狼になるから、二人旅人にならないか。そうしてしまいに二人共狼に喰い殺されるんだよ」

信一が又こんな事を言い出したので、私は薄気味悪かったが、仙吉が

「やりましょう」

と言うから承知しない訳にも行かなかった。私と仙吉とが旅人のつもり、この物置小屋がお堂のつもりで、野宿をしていると、真夜中頃に信一の狼が襲って来て、頻りに戸の外で吠え始める。とうとう狼は戸を喰い破ってお堂の中を四つ這いに這いながら、犬のような牛のような稀有な呻り声を立て、逃げ廻る二人の旅人を追い廻す。信一があまり真面目でやっているので、摑まったらどんな事をされるかと、私は心から少し恐くなってにやにや不安な笑いを浮かべながら、その実一生懸命俵の上や莚の蔭を逃げ廻った。

「おい仙吉、お前はもう足を喰われたから歩いちゃいけないよ」

狼はこう言って旅人の一人をお堂の隅へ追い詰め、体にとび上がって方々へ喰い付くと、仙吉は役者のするような苦悶の表情をして、眼をむき出すやら、口を歪めるやらいろいろの身振りを巧みに演じていたが、遂に喉笛を喰い切られて、キャッと知死期の悲鳴を最後に、手足の指をぶるぶるとわななかせ、虚空を摑んでバッタリ倒れてしまった。

さあ今度は私の番だ。こう思うと気が気でなく、急いで樽の上へ跳び上がると、狼に着物の裾を咬えられ、恐ろしい力で下からぐいぐい引っ張られた。私は真っ蒼になって樽へしっかり摑まって見たが、激しい狼の剣幕に気後れがして「ああもうとても助からない」と観念の眼を閉ずる間もなく引きずり落とされ、土間へ仰向きに転げたかと思うと、信一は疾風のように私の首ッたまへのしかかって喉笛を喰い切った。

「さあもう二人共死骸になったんだからどんな事をされても動いちゃいけないよ。これから骨までしゃぶってやるぞ」

信一にこう言われて、二人ともだらしなく大の字なりに土間へ倒れたまま、一寸も動けなかった。急に私は体の処々方々がむず痒くなって、着物の裾のはだけた処から冷たい風がすうすうと股ぐらに吹き込み、一方へ伸ばした右の手の中指の先が微かに仙吉の髪の毛に触れているのを感じた。

「此奴の方が太っていて旨そうだから、此奴から先へ喰ってやろう」

信一はさも愉快そうな顔をして、仙吉の体へ這い上がった。

「あんまり非道いことをしちゃいけませんよ」

と、仙吉は半眼を開き、小声で訴えるように囁いた。

「そんな非道いことはしないから、動くときかないよ」

むしゃむしゃと仰山に舌を鳴らしながら、頭から顔、胴から腹、両腕から股や脛の方までも喰い散らし土のついた草履のまま目鼻の上でも胸の上でも勝手に蹈み躙るので、又しても仙吉は体中泥だらけになった。

「さあこれからお臀の肉だ」

やがて仙吉は俯向きに臥かされ、臀を捲くられたかと思うと、薤を二つ並べたように腰から下が裸体になってぬッと曝し出された。まくり上げた着物の裾を死体の頭へ被せて背中へ跳び乗った信一は、又むしゃむしゃとやっていたが、どんな事をされても仙吉はじっと我慢をしている。寒いと見えて粟立った臀の肉が蒟蒻のように顫えていた。

今に私もあんな態をさせられるのだ。こう思って密かに胸を轟かせたが、まさか仙吉同様の非道い目にも合わすまいくらいに考えていると、やがて信一は私の胸の上へ跨がって、まず鼻の頭から喰い始めた。私の耳には甲斐絹の羽織の裏のさやさやとこすれて鳴るのが聞こえ、私の鼻は着物から放つ樟脳の香を嗅ぎ、私の頬は羽二重の裂地にふうわりと撫でられ、胸と腹とは信一の生暖かい体の重味を感じている。潤おいのある唇や滑かな舌の端が、ぺろぺろと擽ぐるように舐めて行く奇怪な感覚は恐ろしいという念を打ち消して魅するように私の心を征服して行き、果ては愉快を感ずるようになった。忽ち私の顔は左の小鬢から右の頬へかけて激しく蹈み躙られ、その下になった鼻と唇は草履の裏の泥と摩擦したが、私はそれをも愉快に感じて、いつの間にか心も体も全く信一の傀儡となるのを喜ぶようになってしまった。

やがて私も俯向きにされて裾を剝がされ、腰から下をぺろぺろと喰われてしまった。信一は、二つの死骸が裸にされた臀を土間へ列べて倒れている様子を、さも面白そうにからから笑って見ていたが、その時不意に先の女中が小屋の戸口に現われたので、私も仙吉も吃驚して起き上がった。

「おや、坊ちゃんはここにいらっしゃるんですか。まあお召物を台なしに遊ばして何をなすっていらっしゃるんですねえ。どうして又こんな穢い所でばかりお遊びになるんでしょう。仙ちゃん、お前が悪いんだよ、ほんとに」

女中は恐ろしい眼つきをして叱りながら、泥の足型が印せられている仙吉の目鼻を、様子ありげに眺めている。私はまだ蹈みつけられた顔の痕がぴりぴりするのをじっと堪えて何か余程の悪事でも働いた後のような気になって立ちすくんだ。

「さあもうお風呂が沸きましたから、好い加減に遊ばしてお家へおはいりなさいませんと、お母様に叱られますよ。萩原の坊ちゃんもまたいらしって下さいましな。もう遅うございますから、私がお宅までお送り申しましょうか」

女中も私にだけは優しくしたが、

「独りで帰れるから、送って貰わないでもいいの」

こう言って私は辞退した。

門の所まで送って来てくれた三人に、

「あばよ」

と言って戸外へ出ると、いつの間にか街は青い夕靄に罩められて、河岸通りにはちらちら灯がともっている。私は恐ろしい不思議な国から急に人里へ出て来たような気がして、今日の出来事を夢のように回想しながら家へ帰って行ったが、信一の気高く美しい器量や人を人とも思わぬ我が儘な仕打ちは、一日の中にすっかり私の心を奪ってしまった。

明くる日学校へ行って見ると、昨日あんな非道い目に会わされた仙吉は、相変らず多勢の餓鬼大将になって弱い者いじめをしている代り、信一は又いつもの通りの意気地なしで、女中と一緒に小さくなって運動場の隅の方にいじけている気の毒さ。

「信ちゃん、何かして遊ばないか」

と、たまたま私が声をかけて見ても、

「ううん」

と言ったなり、眉根を寄せて不機嫌らしく首を振るばかりである。

それから四五日立った或る日のこと、学校の帰りがけに信一の女中は又私を呼び止めて、

「今日はお嬢様のお雛様が飾ってございますから、お遊びにいらっしゃいまし」

こう言って誘ってくれた。

その日は表の通用門から番人にお時儀をしてはいって、正面の玄関の傍にある細格子の出入り口を開けると、すぐに仙吉が跳んで来て廊下伝いに中二階の十畳の間へ連れて行った。信一と姉の光子は雛段の前に臥そべりながら、豆炒りを喰べていたが、二人がはいって来ると急にくすくす笑い出した様子が、何か又怪しからぬ徒らを企んでいるらしいので、

「坊ちゃん、何かおかしいことがあるんですか」

と、仙吉は不安らしく姉弟の顔を眺めている。

緋羅紗を掛けた床の雛段には、浅草の観音堂のような紫宸殿の甍が聳え、内裏様や五人囃しの官女が殿中に列んで、左近の桜右近の橘の下には、三人上戸の仕丁が酒を煖めている。その次の段には、燭台だのお膳だの鉄漿の道具だの唐草の金蒔絵をした

可愛い調度が、この間姉の部屋にあったいろいろの人形と一緒に飾ってある。私が雛段の前に立って、つくづくとそれに見惚れていると、うしろからそうっと信一がやって来て、

「今ね、仙吉を白酒で酔っ払わしてやるんだよ」

こう耳うちをしたが、すぐにばたばたと仙吉の方へ駈けて行って、

「おい仙吉、これから四人でお酒盛りをしようじゃないか」

と何喰わぬ顔で言い出した。

四人は円くなって、豆炒りを肴に白酒を飲み始めた。

「これはどうも結構な御酒でございますな」

などと大人めいた口をきいて皆を笑わせながら、仙吉は猪口を持つような手つきで茶飲み茶碗からぐいぐいと白酒を呷った。今に酔っ払うだろうと思うとおかしさが胸へこみ上げて、時々姉の光子は堪まりかねたように腹を抱えたが、仙吉が酔っ払う時分には少しばかりお相手をした他の三人も、そろそろ怪しくなって来た。下腹の辺に熱い酒がぶつぶつ沸き上がって、額から双の蟀谷がほんのり汗ばみ、頭の鉢の周囲が妙に痺れて、畳の面は船底のように上下左右へ揺れている。

「坊ちゃん私は酔いましたよ。皆も真赤な顔をしているじゃありませんか。一つ立って歩いて見ませんか」

仙吉は立ち上がって大手を振りながら座敷を歩き出したが、すぐに足許がよろけて倒れる拍子に、床柱へこつんと頭を打ち付けたので、三人がどっと吹き出すと、

「あいつ、あいつ」

と、頭をさすって顔を顰めている当人もおかしさが堪えられず、鼻を鳴らしてくすくす笑っている。

やがて三人も仙吉の真似をして立ち上がり、歩いては倒れ、倒れては笑い、キャッキャッと図に乗って途方もなく騒ぎ出した。

「エーイッ、ああ好い心持だ。己は酔っているんだぞ、べらんめえ」

仙吉が臀を端折って弥造を拵え、職人の真似をして歩くと、信一も私も、しまいには光子までが臀を端折って肩へ拳骨を突っ込み、ちょうどお嬢吉三のような姿をして、

「べらんめえ、己れは酔っ払いだぞ」

と、座敷中をよろよろ練り歩いては笑い転げる。

「あッ、坊ちゃん坊ちゃん、狐ごっこをしませんか」

仙吉がふと面白いことを考え付いたようにこう言い出した。私と仙吉と二人の田舎者が狐退治に出かけると、かえって女に化けた光子の狐のために化かされてしまい、散々な目に会っている所へ、侍の信一が通りかかって二人を救った上、狐を退治てくれるという趣向である。まだ酔っ払っている三人はすぐに賛成して、その芝居に取り

かかった。

まず仙吉と私とが向う鉢巻に臀端折りで、手に手にはたきを振りかざし、

「どうもこの辺に悪い狐が出て徒らをするから、今日こそ一番退治てくれべえ」

と言いながら登場する。向うから光子の狐がやって来て、

「もし、もし、お前様達に御馳走して上げるから、あたしと一緒にいらっしゃいな」

こう言って、ぽんと、二人の肩を叩くと、忽ち私も仙吉も化かされてしまい、

「いよう、何とはあ素晴しい別嬪でねえか」

などと、眼を細くして光子にでれつき始める。

「二人とも化かされてるんだから、糞を御馳走のつもりで喰べるんだよ」

光子は面白くて堪らぬようにゲラゲラ笑いながら、自分の口で喰いちぎった餡ころ餅だの、滅茶滅茶に足で蹈み潰した蕎麦饅頭だの、鼻汁で練り固めた豆炒りだのを、さも穢らしそうに皿の上へ堆く盛って私達の前へ列べ、

「これは小便のお酒のつもりよ。――さあお前さん、一つ召し上がれ」

と、白酒の中へ痰や唾吐を吐き込んで二人にすすめる。

「おおおいしい、おおおいしい」

と舌鼓を打ちながら、私も仙吉も旨そうに片端から残らず喰べてしまったが、白酒と豆炒りとは変に塩からい味がした。

「これからあたしが三味線を弾いて上げるから、二人お皿を冠って踊るんだよ」

光子がはたきを三味線の代りにして、「こりゃこりゃ」と唄い始めると、二人は菓子皿を頭へ載せて、「よい来た、よいやさ」と足拍子を取って踊り出した。

そこへやって来た侍の信一が、忽ち狐の正体を見届ける。

「獣の癖に人間を欺すなどとは不届きな奴だ。ふん縛って殺してしまうからそう思え」

「あれッ、信ちゃん乱暴な事をすると聴かないよ」

勝気な光子は負けるが嫌さに信一と取っ組み合い、お転婆の本性を現わして強情にも中々降参しない。

「仙吉、この狐を縛るんだからお前の帯をお貸し。そうして暴れないように二人で此奴の足を抑えていろ」

私はこの間見た草双紙の中の、旗本の若侍が仲間と力を協わせて美人を掠奪する挿絵の事を想い泛かべながら、仙吉と一緒に友禅の裾模様の上から二本の脚をしっかりと抱きかかえた。その間に信一は辛うじて光子を後手に縛り上げ、漸く縁側の欄干に括り着ける。

「栄ちゃん、此奴の帯を解いて猿轡を篏めておやり」

「よし来た」

と、私は早速光子の後に廻って鬱金縮緬の扱帯を解き、結いたての唐人髷がこわれぬように襟足の長い頸すじへ手を挿し入れ、しっとりと油にしめっている髱の下から耳を掠めて頤のあたりをぐるぐると二た廻りほど巻きつけた上、力の限り引き絞ったから縮緬はぐいぐいと下脹れのした頰の肉へ喰い入り、光子は金閣寺の雪姫のように身を悶えて苦しんでいる。

「さあ今度はあべこべに貴様を糞攻めにしてやるぞ」

信一が餅菓子を手当り次第に口へ啣んでは、ぺっぺっと光子の顔へ吐き散らすと、見る見るうちにさしも美しい雪姫の器量も癩病やみか瘡っかきのように、二た目と見られない姿になって行く面白さ。私も仙吉もとうとう釣り込まれて、

「こん畜生、よくも先己達に穢い物を喰わせやがったな」

こう言って信一と一緒にぺっぺっとやり出したが、それも手緩くなって、しまいには額といわず、頰といわず、至る所へ喰いちぎった餅菓子を擦りつけて、餡ころを押し潰したり、大福の皮をなすりつけたり、またたくうちに光子の顔を万遍なく汚してしまった。目鼻も判らぬ真っ黒なのっぺらぽうな怪物が唐人髷に結って、濃艶な振り袖姿をしている所は、さしずめ百物語か化物合戦記に出て来そうで、光子はもう抵抗する張合いもなくなったと見え、何をされてもおとなしく死んだようになっている。

「今度だけは命を助けてやる。これから人間を化かしたりなんかすると殺してしまうぞ」

間もなく信一が猿轡や縛(いま)しめを解いてやると、光子はふいと立ち上がって、いきなり襖の外へ、廊下をばたばたと逃げて行った。

「坊ちゃん、お嬢さんは怒って言っつけに行ったんですぜ」

今さら飛んでもない事をしたという風に、仙吉は心配らしく私と顔を見合わせる。

「なに言っつけたって構うもんか、女の癖に生意気だから、毎日喧嘩していじめてやるんだ」

信一が空嘯(そらうそぶ)いて威張っている所へ、今度はすうッと徐(しず)かに襖が開いて、光子が綺麗に顔を洗って戻って来た。餡と一緒にお白粉(しろい)までも洗い落してしまったと見え、かえって前よりは冴(さ)え冴(ざ)えとして、つやのある玉肌の生地(きじ)が一と際透き徹(とお)るように輝いている。

定めし又一と喧嘩持ち上がるだろうと待ち構えていると、

「誰かに見つかるときまりが悪いから、そうッとお湯殿へ行って落として来たの。——ほんとに皆(みんな)乱暴だったらありゃしない」

と、光子は物柔らかに恨みを列べるだけで、しかもにこにこ笑っている。

すると信一は図に乗って、

「今度は私(あたし)が人間で三人犬にならないか。私がお菓子や何かを投げてやるから、皆(みんな)四つ這いになってそれを喰べるのさ。ね、いいだろ」

と言い出した。

「よし来た、やりましょう。――さあ犬になりましたよ。わん、わん、わん」

早速仙吉は四つ這いになって、座敷中を威勢よく駈け廻る。その尾について又私が駈け出すと光子も何と思ったか、

「あたしは雌犬よ」

と、私達の中へわり込んで来てそこら中を這い廻った。

「ほら、ちんちん。……お預けお預け」

などと三人は勝手な芸をやらせられた揚句(あげく)、

「よウし！」

と言われれば、先を争ってお菓子のある方へ跳び込んで行く。

「ああ好い事がある。待て、待て」

こう言って信一は座敷を出て行ったが、間もなく緋縮緬のちゃんちゃんを着た本当の狆(ちん)を二匹連れて来て、我々の仲間入りをさせ、喰いかけの餡ころだの、鼻糞や唾吐(つばき)のついた饅頭だのを畳へばらばら振り撒(ま)くと、犬も狆も我勝ちに獲物(えもの)の上へ折り重なり、歯をむき出し舌を伸ばして、一つ餅菓子を喰い合ったり、どうかするとお互に鼻の頭を舐(な)め合ったりした。

お菓子を平げてしまった狆は、信一の指の先や足の裏をぺろぺろやり出す。三人も

負けない気になってその真似を始める。

「ああ擽ぐったい、擽ぐったい」

と、信一は欄干に腰をかけて、真っ白な柔らかい足の裏を迭る迭る私達の鼻先へつき出した。

「人間の足は塩辛い酸っぱい味がするものだ。綺麗な人は、足の指の爪の恰好まで綺麗に出来ている」

こんな事を考えながら私は一生懸命五本の指の股をしゃぶった。

狆はますますじゃれつき出して仰向きに倒れて四つ足を虚空に踊らせ、裾を咬えてはぐいぐい引っ張るので、信一も面白がって足で顔を撫でてやったり、腹を揉んでやったり、いろいろなことをする。私もその真似をして裾を引っ張ると、信一の足の裏は、狆と同じように頬を蹈んだり額を撫でたりしてくれたが、眼球の上を踵で押された時と、土踏まずで唇を塞がれた時は少し苦しかった。

そんな事をして、その日も夕方まで遊んで帰ったが、明くる日からは毎日のように塙の家を訪ね、いつも授業を終えるのが待ち遠しいくらいになって、明けても暮れても信一や光子の顔は頭の中を去らなかった。漸く馴れるに随って信一の我が儘はますますつのり、私も全く仙吉同様に手下にされ、遊べば必ず打たれたり縛られたりする。おかしな事にはあの強情な姉までが、狐退治以来すっかり降参して、信一ばかりか私

や仙吉にも逆うようなことはなく、時々三人の側へやって来ては、

「狐ごっこをしないか」

などと、かえっていじめられるのを喜ぶような素振りさえ見え出した。

信一は日曜のたびごとに浅草や人形町の玩具屋へ行って鎧刀(よろいかたな)を買って来ては、早速それを振り廻すので、光子も私も仙吉も体に痣(あざ)の絶えた時はない。追い追いと芝居の種も尽きて来て、例の物置小屋だの湯殿だの裏庭の方を舞台に、いろいろの趣向を凝らしては乱暴な遊びに耽(ふけ)った。私と仙吉が光子を縊(し)め殺して金を盗むと、信一が姉さんの仇(かたき)といって二人を殺して首を斬り落としたり、信一と私と二人の悪漢がお嬢様の光子と郎党の仙吉を毒殺して、屍体(したい)を河へ投げ込んだり、いつも一番いやな役廻りになって非道い目に合わされたのは光子である。しまいには紅や絵の具を体へ塗り、殺された者は血だらけになってのた打ち廻ったが、どうかすると信一は本物の小刀を持って来て、

「これで少うし切らせないか。ね、ちょいと、ぽっちりだからそんなに痛かないよ」

こんな事を言うようになった。すると三人は素直に足の下へ組み敷かれて、

「そんなに非道く切っちゃ嫌だよ」

と、まるで手術でも受けるようにじっと我慢しながら、その癖恐ろしそうに傷口から流れ出る血の色を眺め、眼に一杯涙ぐんで肩や膝のあたりを少し切らせる。私は家(うち)へ

帰って毎晩母と一緒に風呂へはいる時、その傷痕を見付けられないようにするのが一と通りの苦労ではなかった。

そういう風な遊びが凡そ一と月も続いた或る日のこと、例の如く塙の家へ行って見ると、信一は歯医者へ行って留守だとかで、仙吉が一人手持無沙汰でぽつ然としている。

「光ちゃんは?」

「今ピアノのお稽古をしているよ。お嬢さんのいる西洋館の方へ行って見ようか」

こう言って仙吉は私をあの大木の木蔭の古沼の方へ連れて行った。忽ち私は何もかも忘れて、年経る欅の根方に腰を下したまま、二階の窓から洩れて来る楽の響きにうっとりと耳を澄ました。

この屋敷を始めて訪れた日に、やはり古沼の滸で信一と一緒に聞いた不思議な響き、……或る時は森の奥の妖魔が笑う木霊のような、ある時はお伽噺に出て来る侏儒共が多勢揃って踊るような、幾千の細かい想像の綾糸で、幼い頭へ微妙な夢を織り込んで行く不思議な響きは、今日もあの時と同じように二階の窓から聞こえている。

「仙ちゃん、お前もあそこへ上がったことはないのかい」

奏楽の止んだ時、私は又止み難い好奇心に充たされて仙吉に尋ねた。

「ああ、お嬢さんと掃除番の寅さんの外は、あんまり上がらないんだよ。己ばかりか坊ちゃんだって知りゃしないぜ」

「中はどんなになっているんだろう」

「何でも坊ちゃんのお父様が洋行して買って来たいろんな珍しい物があるんだって。いつか寅さんに内証で見せてくれって言ったら、いけないってどうしても聞かなかった。――もうお稽古が済んだんだぜ。栄ちゃん、お前お嬢さんを呼んで見ないか」

二人は声を揃えて、

「光ちゃん、お遊びな」

「お嬢さん、遊びませんか」

と、二階の方へ怒鳴って見たが、ひっそりとして返辞はない。今まで聞こえていたあの音楽は、人なき部屋にピアノとやらが自然に動いて、微妙な響きを発したのかとも怪しまれる。

「仕方がないから、二人で遊ぼう」

私も仙吉一人が相手では、いつものようにも騒がれず、張合いが抜けて立ち上がると、不意にうしろでげらげらと笑い声が聞こえ、光子がいつの間にかそこへ来て立っている。

「今私達が呼んだのに、なぜ返辞しなかったんだい」

私は振り返って詰(なじ)るような眼つきをした。

「どこであたしを呼んだの」

「お前が今西洋館でお稽古をしてる時に、下から声をかけたのが聞こえなかったかい」

「あたし西洋館なんかにいやあしないよ。あそこへは誰も上がれないんだもの」

「だって、今ピアノを弾いていたじゃないか」

「知らないわ、誰か他の人だわ」

仙吉は始終の様子を胡散臭い顔をして見ていたが、

「お嬢さん、譃をついたって知ってますよ。ね、栄ちゃんと私をあそこへ内証で連れて行って下さいな。又強情を張って譃をつくんですか、白状しないとこうしますよ」

と、にやにや底気味悪く笑いながら、早速光子の手頸をじりじりと捻じ上げにかかる。

「あれ仙吉、後生だから堪忍しておくれよう。譃じゃないんだってばさあ」

光子は拝むような素振りをしたが、別段大声を揚げるでも逃げようとするでもなく為すがままに手を捻じられて身悶えしている。きゃしゃな腕の青白い肌が、頑丈な鉄のような指先にむずと摑まれて、二人の少年の血色の快い対照は、私の心を誘うようにするので、

「光ちゃん、白状しないと拷問にかけるよ」

こう言って、私も片方を捻じ上げ、扱帯を解いて沼の側の樫の幹へ縛りつけ、

「さあこれでもか、これでもか」

と、二人は相変らず抓(つね)ったり擽(くすぐ)ったり、夢中になって折檻(せっかん)した。

「お嬢さん。今に坊ちゃんが帰って来ると、もっと非道い目に会いますぜ。今の内に早く白状しておしまいなさい」

仙吉は光子の胸ぐらを取って、両手でぐっと喉を縊めつけ、

「ほら、だんだん苦しくなって来ますよ」

こう言いながら、光子が眼を白黒させているのを笑って見ていたが、やがて今度は木から解いて地面に仰向きに突き倒し、

「へえ、これは人間の縁台でございます！」

と、私は膝の上、仙吉は顔の上へドシリと腰をかけ、あちらこちらへ身を揺す振りながら光子の体を臀で蹈んだり圧(お)したりした。

「仙吉、もう白状するから堪忍しておくれよう」

光子は仙吉の臀に口を塞がれ、虫の息のような細い声で憐(あわ)れみを乞(こ)うた。

「そんならきっと白状しますね。やっぱり先(さっき)は西洋館にいたんでしょう」

臀を擡(もた)げて少し手を緩めながら、仙吉が訊問する。

「ああ、お前が又連れて行けって言うだろうと思って譃をついたの。だってお前達をつれて行くと、お母さんに叱られるんだもの」

聞くと仙吉は眼を瞋(いか)らして威嚇(いかく)するように、

「よござんす、連れて行かないんなら。そら、又苦しくなりますよ」

「あいた、あいた。そんなら連れて行くよ。連れてって上げるからもう堪忍しておくれよ。その代り昼間だと見付かるから晩にしてお呉んな。ね、そうすればそうッと寅造の部屋から鍵を持って来て開けて上げるから、ね、栄ちゃんも行きたければ晩に遊びに来ないか」


とうとう降参し出したので、二人はなおも地面へ抑えつけたまま、色々と晩の手筈を相談した。ちょうど四月五日のことで、私は水天宮の縁日へ行くと詐って家を跳び出し、暗くなった時分に表門から西洋館の玄関へ忍び込み、光子が鍵を盗んで仙吉と一緒にやって来るのを待ち合わせる。但し私が時刻に遅れるようであったら、二人は一と足先にはいって、二階の階段を昇り切った所から二つ目の右側の部屋に待っている、と、こういう約束になった。

「よし、そうきまったら赦して上げます。さあ起きなさい」

と、仙吉は漸くのことで手を放した。

「ああ苦しかった。仙吉に腰をかけられたら、まるで息が出来ないんだもの。頭の下に大きな石があって痛かったわ」


着物の埃を払って起き上がった光子は、体の節々を揉んで、上気せたように頬や眼球を真紅にしている。

「だが一体二階にはどんな物があるんだい」

一旦家へ帰るとなって、別れる時私はこう尋ねた。

「栄ちゃん、吃驚(びっくり)しちゃいけないよ。そりゃ面白いものが沢山あるんだから」

こう言って、光子は笑いながら奥へ駈け込んでしまった。

戸外へ出ると、もうそろそろ人形町通りの露店にかんてらがともされて、撃剣の見せ物の法螺(ほら)の貝がぶうぶうと夕暮れの空に鳴り渡り、有馬様のお屋敷前は黒山のように人だかりがして、売薬屋が女の胎内を見せた人形を指しながら、何か頻(しき)りと声高に説明している。いつも楽しみにしている七十五座のお神楽も、永井兵助の居合い抜きも今日は一向見る気にならず、急いで家へ帰ってお湯へはいり、晩飯もそこそこに、

「縁日に行って来るよ」

と、再び飛び出したのは大方七時近くであったろう。水のように湿(うる)んだ青い夜の空気に縁日のあかりが溶け込んで、金清楼(きんせいろう)の二階の座敷には乱舞の人影が手に取るように映って見え、米屋町の若い衆や二丁目の矢場の女や、いろいろの男女が両側をぞろぞろ往来して、今が一番人の出さかる刻限である。中之橋を越えて、暗い淋しい浜町の通りからうしろを振り返って見ると、薄曇りのした黒い空が、ぼんやりと赤く濁染(にじ)んでいる。

いつか私は塙の家の前に立って、山のように黒く聳(そび)えた高い甍(いらか)を見上げていた。大

橋の方から肌寒い風がしめやかに闇を運んで吹いて来て、例の欅の大木の葉がどこやら知れぬ空の中途でばさらばさらと鳴っている。そうッと塀の中を覗いて見ると門番の部屋のあかりが戸の隙間から縦に細長い線を成して洩れているばかり。母屋の方はすっかり雨戸がしまって、曇天の背景に魔者の如く森閑と眠っている。表門の横にある通用口の、冷たい鉄格子へ両手をかけて暗闇の中へ押し込むようにすると、重い扉がキーと軋んで素直に動く。私は雪駄がちゃらつかぬように足音を忍ばせ、自分で自分の忙しい呼吸や高まった鼓動の響きを聞きながら、闇中に光っている西洋館の硝子戸を見つめて歩いて行った。

次第々々に眼が見えるようになった。八つ手の葉や、欅の枝や、春日燈籠や、いろいろと少年の心を怯えさすような姿勢を取った黒い物が、小さい瞳の中へ暴れ込んで来るので、私は御影の石段に腰を下し、しんしんと夜気のしみ入る中に首をうなだれたまま、息を殺して待っていたが、いつかな二人はやって来ない。頭上へ蓋さって来るような恐怖が体中をぶるぶる顫わせて、歯の根ががくがくわなないている。ああ、こんな恐ろしい所へ来なければ好かったと、思いながら、

「神様、私は悪い事を致しました。もう決してお母様に譃をついたり、内証で人の家へはいったり致しません」

と、夢中で口走って手を合わせた。

すっかり後悔して、帰ることにきめて立ち上がったが、ふと玄関の硝子障子の扉の向うに、ぽつりと一点小さな蠟燭の灯らしいものが見えた。

「おや、二人共先へはいったのかな」

こう思うと、忽ち又好寄心の奴隷となって、ほとんど前後の分別もなく把手へ手をかけ、グルッと廻すと造作もなく開いてしまった。

中へはいると、推測に違わず正面の螺旋階の上り端に、――大方光子が私のために置いて行ったものであろう。半ば燃え尽きて蠟がとろとろ流れ出している手燭が、三尺四方へ覚束ない光を投げていたが、私と一緒に外から空気が流れ込むと、炎がゆらゆらと瞬いて、ワニス塗りの欄干の影がぶるぶる動揺している。

固唾を呑んで抜き足さし足、盗賊のように螺旋階を上り切ったが、二階の廊下はますます真っ暗で、人のいそうなけはいもなく、カタリとも音がしない。例の約束をした二つ目の右側の扉、――それへ手捜りで擦り寄ってじっと耳を欹てて見ても、やはりひッそりと静まり返っている。半ばは恐怖、半ばは好奇の情に充たされて、ままよと思いながら私は上半身を靠せかけ、扉をグッと押して見た。

ぱっと明るい光線が一時に瞳を刺したので、クラクラしながら眼をしばたたき、妖怪の正体を見定めるように注意深く四壁を見廻したが誰もいない。中央に吊るされた大ランプの、五色のプリズムで飾られた蝦色の傘の影が、部屋の上半部を薄暗くして、金銀を鏤めた椅子だの卓子だの鏡だのいろいろの装飾物が燦然と輝き、床に敷き詰めた暗紅色の敷物の柔らかさは、春草の野を蹈むように足袋を隔てて私の足の裏を喜ばせる。

「光ちゃん」

と呼んで見ようとしても死滅したような四辺の寂寞が唇を圧し、舌を強張らせて声を発する勇気もない。

始めは気が付かなかったが、部屋の左手の隅に次の間へ通ずる出口があって、重い緞子の帷が深い皺を畳み、ナイヤガラの瀑布を想わせるようにどさりと垂れ下がっている。それを排して、隣室の模様を覗いて見ようとしたが、帷の向うが真っ暗なので手が竦むようになる。その時不意に煖炉棚の上の置時計がジーと蟬のように呟いたかと思うと、忽ち鏗然と鳴ってキンコンケンと奇妙な音楽を奏で始めた。これを合図に光子が出て来るのではあるまいかと帷の方を一心に視詰めていたが、二三分の間に音楽も止んでしまい、部屋は再び元の静粛に復って、緞子の皺は一と筋も揺がず、寂然と垂れ下がっている。

ぼんやりと立っている私の瞳は、左側の壁間に掛けられた油絵の肖像画の上に落ちて、うかうかとその額の前まで歩み寄り、ちょうどラムプの影で薄暗くなっている西洋の乙女の半身像を見上げた。厚い金の額縁で、長方形で劃られた画面の中に、重い暗い茶褐色の空気が漂うて、纔かに胸をお納戸色の衣に蔽い、裸体のままの肩と腕とに金や珠玉の鐶を飾った下げ髪の女が、夢みるように黒眼がちの瞳をぱッちりと開いて前方を視つめている。暗い中にもくッきりと鮮やかに浮き出ている純白の肌の色、気高い鼻筋から唇、頤、両頬へかけて見事に神々しく整った、端厳な輪廓、——これがお伽噺に出て来る天使というのであろうかと思いながら、私は暫くうっとりと見上げていたが、ふと額から三尺ばかり下の壁に沿うた円卓の上に、蛇の置物のあるのに気が付いてその方へ眼を転じた。これは又何で拵えたものか、二た廻りほどとぐろを巻いて蕨のように頭を擡げた姿勢と言い、ぬらぬらした青大将の鱗の色と言い、如何にも真に迫った出来栄えである。見れば見るほどつくづく感心して今にも動き出しそうな気がして来たが、突然私は「おや」と思って二三歩うしろへ退いたまま眼を見張った。気のせいか、どうやら蛇は本当に動いているようである。爬虫動物の常として極めて緩慢に、注意しなければほとんど判らないくらい悠長な態度で、確かに首を前後左右へ蠢かしている。私は総身へ水をかけられたように寒くなり、真っ蒼な顔をして死んだように立ち竦んでしまった。すると緞子の帷の皺の間から、油絵に画いてある通りの乙女の顔が、又一つヌッと現われた。

　顔は暫くにやにやと笑っていたが、緞子の帷が二つに割れてするすると肩をすべって背後で一つになってしまうと、女の子は全身を現わしてそこに立っている。

纔かに膝頭に届いている短いお納戸の裳裾の下は、靴足袋も纏わぬ石膏のような素足に肉色の床靴を穿き、溢れるようにこぼれかかる黒髪を両肩へすべらせて、油絵の通りの腕環に頸飾りを着け、胸から腰のまわりへかけて肌を犇と緊めつけた衣の下にはしなやかな筋肉の微動するのが見えている。

「栄ちゃん」

と、牡丹の花弁を啣んだような紅い唇をふるわせた一刹那、私は始めて、あの油絵が光子の肖像画である事に気が付いた。

「……さっきからお前の来るのを待っていたんだよ」

こう言って、光子は脅かすようにじりじり側へ歩み寄った。何とも言えぬ甘い香が私の心を擽って眼の前に紅い霞がちらちらする。

「光ちゃん一人なの？」

私は救いを求めるような声で、おずおず尋ねた。なぜ今夜に限って洋服を着ているのか、真っ暗な隣の部屋には何があるのか、まだいろいろ聞いて見たい事はあっても喉仏につかえていて容易に口へは出て来ない。

「仙吉に会わせて上げるから、あたしと一緒にこっちへおいでな」

光子に手頸を把られて、俄かにガタガタ顫え出しながら、

「あの蛇は本当に動いているんじゃないか知ら」

と、気懸りで堪らなくなって私は尋ねた。

「動いていやしないじゃないか。あれ御覧な」

こう言って光子はにやにや笑っている。なるほどそう言われて見れば、先は確かに動いていたあの蛇が、今はじっととぐろを巻いて少しも姿勢を崩さない。

「そんなものを見ていないで、あたしと一緒にこっちへおいでよ」

暖かく柔らかな光子の掌は、とても振り放すことの出来ない魔力を持っているように軽く私の腕を捕えて、薄気味の悪い部屋の方へずるずると引っ張って行き、忽ち二人の体は重い緞子の帷の中へめり込んだかと思う間もなく、真っ暗な部屋の中にはいってしまった。

「栄ちゃん、仙吉に会わせて上げようか」

「ああ、どこにいるのだい」

「今蠟燭をつけると判るから待っておいで。――それよりお前に面白いものを見せて上げよう」

光子は私の手頸を放して、どこかへ消え失せてしまったが、やがて部屋の正面の暗い闇にピシピシと凄まじい音を立てて、細い青白い光の糸が無数に飛びちがい、流星のように走ったり、波のようにのたくったり、円を画いたり、十文字を画いたりし始めた。

「ね、面白いだろ。何でも書けるんだよ」

こう言う声がして、光子は又私の傍へ歩いて来た様子である。今まで見えていた光の糸はだんだんに薄らいで暗に消えかかっている。

「あれは何？」

「舶来の燐寸(マッチ)で壁を擦(こす)ったのさ。暗闇なら何を擦っても火が出るんだよ。栄ちゃんの着物を擦って見ようか」

「お止(よ)しよ、あぶないから」

私は吃驚(びっくり)して逃げようとする。

「大丈夫だよ、ね、ほら御覧」

と、光子は無造作に私の着物の上(うわ)ん前を引っ張って燐寸を擦ると、絹の上を蛍が這うように青い光がぎらぎらして、ハギハラと片仮名の文字が鮮明に描き出されたまま、暫くは消えずにいる。

「さあ、あかりを付けて仙吉に会わせて上げようね」

ピシッと鑽火(きりび)を打つように火花が散って、光子の手から蠟燐寸が燃え上がると、やがて部屋の中ほどにある燭台に火が移された。

西洋蠟燭の光は、朦朧(もうろう)と室内を照らして、さまざまの器物や置物の黒い影が、魑魅(ちみ)魍魎(もうりょう)の跋扈(ばっこ)するような姿を、四方の壁へ長く大きく映している。

「ほら仙吉はここにいるよ」

こう言って、光子は蠟燭の下を指さした。見ると燭台だと思ったのは、仙吉が手足を縛られて両肌を脱ぎ、額へ蠟燭を載せて仰向いて坐っているのである。顔といわず、頭といわず鳥の糞のように溶け出た蠟の流れは、両眼を縫い、唇を塞いで頤の先からぼたぼたと膝の上に落ち、七分通り燃え尽くした蠟燭の火に今や睫毛が焦げそうになっていても、婆羅門の行者の如く胡坐をかいて拳を後手に括られたまま、おとなしく端然と控えている。

光子と私がその前に立ち止まると、仙吉は何と思ったか蠟で強張った顔の筋肉をもぐもぐと動かし、漸く半眼を開いて怨めしそうにじッと私の方を睨んだ。そうして重苦しい切ない声で厳かに喋り出した。

「おい、お前も己も不断あんまりお嬢様をいじめたものだから、今夜は仇を取られるんだよ。己はもうすっかりお嬢様に降参してしまったんだよ。お前も早く詫ってしまわないと、非道い目に会わされる。……」

こう言う間も蠟の流れは遠慮なくだらだらと蚯蚓の這うように額から睫毛へ伝わって来るので、再び仙吉は眼をつぶって固くなった。

「栄ちゃん、もうこれから信ちゃんの言うことなんぞ聴かないで、あたしの家来にならないか。いやだと言えばそこにある人形のように、お前の体へ蛇を何匹でも巻き付かせるよ」

光子は始終底気味悪く笑いながら、金文字入りの洋書が一杯詰まっている書棚の上の石膏の像を指さした。恐る恐る額を上げて上眼づかいに薄暗い隅の方を見ると、筋骨逞しい裸体の巨漢が蟒に巻き付かれて凄まじい形相をしている彫刻の傍に、例の青大将が二三匹おとなしくとぐろを巻いて、香炉のように控えているが、恐ろしさが先に立って本物とも贋物とも見極めが付かない。

「何でもあたしの言う通りになるだろうね」

「……」私は真っ蒼な顔をして、黙って頷いた。

「お前は先仙吉と一緒にあたしを縁台の代りにしたから、今度はお前が燭台の代りにおなり」

忽ち光子は私を後手に縛り上げて仙吉の傍へ胡坐を搔かせ、両足の踝を厳重に括って、

「蠟燭を落とさないように仰向いておいでよ」

と、額の真中へあかりをともした。私は声も立てられず、一生懸命燈火を支えて切ない涙をぽろぽろこぼしているうちに、涙よりも熱い蠟の流れが眉間を伝ってだらだら垂れて来て眼も口も塞がれてしまったが、薄い眼瞼の皮膚を透して、ぼんやりと燈火のまたたくのが見え、眼球の周囲がぼうッと紅く霞んで、光子の盛んな香水の匂が雨

のように顔へ降った。

「二人共じっとそうやって、もう少し我慢をしておいで。今面白いものを聞かせて上げるから」

こう言って、光子はどこかへ行ってしまったが、暫くすると、不意にあたりの寂寞を破って、ひっそりとした隣の部屋から幽玄なピアノの響きが洩れて来た。

銀盤の上を玉あられの走るような、渓間の清水が潺湲と苔の上をしたたるような不思議な響きは別世界の物の音のように私の耳に聞こえて来る。額の蠟燭は大分短くなったと見えて、熱い汗が蠟に交じってぽたぽたと流れ出す。隣にすわっている仙吉の方を横目で微かに見ると、顔中へ饂飩粉に似た白い塊が二三分の厚さにこびり着いて盛り上がり、牛蒡の天ぷらのような姿をしている。ちょうど二人は「浮かれ胡弓」の噺の中の人間のように、微妙な楽の音に恍惚と耳を傾けたまま、いつまでもいつまでも眼瞼の裏の明るい世界を視詰めてすわっていた。

その明くる日から、私も仙吉も光子の前へ出ると猫のようにおとなしくなって跪き、たまたま信一が姉の言葉に逆おうとすると、忽ち取って抑えて、何の会釈もなくふん縛ったり撲ったりするので、さしも傲慢な信一も、だんだん日を経るに従ってすっかり姉の家来となり、家にいても学校にいる時と同じように全く卑屈な意気地なしと変わってしまった。三人は何か新しく珍しい遊戯の方法でも発見したように嬉々として光子の命令に服従し、「腰掛けにおなり」と言えばすぐ四つ這いになって背を向けるし、「吐月峰におなり」と言えば直ちに畏まって口を開く。次第に光子は増長して三人を奴隷の如く追い使い、湯上りの爪を切らせたり、鼻の穴の掃除を命じたり、Urineを飲ませたり、始終私達を側へ侍らせて、長くこの国の女王となった。

西洋館へはそれきり一度も行かなかった。あの青大将は果して本物だか贋物だか、今考えて見てもよく判らない。

幇間（ほうかん）

明治三十七年の春から、三十八年の秋へかけて、世界中を騒がせた日露戦争が漸くポウツマス条約に終りを告げ、国力発展の名の下に、いろいろの企業が続々と勃興して、新華族も出来れば成り金も出来るし、世間一帯が何となくお祭のように景気附いていた四十年の四月の半ば頃のことでした。

ちょうど向島の土手は、桜が満開で、青々と晴れ渡った麗らかな日曜日の午前中から、浅草行きの電車も蒸汽船も一杯の人を乗せ、群衆が蟻のようにぞろぞろ渡って行く吾妻橋の向うは、八百松から言問の艇庫の辺へ暖かそうな霞がかかり、対岸の小松宮御別邸を始め、橋場、今戸、花川戸の街々まで、もやもやとした藍色の光の中に眠って、その後には公園の十二階が、水蒸気の多い、咽せ返るような紺青の空に、朦朧と立っています。

千住の方から深い霞の底をくぐって来る隅田川は、小松島の角で一とうねりうねってまんまんたる大河の形を備え、両岸の春に酔ったような慵げなぬるま水を、きらきら日に光らせながら、吾妻橋の下へ出て行きます。川の面は、如何にもふっくらとした鷹揚な波が、のたりのたりとだるそうに打ち、蒲団のような手触りがするかと思われる柔らかい水の上に、幾艘のボートや花見船が浮かんで、時々山谷堀の口を離れる渡し船は、上り下りの船列を横ぎりつつ、舷に溢れるほどの人数を、土手の上へ運んでいます。

その日の朝の十時頃のことです。神田川の口元を出て、亀清楼の石垣の蔭から、大川の真ん中へ漕ぎ出した一艘の花見船がありました。紅白だんだらの幔幕に美々しく飾った大伝馬へ、代地の幇間芸者を乗せて、船の中央にはその当時兜町で成り金の名を響かせた榊原という旦那が、五六人の末社を従え、船中の男女を見廻しながら、ぐびりぐびりと大杯を傾けて、その太った赭ら顔には、すでに三分の酔いが循っています。中流に浮かんだ船が、藤堂伯の邸の塀と並んで進む頃、幔幕の中から絃歌の声が湧然と起こり、陽気な響きは大川の水を揺がせて、百本杭と代地の河岸を襲って来ます。両国橋の上や、本所浅草の河岸通りの人々は、孰れも首を伸ばして、この大陽気に見惚れぬ者はありません。船中の様子は手に取るように陸から窺われ、時々なまめかしい女の言葉さえ、川面を吹き渡るそよ風に伝わって洩れて来ます。

船が横網河岸へかかったと思う時分に、忽ち舳へ異形なろくろ首の変装人物が現われ、三味線に連れて滑稽極まる道化踊りを始めました。女の目鼻を描いた大きい風船玉へ、恐ろしく細長い紙袋の頸をつけて、それを頭からすっぽり被ったものと思われます。本人の顔は皆目袋の中へ隠れて、身にはけばけばしい友禅の振袖を着、足に白足袋を穿いてはいるものの、おりおりかざす踊りの手振りに、緋の袖口から男らしい頑丈な手頸が露われて、節くれ立った褐色の五本の指が殊に目立ちます。風船玉の女の首は、風のまにまにふわふわと飛んで、岸近い家の軒を窺ったり、擦れ違いさまに向うの船の船頭の頭を掠めたり、そのたびごとに陸上では目を欹て、見物人は手を打って笑いどよめきます。

あれあれと言ううちに、船は厩橋の方へ進んで来ました。橋の上には真っ黒に人がたかり、黄色い顔がずらりと列んで、眼下に迫って来る船中の模様を眺めております。だんだん近づくに随い、ろくろ首の目鼻はありありと空中に描き出され、泣いているような、笑っているような、眠っているような、何とも言えぬ飄逸な表情に、見物人は又おかしさに誘われます。とかくするうち、舳が橋の蔭へはいると、首は水嵩の増した水面から、見物人の顔近くするすると欄干に軽く擦れて、そのまま船に曳かれて折れかがまり、橋桁の底をなよなよと這って、今度は向う側の青空へ、ふわり、と浮かび上がりました。

駒形堂の前まで来ると、もう吾妻橋の通行人が遥かにこれを認めて、さながら凱旋の軍隊を歓迎するように待ち構えている様子が、船の中からもよく見えます。

そこでも厩橋と同じような滑稽を演じて人を笑わせ、いよいよ向島にかかりました。一丁ふえた三味線の音はますます景気づき、ちょうど牛が馬鹿囃しの響きに促されて、花車を挽くように、船も陽気な音曲の力に押されて、徐々と水上を進むように思われます。大川狭しと漕ぎ出した幾艘の花見船や、赤や青の小旗を振ってボートの声援をしている学生達を始め、両岸の群衆はただあっけに取られて、この奇態な道化船の進路を見送ります。ろくろ首の踊りはますます宛転滑脱となり、風船玉は川風に煽られつつ、忽ち蒸汽船の白煙りを潜り抜け、忽ち高く舞い上がって待乳山を眼下に見、見物人に媚ぶるが如き痴態を作って、河上の人気を一身に集めています。言問の近所で土手に遠ざかって、更に川上へ上って行くのですが、それでも中の植半から大倉氏の別荘のあたりを徘徊する土手の人々は、遥かに川筋の空に方り、人魂のようなろくろ首の頭を望んで、「何だろう」「何だろう」と言いながら、一様にその行くえを見守るのです。

傍若無人の振舞いに散々土手を騒がせた船は、やがて花月華壇の桟橋に纜を結んで、どやどやと一隊が庭の芝生へ押し上がりました。

「よう御苦労、御苦労」

と、一行の旦那や芸者連に取り巻かれ、拍手喝采のうちに、ろくろ首の男は、すっぽり紙袋を脱いで、燃え立つような紅い半襟の隙から、浅黒い坊主頭の愛嬌たっぷりの顔を始めて現わしました。

河岸を換えて又一と遊びと、そこでも再び酒宴が始まり、旦那を始め大勢の男女は芝生の上を入り乱れて踊り廻り跳ね廻り、眼隠しやら、鬼ごッこやら、きゃッきゃッという騒ぎです。

例の男は振袖姿のまま、白足袋に紅緒の麻裏をつッかけ、しどろもどろの千鳥足で、芸者のあとを追いかけたり、追いかけられたりしています。殊にその男が鬼になった時の騒々しさ賑やかさは一入で、もう眼隠しの手拭いを顔へあてられる時分から、旦那も芸者も腹を抱えて手を叩き、肩をゆす振って躍り上がります。紅い蹴出しの蔭から毛脛を露わに、

「菊ちゃん菊ちゃん。さあつかまえた」

などと、どこかに錆を含んだ、芸人らしい甲声を絞って、女の袂を掠めたり、立ち木に頭を打ちつけたり、無茶苦茶にあっちこっちへ駈け廻るのですが、挙動の激しく迅速なのにも似ず、どこかにおどけた頓間な処があって、容易に人を摑まえることが出来ません。

皆はおかしがって、くすくすと息を殺しながら、忍び足に男の背後へ近づき、

「ほら、ここにいてよ」

と、急に耳元でなまめかしい声を立て、背中をぽんと打って逃げ出します。

「そら、どうだどうだ」

と、旦那が耳朶を引張って、こづき廻すと、

「あいた、あいた」

と、悲鳴を挙げながら、眉を顰め、わざと仰山な哀れっぽい表情をして、身を悶えます。その顔つきがまた何とも言えぬ可愛気があって、誰でもその男の頭を撲っとか、鼻の頭をつまむとか、一寸からかって見たい気にならない者はありません。

　今度は十五六のお転婆な雛妓が、後へ廻って両手で足を掬い上げたので、見事ころころと芝生の上を転がりましたが、どッという笑い声のうちに、再びのッそり起き上がり、

「誰だい、この年寄をいじめるのは」

と、眼を塞がれたまま大口を開いて怒鳴り立て、「由良さん」*のように両手を拡げて歩み出します。

　この男は幇間の三平といって、もとは兜町の相場師ですが、その時分から今の商売がやって見たくて耐らず、とうとう四五年前に柳橋の太鼓持ちの弟子入りをして、一と風変わったコツのある気象から、めきめき贔屓を拵え、今では仲間のうちでも相応な好い株になっています。

「桜井（というのはこの男の姓です）の奴も呑気な者だ。なあに相場なんぞをやっているより、あの方が性に合って、いくら好いか知れやしない。今じゃ大分身入りもあ

るようだし、結句（けっく）奴（やっこ）さんは仕合せさ」

などと、昔の彼を知っているものは、時々こんな取（と）り沙汰（ざた）をします。日清戦争の時分には、海運橋の近所にかなりの仲買店を構え、事務員の四五人も使って、榊原の旦那などとは朋輩（ほうばい）でしたが、その頃から、

「あの男と遊ぶと、座敷が賑やかで面白い」

と、遊び仲間の連中に喜ばれ、酒の席にはなくてならない人物でした。唄が上手で、話が上手で、よしや自分がどんなに羽振りの好（よ）い時でも、勿体（もったい）ぶるなどということは毛頭なく、立派な旦那株であるという身分を忘れ、どうかすると立派な男子であるという品位をさえ忘れて、ひたすら友達や芸者達にやんやと褒（ほ）められたり、おかしがられたりするのが、愉快でたまらないのです。華やかな電燈の下に、酔いの循（まわ）った夷顔（えびすがお）をてかてかさせて、「えへへへへ」と相好（そうごう）を崩しながら、べらべらと奇警な冗談を止め度なく喋（しゃべ）り出す時が彼の生命で、滅法（めっぽう）嬉（うれ）しくてたまらぬというように愛嬌のある瞳を光らせ、ぐにゃりぐにゃりとだらしなく肩を揺す振る態度の罪のなさ。まさに道楽の真髄に徹したもので、さながら歓楽の権化（ごんげ）かと思われます。芸者などにも、どっちがお客だか判らないほど、御機嫌を伺って、お取り持ちをするので、始めのうちは「でれ助野郎め」と腹の中で薄気味悪がったり、嫌がったりしますが、だんだん気心が知れて見れば、別にどうしようという腹があるのではなく、ただ人におかしがられ

るのを楽しみにするお人好なのですから、「桜井さん」「桜井さん」と親しんで来ます。然し一方では重宝がられると同時に、いくらお金があっても、羽振りがよくっても、誰一人彼に媚を呈したり、惚れたりする者はありません。「旦那」とも、「あなた」とも言わず、「桜井さん」「桜井さん」と呼び掛けて、自然と伴れのお客より一段低い人間のように取り扱いながら、それを失礼だとも思わないのです。実際彼は尊敬の念とか、恋慕の情とかを、決して人に起こさせるような人間ではありませんでした。先天的に人から一種温かい軽蔑の心を以って、もしくは憐愍の情を以って、親しまれ可愛がられる性分なのです。恐らくは乞食と雖、彼にお時儀をする気にはならないでしょう。彼もまたどんなに馬鹿にされようと、腹を立てるではなく、かえってそれを嬉しく感じるのです。金さえあれば、必ず友達を誘って散財に出かけてはお座敷を勤める。宴会とか仲間の者に呼ばれるとかすれば、どんな商用を控えていても、我慢がし切れず、すっかりだらしなくなって、いそいそと出かけて行きます。

「や、どうも御苦労様」

などと、お開きの時に、よく友達に揶揄われると、彼は開き直って両手をつき、

「ええ、どうか手前へも御祝儀をおつかわし下さいまし」

きっとこう言います。芸者が冗談にお客の声色を遣って、

「あア、よしよし、これを持って行け」

と紙を丸めて投げてやると、

「へい、これはどうも有難うございます」

とピョコピョコ二三度お時儀をして、紙包を扇の上に載せ、

「へい、これは有難うございます。どうか皆さんもうすこし投げてやっておくんなさい。もうたった二銭がところで宜しゅうございます。親子の者が助かります。とかく東京のお客様方は、弱きを扶け、強きを挫き……」

と、縁日の手品師の口調でべらべら弁じ立てます。

こんな呑気な男でも、恋をすることはあると見え、時々黒人上りの者を女房とも附かず引き擦り込むことがありますが、惚れたとなったら、彼のだらし無さは又一入で、女の歓心を買うためには一生懸命お太鼓を叩き、亭主らしい権威などは少しもありません。何でも欲しいと言うものは買い放題、「お前さん、こうして下さい、ああして下さい」と、顋でこき使われて、ハイハイ言うことを聞いている意気地のなさ。どうかすると酒癖の悪い女に、馬鹿野郎呼ばわりをされて、頭を擲られていることもあります。女のいる当座は、茶屋の附合いも大概断わってしまい、毎晩のように友達や店員を二階座敷に集めて、女房の三味線で飲めや唄えの大騒ぎをやります。一度彼は自分の女を友達に寝取られたことがありましたが、それでも別れるのが惜しくって、いろいろと女の機嫌気褄を取り、色男に反物を買ってやったり、二人を伴れて芝居に出

かけたり、或る時はその女とその男を上座へ据えて、例の如く自分がお太鼓を叩き、すっかり二人の道具に使われて喜んでいます。しまいには、時々金を与えて役者買いをさせるという条件の下に、内へ引き込んだ芸者なぞもありました。男同士の意地張りとか、嫉妬のための立腹とかいうような気持はこの男には毛ほどもないのです。

その代り、また非常に飽きっぽい質で、惚れて惚れて惚れ抜いて、執拗いほどちやほやするかと思えば、直きに余熱がさめてしまい、何人となく女房を取り換えます。元より彼に惚れている女はありませんから、脈のある間に精々搾って置いて、好い時分に向うから出て行きます。こういう塩梅で、店員などにも一向威信がなく、時々は大穴も明けられるし、商売の方も疎かになって、間もなく店は潰れてしまいました。

その後、彼は直屋*になったり、客引きになったりして、人の顔さえ見れば、

「今に御覧なさい。一番盛り返して見せますから」

などと放言していました。一寸おあいそもよし、相応に目先の利く所もあって、たまには儲け口もありましたが、いつも女にしてやられ、年中ぴいぴいしています。そのうちにとうとう借金で首が廻らなくなり、

「当分私を使って見てくれ」

と、昔の友達の榊原の店へ転げ込みました。

一介の店員とまで零落しても、身に沁み込んだ芸者遊びの味は、しみじみ忘れるこ

とが出来ません。時々彼は帳場の机に向かいながら、なまめかしい女の声や陽気な三味線の音色を想い出して口の中で端唄を歌い、昼間から浮かれていることがあります。しまいには辛抱が仕切れなくなり、何とかかとか体の好い口を利いてはそれからそれへとちびちびした金を借り倒し、主人の眼を掠めて遊びに行きます。

「彼奴もあれで可愛い奴さ」

と、始めの二三度は清く金を出してやった連中も、あまりたび重なるので遂には腹を立てて、

「桜井にも呆れたものだ。ああずぼらじゃあ手が附けられない。あんな質の悪い奴じゃなかったんだが、今度無心に来やがったら、うんと怒り附けてやろう」

　こう思っては見るものの、さて本人に顔を合わせると、どことなく哀れっぽい処があって、とても強いことは言えなくなり、

「またこの次に埋め合わせをするから、今日は見逃して貰いたいね」

ぐらいな所で追い払おうとするのですが、

「まあ頼むからそう言わないで、借してくれ給え。ナニ直き返すから好いじゃないか。後生お願い！　全く後生御願いなんだ」

と、うるさく附き纏って頼むので、大概の者は根負けをしてしまいます。

　主人の榊原も見るに見かね、

「時々己が伴れて行ってやるから、あんまり人に迷惑を掛けないようにしたらどうだ」

こう言って、三度に一度は馴染(なじみ)の待合へ供をさせると、その時ばかりは別人の様にイソイソ立ち働いて、忠勤を抽(ぬき)んでます。商売上の心配事で気がくさくさする時は、この男と酒でも飲みながら、罪のない顔を見ているのが、何より薬なので、主人もしげしげ供に伴(つ)れて行きます。しまいには店員としてよりもその方の勤めが主になって、昼間は一日店にごろごろしながら、

「僕は榊原商店の内芸者さね」

などと、冗談を言って、彼は得々たるものです。

榊原は堅気(かたぎ)の家から貰った細君もあれば、十五六の娘を頭に二三人の子供もありましたが、上(かみ)さん始め、女中達まで皆桜井を可愛がって、「桜井さん、御馳走(ごちそう)がありますから、台所で一杯おやんなさいな」と奥へ呼び寄せては、面白い洒落(しゃれ)でも聞こうとします。

「お前さんのように呑気だったら、貧乏しても苦にはなるまいね。一生笑って暮らせれば、それが一番仕合せだとも」

上さんにこう言われると、彼は得意になって、

「全くです。だから私(わっし)なんざあ、昔からついぞ腹というものを立てたことがありません。それというのがやはり道楽をしたお蔭でございますね……」

などと、それから一時間ぐらいは、のべつに喋りります。

時には又小声で、錆のある喉を聞かせます。端唄、常磐津、清元、なんでも一通りは心得ていて自分で自分の美音に酔いながら、口三味線でさも嬉しそうに歌い出す時は、誰もしみじみと聞かされます。いつも流行唄を真っ先に覚えて来ては、

「お嬢さん、面白い唄を教えましょうか」

と、早速奥へ披露します。歌舞伎座の狂言なども、出し物の変わるたびに二三度立ち見に出かけ、直きに芝翫や八百蔵の声色を覚えて来ます。どうかすると、便所の中や、往来のまんなかで、眼をむき出したり、首を振ったり、一生懸命声色の稽古に浮き身を窶していることもありますが、手持無沙汰の時は、始終口の先で小唄を歌うとか、物真似をやるとか、何かしら一人で浮かれていなければ、気が済まないのです。

子供の折から、彼は音曲や落語に非常な趣味を持っていました。何でも生まれは芝の愛宕下辺で、小学時代には神童と言われたほど学問も出来れば、物覚えも良かったのですが、幇間的の気質は既にその頃備わっていたものと見え、級中の首席を占めているにも拘わらず、まるで家来のように友達から扱われて喜んでいました。そうして親父にせびっては毎晩のように寄席へ伴れて行って貰います。彼は落語家に対して、一種の同情、むしろ憧憬の念をさえ抱いていました。まずぞろりとした風采で高座へ上り、ぴたりとお客様へお時儀をして、さて、

「ええ毎度伺いますが、とかくこの殿方のお失策は酒と女でげして、取り分け御婦人の勢力と申したら大したものでげす。我が国は天の窟戸の始まりから『女ならでは夜の明けぬ国』などと申しまする。……」

と喋り出す舌先の旨味、何となく情愛のある話し振りは、喋っている当人も、さぞ好い気持だろうと思われます。そうして、一言一句に女子供をおかしがらせ、時々愛嬌たっぷりの眼つきで、お客の方を一循見廻している。そこに何とも言われない人懐ッこい所があって、「人間社会の温か味」というようなものを、彼はこういう時に最も強く感じます。

「あ、こりゃ、こりゃ」

と、陽気な三味線に乗って、都々逸、三下り、大津絵などを、粋な節廻しで歌われると、子供ながらも体内に漠然と潜んでいる放蕩の血が湧き上がって、人生の楽しさ、歓ばしさを暗示されたような気になります。学校の往き復りには、よく清元の師匠の家の窓下に彳んで、うっとりと聞き惚れていました。夜机に向かっている時でも、新内の流しが聞こえると勉強が手に附かず、忽ち本を伏せて酔ったようになってしまいます。二十の時、始めて人に誘われて芸者を揚げましたが、女達がずらりと眼の前に並んで、平生憧れていたお座附の三味線を引き出すと、彼は杯を手にしながら、感極まって涙を眼に一杯溜めていました。そういう風ですから、芸事の上手なのも無理はありません。

彼を本職の幇間にさせたのは、全く榊原の旦那の思い附きでした。

「お前もいつまで家にごろごろしていても仕方があるめえ。一つ己が世話をしてやるから、幇間になったらどうだ。只で茶屋酒を飲んでその上祝儀が貰えりゃあ、これほど結構な商売はなかろうぜ。お前のような怠け者の掃け場には持って来いだ」

こう言われて、彼も早速その気になり、旦那の胆煎りでとうとう柳橋の太鼓持ちに弟子入りをしました。三平という名は、その時師匠から貰ったのです。

「桜井が太鼓持ちになったって？　なるほど人間に廃りはないもんだ」

と、兜町の連中も、噂を聞き伝えて肩を入れてやります。新参とはいいながら、芸は出来るしお座敷は巧いし、何しろ幇間にならぬ前から頓狂者の噂の高い男のこと故、またたく間に売り出してしまいました。

或る時のことでした。榊原の旦那が、待合の二階で五六人の芸者をつかまえ、催眠術の稽古だと言って、片っ端からかけて見ましたが、一人の雛妓が少しばかりかかっただけで、他の者はどうしてもうまく眠りません。するとその席にいた三平が急に恐気を慄い出し、

「旦那、私ゃあ催眠術が大嫌いなんだから、もうお止しなさい。何だか人のかけられるのを見てさえ、頭が変になるんです」

こういった様子が、恐ろしがっているようなものの、如何にもかけて貰いたそうなのです。

「いい事を聞いた。そんならお前を一つかけてやろう。そら、もうかかったぞ。そうら、だんだん眠くなって来たぞ」

こう言って、旦那が睨み附けると、

「ああ、真っ平、真っ平。そいつばかりはいけません」

と、顔色を変えて、逃げ出そうとするのを、旦那が後ろから追いかけて、三平の顔を掌で二三度撫で廻し、

「そら、もう今度こそかかった。もう駄目だ。逃げたって、どうしたって助からない」

そう言っているうちに、三平の頸はぐたりとなり、そこへたおれてしまいました。

面白半分にいろいろの暗示を与えると、どんなことでもやります。「悲しいだろう」と言えば、顔をしかめてさめざめと泣く。「口惜しかろう」と言えば、真っ赤になって怒り出す。お酒だと言って、水を飲ませたり、三味線だと言って、箒を抱かせたり、そのたびごとに女達はきゃッきゃッと笑い転げます。やがて旦那は三平の鼻先でぬッと自分の臀をまくり、

「三平、この麝香はいい匂がするだろう」

こう言って、素晴らしい音を放ちました。

「なるほど、これは結構な香(こう)でげすな。おお好い匂だ、胸がすっとします」

と、三平はさも気持が好さそうに、小鼻をひくひくさせます。

「さあ、もう好い加減で堪忍してやろう」

旦那が耳元でぴたッと手を叩くと、彼は眼を丸くして、きょろきょろとあたりを見廻し、

「とうとうかけられちゃった。どうもあんな恐ろしいものはごわせんよ。何か私(わッし)ゃおかしな事でもやりましたかね」

こう言って、漸く我に復(かえ)った様子です。

するとと、いたずら好きの梅吉という芸者がにじり出して、

「三平さんなら、妾(あたし)にだってかけられるわ。そら、もうかかった！　ほうら、だんだん眠くなって来てよ」

と、座敷中を逃げて歩く三平を追い廻して、襟首へ飛び附くや否や、

「ほら、もう駄目々々。さあ、もうすっかりかかっちまった」

こう言いながら、顔を撫でると、再びぐたりとなって、あんぐり口を開いたまま、女の肩へだらしなく靠(もた)れてしまいます。

今度は梅吉が、観音様だと言って自分を拝ませたり、大地震だと言って恐がらせたり、そのたびごとに表情の盛んな三平の顔が、千変万化するおかしさといったらあり

ません。

それからというものは、榊原の旦那と梅吉に一と睨みされれば、すぐにかけられて、ぐたりと倒れます。

ある晩、梅吉がお座敷の帰りに柳橋の上で擦れちがいざま、

「三平さん、そら！」

と言って睨みつけると、

「ウム」

と言ったなり、往来のまん中へ仰け反ってしまいました。

彼はこれほどまでにしても、人におかしがられたいのが病なんです。然しなかなか加減がうまいのと、あまり図々しいのとで、人は狂言にやっているのだとは思いませんでした。

言うとなく、三平さんは梅ちゃんに惚れているのだという噂が立ちました。それでなければああ易々と催眠術にかけられるはずはないと言うのです。全くのところ三平は梅吉のようなお転婆な、男を男とも思わぬような勝気な女が好きなのでした。始めて催眠術にかけられて、散々な目に会わされた晩から、彼はすっかり梅吉の気象に惚れ込んでしまい、機があったらどうかしてと、ちょいちょいほのめかして見るのですが、先方ではまるで馬鹿にし切って、てんで相手にしてくれません。機嫌の好い時を

窺って、二た言三言からかいかけると、すぐに梅吉は腕白盛りの子供のような眼つきをして、

「そんなことを言うと、又かけて上げるよ」

と、睨みつけます。睨まれれば、大事な口説きはそっち除けにして早速ぐにゃりと打ち倒れます。

遂に彼はたまらなくなって、榊原の旦那に思いのたけを打ち明け、

「まことに商売柄にも似合わない、いやはや意気地のない次第ですが、たった一と晩でようがすから、どうか一つ旦那の威光でうんと言わせておくんなさい」

と、頼みました。

「よし来た、万事己が呑み込んだから、親船に乗った気でいるがいい」

と、旦那は又三平を玩具にしてやろうという魂胆があるものですから、すぐに引き受け、その日の夕方早速行きつけの待合へ梅吉を呼んで三平の話をした末に、

「ちっと罪なようだが、今夜お前から彼奴をここへ呼んで、精々口先の嬉しがらせを聞かせた上、肝腎の所は催眠術で欺してやるがいい。己は蔭で様子を見ているから、奴を素裸にさせて勝手な芸当をやらせてごらん」

こんな相談を始めました。

「なんぼ何でも、それじゃあんまり可哀相だわ」

と、流石の梅吉も一応躊躇したものの、後で露見したところで、腹を立てるような男ではなし、面白いからやって見ろ、という気になりました。

さて、夜になると、梅吉の手紙を持って、車夫が三平の処へ迎えに行きました。

「今夜はあたし一人だから、是非遊びに来てくれろ」という文面に、三平はぞくぞく喜び、てっきり旦那が口を利いていくらか摑ましたに相違ないと、平生よりは大いに身じまいを整え、ぞろりとした色男気取りで待合へ出かけました。

「さあさあ、もっとずッとこっちへ。ほんとに三平さん、今夜は妾だけなんだから、ゆっくりくつろいでおくんなさいな」

と、梅吉は、座蒲団をすすめるやら、お酌をするやら下にも置かないようにします。三平は少し煙に巻かれて、柄にもなくおどおどしていましたが、だんだん酔いが循って来ると、胆が落ち着き、

「だが梅ちゃんのような男勝りの女は、私ゃ大好きサ」

などと、そろそろ水を向け始めます。旦那を始め二三人の芸者が、中二階の掃き出しから欄間を通して、見ていようとは、夢にも知りません。梅吉は吹き出したくなるのをじっと堪えて、散々出放題のお上手を列べ立てます。

「ねえ、三平さん。そんなに妾に惚れているのなら、何か証拠を見せて貰いたいわ」

「証拠といって、どうも困りますね。全く胸の中を断ち割って御覧に入れたいくらい

さ」

「それじゃ、催眠術にかけて、正直な所を白状させてよ。まあ、妾を安心させるためだと思ってかかって見て下さいよ」

こんなことを、梅吉は言い出しました。

「いや、もうあればかりは真っ平です」

と、三平も今夜こそは、そんなことで胡麻化されてはならないという決心で、場合によったら、

「実はあの催眠術も、お前さんに惚れた弱味の狂言ですよ」

と打ち明けるつもりでしたが、

「そら！　もうかかっちまった。そうら」

と、忽ち梅吉の凜とした、涼しい目元で睨められると、又女に馬鹿にされたいという欲望の方が先へ立って、この大事の瀬戸際に又々ぐたりとうなだれてしまいました。

「梅ちゃんのためならば、命でも投げ出します」とか、「梅ちゃんが死ねと言えば、今でも死にます」

とか、尋ねられるままに、彼はいろいろと口走ります。

もう眠っているから大丈夫と、隙見をしていた旦那も芸者も座敷へはいって来て、ずらりと三平の周囲を取り巻き、梅吉のいたずらを横腹を叩いて、袂を噛んで、見て

います。

三平はこの様子を見て、吃驚しました、今さら止める訳にも行きません。むしろ彼に取っては、惚れた女にこんな真似をさせられるのが愉快なのですから、どんな恥ずかしいことでも、言い附け通りにやります。

「ここはお前さんと私と二人限りだから、遠慮しないでもいいわ。さあ、羽織をお脱ぎなさい」

こう言われると、裏地に夜桜の模様のある、黒縮緬の無双羽織をするすると脱ぎます。それから藍色の牡丹くずしの繻珍の帯を解かれ、赤大名のお召を脱がされ、背中へ雷神を描いて裾へ赤く稲妻を染め出した白縮緬の長襦袢一つになり、せっかくめかし込んで来た衣裳を一枚々々剝がされて、とうとう裸にされてしまいました。それでも三平には、梅吉の酷い言葉が嬉しくって嬉しくって堪りません。果ては女の与える暗示のままに、言うに忍びないようなことをします。

散々弄んだ末に、梅吉は十分三平を睡らせて、皆と一緒にそこを引き上げてしまいました。

明くる日の朝、梅吉に呼び醒まされると、三平はふと眼を開いて、枕許に坐っている寝間着姿の女の顔を惚れ惚れと見上げました。三平を欺すように、わざと女の枕や衣類がその辺に散らばっていました。

「妾(あたし)は今起きて顔を洗って来た所なの。ほんとにお前さんはよく寝ているのね。だからきっと後生がいいんだわ」

と、梅吉は何喰(く)わぬ顔をしています。

「梅ちゃんにこんなに可愛がって貰えりゃあ、後生よしに違いありやせん。日頃の念が届いて、私(わッし)ゃあ全く嬉しゅうがす」

こう言って、三平はピョコピョコお時儀をしましたが、俄(にわ)かにそわそわと起き上がって着物を着換え、

「世間の口がうるそうがすから、今日の所はちっとも早く失礼しやす。どうぞ末長くね。ヘッ、この色男め！」

と、自分の頭を軽く叩いて、出て行きました。

「三平、この間の首尾はどうだったい」

と、それから二三日過ぎて、榊原の旦那が尋ねました。

「や、どうもお蔭様で有難うがす。なあにぶつかって見りゃあまるでたわいはありませんや。気丈(きじょう)だの、勝気だのと言ったって、女はやっぱり女でげす。からッきし、だ

らしも何もあった話じゃありません」

と、恐悦至極の体たらくに、

「お前もなかなか色男だな」

こう言って冷やかすと、

「えへへへへ」

と、三平は卑しい Professional な笑い方をして、扇子でぽんと額を打ちました。

秘密

その頃私は或る気紛れな考えから、今まで自分の身のまわりを裹んでいた賑やかな雰囲気を遠ざかって、いろいろの関係で交際を続けていた男や女の圏内から、ひそかに逃れ出ようと思い、方々と適当な隠れ家を捜し求めた揚句、浅草の松葉町辺に真言宗の寺のあるのを見附けて、ようようそこの庫裡の一と間を借り受けることになった。

新堀の溝へついて、菊屋橋から門跡の裏手をまっすぐに行ったところ、十二階の下の方の、うるさく入り組んだ Obscure な町の中にその寺はあった。ごみ溜めの箱を覆した如く、あの辺一帯にひろがっている貧民窟の片側に、黄橙色の土塀の壁が長く続いて、如何にも落ち着いた、重々しい寂しい感じを与える構えであった。

私は最初から、渋谷だの大久保だのという郊外へ隠遁するよりも、かえって市内のどこかに人の心附かない、不思議なさびれた所があるであろうと思っていた。ちょうど瀬の早い渓川のところどころに、澱んだ淵が出来るように、下町の雑沓する巷と巷の間に挟まりながら、極めて特殊の場合か、特殊の人でもなければめったに通行しないような閑静な一郭が、なければなるまいと思っていた。

同時に又こんな事も考えて見た――

己はずいぶん旅行好きで、京都、仙台、北海道から九州までも歩いて来た。けれども未（ま）だこの東京の町の中に、人形町で生まれて二十年来永住している東京の町の中に、一度も足を踏（ふ）み入れたことのないという通りが、きっとあるに違いない。いや、思ったより沢山あるに違いない。

　そうして大都会の下町に、蜂の巣の如く交錯している大小無数の街路のうち、私が通ったことのある所と、ない所では、どっちが多いかちょいと判らなくなって来た。

　何でも十一二歳の頃であったろう。父と一緒に深川の八幡（はちまん）様へ行った時、

「これから渡しを渡って、冬木（ふゆぎ）の米市（こめいち）で名代のそばを御馳走（ごちそう）してやるかな」

　こう言って、父は私を境内の社殿の後ろの方へ連れて行ったことがある。そこには小網町や小舟町辺の堀割と全く趣の違った、幅の狭い、岸の低い、水の一杯にふくれ上がっている川が、細かく建て込んでいる両岸の家々の、軒と軒とを押し分けるように、どんよりと物憂く流れていた。小さな渡し船は、川幅よりも長そうな荷足りや伝馬（てんま）が、幾艘（いくそう）も縦に列（なら）んでいる間を縫いながら、二た竿（さお）三竿ばかりちょろちょろと水底（みなそこ）を衝（つ）いて往復していた。

　私はその時まで、たびたび八幡様へお参りをしたが、未（いま）だ嘗（かつ）て境内の裏手がどんなになっているか考えて見たことはなかった。いつも正面の鳥居の方から社殿を拝むだけで、恐らくパノラマの絵のように、表ばかりで裏のない、行き止まりの景色のよう

に自然と考えていたのであろう。現在眼の前にこんな川や渡し場が見えて、その先に広い地面が果てしもなく続いている謎のような光景を見ると、何となく京都や大阪よりもっと東京をかけ離れた、夢の中でしばしば出逢うことのある世界の如く思われた。

それから私は、浅草の観音堂の真うしろにはどんな町があったか想像して見たが、仲店の通りから宏大な朱塗りのお堂の甍を望んだ時の有様ばかりが明瞭に描かれ、その外の点はとんと頭に浮かばなかった。だんだん大人になって、世間が広くなるに随い、知人の家を訪ねたり、花見遊山に出かけたり、東京市中は隈なく歩いたようであるが、いまだに子供の時分経験したような不思議な別世界へ、ハタリと行き逢うことがたびたびあった。

そういう別世界こそ、身を匿すには究竟であろうと思って、ここかしこといろいろに捜し求めて見れば見るほど、今まで通ったことのない区域が到る処に発見された。浅草橋と和泉橋は幾度も渡って置きながら、その間にある左衛門橋を渡ったことがない。二長町の市村座へ行くのには、いつも電車通りからそばやの角を右へ曲がったが、あの芝居の前をまっすぐに柳盛座の方へ出る二三町ばかりの地面は、一度も蹈んだ覚えはなかった。昔の永代橋の右岸の袂から、左の方の河岸はどんな工合になっていたか、どうも好く判らなかった。その外八丁堀、越前堀、三味線堀、山谷堀の界隈には、まだまだ知らない所が沢山あるらしかった。

松葉町のお寺の近傍は、そのうちでも一番奇妙な町であった。六区と吉原を鼻先に控えてちょいと横丁を一つ曲がった所に、淋しい、廃れたような区域を作っているのが非常に私の気に入ってしまった。今まで自分の無二の親友であった「派手な贅沢なそうして平凡な東京」という奴を置いてき堀にして、静かにその騒擾を傍観しながら、こっそり身を隠していられるのが、愉快でならなかった。

隠遁をした目的は、別段勉強をするためではない。その頃私の神経は、刃の擦り切れたやすりのように、鋭敏な角々がすっかり鈍って、余程色彩の濃い、あくどい物に出逢わなければ、何の感興も湧かなかった。微細な感受性の働きを要求する一流の芸術だとか、一流の料理だとかを翫味するのが、不可能になっていた。下町の粋と言われる茶屋の板前に感心して見たり、仁左衛門や鴈治郎の技巧を賞美したり、凡べて在り来たりの都会の歓楽を受け入れるには、あまり心が荒んでいた。惰力のために面白くもない懶惰な生活を、毎日々々繰り返しているのが、堪えられなくなって、全然旧套を擺脱した、物好きな、アーティフィシャルな、Mode of life を見出して見たかったのである。

普通の刺戟に馴れてしまった神経を顫い戦かすような、何か不思議な、奇怪な事はないであろうか。現実をかけ離れた野蛮な荒唐な夢幻的な空気の中に、棲息することは出来ないであろうか。こう思って私の魂は遠くバビロンやアッシリヤの古代の伝説の世界にさ迷ったり、コナンドイルや涙香の探偵小説を想像したり、光線の熾烈な熱帯地方の焦土と緑野を恋い慕ったり、腕白な少年時代のエクセントリックな悪戯に憧れたりした。

賑かな世間から不意に韜晦して、行動をただ徒に秘密にして見るだけでも、すでに一種のミステリアスな、ロマンチックな色彩を自分の生活に賦与することが出来ると思った。私は秘密という物の面白さを、子供の時分からしみじみと味わっていた。かくれんぼ、宝さがし、お茶坊主のような遊戯——殊に、それが闇の晩、うす暗い物置小屋や、観音開きの前などで行われる時の面白味は、主としてその間に「秘密」という不思議な気分が潜んでいるせいであったに違いない。

私はもう一度幼年時代の隠れん坊のような気持を経験して見たさに、わざと人の気の附かない下町の曖昧なところに身を隠したのであった。そのお寺の宗旨が「秘密」とか、「禁厭」とか、「呪咀」とかいうものに縁の深い真言宗であることも、私の好奇心を誘うて、妄想を育ませるには恰好であった。部屋は新しく建て増した庫裡の一部で、南を向いた八畳敷きの、日に焼けて少し茶色がかっている畳が、かえって見た眼には安らかな暖かい感じを与えた。昼過ぎになると和やかな秋の日が、幻燈の如くあかあかと縁側の障子に燃えて、室内は大きな雪洞のように明るかった。

それから私は、今まで親しんでいた哲学や芸術に関する書類をいっさい戸棚へ片附けてしまって、魔術だの、催眠術だの、探偵小説だの、化学だの、解剖学だのの奇怪な説話と挿絵に富んでいる書物を、さながら土用干の如く部屋中へ置き散らして、寝ころびながら、手あたり次第に繰りひろげては耽読した。その中には、コナンドイルの The Sign of Four や、ドキンシィ*の Murder Considered as one of the fine arts や、アラビアンナイトのようなお伽噺から、仏蘭西の不思議な Sexology の本なども交っていた。

ここの住職が秘していた地獄極楽の図を始め、須弥山図だの涅槃像だの、いろいろの、古い仏画を強いて懇望して、ちょうど学校の教員室に掛かっている地図のように、所嫌わず部屋の四壁へぶら下げて見た。床の間の香炉からは、始終紫色の香の煙がまっすぐに静かに立ち昇って、明るい暖かい室内を焚きしめていた。私は時々菊屋橋際の舗へ行って白檀や沈香を買って来てはそれを燻べた。

天気の好い日、きらきらとした真昼の光線が一杯に障子へあたる時の室内は、眼の醒めるような壮観を呈した。絢爛な色彩の古画の諸仏、羅漢、比丘、比丘尼、優婆塞、優婆夷、象、獅子、麒麟などが四壁の紙幅の内から、ゆたかな光の中に泳ぎ出す。畳の上に投げ出された無数の書物からは、惨殺、麻酔、魔薬、妖女、宗教——種々雑多の傀儡が、香の煙に溶け込んで、朦朧と立ち罩める中に、二畳ばかりの緋毛氈を敷き、どんよりとした蛮人のような瞳を据えて、寝ころんだまま、私は毎日々々幻覚を胸に描いた。

夜の九時頃、寺の者が大概寝静まってしまうとウイスキーの角壜を呷って酔いを買った後、勝手に縁側の雨戸を引き外し、墓地の生け垣を乗り越えて散歩に出かけた。なるべく人目にかからぬように毎晩服装を取り換えて公園の雑沓の中を潜って歩いたり、古道具屋や古本屋の店先を漁り廻ったりした。頬冠りに唐桟の半纏を引っ掛け、綺麗に研いた素足へ爪紅をさして雪駄を穿くこともあった。金縁の色眼鏡に二重廻しの襟を立てて出ることもあった。着け髭、ほくろ、痣と、いろいろに面体を換えるのを面白がったが、或る晩、三味線堀の古着屋で、藍地に大小あられの小紋を散らした女物の袷が眼に附いてから、急にそれが着て見たくてたまらなくなった。

一体私は衣服反物に対して、単に色合いが好いとか柄が粋だとかいう以外に、もっと深く鋭い愛着心を持っていた。女物に限らず、凡べて美しい絹物を見たり、触れたりする時は、何となく顫い附きたくなって、ちょうど恋人の肌の色を眺めるような快感の高潮に達することがしばしばであった。殊に私の大好きなお召や縮緬を、世間憚らず、恣に着飾ることの出来る女の境遇を、嫉ましく思うことさえあった。

あの古着屋の店にだらりと生々しく下がっている小紋縮緬の袷——あのしっとりした、重い冷たい布が粘つくように肉体を包む時の心好さを思うと、私は思わず戦慄した。あの着物を着て、女の姿で往来を歩いて見たい。……こう思って、私は一も二もなくそれを買う気になり、ついでに友禅の長襦袢や、黒縮緬の羽織までも取りそろえた。

大柄の女が着たものと見えて、小男の私には寸法も打ってつけであった。夜が更けてがらんとした寺中がひっそりした時分、私はひそかに鏡台に向かって化粧を始めた。黄色い生地の鼻柱へまずベットリと練りお白粉をなすり着けた瞬間の容貌は、少しグロテスクに見えたが、濃い白い粘液を平手で顔中へ万遍なく押し拡げると、思ったよりものりが好く、甘い匂のひやひやとした露が、毛孔へ沁み入る皮膚のよろこびは、格別であった。紅やとのこを塗るに随って、石膏の如くただ徒に真っ白であった私の顔が、潑剌とした生色ある女の相に変わって行く面白さ。文士や画家の芸術よりも、俳優や芸者や一般の女が、日常自分の体の肉を材料として試みている化粧の技巧の方が、遥かに興味の多いことを知った。

長襦袢、半襟、腰巻、それからチュッチュッと鳴る紅絹裏の袂、――私の肉体は、凡べて普通の女の皮膚が味わうと同等の触感を与えられ、襟足から手頸まで白く塗って、銀杏返しの鬘の上にお高祖頭巾を冠り、思い切って往来の夜道へ紛れ込んで見た。

雨曇りのしたうす暗い晩であった。千束町、清住町、竜泉寺町――あの辺一帯の溝の多い、淋しい街を暫くさまよって見たが、交番の巡査も、通行人も、一向気が附かないようであった。甘皮を一枚張ったようにぱさぱさ乾いている顔の上を、夜風が冷ややかに撫でて行く。口辺を蔽うている頭巾の布が、息のために熱く湿って、歩くたびに長い縮緬の腰巻の裾は、じゃれるように脚へ縺れる。みぞおちから肋骨の辺を堅く緊め附けている丸帯と、骨盤の上を括っている扱帯の加減で、私の体の血管には、自然と女のような血が流れ始め、男らしい気分や姿勢はだんだんとなくなって行くようであった。

友禅の袖の蔭から、お白粉を塗った手をつき出して見ると、強い頑丈な線が闇の中に消えて、白くふっくらと柔らかに浮き出ている。私は自分で自分の手の美しさに惚れ惚れとした。このような美しい手を、実際に持っている女という者が、羨ましく感じられた。芝居の弁天小僧のように、こういう姿をして、さまざまの罪を犯したならば、どんなに面白いであろう。……探偵小説や、犯罪小説の読者を始終喜ばせる「秘密」「疑惑」の気分に髣髴とした心持で、私は次第に人通りの多い、公園の六区の方へ歩みを運んだ。そうして、殺人とか、強盗とか、何か非常な残忍な悪事を働いた人間のように、自分を思い込むことが出来た。

十二階の前から、池の汀について、オペラ館の四つ角へ出ると、イルミネーションとアーク燈の光が厚化粧をした私の顔にきらきらと照って、着物の色合いや縞目がはッきりと読める。常盤座の前へ来た時、突き当りの写真屋の玄関の大鏡へ、ぞろぞろ雑沓する群集の中に交って、立派に女と化け終せた私の姿が映っていた。

こってり塗り附けたお白粉の下に、「男」という秘密が悉く隠されて、眼つきも口つきも女のように動き、女のように笑おうとする。甘いへんのうの匂と、囁くような衣摺れの音を立てて、私の前後を擦れ違う幾人の女の群も、皆私を同類と認めて訝しまない。そうしてその女達の中には、私の優雅な顔の作りと、古風な衣裳の好みとを、羨ましそうに見ている者もある。

いつも見馴れている公園の夜の騒擾も、「秘密」を持っている私の眼には、凡べてが新しかった。どこへ行っても、何を見ても、始めて接する物のように、珍しく奇妙であった。人間の瞳を欺き、電燈の光を欺いて、濃艶な脂粉とちりめんの衣裳の下に自分を潜ませながら、「秘密」の帷を一枚隔てて眺めるために、恐らく平凡な現実が、夢のような不思議な色彩を施されるのであろう。

それから私は毎晩のようにこの仮装をつづけて、時とすると、宮戸座の立ち見や活動写真の見物の間へ、平気で割って入るようになった。寺へ帰るのは十二時近くであったが、座敷に上がると早速空気ランプをつけて、疲れた体の衣裳も解かず、毛氈の上へぐったり嫌らしく寝崩れたまま、残り惜しそうに絢爛な着物の色を眺めたり、袖口をちゃらちゃらと振って見たりした。剝げかかったお白粉が肌理の粗いたるんだ頰の皮へ滲み着いているのを、鏡に映して凝視していると、廃頽した快感が古い葡萄酒の酔いのように魂をそそった。地獄極楽の図を背景にして、けばけばしい長襦袢のまま、遊女の如くなよなよと蒲団の上へ腹這って、例の奇怪な書物のページを夜更くるまで翻すこともあった。次第に扮装も巧くなり、大胆にもなって、物好きな連想を醸させるために、匕首だの麻酔薬だのを、帯の間へ挿んでは外出した。犯罪を行わずに、犯罪に附随している美しいロマンチックの匂いだけを、十分に嗅いで見たかったのである。

そうして、一週間ばかり過ぎた或る晩のこと、私は図らずも不思議な因縁から、もッと奇怪なもッと物好きな、そうしてもッと神秘な事件の端緒に出会した。

その晩私は、いつもよりも多量にウイスキーを呷って、三友館の二階の貴賓席に上がり込んでいた。何でももう十時近くであったろう、恐ろしく混んでいる場内は、霧のような濁った空気に充たされて、黒く、もくもくとかたまって蠢動している群衆の生温かい人いきれが、顔のお白粉を腐らせるように漂っていた。

暗中にシャキシャキ軋みながら目まぐるしく展開して行く映画の光線の、グリグリッと瞳を刺すたびごとに、私の酔った頭は破れるように痛んだ。時々映画が消えてぱッと電燈がつくと、渓底から沸き上る雲のように、階下の群衆の頭の上を浮動している煙草の烟の間を透かして、私は真深いお高祖頭巾の蔭から、場内に溢れている人々の顔を見廻した。そうして私の旧式な頭巾の姿を珍しそうに窺っている男や、粋な着附けの色合いを物欲しそうに盗み視ている女の多いのを、心ひそかに得意としていた。見物の女のうちで、いでたちの異様な点から、様子の婀娜っぽい点から、乃至器量の点からも、私ほど人の眼に着いた者はないらしかった。

始めは誰もいなかったはずの貴賓席の私の側の椅子が、いつの間に塞がったのか能くは知らないが、二三度目に再び電燈がともされた時、私の左隣に二人の男女が腰をかけているのに気が附いた。

女は二十二三と見えるが、その実六七にもなるであろう。髪を三つ輪に結って、総身をお召の空色のマントに包み、くッきりと水のしたたるような鮮やかな美貌ばかりを、これ見よがしに露わにしている。芸者とも令嬢とも判断のつき兼ねる所はあるが、連れの紳士の態度から推して、堅儀の細君ではないらしい。

「……Arrested at last.……」

と、女は小声で、フィルムの上に現われた説明書を読み上げて、土耳古巻のM. C. C.の薫りの高い烟を私の顔に吹き附けながら、指に篏めている宝石よりも鋭く輝く大きい瞳を、闇の中できらりと私の方へ注いだ。

あでやかな姿に似合わぬ太棹の師匠*のような皺嗄れた声、――その声は紛れもない、私が二三年前に上海へ旅行する航海の途中、ふとした事から汽船の中で暫く関係を結んでいたT女であった。

女はその頃から、商売人とも素人とも区別のつかない素振りや服装を持っていたように覚えている。船中に同伴していた男と、今夜の男とはまるで風采(ふうさい)も容貌も変わっているが、多分はこの二人の男の間を連結する無数の男が女の過去の生涯を鎖のように貫いているのであろう。ともかくその婦人が、始終一人の男から他の男へと、胡蝶(こちょう)のように飛んで歩く種類の女であることは確かであった。二年前に船で馴染(なじ)みになった時、二人はいろいろの事情から本当の氏名も名乗り合わず、境遇も住所も知らせずにいるうちに上海へ着いた。そうして私は自分に恋い憧れている女を好(い)い加減に欺き、こッそり跡をくらましてしまった。以来太平洋上の夢の中なる女とばかり思っていたその人の姿を、こんな処で見ようとは全く意外である。あの時分やや小太りに肥えていた女は、神々しいまでに痩(や)せて、すッきりとして、睫毛(まつげ)の長い潤味(うるみ)を持った円い眼(まなこ)が、拭(ぬぐ)うが如くに冴(さ)え返り、男を男とも思わぬような凛々(りり)しい権威さえ具(そな)えている。触るるものに紅(くれない)の血が濁染(にじ)むかと疑われた生々しい唇と、耳朶(みみたぶ)の隠れそうな長い生(は)え際(ぎわ)ばかりは昔に変わらないが、鼻は以前よりも少し嶮(けわ)しいくらいに高く見えた。

女は果して私に気が附いているのであろうか。どうも判然と確かめることが出来なかった。明(あか)りがつくと連れの男にひそひそ戯れている様子は、傍にいる私を普通の女と蔑(さげす)んで、別段心にかけていないようでもあった。実際その女の隣にいると、私は今まで得意であった自分の扮装を卑しまない訳には行かなかった。表情の自由な、如何にも生き生きとした妖女の魅力に気圧されて、技巧を尽くした化粧も着附けも、醜く浅ましい化物のような気がした。女らしいという点からも、美しい器量からも、私は到底彼女の競争者ではなく、月の前の星のように果敢なく萎れてしまうのであった。朦々と立ち罩めた場内の汚れた空気の中に、曇りのない鮮明な輪郭をくッきりと浮かばせて、マントの陰からしなやかな手をちらちらと、魚のように泳がせているあでやかさ。男と対談する間にも時々夢のような瞳を上げて、天井を仰いだり、眉根を寄せて群衆を見下ろしたり、真っ白な歯並みを見せて微笑んだり、そのたびごとに全く別趣の表情が、溢れんばかりに湛えられる。如何なる意味をも鮮やかに表わし得る黒い大きい瞳は、場内の二つの宝石のように、遠い階下の隅からも認められる。顔面の凡べての道具が単に物を見たり、嗅いだり、聞いたり、語ったりする機関としては、あまりに余情に富み過ぎて、人間の顔というよりも、男の心を誘惑する甘味ある餌食であった。

　もう場内の視線は、一つも私の方に注がれていなかった。愚かにも、私は自分の人気を奪い去ったその女の美貌に対して、嫉妬と憤怒を感じ始めた。嘗ては自分が弄んで恣に棄ててしまった女の容貌の魅力に、忽ち光を消されて踏み附けられて行く口惜しさ。事に依ると女は私を認めていながら、わざと皮肉な復讐をしているのではないであろうか。

私は美貌を羨む嫉妬の情が、胸の中で次第々々に恋慕の情に変わって行くのを覚えた。女としての競争に敗れた私は、今一度男として彼女を征服して勝ち誇ってやりたい。こう思うと、抑え難い欲望に駆られてしなやかな女の体を、いきなりむずと鷲摑みにして、揺す振って見たくもなった。

君は予の誰なるかを知り給うや。今夜久し振りに君を見て、予は再び君を恋し始めたり。今一度、予と握手し給うお心はなきか。明晩もこの席に来て、予を待ち給うお心はなきか。予は予の住所を何人にも告げ知らすことを好まねば、ただ願わくは明日の今頃、この席に来て予を待ち給え。

闇に紛れて私は帯の間から半紙と鉛筆を取出し、こんな走り書きをしたものをひそかに女の袂へ投げ込んだ、そうして、又じッと先方の様子を窺っていた。

十一時頃、活動写真の終わるまでは女は静かに見物していた。観客が総立ちになってどやどやと場外へ崩れ出す混雑の際、女はもう一度、私の耳元で、

「……Arrested at last.……」

と囁きながら、前よりも自信のある大胆な凝視を、私の顔に暫く注いで、やがて男と一緒に人ごみの中へ隠れてしまった。

「……Arrested at last.……」

女はいつの間にか自分を見附け出していたのだ。こう思って私は竦然とした。

それにしても明日の晩、素直に来てくれるであろうか。大分昔よりは年功を経ているらしい相手の力量を測らずに、あのような真似をして、かえって弱点を握られはしまいか。いろいろの不安と疑惧に挟まれながら私は寺へ帰った。

いつものように上着を脱いで、長襦袢一枚になろうとする時、ぱらりと頭巾の裏から四角にたたんだ小さい洋紙の切れが落ちた。

「Mr. S. K.」

と書き続けたインキの痕をすかして見ると、玉甲斐絹のように光っている。正しく彼女の手であった。見物中、一二度小用に立ったようであったが、早くもその間に、返事をしたためて、人知れず私の襟元へさし込んだものと見える。

思いがけなき所にて思いがけなき君の姿を見申候。たとい装いを変え給うとも、三年このかた夢寐にも忘れぬ御面影を、いかで見逃し候べき。妾は始めより頭巾の女の君なることを承知仕候。それにつけても相変らず物好きなる君にておわせしことのおかしさよ。妾に会わんと仰せらるるも多分はこの物好きのおん興じにやと心許なく存じ候えども、あまりの嬉しさにとかくの分別も出でず、ただ仰せに従い明夜は必ず御待ち申す可く候。ただし、妾に少々都合もあり、考えも有之候えば、九時より九時半までの間に雷門までお出で下されまじくや。そこにて当方より差し向けたるお迎いの車夫が、必ず君を見つけ出して拙宅へ御案内致す可く候。君の御住所を秘し給うと同様に、妾も今の在り家を御知らせ致さぬ所存にて、車上の君に眼隠しをしてお連れ申すよう取りはからわせ候間、右御許し下され度、もしこの一事を御承引下され候わずば、妾は永遠に君を見ることかなわず、之に過ぎたる悲しみは無之候。

私はこの手紙を読んで行くうちに、自分がいつの間にか探偵小説中の人物となり終せているのを感じた。不思議な好奇心と恐怖とが、頭の中で渦を巻いた。女が自分の性癖を呑み込んでいて、わざとこんな真似をするのかとも思われた。

明くる日の晩は素晴らしい大雨であった。私はすっかり服装を改めて、対の大島の上にゴム引きの外套を纏い、ざぶん、ざぶんと、甲斐絹張りの洋傘に、滝の如くたたきつける雨の中を戸外へ出た。新堀の溝が往来一円に溢れているので、私は足袋を懐へ入れたが、びしょびしょに濡れた素足が家並みのランプに照らされて、ぴかぴか光っていた。夥しい雨量が、天からざあざあと直瀉する喧囂の中に、何もかも打ち消されて、ふだん賑やかな広小路の通りも大概雨戸を締め切り、二三人の臀端折りの男が、敗走した兵士のように駈け出して行く。電車が時々レールの上に溜まった水をほとばしらせて通る外は、ところどころの電柱や広告のあかりが、朦朧たる雨の空中をぼんやり照らしているばかりであった。

外套から、手首から、肘の辺まで水だらけになって、漸く雷門へ来た私は、雨中にしょんぼり立ち止まりながらアーク燈の光を透かして、四辺を見廻したが、一つも人影は見えない。どこかの暗い隅に隠れて、何物かが私の様子を窺っているのかも知れない。こう思って暫く佇んでいると、やがて吾妻橋の方の暗闇から、赤い提灯の火が一つ動き出して、がらがらがらと街鉄の鋪き石の上を駛走して来た旧式な相乗りの俥がぴたりと私の前で止まった。

「旦那、お乗んなすって下さい」

深い饅頭笠に雨合羽を着た車夫の声が、車軸を流す雨の響きの中に消えたかと思うと、男はいきなり私の後へ廻って、羽二重の布を素早く私の両眼の上へ二た廻りほど巻きつけて、蟀谷の皮がよじれるほど強く緊め上げた。

「さあ、お召しなさい」

こう言って男のざらざらした手が、私を摑んで、惶しく俥の上へ乗せた。

しめっぽい匂のする幌の上へ、ぱらぱらと雨の注ぐ音がする。疑いもなく私の隣には女が一人乗っている。お白粉の薫りと暖かい体温が、幌の中へ蒸すように罩っていた。

轅を上げた俥は、方向を晦ますために一つ所をくるくると二三度廻って走り出したが、右へ曲がり、左へ折れ、どうかするとLabyrinth*の中をうろついているようであった。時々電車通りへ出たり、小さな橋を渡ったりした。

長い間、そうして俥に揺られていた。隣に並んでいる女は勿論T女であろうが、黙って身じろぎもせずに腰かけている。多分私の眼隠しが厳格に守られるか否かを監督するために同乗しているものらしい。しかし、私は他人の監督がなくても、決してこの眼かくしを取り外す気はなかった。海の上で知り合いになった夢のような女、大雨の晩の幌の中、夜の都会の秘密、盲目、沈黙――凡べての物が一つになって、渾然たるミステリーの靄の裡に私を投げ込んでしまっている。

やがて女は固く結んだ私の唇を分けて、口の中へ巻煙草を挿し込んだ。そうしてマッチを擦って火をつけてくれた。

一時間ほど経って、漸く俥は停まった。再びざらざらした男の手が私を導きながら狭そうな路次を二三間行くと、裏木戸のようなものをギーと開けて家の中へ連れて行った。

眼を塞がれながら一人座敷に取り残されて、暫く坐っていると、間もなく襖の開く音がした。女は無言の儘、人魚のように体を崩して擦り寄りつつ、私の膝の上へ仰向きに上半身を靠せかけて、そうして両腕を私の項に廻して羽二重の結び目をはらりと解いた。

部屋は八畳くらいもあろう。普請といい、装飾といい、なかなか立派で、木柄なども選んではあるが、ちょうどこの女の身分が分らぬと同様に、待合とも、妾宅とも、上流の堅気な住まいとも見極めがつかない。一方の縁側の外にはこんもりとした植え込みがあって、その向うは板塀に囲われている。唯（ただ）これだけの眼界では、この家が東京のどの辺にあたるのか、大凡（おおよそ）その見当すら判らなかった。

「よく来て下さいましたね」

こう言いながら、女は座敷の中央の四角な紫檀（したん）の机へ身を靠（もた）せかけて、白い両腕を二匹の生き物のように、だらりと卓上に匍（は）わせた。襟のかかった渋い縞お召に腹合わせ帯をしめて、銀杏返（いちょうがえ）しに結（ゆ）っている風情（ふぜい）の、昨夜と恐ろしく趣が変わっているのに、私はまず驚かされた。

「あなたは、今夜あたしがこんな風をしているのはおかしいと思っていらッしゃるんでしょう。それでも人に身分を知らせないようにするには、こうやって毎日身なりを換えるより外に仕方がありませんからね」

卓上に伏せてある洋盃（コップ）を起こして、葡萄酒（ぶどうしゅ）を注（つ）ぎながら、こんなことを言う女の素振りは、思ったよりもしとやかに打ち萎（しお）れていた。

「でも好く覚えていて下さいましたね。上海でお別れしてから、いろいろの男と苦労もして見ましたが、妙にあなたのことを忘れることが出来ませんでした。もう今度こそは私を棄てないで下さいまし。身分も境遇も判らない、夢のような女だと思って、いつまでもお附き合いなすって下さい」

女の語る一言一句が、遠い国の歌のしらべのように、哀韻を含んで私の胸に響いた。昨夜のような派手な勝気な悧発な女が、どうしてこういう憂鬱な、殊勝な姿を見せることが出来るのであろう。さながら万事を打ち捨てて、私の前に魂を投げ出しているようであった。

「夢の中の女」「秘密の女」朦朧とした、現実とも幻覚とも区別の附かない Love adventure の面白さに、私はそれから毎晩のように女の許に通い、夜半の二時頃まで遊んでは、また眼かくしをして、雷門まで送り返された。一と月も二た月も、お互に所を知らず、名を知らずに会見していた。女の境遇や住宅を捜り出そうという気は少しもなかったが、だんだん時日が立つに従い、私は妙な好奇心から、自分を乗せた俥が果して東京のどっちの方面に二人を運んで行くのか、自分の今眼を塞がれて通っている処は、浅草から何の辺に方っているのか、唯それだけを是非共知って見たくなった。三十分も一時間も、時とすると一時間半もがらがらと市街を走ってから、轅を下ろす女の家は、案外雷門の近くにあるのかも知れない。私は毎夜俥に揺す振られながら、ここかあすこかと心の中に臆測を廻らすことを禁じ得なかった。

或る晩、私はとうとうたまらなくなって、

「一寸でも好いから、この眼かくしを取ってくれ」

と俥の上で女にせがんだ。

「いけません、いけません」

と、女は慌てて、私の両手をしッかり抑えて、その上へ顔を押しあてた。

「何卒そんな我が儘を言わないで下さい。ここの往来はあたしの秘密です。この秘密を知られればあたしはあなたに捨てられるかも知れません」

「どうして私に捨てられるのだ」

「そうなれば、あたしはもう『夢の中の女』ではありません。あなたは私を恋しているよりも、夢の中の女を恋しているのですもの」

いろいろに言葉を尽くして頼んだが、私は何と言っても聴き入れなかった。

「仕方がない、そんなら見せて上げましょう……その代り一寸ですよ」

女は嘆息するように言って、力なく眼かくしの布を取りながら、

「ここがどこだか判りますか」

と、心許ない顔つきをした。

美しく晴れ渡った空の地色は、妙に黒ずんで星が一面にきらきらと輝き、白い霞のような天の川が果てから果てへ流れている。狭い道路の両側には商店が軒を並べて、燈火の光が賑やかに町を照らしていた。

不思議なことには、かなり繁華な通りであるらしいのに、私はそれがどこの街であるか、さっぱり見当が附かなかった。俥はどんどんその通りを走って、やがて一二町

先の突き当りの正面に、精美堂と大きく書いた印形屋(いんぎょうや)の看板が見え出した。

私が看板の横に書いてある細い文字の町名番地を、俥の上で遠くから覗(のぞ)き込むようにすると、女は忽ち気が附いたか、

「あれッ」

と言って、再び私の眼を塞いでしまった。

賑やかな商店の多い小路で突きあたりに印形屋の看板の見える街、――どう考えて見ても、私は今まで通ったことのない往来の一つに違いないと思った。子供時代に経験したような謎の世界の感じに、再び私は誘(いざな)われた。

「あなた、あの看板の字が読めましたか」

「いや読めなかった。一体ここはどこなのだか私にはまるで判らない。私はお前の生活に就(つ)いては三年前の太平洋の波の上の事ばかりしか知らないのだ。私はお前に誘惑されて、何だか遠い海の向うの、幻の国へ伴(つ)れて来られたように思われる」

私がこう答えると、女はしみじみとした悲しい声で、こんな事を言った。

「後生だからいつまでもそういう気持でいて下さい。幻の国に住む、夢の中の女だと思っていて下さい。もう二度と再び、今夜のような我が儘を言わないで下さい」

女の眼からは、涙が流れているらしかった。

その後暫く、私は、あの晩女に見せられた不思議な街の光景を忘れることが出来なかった。燈火のかんかんともっている賑やかな狭い小路の突き当りに見えた印形屋の看板が、頭にはッきりと印象されていた。何とかして、あの町の在りかを捜し出そうと苦心した揚句、私は漸く一策を案じ出した。

長い月日の間、毎夜のように相乗りをして引き擦り廻されているうちに、雷門で俥がくるくると一つ所を廻る度数や、右に折れ左に曲がる回数まで、一定して来て、私はいつともなくその塩梅を覚え込んでしまった。或る朝、私は雷門の角へ立って眼をつぶりながら二三度ぐるぐると体を廻した後、このくらいだと思う時分に、俥と同じくらいの速度で一方へ駈け出して見た。ただ好い加減に時間を見はからって彼方此方の横町を折れ曲がるより外の方法はなかったが、ちょうどこの辺と思う所に、予想の如く、橋もあれば、電車通りもあって、確かにこの道に相違ないと思われた。

道は最初雷門から公園の外郭を廻って千束町に出て、竜泉寺町の細い通りを上野の方へ進んで行ったが、車坂下で更に左へ折れ、お徒町の往来を七八町も行くとやがて又左へ曲がり始める。私はそこでハタとこの間の小路にぶつかった。

なるほど正面に印形屋の看板が見える。

それを望みながら、秘密の潜んでいる巌窟の奥を究めでもするように、つかつかと進んで行ったが、つきあたりの通りへ出ると、思いがけなくも、そこは毎晩夜店の出る下谷竹町の往来の続きであった。いつぞや小紋の縮緬を買った古着屋の店もつい二三間先に見えている。不思議な小路は、三味線堀と仲お徒町の通りを横に繋いでいる街路であったが、どうも私は今までそこを通った覚えがなかった。散々私を悩ました精美堂の看板の前に立って、私は暫く佇んでいた。燦爛とした星の空を戴いて夢のような神秘な空気に蔽われながら、赤い燈火を湛えている夜の趣とは全く異なり、秋の日にかんかん照り附けられて乾涸びている貧相な家並みを見ると、何だか一時にがっかりして興が覚めてしまった。

抑え難い好奇心に駆られ、犬が路上の匂を嗅ぎつつ自分の棲み家へ帰るように、私は又そこから見当をつけて走り出した。

道は再び浅草区へはいって、小島町から右へ右へと進み、菅橋の近所で電車通りを越え、代地河岸を柳橋の方へ曲がって、遂に両国の広小路へ出た。女が如何に方角を悟らせまいとして、大迂廻をやっていたかが察せられる。薬研堀、久松町、浜町と来て蠣浜橋を渡った処で、急にその先が判らなくなった。

何でも女の家は、この辺の路次にあるらしかった。一時間ばかりかかって、私はその近所の狭い横町を出つ入りつした。

ちょうど道了権現の向い側の、ぎっしり並んだ家と家との庇間を分けて、ほとんど眼につかないような、細い、ささやかな小路のあるのを見つけ出した時、私は直覚的に女の家がその奥に潜んでいることを知った。中へはいって行くと右側の二三軒目の、見事な洗い出しの板塀に囲まれた二階の欄干から、松の葉越しに女は死人のような顔をして、じっとこっちを見おろしていた。

思わず嘲るような瞳を挙げて、二階を仰ぎ視ると、むしろ空惚けて別人を装うものの如く、女はにこりともせずに私の姿を眺めていたが、別人を装うても訝しまれぬくらい、その容貌は夜の感じと異なっていた。たッた一度、男の乞いを許して、眼かくしの布を弛めたばかりに、秘密を発かれた悔恨、失意の情が見る見る色に表われて、やがて静かに障子の蔭へ隠れてしまった。

女は芳野というその界隈での物持の後家であった。あの印形屋の看板と同じように、凡べての謎は解かれてしまった。私はそれきりその女を捨てた。

二三日過ぎてから、急に私は寺を引き払って田端の方へ移転した。私の心はだんだん「秘密」などという手ぬるい淡い快感に満足しなくなって、もッと色彩の濃い、血だらけな歓楽を求めるように傾いて行った。

悪魔

真っ暗な箱根の山を越すときに、夜汽車の窓で山北の富士紡の灯をちらりと見たが、やがて又佐伯はうとうとと眠ってしまった。それから再び眼が覚めた時分には、もう短い夜がガラリと明け放れて、青く晴れた品川の海の方から、爽やかな日光が、真昼のようにハッキリと室内へさし込み、乗客は総立ちになって、棚の荷物を取り片附けている最中であった。酒の力で漸く眠り通して来た苦しい夢の世界から、ぱっと一度に明るみへ照らし出された嬉しさのあまり、彼は思わず立ち上がって日輪を合掌したいような気持になった。

「ああ、これで己もようよう、生きながら東京へ来ることが出来た」

こう思って、ほっと一と息ついて、胸をさすった。名古屋から東京へ来るまでの間に、彼は何度途中の停車場で下りたり、泊まったりしたか知れない。今度の旅行に限って物の一時間も乗っていると、忽ち汽車が恐ろしくなる。さながら自分の衰弱した魂を脅喝するような勢いで轟々と走って行く車輪の響きの凄まじさ。グワラグワラグワラと消魂しい、気狂いじみた声を立てて機関車が鉄橋の上だの隧道の中へ駈け込む時は、頭が悩乱して、胆が潰れて、今にも卒倒するような気分に胸をわくわくさせた。

彼はこの夏祖母が脳溢血で頓死したのを見てから、平生大酒を呷る自分の身が急に案じられ、いつやられるかも知れないという恐怖に始終襲われ通していた。一旦汽車の中でそれを想い出すと、体中の血が一挙に脳天へ逆上して来て、顔が火のようにほてり出す。

「あッ、もう堪らん。死ぬ、死ぬ」

こう叫びながら、野を越え山を越えて走って行く車室の窓枠にしがみ着くこともあった。いくら心を落ち着かせようと焦って見ても、強迫観念が海嘯のように頭の中を暴れ廻り、ただわけもなく五体が戦慄し、動悸が高まって、今にも悶絶するかと危ぶまれた。そうして次の下車駅へ来れば、真っ青な顔をして、命からがら汽車を飛び下り、プラットホームから一目散に戸外へ駈け出して、始めてほっと我に復った。

「ほんとうに命拾いをした。もう五分も乗っていれば、きっと己は死んだに違いない」

などと腹の中で考えては、停車場附近の旅館で、一時間も二時間も、時としては一と晩も休養した後、十分神経の静まるのを待って、扨て再びこわごわ汽車に乗った。豊橋で泊まり、浜松で泊まり、昨日の夕方は一旦静岡へ下車したものの、だんだん夜になると、不安と恐怖が宿屋の二階にまでもひたひたと押し寄せて来るので、又候そこにいたたまらず、今度はあべこべに夜汽車の中へ逃げ込むや否や、一生懸命酒を呷って寝てしまったのである。

「それでまあ、よく無事に来られたものだ」

と思って、彼は新橋駅の構内を歩みながら、今しも自分を放免してくれた列車の姿を、いまいましそうに振り顧った。静岡から何十里の山河を、馬鹿気た速力で闇雲に駈け出して、散々原人を嚇かし、勝手放題に唸り続けて来た怪物が、くたびれて、だらけて、始末の悪い長いからだを横えながら、「水が一杯欲しい」とでも言いそうに、鼻の孔からふッふッと地響きのするほどため息をついている。何だかパック*の絵にあるように、機関車が欠伸をしながら大きな意地の悪い眼をむき出して、コソコソ逃げて行く自分の後姿を嘲笑しているかと思われた。

人々の右往左往するうす暗い石畳の構内を出で、正面の玄関から俥に乗る時、彼は旅行鞄を両股の間へ挿みながら、

「おい、幌をかけてくれ」

こう言って、停車場前の熱した広い地面からまともにきらきらと反射する光線の刺戟に堪えかね、まぶしそうに両眼をおさえた。

漸く九月にはいったばかりの東京は、まだ残暑が酷しいらしかった。夏の大都会に溢れて見える自然と人間の旺盛な活力――急行列車のそれよりも更に凄まじく逞しい勢いの前に、佐伯はまざまざと面を向けることが出来なかった。剣のような鉄路を走る電車の響き、見渡す限り熱気の充満した空の輝き、銀色に燃えてもくもくと家並み

の後ろからせり上がる雲の塊、赭く乾いた地面の上を、強烈な日光を浴びて火の子の散るように歩いて行く町の群衆、――上を向いても、下を向いても、激しい色と光とが弱い心を圧迫して、俥の上の彼は一刻も両手を眼から放せなかった。

今までひたすら暗黒な夜の魔の手に悩まされていた自分の神経が、もう白日の威力にさえも堪え難くなって来たかと思うと、彼は生きがいのない心地がした。これから大学を卒業するまで四年の間、昼も夜も喧囂の騒ぎの絶えぬ烈しい巷に起き臥しして、小面倒な法律の書物や講義にいらいらした頭を泥ませることが出来るであろうか。岡山の六高にいた時分と違い、本郷の叔母の家へ預けられれば、再び以前のような自堕落な生活は送れまい。永らくの放蕩で、脳や体に滲み込んでいるいろいろの悪い病気を直すにも、人知れず医者の許に通って、こっそりと服薬しなければなるまい。ことによると、自分はこのままだんだん頭が腐って行って、癈人になるか、死んでしまうか、いずれ近いうちにきまりが着くのだろう。

「ねえあなた、どうせ長生きが出来ないくらいなら、わたしがうんと可愛がって上げるから、いっそ二三年も落第してここにいらっしゃいよ。わざわざ東京へ野たれ死をしに行かなくてもいいじゃありませんか」

岡山で馴染みになった芸者の蔦子が、真顔で別れ際に説きすすめた言葉を思い出すと、潤いのない、乾涸らびた悲しみが、胸に充ち満ちて、やる瀬ない悩ましさを覚える。あの色の青褪めた、感じの鋭い、妖婦じみた蔦子が、時々狂人のように興奮する佐伯の顔をまじまじと眺めながら、よく将来を見透すような事を言ったが、残酷な都会の刺戟に、肉を啄かれ、骨をさいなまれ、いたいたしく傷つけられて斃れている自分の屍骸を、彼は実際見るような気がした。そうして十本の指の間から、臆病らしい眼つきをして、市街の様子を垣間見た。

俥はいつか本郷の赤門前を走っている。二三年前に来た時とは大分変わって、新しく取り拡げた左側の人道へ、五六人の工夫が、どろどろに煮えた黒い漆のようなものを流しながら、コンクリートの路普請をしている。大道に据えてある大きな鉄の桶の中から、赤熱されたコークスが炎天にいきりを上げて、陽炎のように燃えている。新調の角帽を冠って、意気揚々と通って行く若い学生達の風采には、佐伯のような悲惨な影は少しも見えない。

「彼奴等は皆己の競争者だ。見ろ、色つやのいい頰ぺたをして如何にも希望に充ちたように往来を闊歩して行くじゃないか。彼奴等は馬鹿だけれども、獣のような丈夫そうな骨格を持っていやがる。己はとても彼奴等に敵いそうもない」

そんな事を考えているうちに、やがて「林」と肉太に記した、叔母の家の電燈の見える台町の通りへ出た。門内に敷き詰めた砂礫の上を軋めきながら、俥が玄関の格子先に停まると、彼は漸く両手を放して、駈け込むように土間へ入った。

「二三日前に立ったというのに、今まで何をしていたのだい」

元気の好い声で言いながら、叔母は佐伯を廊下伝いに、一とまず八畳ばかりの客間へ案内して、いろいろと故国の様子を聞いた。五十近い、小太りに肥った、いつ見ても気の若い女である。

「ふむ、そうかい。……お父さんも今年は大分儲けたって話じゃないか。お金が儲かったら家の普請でもするがいいって、お前様から少っとそう言っておやり。ほんとにお前さん所ぐらいがらんとして、古ぼけた穢い家はありゃしないよ。わたしゃ名古屋へ行くたびごとにそう言ってやるんだけれど、いずれそのうちにとか何とか、長いことばかり言っているんだもの。この間も博覧会の時に二三日泊まりに来いって言って寄越したから、わたしゃそう言ってやったのさ。ええと、遊びに参り度きは山々に候えども、……兼ねがね御勧め申し置き候御普請の儀、いまだ出来かね候うちは、地震が恐ろしくてとても御宅に逗留致し難く候ってね。ほんとうにお前さん冗談じゃない。少し強い地震が揺ってごらん、あんな家は忽ちぴしゃんこになっちまうから。お父さんは頭が禿げて耄碌爺さんになっているから好いが、叔母さんは色気こそなくなったものの、まだ命は中々惜しいからね」

佐伯は頓狂な話を聞きながら、にやにやと優柔不断の笑い顔をして、頻りに団扇を動かしている叔母の、嬰児のようにむくんだ手頸を見詰めていたが、やがて自分も出された団扇を取って煽ぎ始めた。

家の中へ落ち着いて見ると、暑さは一と入であった。風通しの好いようにと、残らず開け広げた縁外の庭に、こんもりした二三本の背の高い楓と青桐が日を遮って、その蔭に南天や躑躅が生い茂り、大きな八つ手の葉がそよそよと動いている。濃い緑色の反射のために、室内は薄暗くなって、叔母の円々した赭ら顔の頬の半面ばかりが、青く光っている。戸外の明る味から急に穴倉のような処へ引き摺り込まれた佐伯は、俯向き加渡に眼瞼をぱちぱちさせながら、久留米絣の紺が汗に交じって、痩せた二の腕を病人のように染めているのを、いやな気持で眺めていた。多少神経が沈まると、俥の上で背負って来た炎熱が今一時に発散するかとばかり満身の皮膚を燃やして、上気した顔が、眼の暈むほどかッと火照り始め、もの静かな脂汗が頸のまわりにぬるぬると滲み出た。

のべつに独りで喋舌り立てていた叔母は、ふと誰か唐紙の向うを通る跫音を聞き付けて、小首をかしげながら、

「照ちゃんかい」

と呼びかけたが、返事のないのに暫く考えた後、

「照ちゃんなら、ちょいとここへお出ででないか、謙さんがお前、漸く今頃名古屋からやって来たんだよ」

こう言っているうちに襖が開いて従妹の照子がはいって来た。

佐伯は重苦しい頭を上げて、さやさやと衣擦れの音のする暗い奥の方を見た。今しがた出先から帰って来たままの姿であろう。東京風の粋な庇髪に、茶格子の浴衣の上へ派手な縮緬の夏羽織を着て、座敷の中が狭くなりそうな、大柄な、すらりとした体を、窮屈らしくしなやかにかがめながら、よく都会の処女が田舎出の男に挨拶する時のように、安心と誇りのほの見える態度で照子は佐伯に会釈をした。

「どうしたい、赤坂の方は。お前で用が足りたのかい」

「ええ、彼方様でそう仰っしゃって下さいますなら、そこはもう何でございます、ようく解っておりますから決して御心配下さいませんようにッてね……」

「そうだろう。そのはずなんだもの。一体鈴木があんなへまをやらなければ、元々こうはならなかったんだからね」

「それも左様ですけれど、先方の人も随分だわ」

「そうだともサ、……孰方も孰方だあね」

親子は暫くこんな問答をした。薄馬鹿という噂のある、この家の書生の鈴木が、何か又失策を演じたものらしい。別段今この場で相談せずともの事だが、叔母は甥の前で、自分の娘の利巧らしい態度や話振りを、一応見せて置きたいのであろう。

「お母さんもまた、鈴木なんぞをお頼みなさらなければ好いのに、後で腹を立てたって、仕様がありませんよ」

照子はませた調子で年増のような口を利いた。少し擦れ枯らしという所が見える。

正面から庭のあかりを受けて、光沢のない、面長い顔がほんのり匂っている。この前逢った時には、あどけない乙女の心持と、大きな骨格と、シックリそぐわぬようであったが、今ではそんな所はない。大きいなりに豊艶な肉附きへなよなよと余裕が付いて、長い長い腕や項や脚のあたりは柔らかい曲線を作り、たっぷりした着物までが美にして大なる女の四肢を喜ぶように、素直に肌へ纏わっている。重々しい眼瞼の裏に冴えた大きい眼球のくるくると廻転するのが見えて、生え揃った睫毛の蔭から男好きのする瞳が、細く陰険に光っている。蒸し暑い部屋の暗がりに、厚味のある高い鼻や、蛞蝓のように潤んだ唇や、ゆたかな輪廓の顔と髪とが、まざまざと漂って、病的な佐伯の官能を興奮させた。

二三十分立ってから、彼は自分の居間と定められた二階の六畳へ上がって行った。そうして、行李や鞄を運んでくれた書生の鈴木が下りてしまうと、大の字になって眉を顰めながら、庇の外の炎天をぼんやりと視詰めていた。

正午近い日光は青空に漲って、欄干の外に見晴らされる本郷小石川の高台の、家も森も大地から蒸発する熱気の中に朦々と打ち烟り、電車や人声やいろいろの噪音が一つになって、遠い下の方からガヤガヤと響いて来る。どこへ逃げても、醜婦の如く附き纏う夏の恐れと苦しみを、まだ半月も堪えねばならないのかと思いながら、彼ははんぺんのような照子の足の恰好を胸に描いた。何だか自分のいる所が十二階のような、高い塔の頂辺にある部屋かとも想像された。

　東京には二三度来たこともあるし、学校も未だ始まらないし、何を見に行く気も起こらずに、毎日々々彼は二階でごろ寝をしながら、まずい煙草を吹かしていた。敷島を一本吸うと、口中が不愉快に乾燥して、すぐゲロゲロと物を嘔きたくなる。それでも関わず、唇を歪めて、涙をぽろぽろとこぼして、剛情に煙を吸い込む。

「まあ、えらい吸殻だこと、のべつに兄さんは召し上がるのね」

　こんな事を言いながら、照子は時々上がって来て、煙草盆を眺めている。夕方、湯上がりなどには藍の雫のしたたるような生々しい浴衣を着て来る。

「頭が散歩をしている時には、煙草のステッキが入用ですからね」

と、佐伯はむずかしい顔をして、何やら解らない文句を並べる。

「だってお母さんが心配していましたよ。謙さんはあんなに煙草を吸って、頭が悪くならなければ好いがって」

「どうせ頭は悪くなっているんです」

「それでも御酒は上がらないようですね」

「ふむ、……どうですか知らん。……叔母様には内証だが、まあこれを御覧なさい」

こう言って、錠の下りている本箱の抽出しから、彼はウイスキーの壜を取り出して見せる。

「これが僕の麻酔剤なんです」

「不眠症なら、お酒よりか睡り薬の方が利きますよ。妾もずいぶん内証で飲みましたっけ」

照子はこんな塩梅に、どうかすると、一二時間も話し込んで下りて行く。

暑さは日増しに薄らいだが、彼の頭は一向爽やかにならなかった。後脳ががんがん痛んで、首から上が一塊の焼石のように上気せ、毎朝顔を洗う時には、頭の毛が抜けて、べっとりと濡れた頬へ着く。やけになって、髪を挘ると、いくらでもバラバラ脱落する。脳溢血、心臓麻痺、発狂、……いろいろの恐怖が鳩尾の辺に落ち合って、激しい動悸が全身に響き渡り、両手の指先を始終わなわな顫わせていた。

それでも一週間目の朝からは、新調の制服制帽を着けて、弾力のない心を引き立たせ、不承々々に学校へ出掛けたが、三日も続けると、すぐに飽き飽きしてしまい、何の興味も起こらなかった。

よく世間の学生達は、あんなに席を争って教室へ詰めかけ、無意義な講義を一生懸命筆記していられるものだ。教師の言う事を一言半句も逃すまいと筆を走らせ、黙々として機械のように働いている奴等の顔は、朝から晩まで悲しげに蒼褪めて、二た眼と見られたもんじゃない。それでも彼奴等は、結構得々として、自分達が如何に見すぼらしく、如何にみじめで、如何に不仕合せであるかということを知らないのだろう。

講師が講壇に立って咳一咳、

「……エエ前回に引き続きまして……」

とやり出すと、場内に充ち満ちた頭顱が、ハッと机にうつむいて、ペンを持った数百本の手が一斉にノートの上を走り出す。講義は人々の心を跳び越して、直ちに手から紙へ伝わる。行儀の悪い、不思議に粗末な、奇怪なのらくらした符号のような文字となって紙は伝わる。ただ手ばかりが生きて働いている。あの広い教場の中が、水を打ったようにシンとして、凡べての脳髄が悉く死んでしまって、ただ手ばかりが生きているのだ。手が恐ろしく馬鹿気た勢いで、盲目的にスタコラと字を書き続けたり、ガチガチとインキ壺へペンを衝込んだり、ぴらりと洋紙の頁を捲くったりする音が聞こえる。

「さあさあ早く気狂いにおなんなさい。誰でも早く気狂いになった者が勝だ。可哀そうに皆さん、気狂いにさえなってしまえば、そんな苦労はしないでも済みます」

どこかで、こんな蔭口を利いている奴の声も聞こえる。他人は知らないが、佐伯の耳には、きっとこの蔭口を囁く奴がいるので、臆病な彼はとても怯えていたたまれなくなる。
流石（さすが）に叔母の手前があるから、半日くらいは已（や）むを得ず図書館へはいったり、池の周囲をぶら附いたりした。家へ帰れば、相変らず二階で大の字になって、岡山の芸者のことや、照子のことや、死のことや、性慾（せいよく）のことや、愚にも附かない種々雑多な問題を、考えるともなく胸に浮かべた。どうかすると寝ころんだ儘（まま）枕元へ鏡を立てて、肌理（きめ）の粗い、骨ばった目鼻立ちをしげしげと眺めながら、自分の運命を判ずるような真似をした。そうして、恐ろしくなると急いで抽出しのウィスキーを飲んだ。

アルコールと一緒に、だんだん悪性の病毒が、脳や体を侵して来るようであった。東京へ出たらば、上手な医者に診察して貰（もら）いましょうと思っていたのだが、今さら注射をする気にも、売薬を飲む気にもなれなかった。彼はもう骨を折って健康を回復する精力さえなくなっていた。

「謙さん、一緒に歌舞伎へ行かないかね」

などと、叔母はよく日曜に佐伯を誘った。

「せっかくですが、僕は人の出さかる所へ行くと、何だか恐（こわ）くなっていけませんから……実は少し頭が悪いんです」

こう言って、彼は悩ましそうに頭を抱えて見せる。

「何だね、意気地のない。お前さんも行くだろうと思って、態々（わざわざ）日曜まで待っていたんだのに、まあ好いから行ってごらん。まあさ、行ってごらんよ」

「いやだって言うのに、無理にお勧めしたって駄目だわ。お母様は自分ばかり呑気(のんき)で、ちっとも人の気持が解らないんだもの」

と、傍から照子がたしなめるようなことを言う。

「だけど、あの人も少し変だね」

と、叔母は二階へ逃げて行く佐伯の後ろ姿を見送りながら、

「猫や鼠じゃあるまいし、人間が恐いなんておかしいじゃないか」

と、今度は照子に訴える。

「人の気持だから、そう理責めには行かないわ」

「あれで岡山では大分放蕩をしたんだそうだが、もう少し人間が砕けそうなものだね。尤(もっと)も書生さんの道楽だから、知れているけれど、未だからっきし世馴れないじゃないか」

「謙さんだって、妾(わたし)だって、学生のうちは皆(みんな)子供だわ」

照子はこう言って、皮肉な人の悪い眼つきをする。結局、親子は女中のお雪を伴(つ)れて、書生の鈴木に留守を頼んで出かけて行く。

鈴木は毎朝佐伯と同じ時刻に、弁当を下げて神田辺の私立大学へ通っていた。家にいると玄関脇の四畳半に籠(こも)って、何を読むのか頻(しき)りにコツコツ勉強するらしい。眉の

迫った、暗い顔をいつもむっつりさせて、朝晩には風呂を沸かしたり、庭を掃いたり、大儀そうにのそのそ仕事をしている。少し頭が低能で、不断何を考えているのか要領を得ないが、叔母やお雪に一言叱言を言われれば、表情の鈍い面を脹らせ、疑い深い、白い眼をぎょろりとさせて怒ることだけは必ず確かである。始終ぶつぶつと不平らしく独語を言っている。

「鈴木を見ると、家の中に魔者がいるような気がしますよ」

と、叔母の言ったのも無理はない。馬鹿ではあるが、いやに陰険で煮え切らない所がある。あれでも幼い頃には一と角の秀才で、叔父が生前に見込みを付けて家へ置いたのだが、将来立派な者にさえなれば、随分照子の婿にもしてやると、ウッカリほのめかしたのを執念深く根に持って、一生懸命勉強している間に、馬鹿になってしまったのだそうだ。いまだに照子の言うことなら、腹を立てずに何でも聴く。きっと彼奴は照子に惚れて、Onanism に没頭した結果馬鹿になったのに違いない、と佐伯は思った。鈴木ばかりか、自分も照子に接近してから、余計神経が悩んで、馬鹿になったように思われる。実際彼の女と対談した後では五体が疲れる。彼の女は男の頭を掻き挘るような所があるらしい。……佐伯はそんな事を考えた。

みしり、みしり、と梯子段に重い跫音をさせて、ある晩鈴木が二階へ上がって来た。

もう九月の末の秋らしい夜で、どこかに蟋蟀(こおろぎ)がじいじい啼(な)いている。叔母を始め、女達は皆出かけて、ひっそりとした階下の柱時計のセコンドが、静かにコチコチと聞こえている。

「何か御勉強中ですか」

と言いながら、鈴木はそこへ据(す)わって、部屋の中をじろじろ見廻した。

「いや」

と言って、佐伯は居ずまいを直して、けげんそうに鈴木の顔色を窺(うかが)った。めったに自分に挨拶をしたこともない、無口な男が、何用あって、珍しくも二階へ上がって来たのだろう……

「大変夜が長くなりましたな」

曖昧(あいまい)な聞き取りにくい声で、もぐもぐと物を言ったが、やがて鈴木はうつ向いてしまった。毒々しく油を塗った髪の毛が、電燈の下でてかてかしている。頑丈な、真黒な、生薑(しょうが)の根のような指先を、ピクリピクリ動かしつつ黙って膝頭(ひざがしら)で拍子を取っている。何か相談があって、家族の留守を幸いに、やって来たのだろうが、容易に切り出しそうもない。妙に重々しく圧(お)え付けられるようで、佐伯は気がいらいらして来た。全体何を言う積りで、もじもじと、いつまでも考えているのだろう。話があるならさッさと喋舌(しゃべ)るがいいじゃないか。……と、腹の中で呟(つぶや)きたくなる。

が、鈴木はなかなか喋舌り出さない。「あなたはそこで勉強しているがいい。私は自分の勝手でここに坐っているのだ」と言わんばかりに、畳の目を睨みつつ、上半身で貧乏揺すりをしている。……夜は非常に静かである。からりころりと冴えた下駄の音が聞こえて、遥かに本郷通りの電車の軋めきが、鐘の余韻のように殷々と響く。

「甚だ突然ですが、少しその、あなたに伺いたい事があって……」

いよいよ何か言い始めた。相変らず畳を視詰めて、貧乏揺すりをして、

「……他の事でもありませんが、実は照子さんのことに就いてなんです」

「はあどんな事だか、まあ言って見給え」

佐伯は出来るだけ軽快を装って、少し甲高い調子で言ったが、咽喉へ唾液が溜まっていたものと見えて、ひしゃげたような声が出た。

「それからもう一つ伺いたいんですが、一体あなたがこの家へ入らっしゃったのはどういう関係でございましょう」

「どういう関係と言って、僕とこことは親類同士だし、学校も近いから、都合が好いと思ったんです」

「ただそれだけですかなあ。あなたと照子さんとの間に、何か関係でもありはしませんか。親と親とが、結婚の約束を取り極めたとでもいうような」

「別にそんな約束はありませんがね」

「そうですかなあ、どうぞ本当の事を仰っしゃって下さい」

鈴木は胡散臭い眼つきをしながら、歯列びの悪い口元でにたにたと無気味に笑っている。

「いいや、全くですよ」

「まあそれにしても、これから先になって、あなたが欲しいと仰っしゃれば、結婚なさることも出来そうだと思いますが……」

「欲しいと言ったら、叔母は呉れるかも知れないけれど、当人が判りますまい。それに僕は当分結婚なんかしませんよ」

佐伯は話をしているうちに、だんだん癪に触って来て、何だか馬鹿がこちらへも乗り移りそうな気分になった。大声で怒鳴りつけてくれようかと思うほど、胸先がムカムカしたが、じっと堪えている。それに相手が愚鈍な脳髄を遺憾なく発揮するのを多少痛快にも感じている。

「しかし結婚はどうでも、とにかくあなたは照子さんが御好きでしょう。嫌いというはずはありませんよ。どうも僕にはそう見えます」

「別段嫌いじゃありません」

「いや好きでしょう。或は恋していらっしゃりはしませんか。それが僕は伺いたいのです」

こう言って、鈴木は如何にも根性の悪そうな、仏頂面をして、ぱちくりと眼瞬きをしながら、思っている事を皆言わせなければ承知しないというように、佐伯の一挙手一投足を監視して睨み付けている。

「恋をしているなんて、そんなことは決して」

と、佐伯はおずおず弁解しかけたが、どうした加減か、中途で急に腹が立って来た。

「一体君は、そんな事をしつくどく根掘り葉掘りしてどうするんだい。恋しようと恋しまいと僕の勝手じゃないか、好い加減にし給え、好い加減に」

喋舌っている間に、心臓がドキドキ鳴って、かっと一時に血が頭へ上って行くのが、自分にも判る。噛み付くような怒罵を、不意に真甲から叩きつけられて、鈴木の脹れっ面はだんだん険悪な相を崩し始め、遂には重苦しい、薄気味のわるい笑顔になって行く。

「そうお怒りになっちゃ困りますなあ。僕はただあなたに忠告したいと思ったんです。照子さんは中々一通りの女じゃありませんよ。不断は猫を被っていますが、腹の中ではまるで男を馬鹿にし切っているんです。実は極く秘密の話なんですが……」

と、鈴木は一段声をひそめ、膝を乗り出して、さも同感を求めるような口調で、

「大概お解りでしょうが、あの女はもう処女じゃありませんよ。ずいぶんいろいろな男の学生と関係したらしいんです。第一、僕とも以前に関係があったんですから……」

そう言って、暫く相手の返事を待っていたが、佐伯が何とも言わないので、又話を続ける。

「けれども全く美人には違いありませんね。僕は彼の女のためなら、命を捨ててもいい積りなんです。照子のお父様が生きている時分に、確かに僕に呉れると言ったんです。実は話がそうなっていたんですが、この頃になって、どうも母親の考えが変わったらしく思われるものですから、それでさっきあんな事をあなたに伺って見ました。――全体母親も良くありません。男親の極めて置いた約束を、今さら反口(ほご)にするなんて、少し無法じゃありませんか。先がそういう了見なら、僕の方にも覚悟があります。なあに、照子の気持は母親よりも僕の方が能(よ)く解っている。彼の女は非常に冷酷で、男を弄(もてあそ)ぶ気にはなっても、惚れるなんてことはないのです。だから、うるさく附け廻してやれば、根負けがして、誰とでも結婚するに極まっていますよ」

こんな事を、とぎれとぎれに、ぶつぶつと繰り返して、いつまで立っても止(や)みそうもなかったが、突然戸外(おもて)の格子がガラガラと開いて、三人の跫音(あしおと)がすると、

「どうぞ今日の話は内分に願います」

こう言い捨てて、鈴木は大急ぎで下へ行った。

何でも十一時近くであろう、それから一時間ばかり立って、皆寝静まった頃に、

「謙さん、まだお休みでないか」

と言いながら、叔母がフランネルの寝間着の上へ羽織を引懸(ひっか)けて、上がって来た。

「さっき鈴木が二階へ来やしないかい」

こう言って、佐伯の凭(もた)れている机の角へ頬杖(ほおづえ)を衝(つ)いて、片手で懐(ふところ)から煙草入を出した。多少気がかりのような顔をしている。

「ええ来ましたよ」

「そうだろう。何でも帰ってきた時に、ドヤドヤと二階から下りて来た様子が変だったから、行って聞いて見ろッて、照子が言うんだよ。めったにお前さんなんぞには、ろくすっぽう口も利かないのに、おかしいじゃないか。全体何だって言うの」

「愚にも附かない事ばかり、独(ひと)りで喋舌っているんですよ。ほんとに彼は大馬鹿だ」

珍しく佐伯は、機嫌の好い声で、すらすらと物を言った。

「又私の悪口じゃないのかい。方々へ行って、好い加減なことを触れて歩くんだから困っちまうよ。あれで、あの男は馬鹿の癖になかなか小刀細工(こがたなざいく)をするんだからね。——いずれお前さんと照子とどうだとか言うんだろう」

「そうなんです」

「そんなら、もう聞かないでも、大概わかっていらあね。若い男がちょいとでも照子と知り合いになると、すぐに彼奴(あいつ)は聞きに出かけるんだよ。彼奴の癖なんだからお前さん悪く思わないようにね」

「別に何とも思っちゃいません。しかしあれじゃ叔母さんもお困りでしょう」

「お困りにも、何にも……」

と、眉を顰める拍子に、ぽんと灰吹へ煙管を叩いて、叔母は又語り続ける。

「彼奴のためには、私は時々魘されますよ。叔父様が亡くなってから、一度暇を出したんだけれど、その時なんざ、私達親子を恨んで、毎日々々刃物を懐にして、家の周囲をうろついてるッて騒ぎなんだろう。まあ私達がどんなに酷い事でもしたようで世間体が悪いじゃないか。家へ入れてやらなければ、火附けぐらいはしかねないし、仕方がないから、又引き取ってやったあね。照子はなに鈴木は臆病だから、いつもの小刀細工で人を嚇かしてるんだッて、言うけれど、私は、満更そうでもあるまいと思うな。なあに、ああいう奴が、今にきっと人殺しなんぞするんです……」

ふと、佐伯は、フランネルに包まれた、むくむくした叔母の体が、襟髪か何かをムズと摑まれて、残酷にずでんどうと引き摺り倒され、血だらけになって、キャッと悲鳴を揚げる所を想像した。あの懐に見えている、象の耳のようにだらりと垂れた乳房の辺へ、グサッと刃物を突き立てたら、どんなだろう。不恰好に肥った股の肉をヒクヒクさせ、大根のような手足を踏ん張って、ひいひいばたばたと大地を這い廻った揚句、あの仔細らしい表情の中央にある眉間を割られて、キュッと牛鍋の煮詰まったように、息の根の止まる所はどんなだろう……

ぼんと階下で時計が半を打った。あたりがしんしんと更けて、大分寒さが沁み渡る。叔母は話に夢中になって、頻りに煙草盆の灰の中を、雁首で掻き廻している。灰の山がいろいろの形に崩れて、時々蛍ほどの炭火がちらちら見えるが、容易に煙草へ燃え移らない。

「……だから私も心配でならない。照子だって、いずれそのうち婿を貰わなけりゃならないけれど、又あの馬鹿が、何をするかも知れないと思うと……」

いつの間にか火を附けたと見えて、叔母の鼻の孔から、話と一緒に白い煙の塊がもくもく吐き出され、二人の間に漂いながら、はびこって行く。

「それに照子が、縁談となると嫌な顔をするので、私も弱り切るのさ。謙さんからもちっとそう言って見ておくれな。そりゃ私もずいぶん呑気だけれど、あの娘と来たら又一倍だからね。二十四にもなって、一体まあどうする気なんだろう」

叔母はいつもの元気に似合わず、萎れ返って、散々愚痴をこぼしたが、十二時が鳴ると話を切り上げ、

「そういう訳だから、鈴木が何と言ったって、取り上げないでおくんなさい。あんな奴に掛り合うと、しまいにはお前さんまで恨まれるからね。――さあさあ遅くなっちまった。謙さんもモウお休み」

こう言って下りて行った。

明くる日の朝、佐伯が風呂場で顔を洗っていると、跣足(はだし)になって庭を掃いていた鈴木が、湯船の脇の木戸口から、のっそりはいって来た。

「お早う」

と、佐伯は少しギョッとして、殊更(ことさら)機嫌を取るように声をかけたが、何か非常に腹を立てているらしく、暫くは返事もせずに面を脹らしている。

「あなたは、昨夜の事をすっかり言い附けましたね。――お恍(とぼ)けになったっていけません。僕はあれからまんじりともしないで、様子を聞いていたんです。たしかに奥様が二階へ上がって行って十二時過ぎまで話をしていました。僕はもうあなたとも仇同士(かたきどうし)だから、これからは決して口を利きませんよ。僕に何を言いかけたって無駄だから、どうぞその積りでいて下さい」

こう言って、ぷいと風呂場を出て行ったかと思うと、何喰(く)わぬ顔をして庭を掃いている。

「とうとう己にも魔者が取り付いた」

佐伯は腹の中でこう呟いた。彼奴(あいつ)は人が親切にしてやればやるほど仇(かたき)だと思って付け狙うんだ。事に依(よ)ると己が彼奴に殺されるのかも知れない。如何に彼奴のために利益を図って、なるべく照子にも近附かないようにして、真実を尽くせば尽くすほど、いよいよ彼奴は己を恨んで、揚句の果てに殺すのかも知れない。始終殺されまい、殺されまいと、気を配りつつ、逃げて廻っているうちに、だんだん自分が照子と恋に落ちて、やっぱり殺されなければならないような運命に陥り込みはしないだろうか……

鈴木はまだ庭を掃いている。頑丈な、糞力のありそうな手に箒を握って、臀端折りで庭を掃いている。あの体で押え付けられたら、己はとても身動きが出来まい。――種々雑多な、取り止めのないもやもやとした恐怖が、佐伯の頭の中に騒いでいる。

　十月も半ばになって、学校の講義は大分進んだが、彼のノートは一向厚くならなかった。「なに毎日出席しなくってもいいんです」とか、「今日は少し気分が勝れない」とか、だんだん図々しいことを言って、三日に上げず欠席するようになった。朝も非常に寝坊をした。暇さえあれば、蒲団にもぐり込んで、獣のような、何かに渇えたような眼をぱっちりと開いて、天井を視詰めながら、うとうとと物を考える。脳を循る血が、ズキンズキンと枕へ響き、眼の前に無数の泡粒がちらちらしたり、耳鳴りがしたりして、体の節々のほごれるような慵い、だるい日が続く。ちょいとごろ寝をした間にも、恐ろしく官能的な、奇怪な、荒唐な夢を無数に見る。そうしてそれが眼を覚ました後までも、感覚に残っている。天気の好い日は、南の窓から癪に触るほど冴え返った青空が、濁った頭を覗(のぞ)き込(こ)んでいる。もう再び放蕩をしようという気も起こらない。こんな衰弱した体で、刺戟の強い、糜爛(びらん)した歓楽を二日も試みたら、きっと死んでしまうだろうと思われる。

照子は日に何度となく二階へ上がって来る。あの大柄な女の平(ひら)べったい足で、寝ている枕元をみしみし歩かれると、佐伯は自分の体を踏み付けられるように感じた。

「私が梯子段(はしごだん)を上がるたびごとに、鈴木がおかしな眼つきをするから、なおさら意地になってからかってやるのよ」

こう言って、照子は佐伯の眼の前へ坐りながら、

「この二三日感冒(かぜ)を引いちゃって」

と袂(たもと)から手巾(ハンカチ)を出してちいちいと洟(はな)を擤(か)んだ。

「こんな女は、感冒を引くと、余計 attractive になるものだ」

と思って、佐伯は額越しに、照子の目鼻立ちを見上げた。寸の長い、たっぷりした顔が、喰(く)い荒らした喰(た)べ物のように汚(よご)れて、唇の上がじめじめと赤く爛(ただ)れている。生暖かい活気と、強い底力のある息が、頭の上へ降って来るのを佐伯は悩ましく感じながら、

「ふむ、ふむ」

と、好い加減な返事をして、胸高に締めた塩瀬(しおせ)の丸帯の、一呼吸ごとに顫(ふる)えるのを、

どんよりと眺めている。

「兄さん——あなたは鈴木に捕まってから、私が来るといやに気色を悪くなさるのね」

こう言って、照子は腰を下ろして、ぴしゃんこに坐り直した。

湯へはいらないせいであろう、膝の上へ投げ出した両手の指が、やや黒ずんでいる。あの面積の広い掌が、今にも自分の顔の上を撫で廻しに来やしないかと、佐伯は思った。

「何だか僕は、彼奴に殺されるような気がする」

「どうしてなの。何か殺されるような覚えがあって？　あなたまで恨まれる因縁はありゃしないわ」

「そりゃ何も因縁はないさ」

佐伯は惶てて取り消すように言ったが、何だか気不味い所があるので、照子の顔を見ないように話をつづける。

「けれども彼奴は、因縁なんぞなくったって、恨む時には恨むんだから抗わない。——ただ訳もなく殺されるような気がするんだ」

「大丈夫よ、そんなことが出来るくらいな、ハキハキした人間じゃないんですもの。——けれども殺すとしたら、まずお母様だわ。私を殺す気にはとてもなれないらしい」

「そいつは判らないな。可愛さ余って憎さが百倍というじゃないか」

「いいえ、たしかに殺すはずはないの。いつか家を追い出された時だって、お母様ばかり嚇かしているんですよ。私は夜昼平気で戸外へ出てやったけれど、てんで傍へも寄り付いて来なかったわ……」

照子はこっそりと前の方へ、蓋さるように乗り出して来る。

「それだのに兄さんが殺されるなんて、そんな事がありっこないわ。よしんば、二人の間にどんな事があっても……」

佐伯は急に、何か物に怖れるような眼つきをして、

「照ちゃん僕は頭が痛いんだから、又話に来てくれないか」

と、いらいらした調子で、慳貪に言い放った。

間もなく照子と入れ代りに、女中のお雪が上がって来て、何か部屋の中を、こそこそと捜している。

「お嬢さんが手巾をお忘れになったそうですが、御存じございませんか知ら、何でも洟を擤んだ穢い物だから、持って来てくれと仰っしゃいますが……」

「忘れたのなら、そこいらにあるだろう。僕は気がつかなかったがね」

佐伯は無愛想な返事をすると、背中を向けて寝てしまった。それから、お雪がやや暫く捜ねあぐんで下りて行った頃、又むくむくと起き返った。そして梯子段の方へ気

を配りながら、臆病らしく肩をすぼめて、蒲団の下から手巾を引き摺り出し、拇指と人差指で眼の前へ摘み上げた。

四つに畳まれた手巾は、どす黒い板のように濡れて癒着いて、中を開けると、鼻感冒に特有な臭気が発散した。水洟が滲み透して、くちゃくちゃになった冷たい布を、彼は両手の間に挿んでぬるぬると擦って見たり、ぴしゃりと頬ぺたへ叩き付けたりしていたが、しまいに顰めッ面をして、犬のようにぺろぺろと舐め始めた。

……これが洟の味なんだ。何だかむっとした生臭い匂を舐めるようで、淡い、塩辛い味が、舌の先に残るばかりだ。しかし、不思議に辛辣な、怪しからぬほど面白い事を、己は見付け出したものだ。人間の歓楽世界の裏面に、こんな秘密な、奇妙な楽園が潜んでいるんだ。……彼は口中に溜まる唾液を、思い切って滾々と飲み下した。一種掻き挘られるような快感が、煙草の酔の如く脳味噌に浸潤して、ハッと気狂いの谷底へ、突き落とされるような恐怖に追い立てられつつ、夢中になって、ただ一生懸命ぺろぺろと舐める。

やがて二三分立つと、彼は手巾を再びそっと蒲団の下へ押し込み、眼が眩くように惑乱された頭を抱えながら、憂鬱な暗澹とした物思いに耽った。己はこうやってだんだん照子に踏み躙られて行くのだ。彼の女は蜥蜴のように細長い、しなしなした体で、鈴木と一緒に己の運命の上へ黒雲の如く蓋さって来るのだ。

翌朝佐伯は床を離れると、早速手巾を洋服の内隠嚢へ入れて、こそこそと鈴木の前を逃げるように学校へ行った。そうして便所の戸を堅く締めて、その中でそっと拡げたり、池の汀の雑草の中に埋れて、野獣が人肉をしゃぶるようにぺちゃぺちゃとやる。やがて又何とも名状し難い、浅ましい、不快な気分に呪われつつ、物凄い青黒い顔をして、ふらりと家へ戻って来る。そのうちに手巾は、水洟の糟も残らず綺麗に黄色く乾上がって、突張ってしまった。

「もう好い加減に降参しろ」と言わんばかりに、照子は相変らず二階へ上がって来ては、チクチクと佐伯の神経をつッ突く。あの銀の鍼に似た眼元に、媚びるような、冷やかすような微笑を泛かべてじりじりと肉薄されると、佐伯は手巾の一件を見破られるかと思われて、避けて廻りながらも、存分に翻弄され、悩まされて行く。あの柔らかそうに嵩張った、すべすべと四肢の発達した肉体の下に、魂が押し潰されて、藻掻いても、焦っても、逃げようのない重苦しさに、彼は哀れを乞うが如き眼つきをしながら、

「照子の淫婦奴！」

と呻るような声で怒号して見たくなるかと思えば、

「いくら誘惑したって、降参なんかするものか。己には彼奴にも鈴木にも知れないような、秘密な楽園があるんだ」

こんな負け惜しみを言って、せせら笑う気持にもなった。

続悪魔

佐伯は、頭の工合が日に増し悪くなって行くような心地がした。癲癇、頓死、発狂などに対する恐怖が、始終胸に蟠って、それでも足らずに、いやが上にも我から心配の種を撒き散らし、愚にもつかない事にばかり驚き戦きつつ生をつづけていた。叔母が或る晩、安政の地震の話をして、もう近いうちに、再び大地震の起こる時分だと、仔細らしく、予言したのをちらりと小耳に挟んでから、ひどく神経に病み始め、微かな家鳴震動に遇ってさえ、忽ちどきん、どきん、と動悸が轟いて、体中の血が一挙に脳天へ逆上した。震動が止むと彼は一刻の猶予もなく、転げ落ちる様に梯子段を駈け下りて湯殿へ飛び込み、水道の栓を拈って熱した頭から水をシャアシャア注ぎかけながら、卒倒せんばかりに興奮した心気を辛くも押し静める。だんだん恐怖が募って来るに随い、端が騒がないでも、自分には何だか地面の揺れているような気のする事がたびたびあった。そら地震だ！　こう思うと矢も楯も耐らず、ひょろひょろしながら立ち上がって、無我夢中に襖を蹴ったり、床柱にぶつかったり、散々驚かされた揚句の果てが、

「謙さん、お前さん二階で何をしているんだい」

こう言って、下から叔母に怒鳴り付けられる。すると佐伯はワクワク膝頭をふるわせながら梯子段を下りて来て、例の如く冷水を浴び、

「どうも頭痛がして困るんです」

と、何気ない体で答える。その瞬間の恐ろしさといったら、本当の地震の時と少しも変わらず、顔は真紅に充血して、心臓が面白いようにドキドキ鳴っている。

「頭痛がするからッて、あんなにどたばた暴れないでも好いじゃないか。何かお前さんこの頃気がかりな事でもあるんじゃないか」

「いいえ」

と言って、彼は叔母の追究を避けるが如く、こそこそと、二階へ上がってしまう。

本郷は地盤が堅固だというけれど、叔母の家なんか坂道に建っているから、いざとなったら険難なものだ。ここの二階に住んでいた日には、如何に考えても、大地震の場合に助かりようがない。割合にシッカリした普請ではあるが、体の偉大な照子が上がって来てさえ、ばたりばたり地響きがするほどだから、地震の偉大な奴に出会したら一と耐りもないだろう。「あれエ」とか何とか、叔母が土蔵の鉢巻に押し潰されて悲鳴を挙げている間に、親不孝の照子はさッさと逃げ出す。のろまな鈴木は逃げ損って梁の下に挟まれるかも知れぬが、なかなかそれくらいの事で死ぬような男ではない。どうしても自分一人が叔母と運命を共にしそうである。……そう思うと、危険極まる

二階の座敷が牢獄のように感じられる。

一体大地震というものは、ほぼ何年目頃に起こるのだろう。それに就いてオーソリチーのある説明を聞いた上、間違いのない所を確かめたくなったので、或る時彼はめッたに入ったことのない大学の図書館へ駆け着け、カード、キャタローグの抽き出しをガチガチとあッちこッち引っ張り出した揚句、斯学に関する書籍を山のように借り受けて、一日読み耽ったが遂に要領を得なかった。何でも大森博士の説に依ると、大地震はいつどこに生ずるか予め知ることが出来ない。古来東京には数回の大地震があったが、将来も必ずあるとは明言されぬ。必ずないとも明言されぬ。甚だ曖昧である。今年は大地震があるだろうなどと、妄りに危惧の念に駆らるるは愚昧な話だと言うけれど、いつ起こるか判らなければ心配するのは当り前だろうじゃないか。

どうも佐伯には、大森博士がうすうす大地震の起こる時期を知っていながら、それを隠しているような気がしてならなかった。博士のことだから、大体の見当は付いていても、何日の何時何分という明瞭な予測が出来ないため、乃至いまだ根拠のある科学的説明が出来ないため、徒に天下の人心を騒がすことを憂えて発表を遠慮しているのではあるまいか。何となくそれらしい口うらが議義の中に仄めかしてあるようだ。もしひょッとしてそうだとすれば大変である。天下の人心を騒がせても構わないから、学理上の根柢がなくても差し支えないから、つまらぬ遠慮なんかしないで、大凡その所を早く教えて貰いたいものだ。……こういう邪推をすればするほど、佐伯はますます薄気味悪くなって、知識の無い人間の情なさを、今さらの如く悲しんだ。そうして、単身博士の私邸を訪問しようかとまで思い煩った。

「こんな下らない事ばかり苦に病み続けていて、己はいつまで世の中に生きていられるだろう」――彼は到底今年の暮れが安穏に越せないような心地がした。毎日々々、朝夕に五六度も胸をドキ付かせ、渾身の神経をピクピク戦かせて、一つ間違えば気狂いになりそうな危かしい軽業を演じながら、どれだけ命が保って行くだろう。手を換え品を換えて、執拗に襲い来る恐怖の大波を掻い潜りつつ、盲目滅法に悶え廻り、次第に精根が尽き果てて行く無慙な姿を、佐伯は自ら顧みてハラハラするような折もあった。呪うべき運命が、もうつい近所まで迫って来て、刻一刻に彼を待ち構えていた。

天長節も過ぎて、十一月の晩秋の空が爽やかに冴え返り、上野の森の木々の梢の黄ばんだ色が、二階の窓から眺められる時分まで、それでも彼はどうにかして生きていた。相変らず学校は欠席だらけ、いつも座敷の壁の腰張りに頭を擦り附けて、枷を篏められた罪人のように窮屈らしく臥転びながら、ウイスキーを飲んだり、煙草を吹かしたり、やッとこさと落ち着かぬ神経を麻痺させて、石塊のような頭を抱えている。そうして、時々文芸倶楽部や講釈本の古いのを引き擦り出して、かなり熱心に読み耽ったが、たまたま照子でも二階へ上がって来ると、惶ててそれを蒲団の下へ押し隠した。

「兄さん、今何を読んでいらしったの。……そんなに隠したって、妾ちゃんと知っているわ」

こう言いながら、照子は或る時二階の窓に腰を掛けて、長い両脚を臥ている佐伯の眼の前に放り出した。

そうして、

「ふふん」

と鼻の先で軽く笑った。照子がこんな笑い方をするのは、母親や鈴木を対手にする時にのみ限られていたものだが、この頃は佐伯に向かってもちょいちょい用いるようになった。

「そんなに見られるのが恥ずかしくって？」

と、両手を窓の鴨居に伸ばして、房々とした庇髪の頭をがっくり俯向かせ、足許の犬をからかうように佐伯の姿を見下ろしている。汚れッぽい顔が今日は見事に澄んで透き徹って、旨味のある軟らかい造作が、蠟しんこのような物質を連想させた。大方体の加減でも悪いのであろう、肉附きの好い鼻や頬ッぺたまで西洋菓子のマシマローのように白々と艶気を失い、唇ばかりが真紅に嫌らしく湿んでいる。大島の亀甲絣の綿入の裾から、十文に近い大足が畳の上へのさばって、少し垢の着いた、弾ち切れんばかりに踝(くるぶし)へ喰(く)い込んだ白足袋(たび)の鞐(こはぜ)が一枚壊(こわ)れかかっているのを見ると、佐伯は餌(えさ)を投げられた獣のような眼つきをして、

「畜生！　又己の頭を引ッ掻(か)き廻しに来やがった。せっかく人が面白そうに本を読んでいるのに余計なことだ」

　こう腹の中で叫んだ。そうして読みさしの「高橋お伝」の講釈本を、シッカリ臀(しり)のしたに敷いて、わざと落ち着き払いながら、

「この本を見せたら、僕よりも君の方が恥ずかしいだろう」

と、胡散臭(うさんくさ)いことを言った。

「一体どんな本なの」

「Obscene picture* だよ」

　こう言って、彼はさも意地が悪そうににやにや笑った。

「いいわ。構わないから、いくらでも出してごらんなさいな。そんな物を恥ずかしいとも珍しいとも思やしませんから……」

　ふと、佐伯は照子の顔が恐ろしく obscene な表情に変わって居るのに気が附いた。いつぞや鈴木が、

「実は以前私とも関係があったんです」

と言った言葉を想い出して、この女の面魂(つらだましい)では満更(まんざら)無根の事実でもあるまいと思った。

なかなか気の利いた口をきいていながら、一遍でも書生の鈴木に玩具にされたことがあるとすれば甚だ痛快である。

「なるほど、今時の女学生はえらいものだね。君のような女が芸者になったら、さぞ繁昌するだろうよ」

ポンと投げるように言い捨てて、一と息深く煙草を吸って、彼は臥ながら自分の胸の辺をうつむいて眺めた。大いに罵ったような体裁であるが、その実こんな言葉を聞くと、照子はいよいよ増長して、得意の鼻を蠢かすのは判り切っている。ほんとうに嘲る積りで言ったのか、乃至はお世辞を言ったのか、我ながら明瞭でなかった。そうして、俯向いたまま、女の視線が痛いほど自分の額を射ているのを感じた。いつの間にか、「高橋お伝」は臀の下から背筋の方へ辷り込み、肩のあたりでゴロゴロしているので、佐伯は縛り付けられた人間のように身動きが出来ず、嚙みつくような眦で女を睨んだ。

「兄さんは正直な癖に嘘ッつきね。ちょいと鈴木に似ているわ」

と、照子は口元に微笑を泛かべ、眼球をごろりと転がして、男の頭を凝視している。それが佐伯には、ちょうど鎌倉の大仏を下から覗いた時のような、馬鹿気て大きな、威力のある顔に見えて、モウ何も彼も洞察されてしまいそうに、ドギマギしながら、

「へーエ、己はそんなに嘘ッつきか知らん」

こう言って、力一杯うんと気張って空嘯いた。

「Obscene picture だなんて、誤魔化したって駄目よ。あたしちゃあんと知っているわ」

「知っているなら、いいじゃないか」

彼は不覚にも微かな顫え声を出して、臆病らしく眼を光らせたが、

「人の目を窃んで、留守の間に部屋の中を掻き廻して見れば、誰にだッて判るさ。女の利巧という奴は、みんなそれなんだ」

と、叩き付けるように言ったと思うと、体中がわなないて、耳の着け根まで真紅になり、どうしたはずみか、涙が泛かんで来る。

「人の目を窃んでいるのはお互い様だわ。兄さんだって、こッそりおかしな本を読んでいらッしゃるじゃありませんか」

照子は佐伯の泣きッ面を見てから、急に元気が出たらしく、ことさら労るような優しい調子で、根性の悪いことを言った。

「実はあたしこの間兄さんの本箱を調べて見たの。参考書なんて物は一つもなくって、妙な講釈本が五六冊入っているきりなのね。どうしてあなた方にあんな本が面白いんだか、私には解らないわ。近代人にも似合わないと思うわ。余計なお世話かも知れないけれど、兄さんは余程この頃どうかしていらッしゃるんじゃなくッて？　端から見

ていても、ほんとうに案じられてよ」

いやに落ち着き払って、憎らしいほど心配そうな表情を装ってすらすらと喋舌り出す照子の言葉を、半分まで聞くと、もう佐伯はいたたまれなくなり、耳の穴へ手を挿し込んで、聴覚を攪乱させたくなった。照子が語り終わると、漸う雷鳴が済んだ後のように、ホッと一と息ついて、

「講釈本が面白ければ、近代人になれないのかい。全体近代人なんてものが、女に解るもんじゃないんだ」

「そんなら、何だッて、そんなに骨を折って嘘をついたり、隠したりなさるの」

「君はなかなかえらいよ……」

何か辛辣に毒づいて、一挙に笑殺してやるつもりのところ、こんな平凡な文句より外見付からないで、彼の調子はだんだん哀願的に変わって行く——

「えらいと言ったら、もう好い加減にしたらどうだ。君のような女が得手勝手に僕等の中へ割り込んで来て、邪魔をしたり、心配をしたりする権利はないんだ。一体誰が許して、いつ頃から君はそんな権利を持ち始めたんだい」

佐伯は両手に頸筋を押えて、呻吟するような言葉遣いをしながら、

「君に附き合ってると、鈴木でも僕でも、だんだん頭が馬鹿になるんだ。お蔭で僕の神経衰弱は、東京へ来てからズットひどくなったよ。近代的であろうが、なかろうが、

僕はもう講談本以上の込み入った本なんか、とても読み続ける根気がないんだ」

「そんなに私のことがお気に触って……」

「何でもいいから、もうあんまり二階へ来ないようにして貰おうじゃないか」

言い終わると、彼は歯を喰い縛ったまま眼を閉じて、死んだように静かになった。その癖例の動悸はひどく昂ぶって、激しい息づかいが相手にもハッキリ聞こえた。照子は暫く黙って腰かけていたが、やがて、

「あたしが悪かったんなら、堪忍して頂戴な。けれども、あたしには、兄さんの気持がよく解っていてよ」

こんな捨て台辞を残して、悠々と下りて行った。

もう佐伯は、再び臀の下から「高橋お伝」を取り出して見る勇気がなかった。妙に卑しく、穢らしく腐れ切った自分の脳味噌を、残酷に明るみへ曝し出されて、散々軽蔑された事を思うと、立ってもいても堪え切れないほど極りが悪かった。

その極り悪さを紛らすために、蒲団の中から机の抽き出しへ手を伸ばして、ビューカナン、ウィスキーのポッケット入りの罎を捜って枕に頤を押しつけながら、アルミニュームのコップで、ちびりちびり飲み始める。俯向きになると、寝勝手の悪いせいか、方々の節々が痛む。……暫く肘を衝いて、上半身を支えていれば、すぐと腕が疲れてしまう。そうかといって、両肩を落とせば、胸板がぺったりと蒲団へくっ附き、

喉笛が枕に緊められて、酒を飲むことは愚か、呼吸さえ苦しくなる。背筋を少しでも擡げると下腹が切なく圧迫され、腰の骨の蝶番いが窮屈そうに撓って来る。どうかして、五体を楽に置こうと塩梅して見るが、力の権衡上、どこかに錘を下げたような、苦しい点を生ずる。

一滴も残らず飲み干して、空き壜を投げ出すと同時に、げえっと大きな噫をしながら、彼は体を裏返しにして仰向きになった。近来になく、ポウッと快く酔っている。「快く」というのは勿論程度問題で、蒲団の汚れていることや、手足が発汗してぬらしていることや、寝間着が脂だらけに垢染みていることや、二三日続けざまに照子の Dream に依って悩まされていることや、凡べてそういう忌まわしい所へは、なるべく連想を及ぼさないようにして、ホンの上ッ面の酔心地を祝福したのである。

三十分ばかりの間、彼はいろいろの奇怪な夢を、見ては覚め見ては覚めして、とうとうしまいに、ぐっすりと眠ることに成功した。それでも時々、静かな寝顔に不安の影が押し寄せて、眼瞼をピクピクさせたり、睫毛を戦がせたりした。夕方、電燈がついて間もなく、晩飯の知らせにお雪が上がって来て呼び起こしたのを、彼は微かに覚えている。

「うん、解ったよ、解ったよ。――己は今日工合が悪いんだから、飯は喰わないんだ。お粥かい？　お粥もいらない」

すっぽり被(かぶ)った夜具の中から、モグモグとこんな問答をして、再び眠り続けた。

けれども、それから後はあんまり眠られなかった。まだどこかしらに、十分睡気が残っていそうであるのに、物の二三時間もあっちこっち寝返りを打った揚句(あげく)、遂にパッチリと眼を覚ました。頭の上の硝子窓(ガラスまど)から、星が幾粒もきれいに輝いている。押入れの蔭で鼠らしいものが、コツコツ音をさせている。彼は又臂の下から「高橋お伝」を取り出したが、直(じ)きにそれを読んでしまって、今は「佐竹騒動妲妃(だっき)のお百」というのを、本箱の底から引き抜いた。

これも「高橋お伝」と同じような講釈本である。表紙には、妲妃のお百が髪を振り乱し、短刀を口に咬(くわ)えて、白い脛(すね)、紅(あか)い蹴出(けだ)しを露(あら)わに、舷(ふなばた)から海中へざんぶと飛び込もうとしている石版画が刷ってある。芸術として三文の価値もないか知れぬが、この頃の佐伯は、こういう絵に一番興味を惹(ひ)かれる。毒々しいほど青い波の色に取り巻かれて、今や将(まさ)に水面(みなも)へ触れんとする女の足の裏の曲線、妖婦(ようふ)らしい眼の表情、手頸襟頸(えりくび)など、大した不自然もなく描かれている。それを見ていると、この本の内容――さまざまの込み入った、残酷な話の筋が想像されて、自然と魂をそそられる。

巻を開いて、読むに随(したが)って、だんだんと面白くなって来る。

これより小さんのお百がおいおい毒婦の本性を現わし、無残にも桑名屋徳兵衛を十万坪に於(お)いて殺害しまするという条(くだ)りは次回に……

などという調子に釣られ、彼は好奇心を煽られながら、愚鈍な眸をして、一気に読み続ける。

十万坪の徳兵衛殺しの場は、なかなか名文である。

……名にし負うその頃の十万坪のことでございますから、まことに淋しいもの、あたりは人ッ子一人おりません。折柄ポツーリポツーリと雨さえ降り出して参った様子。時分はよしとお百は徳兵衛の隙を見すまし、兼ねて帯の間に隠し持ったる短刀を抜くより早く、男の脇腹へグサとばかりに突き徹しました。「アッ」と言って、徳兵衛が逃げようと致しましたが、重い荷物を背負わされておりますので、身動きもなりません。「う、う、うぬ、さては己を殺すのだな」「徳兵衛さん、お前の生きているうちは、わたしの出世の妨げ故、お気の毒だが殺してやる。これというのもみんなお前が馬鹿だからさ。グズグズ言わずに早く往生しておしまいよ」と、襟髪取って引き廻し、所嫌わず滅多斬り、……プツーリ喉笛を掻き切って、止めを刺し、死骸は河へ投げ込んでしまいました……

佐伯はふと、自分の喉笛のところへ手をあてて、軽く押して見た。ちょうど古い椅子のスプリングのように、皮の下からぽッこりと突起しているグリグリした骨を、薄い、冷たい、ピカピカした刃物で抉られた時は、どんなだろう。この突起物を英語でAdam's apple というのだと、彼は中学時代に教わったことがある。教師の話では、昔アダムが林檎を喰べて、それが喉へ塞えて以来、こんな突起が人間に出来たという伝説から、かく称するのだそうである。——妙な事を記憶していたものだと思いながら、彼はなおもページを追って行く。

それから二三枚の間は息もつかずに惹き入れられて、お百がとうとう佐竹侯のお部屋様となり済まし、悪家老の那川采女と密通の結果、お家騒動を起こす段取りまで進んだ時、突然二階がみしみしと揺れた。そら地震だ！　暫く忘れていた恐怖がと胸を衝いて、彼は夢中で蒲団の上に撥ね返った。

見ると照子が、梯子段を上がり切った処に、いつの間にか突ッ立って笑っている。米琉の絣の寝間着に、伊達巻をぐるぐると巻き着け、なまめかしく襟をはだけさせて、素足のまま、電燈の傘の影の暗がりへ、おいらんのようにだらりと佇んでいる。

「もうちっと静かに上り下りしたらいいじゃないか、まるで地震のようだ」

欺かれた恨みと驚きとを一緒くたにして、彼は突慳貪に浴びせかせたが、何か知ら容易ならぬ事件が、後に胚胎しているような気持がした。

「だって、内証で上がって来たら、かえって兄さんは都合が悪かなくって」

いきなり照子はつかつかと枕許へ擦り寄って、

「ほら御覧なさい。——この本はなあに」

と、据わる拍子に夜具の片袖を膝の下に敷いて、佐伯を押え付けるようにしながら、講釈本を奪い取った。

大盤石の如き重味にのしかかられて、彼の頭にウヨウヨと発生していた女に対する些細な負け惜しみだの、面憎さだの、極り悪さだの、そんなものは一度に滅茶滅茶に踏み躙られ、誘惑の網を藻掻き出たい一心の恐ろしさが、意気地のない愁訴の声となって、女の足許に戦き響く。

「照ちゃん、君は何故そうなんだろう。もう、後生だからあっちへ行ってくれないか」

佐伯は両手を顔へあてて、下を向いて言った。

「君は悪魔だ。……人がせっかく面白そうに本を読んでいるところを、邪魔しなくってもいいじゃないか。己はこれ以上の強い刺戟に堪えられなくなったんだから、もう直き死ぬまで、ソウッとして放って置いて貰いたい」

「そんなに興奮なさらなくってもいいわ。今夜はおっ母さんも鈴木も留守だから、ゆっくりお話ししようと思ってやって来たの。――あたしに二階へ来るなとか、傍へ寄るなとか言ったって、そりゃあ駄目よ」

照子は両方の握り拳を乳房の上へ重ね、ふところをふっくら脹らがして、その中へ頤の先を突っ込んだまま、いかにも横着そうに、

「兄さんは、お腹の中の事を正直に外へ出しちまったらいいじゃありませんか、隠したって隠し終せもしない癖に、ずいぶんおかしいわ。――ねえ、兄さんにはそんなに

鈴木のことが気になって?」

こう言うと、今度は片手を袂から出して、背中をさすってやりながら、息がかかるくらい、頰を擦り寄せた。

「鈴木のことなんぞどうでもいいんだ。――己は嘘を吐いてでも何でも、一時逃れに安穏に生きて行くよりほか、命が続かないんだ。衰弱した体や神経を疲らすようなことは、絶対に堪忍してくれ給え」

眼を閉じて、こんな事を言っているうちに、佐伯の鼻先でぱっと女の着物のはだける臭いがした。そうして、枕許の畳がもくもく持ち上がるような気持がした。疑いもなく、照子が彼の真正面へ来て、どっかと据わり直したらしい。

「解ってよ、解ってよ、――兄さんは、いくらあたしを馬鹿にしたって、あたしの方から蔽蓋せて出れば、どうすることも出来ないんでしょう」

女は呪文を唱えるようにくどくどと言って、片手で佐伯の手頸を摑み、片手で顔へあてがった十本の指を解き始める。瘦せた手頸を楽に一と廻りした掌は、柔らかく冷え冷えとして、指先などは金属製の腕輪のように、痛いほど凍え切っている。指を解いている手は、今まで懐にあったせいか、いやににちゃにちゃ脂が湧いて生暖かく粘っている。

男の指には、かなり力が入っていながら、強いて抵抗するような様子もなく、針線を撓めるようにして、一本一本解かれてしまった。

「悪魔！　悪魔！」

と、彼は物狂おしく連呼したが、やがてぱっちり眼を開くと、女の顔は思ったよりも、もっと間近く、自分の顔のすぐ前に殺到している。彼は明るみで、人間の面をこんなにまざまざ見たことはない。ただでさえひろびろと余裕のある顔が、瞳へ入り切れないほど拡大されて、白っぽく、壁のように塞がっている。その壁のおもては一体に青ざめて、肌理が非常に粗く、一と通りの気味悪さではないが、不思議に妙な誘惑力を蔵しているらしい。殊に怪物のような眼の球が、ぎろり、ぎろり光って、佐伯の魂を追い駈ける。――動物電気というのは、大方こういう作用を言うのだろう。彼はその場で即座に気死にするような神心の打撃を、辛うじて持ち堪えるより外、逃げる事も、どうする事も出来なかった。そうして、泣き伏すように女の膝へ倒れて言った。

「照ちゃん、君は物好きに己を殺すんだ。己を気狂いにさせるんだ。……女という奴は、みんなこういう風にして、男を片っ端から腐らせるんだ」


それから二三日過ぎた。鈴木がいても、叔母がいても、照子はかまわず二階へ来て一日遊んでいる。

「照ちゃん、ちょいと下へ来て、手を借しておくれでないか。お前この頃は、しっきり無しに二階へ上がり込んでいるが、謙さんと仲直りをしたのかい」

　叔母が梯子段の下から、こんな事を言う。

「ええ、すっかり仲直りをしたのよ」

と言って、照子は眼を細くして、狡猾(ずる)そうに笑いながら、じッと男を見入る。

「おい、もう大概にして下へ行ってくれ。己は昨今こんな強い刺戟を受けて、どうして生きていられるのか、不思議でならないんだ。お前がいると、不安で堪らないから、トットと下りてくれ給え」

　佐伯は破裂しそうな心臓を、後生大事にシッカリ押えて、深い深い谷底へ昏々(こんこん)と沈んで行くような眩暈(げんうん)と失神とを感じつつ、女に訴える。どうかすると、手足の先が水に浸(ひた)されて行くように痺(しび)れかかったり、頭の片側が急に羅(うすもの)をかけたようにもやもやとする。彼の肉体は屍骸(しがい)の如く疲れていながら、神経ばかりがぴくぴくと鋭敏に焦(い)ら立(だ)ち、夜も昼も眠られないで、血色はいよいよ悪くなるのであった。

　ちょうど四日目の晩、叔母が照子を無理やりに引っ張って、どこぞへ外出した留守に、梯子段をみしり、……みしり、……と、相変らず陰鬱(いんうつ)な音をさせて、鈴木がむっつりした容貌(ようぼう)を二階に運んだ。いつぞや喧嘩(けんか)をしてこのかた、全く佐伯は言葉を交さなかったが、以前より一層、人相が険悪になっている。銘仙(めいせん)の綿入れにけんどんの兵児帯(こおび)を締め、洗い晒(あらざら)した紺足袋の上で、白い綿ネルの股引(ももひ)きの紐(ひも)を、子供のように結んでいる。

「いや、どうもお邪魔を致して相済みません……」

と、言うかと思うと、気むずかしそうな顔の構造を俄かに建て直して、ににたと笑った。まるで寄席芸人が、百面相をするような早変りである。

「……この頃は、体のお加減は如何です」

柄にもないお世辞を振り撒いて、鈴木は枕許へ畏まって、両手を行儀よく膝頭へ置いた。何にしても、あまり意外な、底知れぬ態度である。事に依ったら、懐に匕首でも忍ばせてあるかも知れん。

「やっぱり、工合が悪くて困ります。——失敬ですが、御免を蒙って、このままにさせて置いて頂きます」

佐伯は横っ倒しに臥ころび、脇の下まで夜具をかけて、片手をその外へ出した。

「人を馬鹿にしていやがる」と思いながら、なるべく落ち着いて、平静を装って、物を言おうと努めて見る。

「さあ、どうぞお楽にいらしって下さい。……実は何です、また照子のことに就いて、お伺い致したいと存じまして……」

「はあ、何ですか」

と、佐伯の受け答えをしたのが、あまり早すぎたので、鈴木は頓着なく話を進める。

「この頃照子が、ちょいちょい二階へお邪魔に伺うようですが、あれはどういう訳でございましょう」

全然監督者の口吻である。「一体貴様は婉曲に言っている積りなのか、皮肉を言っている積りなのか」と、怒鳴り付けたいところを、佐伯はジッと辛抱している。

「いつぞや、お願いした事を、あなたはお忘れになりはしないですか」

「あなたは僕にどんな事をお頼みなすったか知れませんが、僕は何も承諾した覚えはありませんよ。――照ちゃんのことはとにかくとして、それだけは明らかにして置いて下さい」

「いや、承諾なさらなかったと仰っしゃるなら、仕方がないです。そんなら、それは別として、照子のことを今少しお尋ねしましょう……」

こう言って、鈴木は左の手で一方の袂を捲くって、右の手の二の腕の辺を頻りに撫でている。手頸の真黒なのに引き換えて、筋肉の頑丈に発達した、太い血管の蚯蚓のように走っている腕の色の白いのがいかにも不愉快な、不調和な感じを与える。馬鹿な奴は、手つきから指の恰好まで馬鹿に見えると、佐伯は思った。

「私にはこの二三日、どうも照子のあなたに対する素振がおかしいと思われるんです。――またあなたにしてもそうでしょう。何も私から頼まれないと仰っしゃったところで、苟且にも私と結婚の約束をした女にですな、それに一日戯れていらっしゃるというのは、穏当じゃございますまい。――一体あなたはどういうお考えなんでしょうか。これに就いて要領を得た御返事を願いたんです」

「ははあ」

と言って、佐伯は敷島を一服吸って、鼻の穴から立ち昇る煙の痕を眺めた。極めて取り済ました挨拶振りであるが、これは相手を軽蔑するためよりも、むしろ相手の恐るるに足らざることを、自分の神経に納得させるために言ったのである。煙草を一寸ばかり吹かすと、すぐに吸い殻を煙草盆の中へ投げ込んで、今度は硝子窓の方を向いた。……空が真黒で、星が一つも見えない。……神経は十分納得が出来ないかして、未だイライラと騒いでいる。あたかも胸の中に、無数の一寸法師が、蛆の如くに湧いて戦をしているようである。

鈴木は始終の様子をジロジロと眺め、佐伯の手の働く所、首の赴く所を、瞳で追い駈けていたが、遂に返答がないので、暫くもじもじ躊躇った後、再び口辺に薄笑いを洩らしつつ喋舌り出す。この男はどんなに感情の沸騰した場合でも、話をする前にまず薄笑いをするのが常癖となったらしい。

「そういうように黙っていらしっても、御返事がない間は、一と晩でもこうやっておりますから、断乎とした、男らしい御返事をなすった方がいいでしょう。それに、あなたのその御様子を見ても、もう大概は私に解っております。人間という者は、みんな不思議に正直なもんですからな」

いくら平静を装おうとしたって、鈴木に口を利かせて置けば置くほど、怒らずにはいられない。あの口先でチクチク突ッつかれると、どんな頑丈な堪忍袋の緒でも、ほとんど先天的の不可抗力を以って、叩き破られてしまう。況んや佐伯に於いておやだ。馬鹿と神経衰弱の応対だから、第三者が見物したら余程面白い光景だろうと思いながらも、佐伯はムカムカと腹が立つ。

「僕の考えを言えと言ったって、考えなんかないんだから、御返事する必要はありませんよ。君の方で大概解ったのなら、それでいいじゃありませんか」

窓外の桐の葉に、パラパラと音がして雨が降り出した。早く照子が帰って来ればいいが……

「フん、何かとおもったら、そういう事を仰っしゃる。——あなたが、そういう卑屈な態度をお取りになるのは、結局御損ですよ」急にここから殺気を含んだ調子に変わって、「決して私はこのままに済ませやしないのです。私には十分な覚悟があって、已むを得なければ最後の手段を取る決心ですから、言を左右に托して逃れようとなさると、かえってアテが外れます」

とうとう来たな、と、佐伯は腹の底で呟いた。こう威嚇されて見ると、なるほど凄いものだ。現にたった今、「最後の手段」と言われた瞬間に、心臓がヒヤリとして、口から半分出かかっていた負け惜しみの文句が、忽ち引き込んでしまったことは確かである。それでいて、いつものような切迫した、あわや卒倒しそうな恐怖が襲撃して来ないのは、どういう訳だろう。彼は反対にその物凄さを、適当な刺戟を持つ興奮剤として、味わうような気分になっている。

「君の方に決心があるなら、何とでもいいようにし給え。——もともと僕は、君からそんな故障を申し込まれる理由はないんだ。照ちゃんが自分で勝手に二階へやって来て、遊んでるんだから僕の知ったことじゃありませんよ。故障を言うなら照ちゃんに言い給え」

「いや、女なぞに理窟を言ったって解るもんじゃないです。それよりか、あなたが照子に代わって弁解なさるだけの責任がおありでしょう。……ないというはずはございますまい」

「僕に責任が？」

「はは」

と、鈴木はさも憎体に鼻先であしらった。

「どうせ、そんなことを仰っしゃるでしょうと思っていました。しかし私は昨日、照子の秘密にしている日記を見てしまったのです。あなたは既に姦通をしていらっしゃるじゃありませんか」

こう言って、せせら笑っている。笑う拍子に厚い唇の奥で、乱杭歯が刃物のようにピカリと光った。

「おい君、ちっと気を附けて物を言い給え……」

何とか後を誤魔化そうとしたが、モウ到底隠し切れないようになったので、

「姦通というのはおかしいじゃないか。よしんば僕と照ちゃんと関係があったとしたところで、姦通よばわりをする法はないだろう」

「関係があったところで、ですか、……そう曖昧に仰っしゃらずと、実際関係があったと仰っしゃったら如何です」

「そりゃ、関係はあったさ」

今までの言動とは甚だしく矛盾した事を、彼は苦もなく是認して、冷然と言い放った。言下に鈴木の懐から匕首が閃くのかと思ったら、そんな形勢はない。それでも佐伯は、もう半分ばかり命がなくなったような心地になっている。

「そら御覧なさい」

鈴木は、討論会で相手を凹ませた時のように、得々然として、

「関係がある以上は、姦通でございましょう。――いつぞやお話しました通り、私と照子とは許婚になっているんですから」

「君はその積りかも知れないが、照ちゃんの方じゃ、約束をした覚えがないと言って

るぜ。自分で独り極めにして、姦通呼ばわりするなんて非常識極まる。――君はそんな理窟が、世間に通ると思ってるのか」

「照子が何と言ったって、彼奴の言う事なんぞ、信用は出来ませんよ。――照子の父がちゃあんと、そのように約束したんです。親の意志に従って、娘に結婚を強いるのが非常識ですか知らん」

「だからさ、だからさ、そんな苦情は僕の知った事じゃないんだから、照子の方へ持って行ったらどうだ。照子で解らなければ母親もいるぜ」

こう罵っているうちに癇癪玉が破裂して、佐伯の顔は見る見る真赤に充血した。もうこうなったら、何でもかでも怒鳴り続ける積りで、口の中に剣突の弾丸を頬張りながら、相手の一言一句を待ち構えて狙っている。

「いや、今日になって母親の意見を聞く必要もないです。母親や照子がたとえ何と言ったところで、一度約束した以上は、私はそれを認めているんです。許婚ということは立派な既成の事実なんですから、私はただ、あなたの姦通の罪を責めればいいのです。――この事件に就いて、あなたはどういう処置をお取り下さるか……」

「君、面倒だから、いっそ二人で決闘しようか。ねえ、それが一番きまりが着いていい」

突然、佐伯はこんなことを言った。そうして、さもさも勇気凜々たる調子で、キッと相手を睨み付けたが、いつの間にか極度の憤激と恐怖とが、気狂いじみた瞳の中に漲り渡っていた。

「ま、そう仰っしゃらずとも、穏やかに解決する方法がございましょう……」

意外にも、鈴木は少し面喰らって、ことさら柔和な顔を拵えながら、

「お互に高等教育を受けた人間ですから、そんな野蛮な行為はしたくないです。私はあなたが謝罪の誠意さえ示して下されば、それで満足しちまうんですよ。なあにあなた、決闘だの何だのとそんな馬鹿らしい真似をするには及ぶもんですか」

「僕は君に対して、何の罪も犯していないんだから、謝罪なんか出来ないぜ。――決闘しようよ君、それが一番いいってば」

「ふん、まだそういう事を仰っしゃる。――立派に姦通をしていらっしゃりながら、謝罪が出来ないというのはおかしいですな」

「君は馬鹿だな、よっぽどひどい馬鹿だな。かりに照子が許婚だったたって、現在同棲していないものを、どこが姦通なんだ」

佐伯は咆えるようにガミガミとこれだけ喋舌ったが、中途で舌が趺いて、とてもすらすら口が利かれない。手足が顫えつくほど腹が立って、痩せた体へ入り切れないくらい怒りが充満した。あまり激しく罵ったせいか、呼吸が忙しなく弾んで、唇が瀕死の病人の如く青褪めている。肩から頸のまわりの動脈をずきんずきんと響かせて、多

量の血が頭へ上がって行く。この二三日、照子に接近して以来、神経が夥しく衰弱して、チョイとした刺戟に遇ってさえピクピク反撥するのに、この上感情を煽られたら、彼は一挙に憤死してしまいそうだ。

「はは、女のことでは誰でも馬鹿になりますよ。――私なども、ずいぶん照子には馬鹿にされましたからな……」

こう言った時、鈴木の愚鈍な容貌は一層暗くなって、淋しい笑いと一緒に、悲しげな表情が泛かんだ。

「しかし、あまり馬鹿にし過ぎると、私も黙っていないです。――そりゃなるほど、法律上から言えば、姦通ではないでしょう。けれども、あなたに良心がおありになるなら、そんな理窟は仰っしゃれないはずですがな。――ま、明日まで御返事をお待ち申しても宜しゅうございますから、今夜ゆっくりとお考えなすって下さい。私の方が正しいか、あなたの方が正しいか、落ち着いてお考えになったら、そりゃキットお解りになるでしょう……」

出来るだけ相手の話が聞こえないように、佐伯は心を余所へ外らして、一生懸命興奮を押し鎮めることに努めた。その恰好は、ちょうど五段目の勘平が切腹して今にも落ち入ろうとする断末魔に、片手を急所の傷口にあてながら、息をせいせいいわせる姿によく似ていた。

「とにかく、御参考までに申し上げて置きますが、つまり私はこれだけの処置を付けて頂きたいんです。――まず第一に姦通の事実を認めて、謝罪状を書いて頂くこと。それからですな、謝罪の条件として、将来断然照子と手をお切り下さること……」

と、鈴木は、爪の先が悉く短く喰い切られた右の手の指を折り数えて、

「手をお切り下さる証拠に、ここの家を立ち退いて頂くこと、……尤もこれは何ですよ、下宿をお尋ねなさる御都合もございましょうから、五日以内に実行して下されば宜しいのですよ。あなたが照子に野心を持っておいでにならなければ、以上の条件を承諾なさるのは、そんなにむずかしい事ではございますまい。どうか一つ、明日のうちに御挨拶が願いたいのです。私の方もいろいろ都合がございまして、……」

言うだけのことを言ったら、好い加減にして引き退ったらよさそうだが、ほとんど際限なくブツブツと口を動かす。相手がどんなそっけない素振を見せようと、耳があったら聞こえるだろうと言わんばかり、石に向かって念仏を唱えるような態度に出ている。――

「……お互につまらぬ女のことなぞで、争論したかないですよ。これを御縁に御交際を願って、又何かの時には私のような者でも、及ばずながらお力添えにならないこともないでしょう。これが男と女じゃ仕方がありませんけれど、男同士の喧嘩なんですから、済んでしまえばかえってサッパリして好い心持ちです。はは」

佐伯は頭から蒲団を被って、寝た振りをしてしまったが、いつまで立っても愚劣な独語が止みそうもない。折々ぽつりぽつりと途切れるから、今度は下へ行くかと思うと、又続きが始まる。そのうちに、佐伯はふと、或る身の毛のよだつような物凄い事を考え出した。鈴木がこうやって、おとなしく喋舌っているのは、その実張ち切れそうな癇癪を堪えつつ、こっちの様子を窺っているのかも知れない。こっちの仕業があまり冷淡なのに、いつ何時癇癪玉を破裂させて、

「やい、もう堪忍ならねえぞ!」

と、言うより早く懐の匕首を抜き放ち、夜具の上からズバリとやられるかも知れない。伊勢音頭の貢が万野を殺すように散々無礼をさせ、増長をさせた揚句、いきなり不意討ちを喰わせないとも限らぬ。

そうだとすれば、蒲団を被って知らん顔をしているのは、危険千万である。敵の動作がまるきり見えないから、いざという場合に逃げることは愚か、声一つ立てる訳に行かない。それでも、何か知ら敵の喋舌って居る間は安心だが、言葉の途切れた時が、気懸りである。その隙にそっと短刀の鞘を払うとか、蒲団の方へにじり寄るとか、いかなる用意をしていないとも限らない……

ちりん、と階下の格子を開ける音がして、叔母と照子が帰って来た。

「おお寒かった、おッ母さんあたし風を引いちゃったわ。――さっきの駱駝の襟巻を

買ってくれないからよ」

などと言う照子の無遠慮な声が二階へ響くと、佐伯のみぞおちの辺にこびり着いていた不安の塊は、だんだんに弛んで、溶けてしまった。同時に鈴木は、

「や、どうもお邪魔致しました」

と、やおら身を起こしたが、

「また彼奴等に知れると面倒ですから、万事あなたのお考えから出たようにして、先ほど申し上げた通りの御処置を願いたいんです。——明日一杯お待ち申しますから、照子などに御相談なさらんで、秘密に御回答をなすって頂きたい」

こんな事を言ってなるべく慌てた態を見せないように、悠々と引き払って行った。

すると、

「照ちゃん、まあ着物だけでも着換えてからにおしなね」

こう言う叔母の言葉が遠くに聞こえて、

「いいえ、ちょいといますぐ下りるわ」

と言いながら、照子が入れ違いに梯子段を上がって来た。そうして、男の傍へどたんと据わって、

「鈴木が何しにやって来たの」

と、消えかかった火鉢の炭をいじり始めた。

何でも、大分夜が更けたのだろう。電燈のあかりが一時ぼんやり暗くなって、再びパッと明るく照った。ばらばらばらと桐の葉に、思い出したような雨の雫があたるけれど、格別の降りではないらしい。

「ねえ兄さん。……何しに来たの」

こう催促されたが、佐伯はやっぱり蒲団の中へ首を埋めて、微塵も動かないでいる。長く伸びた、蓬のような髪の毛ばかりが、夜具の縁から少し出ている。

「お前、どこへ行ってたんだ」

暫く立つと、彼は寝言のような調子で言って、たった今眼が覚めたように、眼瞼をぱちぱちぱちやらせながら、途方もない横ッちょの方から顔を露わした。

「どこへ行ったたって、そんなことは構わないわ。――それよりか、鈴木が何でここへ来たのよ。あたしに言うなッて威嚇かされたんでしょう」

「馬鹿を言え」

佐伯は出来るだけ瞳を額の方へ吊り上げ、ほとんど窪んだ眼球が眉毛へ着くくらいにして、仰向きに女の膝頭から腹、胸、襟のあたりをつくづくと眺めた。凡そこの女の血色ほど、毎日のように変化するものはあるまい。今日はおもての寒気に触れたせいか頰ッぺたと鼻の先に赤味を帯び、肌が瀬戸物の如く冷たそうにピカピカ光って、顔の感じが全く異なっている。

「照ちゃん、お前鈴木と何か関係したことがあるのかい」

いつか一度は尋ねよう尋ねようと企(たく)らんでいた質問を、彼はこの機会に乗じて提出した。

「つまらない事を訊(き)くのね。あるかないか、考えて見たら解るでしょう」

怫然(ふつぜん)として色を作(な)す模様もなく、平気でこんな答えをするだけ、女の言う事が嘘だか本当だか、ちょいと佐伯には判らなかった。尤(もっと)も照子はどんな場合にも、高声で笑ったり喚(わめ)いたりしない人間である。多分感情の動揺を有りのままに発表することが、女の威厳を損するとでも思っているのだろう。

「だって鈴木は、立派に関係があると言ったぜ」

「誰があんな奴と……」

「あんな奴でも、昔は秀才だったそうだから、何ともわからないな」

「解らなければ解らなくってもいいわ。そんなに弁解したかなくってよ。——もし関係があったとしたら、それがどうなの」

「己達のした事は姦通だの何だのッて、あんまり彼奴(あいつ)の鼻息がえらいからさ」

「それじゃ兄さんは、すっかり鈴木に白状しちゃったの」

「うん、お前の日記を内証で見たんだそうだ。もう隠したって仕様がないよ」

佐伯は「どうでもなれ」という心になって、投げ出すような物慵(ものう)い言葉遣いをした。

「そりゃ鈴木が鎌を掛けたんだわ。あたし内証にも何にも日記なんか書きはしませんもの。——兄さんは欺されたのよ」

「馬鹿の癖に、いやに小刀細工をする奴だな……」

こう嘲っては見たものの、ウマウマ一杯喰わされたかと思うと、彼はいよいよ鈴木が憎らしくって、業が煮えて堪らない。……いまいましさに腹の虫がムズムズして、あたりの物を、手あたり次第に打ッつけてやりたくなった。

「……知れたら知れたで構わないじゃないか。どうせ判るにきまっているんだ」

「兄さんもずいぶん人が好いのね。自然と知れたのなら好いけれど鎌を掛けられて白状するなんて、まるでお話にならないわ。欺されたり威嚇かされたりして、いい加減馬鹿にされたんじゃあなくって。——ほんとうに仕様がないわね」

こう言って、照子は襟にかけたヴェールを外して、ふわッと男の夜具の上へ放り出すと、今度は大儀らしく横倒しに寝ころび、佐伯の頭の方へ自分の顔を持って行って頰杖をついた。長い体があたかも蒲団と丁字形に、男の枕許を弓なりに包囲して丘の如く蔽うている。戸外より少しは暖かい室内の空気にぬくめられて、血色はいつの間にか真っ白に生き生きとして来た。

「鎌を掛けても掛けないでも、あんな奴には、どんどん本当の事を言っちまう方がいいんだ。なまじっか細工をするだけ、こっちの、沽券が下がるような気がする」

佐伯は両手を頭の下に敷いて、天井を睨みながら、さも歯牙にかけるに足らんというように空嘯いたが、やっぱりいまいましさが胸のどこかに残っていて、どうも溜飲が下がらなかった。

「それで鈴木は、姦通したからどうしろッて？」

「己に謝罪状を書いて、この家を出てくれッて言うから、頭からドヤしつけて追っ払ったんだ。——あの馬鹿野郎！」

鈴木に威嚇かされたのでないことを女に頷かせるため、ことさら強そうな文句を並べて見る。

「もしかすると、兄さんは鈴木に殺されてよ……」

半分は冷やかすように、半分は心配するように言って、照子は唇にむず痒そうな笑を泛かべたが、それは仰向いている男の眼へは入らなかった。

「殺すなら、殺すがいい、彼奴は始めッから己を目の敵にして狙ってるんだから、関係しようと、しなかろうと、どうせこうなるにきまってるんだ」

「ふふ、大丈夫よ」

横倒しのまま、腰の骨を使って、畳の上を游ぎながら、女は自分の顔が男の内ぶところへ入るくらい擦り寄った。二人の体はちょうど二つ巴のように首を中心として、右と左に弧を画いている。

「恐がらなくってもいいじゃありませんか、彼奴は人を殺せるような、そんなテキパキした人間じゃないんですもの。あたしなんか、散々馬鹿にし抜いてやるけれど、怒った顔一つしやしないわ。ほんとに大丈夫よ。さっきのは冗談に威嚇かして見たの、ほんとに安心よ。だからこれからいくらだって……」

話の間に佐伯はぐるりと首を相手の方へ曲げて面と向かった。男の前に頰杖を突張っている照子の顔は、柔らかい大福餅を押しつけたように、皺が寄ったりたるんだりして、分厚な唇や、眼瞼や、鼻柱や、頤の肉や、方々の皮膚がいろいろに弄ばれ、残酷な歪みなりの嬌態を呈して、媚びるが如く躍っている。肉が何かの歓喜に充たされて、踊りをおどっているようである。

「殺されない、殺されないと思っていると大違いだ。己達は殺されるより外、別に方法がないようにばかりし向けてるじゃないか。彼奴はお前を殺さなくっても、己を殺すにきまっている。——恐い恐くないは別として、己はただ予言をして置くんだ」

「そんな予言は神経衰弱の結果だわ」

「神経が衰弱すると、かえって或る方面には鋭敏に働くから、普通の人間の判らない事まで感じるんだよ」

「鈴木に殺されるくらいなら、あたしに殺された方がよかなくって？」

こう言って女は、頰にあてがった肘を外して、十本の左右の指を組み合わせて、掌を外側にして両手を棒のようにグッと男の方に伸ばした。ちょうど二つの掌の、網代に組み合わされた部分が、さながら蟹の腹のように思われた。

あくる日の朝、鈴木はいつものように庭を掃除すると、包みをかかえて、神田の私立大学へ出かけて行ったが、夕方になっても帰って来なかった。三時半に電燈がついて、四時半ごろからそろそろ暗くなって、追い追い風呂を沸かす刻限の近づくに随い、佐伯と照子は何となくそれが気がかりになり出した。

「鈴木はどうしたんだろうね。大変帰りが遅いようじゃないか」

晩飯が出来上がりかけた時、とうとう叔母がこんな不審を打ち始めた。しかし、飯が済んで台所が片附いてしまっても、鈴木はなかなか戻って来ない。

「ほんとうにどうしたんだろう。おかしいじゃないか。——雪や、お前御苦労だが、鈴木がいないから、湯殿を焚きつけておくれ」

叔母の不審は夜の更けると共に次第に強くなって、口叱言がだんだん激しくなる。

「ま、もう八時だよ。冗談じゃないどうしたってんだろう」——最初は叱言のように口を尖らして、ブツブツやかましく呟いていたのが、やがて泣き出すような、恐怖に襲われたような調子と変じ、

「雪や、鈴木は今朝何時ごろに出て行ったのだい」

風呂から上がって来て、柱時計を眺めながら、こう尋ねた時の叔母の顔つきといっ

たら、まるでべそをかいていた。

「左様でございますね。たしか七時半ごろでございましたろうよ。先の時分は、いつでもおかみさんの御寝間の廊下へ手をついて、『行って参ります』って声をかけたのに、この頃は掃除をすますと、黙って出て行くんでございますよ。そりゃ、おかしいようにムッツリしておりますの」

お雪は人の心配なんぞ少しも気に留めないで、至極無邪気に、こんな事を訴える。

「今朝は別段、いつもと変わったような様子はなかったかい」

「さあ、……尤もこの二三日は大分不機嫌で、あたしと喧嘩ばかりしておりましたっけ」

「内々で荷物でも運んでいるらしい風は、見えなかったか知ら」

「いいえ、そんな様子は……」

皆まで言わせず、叔母はもどかしそうにつかつかと玄関横の書生部屋へ駈け込み、戸棚から押入れから、本箱の蓋まで開けッぴろげて、血走った瞳を据えつけて一々中を検べて見たが、

「おかしいねえ、……着物もそっくりしているし……」

と、言ったまま、呆然と佇んでしまった。

「そういえばここに、法律の本らしいものが、五六冊立ててございましたのに、それ

が見えないようでございますよ」

アッケに取られたお雪は、叔母のうしろから附いて来て、暫くぽかんとした後、ようよう気が附いたのか、こう言って剝げかかった一閑張の机の上を指差した。

この騒動の最中、照子は二階へ上がったきり姿を見せなかった。実は叔母も、とうから照子に相談して、憂いを共にしたかったのだが、鈴木のことというと、「あんな奴に何が出来るもんですか」とか、「恐がればいい気になって増長するばかりです」とか、てんで馬鹿にし切って相手にならないので、遠慮しているのであった。けれどもこうなると、叔母も到底一了見で畳んで置く訳に行かないから、冷やかされると知りつつ、

「照ちゃん、照ちゃん」

と、今にも大変事が起こりそうな惶てかたをして、けたたましく梯子段を駈け上がった。

「お前、鈴木がいまだに帰って来ないんだよ」

「そんならきっと、内を逃げ出したんでしょう」

男の枕許の火鉢にあたりながら、照子は雑作もなく断言して、母の方を振り向いても見ない。

「そうかねえ。……また例の癖が始まったんじゃないか知らん。お前何か、鈴木を怒

らせるような事でもしたのかい」

女房が亭主に寄り添う如く、母は娘の傍へぺったり据わって、救いを求むるように膝をつけた。するとお雪が、

「おかみさん、おかみさん……」

と、階下から喉笛の吹き裂けそうな、甲走った声をあげて、

「硯箱の中に、何だか置き手紙が入れてございますよ」

「そうかい。ちょいと二階へ持って来ておくれ」

続いて、再びばたばたと梯子段を駈け昇る音がして、お雪が爆裂弾でも運ぶように、気味わるわる赤い封筒の書面を持って来る。

「いいから、お前は下へ行っておいで」

受け取ると等しく、叔母は状袋の頭を引きちぎりながら、お雪を追い返して、勧進帳を読むように、手紙を両手で胸のあたりに支え持った。

断わって置くが、状袋の表には、「御主人様」とでもあるべき処を、わざわざ「林久子殿」と叔母の本名を麗々しく楷書で認めてある。本文の方は半紙二枚へ、大小不揃いの拙劣な文字が、穂の擦り切れた筆で、しかも墨黒々と走り書きしてある。

読んで行くうちに、叔母の眼つきは胡散らしく光って、自然と眉を顰め唇を結び憎らしそうな恐ろしそうな、いろいろな表情を湛えたが、最後まで読み終わると、全く

顔が土気色になって、

「まあ、お前さん達これを見てごらん」

と、二人の前へ投げ出した。人相見の所謂「死相」とは、蓋しこの時の叔母の容貌などをいうのだろう。まるで魂飛び神失して、ろくろく舌の根も動かせないらしい。

果して、どんな凄い文句が列べてあるのか知らん。――佐伯は眩暈を堪えつつ深い谷底を瞰下ろすように、蒲団から乗り出して、手紙の方へ上体を匍匐させた。もう読まない先から例の動悸が、心臓を破れんばかりに叩いている。照子は火鉢の縁へ頤を載せて、対角線の方面から、斜めに覗き込んでいる。

予は今夜を限りとして、二度と再びこの家に戻らぬ決心ナリ、最早やこの家の飯を喰うも家族の顔を見るも不愉快となりたり、その理由原因ハ、各自の胸にきいて見れば直に了解するはずなれど、就中照子と佐伯とは、必ず思いあたる節アラン。しかし、今一応ここに宣言すべければ、よく熟慮反省して過ちを改めよ。然らば或は、予もその罪を赦しやる可し。

予ハ第一に照子の母たる久子の罪を鳴らさざる可からず。汝は夫敏造氏の死後果してよく未亡人たるの勤めを完うセシヤ。敏造氏生前の遺訓に背き、夫が唯一の忘れ紀念なる娘の教育法を誤解して、照子をして今日の如く堕落せしめたるは汝の罪にあらずして何ぞや。敏造氏の生前に比べて林家の家風の頽廃せる事ほとんど言語に絶エタリ、予の如きは之を憂えて幾度か忠告したるも、汝は更に耳を傾けず、かえって予をうるさがり、甚だしきは予を嘲笑して毫も反省する所アラズ。実に家名を傾くるものと言うべし。

殊に敏造氏が娘照子を予に娶ワセンとの遺志ありし事は明白なるに不拘、今に至って言を左右に托し、その婚約を破棄せんとするのみか、嘗て婚約したりし事さえも頻りに打ち消さんとするは、亡夫を欺き予を欺くの罪極めて大なり。地下の敏造氏もし霊あらば、必ズヤ泣かん。

アア予は汝等母子のために実に半生を誤られたり矣。サレド記憶せよ、予ハ汝等に対して復讐せずんば已マズ。予が敏造氏ヨリ受ケタル恩恵ヤ甚大なりと雖も、汝等は予の敵ナルと同時に敏造氏の敵なるを以って、毫も仮借スル理由ナシ。しかも、事茲に至るまで、予ハ幾回カ敏造氏の知遇を思い、汝等の堕落を憐みて、忍び得るだけは忍びたるなるをや。

終りニ臨みて、尚佐伯に一言せん。もはやこの場合となりては最後の手段を下すに一刻の猶予もなり難けれど、汝にして直ちに悔い改め、予が昨夜提出シタル条件を即時実行して、林の家を立ちのかば、或は許容の道ナキニ非ズ、予ハたとえ家にあらずとも、汝等の行動ハ常に怠リナク監視しつつあり。もし飽くまでも予に反抗するならば、それだけの用心が肝要なり。少なくとも闇夜に外出する時は注意すべし。

　これで手紙は終わっている。脅迫状を投げ込まれたら、さぞかし恐ろしいだろうと想像していたのが、実際にぶつかると案外恐ろしいものではない。多少薄気味悪いだけの話である。

「はは、とうとう奴さん癇癪玉を破裂させましたね」

　こう言って、佐伯は叔母の方を向いた。ところが、手紙よりも叔母の顔を見ていると、かえって恐ろしさを感じさせられる。

「何を言ったって、ウッチャラかして置けば、又直き戻って来るわ」

　照子はスッカリ手紙を読んだ癖に、ろくろく眼を通さないような風をして言った。

「ほんとに戻って来るか知ら、あたしゃ今度はどうかと思うよ……」

　叔母は胴ぶるいをしながら、及び腰になって火鉢へ掴まり、再び畳の上の書面を視詰めている。

「……内にいればいるで、始終ブツブツ言ってるし、逃げ出せば逃げ出すで心配だし、あたしゃ彼奴にはもうもう困り切っちまうよ。それでもまあ内にいる間は斬るの突くのッて心配がないからいいが、外へ出た日にゃ、何を企んでるか判りゃしないもの、ヒョットしたら今夜あたりだって、内の廻りをうろついているかも知れない」

　三人は暫く黙って、聞くともなしに戸外の物音に耳を澄ました。昼間でもあまり人通りの繁からぬ往来の夜は真っ暗で、板塀にぴッたり体を着けていたら、二三尺離れるとなかなか見付かりそうもない。その外路次の芥溜(ごみた)めの蔭でも、裏の庭木戸の片隅でも、身を隠すには究竟(くっきょう)の場所柄である……

すると、ぱた、ぱた、と遠くの方から、人の忍び寄るような足音が、三人の耳へ響き始めた。草履(ぞうり)穿(ば)きか乃至(ないし)は跣足(はだし)で極めて静かに歩くものがあるらしい。ぱた、ぱた、ぱた、と、音は一定の間隔を置いて幽(かす)かながらも、次第次第に内の前へ近づいて来る。やがてその物音は、ハッキリと確実に聞き取れるようになって、ゴム底の足袋を穿いた車夫が、メリケンの俥(くるま)を挽(ひ)いて走っているのだと判ると同時に、家の前をどんどん素通りして行ってしまった。

「何かい、……近頃になってお前さん達は、鈴木に腹でも立たせるような事をしたのかい」

「そうね」……と照子はわざと仔細らしく考えて見て、「あたしなんか、てんで鈴木の方から口を利かないくらいなんだから、別段怒らせるような真似をした覚えがないわ」

「しかし、お前この頃二階へ上り詰めじゃないか。——もうこうなれば、内輪同士で隠し立てをしたって詰まらないから、本当の事を言っておくれよ。謙さんにしてもお前にしても、何か鈴木の気に触(さわ)るような事があったのじゃないかい」

「気に触るような事ッて、どんなこと？」

「どんな事にも、こんな事にも、この頃のように一日二階へ上がったきりじゃ、誰だって変に取ろうじゃないか。わたしは親の慾目から、まさかそんな不行蹟はあるまいと思うけれど、鈴木の疑うのは、そりゃ尤もだよ。――だから、お前さん達から正直なところを聞かして貰いたいのさ」

「疑う人にはいくらでも疑わせてお置きなさいな。世間が何と言ったって、おッ母さんさえ、信じていて下されば有難いわ」

「それ、そう言う言い草がお前、親を馬鹿にするというものだよ。せっかくお前の肩を持とうと思ったって、傍から親を馬鹿にするような素振りがあっちゃ、わたしに腹を立たせるばかりじゃないか」

こう言って、叔母は佐伯を振り返って、半分は賛成を求めるような、半分は実否を糺問するような口調で、

「ねえ謙さん、照子が万事あれだから、わたしゃほんとに手が付けられないんだよ。いくら親の眼が曇っていたって、お前さん達が何をしているかぐらい、大凡見当はついていますよ。いろいろと若い時分から苦労した年寄が見れば、とやこう隠し立てをしたところで、すぐ判るんだからね。今となって別に叱言を言うんじゃないから、お前さんから正直な話を聞かして貰いましょう」

「はあ、僕も大変叔母さんに御心配を掛けちまって、申し訳がありませんが、そりゃ実際のところ……」

咄嗟の場合、嘘を言おうか、本当を言おうか、自分でも十分に決心しかねて、佐伯は夜具の襟から首を出したが、照子が頻りと眼くばせをするので、忽ち胆玉を太くした。

「……僕等は何の秘密もないんです。全く照ちゃんの言う通りなんです」

「ふうん」と、叔母は不服らしく頷いて、よく中年の男がするように、小紋縮緬の羽織の袖の中で、片一方の肘を突っ張った。この際事実の真相を捕捉しようとする慾望よりも、二人に軽蔑されまいとする努力の方が、叔母の頭を占領しているらしい。

「そりゃおッ母さんの方が無理だわ。昔の人は、男と女が仲好くしてさえいれば、すぐと疑いをかけるけれど、つまりこの頃の若い人間の気持が解らないんだわ。年寄というものは酸いも甘いも嚙み分けた苦労人になればなるほど、変な方へばかり気を廻すのね。兄さんだって、あたしだって、立派に教育を受けさせて貰いながら、いまだに親の監督がなければ間違いがあると思われていちゃ、ほんとにやり切れないわ。男だろうと、女だろうと、趣味が一致すれば、自然と話が合うのは当り前じゃありませんか。誰がそんな嫌らしい事をするもんですか」

「いいえね、何も嫌らしい事があったと言うんじゃないから……」

今さら叔母はアタフタして、真赤になって喰ってかかる照子を制しながら、

「そんな高い声を出さずと、もっと穏やかに話をしたら判るじゃないか。——まあ、お前達に詰まらない疑いを掛けたのは、私が悪かったから堪忍しておくれ、ね。しかし、二人がそういうきれいな間柄なら、なおさら痛くない腹を捜られるのは嫌だし、馬鹿を相手に喧嘩するのも下らないから、一層素直に先方の言い分を立てて、お気の毒だが謙さんに内を出て貰ったらどうだろう」

「そんな事をするに当たらないわ」

照子は怒りに乗じて、一気に母の提案を揉み消しにかかる。

「おッ母さんがソレだから、彼奴はますます増長するのよ。兄さんが余所へ越したって、私が毎日のように遊びに行くから、やっぱり同じ事だわ。鈴木の威嚇かしぐらいで兄さんを追い出したら、それこそ世間の物笑いだわ。第一、嫌な噂が、いよいよ本物らしく取られちまうじゃありませんか」

「けれどもお前、命には換えられませんよ……」

こわい物がすぐ眼の前に在るような顔をして、とうとう叔母は本音を吐いた。

「謙さんが出てさえ呉れれば、それで納得すると言うのだから、強いてあぶない真似をするには及ばないじゃないか」

「それがおッ母さん感違いをしているのよ。兄さんが出れば出るで、今度は私に遊び

に行くなとか、許婚の約束を履行しろとか、一々言う事を聴いていた日にゃ、際限がないわ」

それから凡そ小一時間も、親子は盛んに言い争ったが、結局埒が明かなかった。

「兄さん、おッ母さんが何と言ったって、遠慮しなくっていいことよ。おッ母さんはいつも泥棒を恐がる癖に、内の中に男が一人もいなかったら、かえって無用心で仕様がないわ」

照子にこう言われると、佐伯も自ら進んで処決する覚悟にはなれなかった。自分も照子も、こんなに荒んでしまいながら、まだどこか知らに恋らしい感情の残っているのが、非常に不調和な、理解し難い心理状態のように思われた。

「そんならお前達のいいようにおし、私ゃどうなったって知らないから」

叔母は不平たらたら二階を退却したが、照子の下りて来るまではお雪を寝かさず、自分も長火鉢に倚りかかってまんじりともしなかった。

「照ちゃん、何だか気懸りになるから、今夜からお前もこの座敷へ寝ておくれな」

先刻あれほど口論した事を忘れて、意地も張りもなく、オメオメと嘆願すると、照子は意地の悪い笑い方をして、

「だって、あたしの傍に寝ていればおッ母さんも捲き添えを喰うわ」

などと言った。

　その晩は殊に戸締りを厳重にし、便所の電燈をつけ放しにして寝てしまったが、明くる日の昼間になっても、叔母の不安は容易に治まらない。戸外（おもて）の格子が開くたびごとに、ギクリとして浮き足になり、襖の蔭からおずおず玄関を窺っている。

「雪や、お前使いに出る時には、よォく内の近所を付けておくれ」

「はい、別段だアれもおりませんようでございますよ」

　こんな問答が、ひそかに交換される。

　日が暮れて夕飯が済むと、宵（よい）のうちから雨戸を立て切って、叔母はつくねんと居間に据わっている。長火鉢には炭火がパチパチ鳴りながら真赤に燃え上がり、鉄瓶の湯が、さも心丈夫に、頼もしそうに沸（たぎ）っている。

　照子は相変らず二階へ行って下りて来ない。

「ちょッ」

と、叔母は舌打ちをして、心の中で「ほんとにあの娘（こ）は仕様がない。人の心配も知らないで、好い気になって佐伯にへたばり着いている。……また佐伯にしたってそうだ。どのくらい私が苦労をしているか解ったら、さッさと家を立ち退いてしまうのが当り前じゃないか。もう一度二階へ行って、頼んで見ようか知らん」などと呟いている。

　バタリ、と、縁側の戸が風を孕（はら）んで内の方へめりこんだかと思うと、今度は外の方へ吸いつけられるようにぎいと動く。不意に凩（こがらし）が吹き起こったのらしい。こんな晩に火事でもあったら……万一あの馬鹿が附け火でもしたら大変である。

ぼん、ぼん、ぼん……と柱時計が八時を打つ。とたんに叔母は立ち上がって、恨めしそうに二階を仰ぎながら、梯子段を上がりかけると、「おかみさん、ちょいと」と雪が真青な顔をして手水場から飛び出して来た。

「あの、気のせいか、何だか変でございますよ。ちょいといらしって下さいまし」

「変だって、何が変なの」

「はばかりの窓の外で、人の足音が聞こえるんでございます」

「きっと風の音だろう」

二人は一寸と傍を離れないようにして便所の奥へ忍び込み、暫く息を凝らして見たが、足音らしいものは更に聞こえない。ただ時々、非常にかすかに、人間の呼吸をするのが、すう、すう、と響いて来るようである。それだって、果して呼吸の響きかどうか、興奮した神経には判別がつかないが、たしかに本当だとすれば、何者かがこっそりと便所の羽目へ体をつけて、室内の様子を捜っているのだと推定される。

「嘘をおつきな、なんにも変なことはないじゃないか」

「左様でございましたねえ。さッきはどうもおかしいと存じましたけれど、やっぱり気のせいでございましたよ」

互に慰めるが如く、囁いて、座敷へ戻ろうとしたが、大便所と小便所との境の所まで来ると、忽ち二人は凍り着いたようにぴ、た、り、と立ち止まり、黙って顔を見合わせてしまった。ちょうど彼等の囁きが終わるか終わらないうちに、「えへん」という咳払いが外に聞こえたのである。何か人間以外にあんな声を出すものがあるか知らん……

二三分の後、叔母は歯の根と膝頭をワクワクさせて、二階へ這い上がった。

「いいえ、あたしもそう思ったんだけれど、風の音じゃないらしいんだよ。どうしよう謙さん、お前さん一ッ走り交番まで行って来てくれないか」

「よく確かめても見ないで、交番へ駈けつけるなんて馬鹿気てるわ。よしんば本当だって、泥棒なら嫌だけれど、鈴木だったら構わないから放ってお置きなさいよ」

「まあ、下へ行ってよく検べて見ましょう」

こう言った佐伯は、多少眼の色を光らせていたが、とにかく勇気凛々たるものであった。大方照子に臀を押されて、否応なしに奮発したのだろう。「人殺し」――言葉だけでも物凄いのに、不思議なことには、自分ながらおかしいほど落ち着き払って二人の先へ立ちながら、便所へ下りた。

「どうも、僕にはそんな音が聞こえませんな。一つ縁側の戸を外して、庭へ出て見ましょう」

「謙さん何をお言いだい。戸なんぞ開けたら、なおあぶないじゃないか。――わたしは戸外へ逃げて行くよ」

「なあに、大丈夫です」

高い橋の欄干から身投げをするような、ひやッとした心地を圧え付けて、戸袋に近い雨戸を一二枚繰り開ける。と、真っ暗な庭から、素晴らしい勢いで寒風がひゅうッと舞い込んだ。

照子は電燈の綱を延ばして、佐伯の後から庭の木の間のあちらこちらへ光線を振り向け始めた。最初に左の塀の隅の、桐の木の周囲がまざまざと明るみへ浮かんで、春日燈籠の青苔まで、鮮やかに照らされる。同時に佐伯の総身を襟元から爪先へかけて、薄荷のようなものが一遍スウッと流れて通った。自分ではまだ落ち着いている積りなのに、知らず識らず動悸が裏切りをしている。

左の端から右へ右へと、電燈は隈なく植込みの隙を発いて、次第に便所の方へ肉薄した。夕方、二階の窓から棄てた敷島の吸い殻が、飛び石の御影の上に落ちている所まで、佐伯の眼にありあり映っている。

「照ちゃん、もっとあかりを前へ出してごらん」

こう言って、彼は庭下駄を穿いて、便所の蔭へ歩いて行ったが、中途で蜘蛛の巣に襟を掠められた。

見ると鈴木は、じめじめした掃除口の闇にうずくまって、羽目へペッタリ背中を押しつけ、雨蛙のようにどんよりと、眠るが如く控えている。この場になって、別段逃げようとも、飛びかかろうともしない。

「君はこんな所へ何しに来たんだ……」

と、佐伯が威丈高に立ちはだかった所は、巡査が乞食を取り調べる光景によく似ている。

「……さっさと出て行き給え」

　ぱさ、ぱさ、と八つ手の葉がどこかで鳴っている。余程地面が湿気ていると見え、庭下駄が赤土へ粘り着いて、いざという時に佐伯は素早く退けそうもない。

「いや」

と言った鈴木の声は、心に重いこだわりがあるらしく皺嗄れていた。唇の動くのが全く分らないで、ただ黒い影が物を言うようである。

「出て行こうと行くまいと、私の勝手だ。君が干渉せんでもいいでしょう」

「馬鹿を言い給え。人の家へ入り込んで、自分の勝手だという奴があるか。用があるなら、表から尋ねて来給え。一体何だってそんな所にしゃがんでいるんだ」

「何でもいいじゃありませんか、私には私の考えがあるんですから」

　事に依ったら、この男は気が違ったのじゃあるまいか。自分より先に、この男が発狂したとすれば痛快である。大いにいたわって、親切にしてやろうかな——こんな事を佐伯はちらりと考えた。しかし、発狂したのなら、なおさら刃物を振り廻しかねないはずだが、相変らずムッツリして、ジッと蹲踞っている。

「下らない事を言っていないで、さッさと出給え、出給え」

いきなり彼は鈴木の襟首を摑んで引っ張った。

「そんなになさらんでも、お邪魔なら出ますよ……」

鈴木は少しも抵抗せずに、素直に起き上がって、

「出てもよござんすが、実は鼻緒を切っちゃったんです。ちょいと、そこへ腰をかけさせてくれませんか」

こう言って、跛を曳き曳き、縁側の方へ歩いて行った。

戸袋の傍にはまだ照子が電燈を持って立っていた。

「鼻緒を直すなら早くし給え」

こんな叱言を浴びせられつつ、鈴木はじろりと照子を睨んで、廊下へ腰を下ろし、レザーの鼻緒のついた、ぴたんこな山桐の下駄を、片一方の足から外した。ここにいた時分には持っていなかった古い茶色の二重廻しを、どこから工面して来たのかぼてぼてと着込んで、鳥打帽を眼深に冠り、頻りと前壺を塩梅している。

「ああ、私は不仕合せな人間ですな。惚れた女は取られるし……」

不意と嘆息を洩らして、照子にあてつけて見たが、一向手ごたえがないらしいので、

「ねえ、照ちゃん」

と、今度は正面から切り出した。但し、やっぱり女の方へは背中を向けて、上体を下駄の処へ跼ませながら……

「ねえ、照ちゃん」

と、再び畳みかけた時、照子はキリリとした調子で、後ろからどやしつけるように言った。

「照ちゃんなんて言わないでおくれ。あたしゃお前に名前を呼ばれるような弱味はないんだから」

「はははは、お嬢さんと言ったのは昔のことです。もう私はこちらの書生ではないのですからな。今じゃ縁もゆかりもありませんよ」

「縁もゆかりもなけりゃ、さっさと出て行ったらいいじゃないか」

「そう急き立てないでも直きに出て行きますよ。……だが、照ちゃん、あなたは佐伯に欺されているんですぜ。こんな男が何で便りになるもんですか」

「余計な世話を焼かなくってもいいことよ。うるさいから早くしておくれな」

こう言うと、照子は電燈の綱を鴨居へ懸けて、すたすた奥へ引っ込んだが、八畳の居間から、玄関まで打っ通しに襖が明け放されて、門口の格子ががらんと開いたまま、叔母もお雪も姿を見せなかった。

「さあ出来ました……」

ぺちゃりと下駄を縁先へ放り出して、鈴木は漸く身を起こす拍子に、

「佐伯さん、君はどうしても改心しませんか」

と、目の前に佇んでいる相手を視詰めた。

「君、そんな女々しいことをいつまでも言ってるもんじゃないよ。僕に恨みがあるなら、男らしくテキパキした方法を取るがいいじゃないか。最後の手段だなんて、口でおどかしたって、何になるもんか」

「いや、しかし……」

「馬鹿！」

大喝するや否や、彼は渾身の力を拳に籠めて、耳朶の辺をいやというほど擲りつけた。擲ってしまったら、自分の体が消えてなくなるかと思うくらい、懸命に擲りつけた。この間から腹の中でばかり企んでいた事を到頭実行して、せいせいしたものの、急に胸のつかえが軽くなった結果、彼はふらふらと昏倒しそうになった。

「たんとお擲りなさい、女はとられるし、男には擲られるし、私も散々ですな」

「口惜しければ、僕を殺したらいいだろう、何か刃物を持って来てやろうか」

「なにそれには及びませんよ……」にやにやと笑って、懐へ手を入れて、「困りましたな、それでは、どうして改心なさらないんですな」

「だから殺せと言うんだ」

その瞬間、ぴかりと光ったものが、鈴木の右の手に閃いて、又外套の蔭に隠れた。

「いくらおどかしたって駄目だぞ、殺すなら早く殺せ」

佐伯は新派の俳優が見えをするように、胸を突き出し、両手を背後に組んで空を仰いだ、星がきらきらと綺麗に輝いている。

それでも鈴木は、まだにやにや笑い続けて、容易に断行するような形勢もない。

「ほんとに男らしくない奴だな。殺せないならグズグズしていないでここを出ろ」

いい気になって胸倉を押えつつ、裏木戸の方へ引き擦り出そうとした刹那、

「そらそら御覧なさい。これでも男らしくはありませんかな」

こう言う言葉と共に、佐伯は頤の下をピシリと鞭で打たれたように感じたが、忽ちたらたら血が流れ出した。

「ふん、とうとう斬ったな。感心だよ、男らしいよ」

よろめきながら、傷口へ手をあてて、こんな負け惜しみを言う間もなく、鈴木は彼の体を板塀の傍へ踏み潰す如く倒した。そうして、やっぱりにやりにやり笑っているらしかった。

喉笛を抉られる時、佐伯は最後の息を振り絞って不思議な声を発したが、それは負け惜しみではなく、痛苦のあまり悲鳴を挙げたのだったろう。痩せている割合に、多量の血液が景気よく迸って手足の指が蜈蚣のように戦いていた。

神童

一

春之助の通っている小学校では、教師でも生徒でも、一人として彼の顔を知らない者はないくらいであった。上は校長から下は小使に至るまで、自分の学校の高等一年生に春之助という神童がいると、口々に評判をして褒(ほ)めそやした。

彼は一年の時から始終抜群の成績であったが、最も有名になり出したのは、尋常四年生の頃である。或(あ)る日教師が作文の時間に「天の河」という題を出した。すると春之助は二十分ほど考えた末、「先生出来ました」と叫んで石盤へすらすらと二行ばかりの文句を認(したた)めた。教師がそれを読んで見ると、意外にも立派な五言絶句が作られていた。「日没西山外。月昇東海辺。星橋弥両極。爛々耀秋天」というのである。

授業の済んだ後で、教師はその詩が果して韻(いん)を蹈(ふ)んでいるかどうかを検(しら)べて見ると、ちゃんと平仄(ひょうそく)が合っていた。漢学の造詣(ぞうけい)のある校長はそれを見せられて、「李白の俤(おもかげ)がある」と讃嘆(さんたん)した。万一何かの焼き直しではあるまいかと疑っていた教師は、それから二三日過ぎて、「お前にこれが分るなら、詩の文句に訳してごらん」と言って、黒板へ平仮名交りの文章を書き示した。

春之助が読んで見ると、それは一首の和歌であった。――「はつせのや里のうなゐに宿問えば霞める梅のたちえをぞさす」――忽ち彼は眼を光らせて教師に言った。

「先生、この歌は僕にも覚えがあります。これはたしか釈契冲の歌ですね」

「よく知っている。えらい！」

と言って教師は舌を捲いた。その驚きが終わらぬうちに、春之助は白墨を取って同じ黒板へすらすらと書き下した。「牧笛声中春日斜。青山一半入紅霞。借問児童帰何処。笑指梅花渓上家」

それからこんな話もある。ある時校長が彼の教場で修身の講話を試みた序に、天神様の例を引いて、菅公の作った名高い和歌を二つ三つ書き記して説明した。それは大概人口に膾炙した極めて平易な意味のもので、「此の度は幣も取りあへず」とか、「東風吹かばにほひおこせよ」とかいうのであった。

「あなた方はこの歌のうちでどれが一番好きですか」

と、その時校長に質問されて、一般の生徒は誰も満足な答えをなし得なかった。最後に質問の矢は春之助に向けられた。

「菅公の歌で僕が好いと思うのは、その中にありません」

と、彼は答えた。

「それなら外にどういうのがあります」

校長は興味の眼を以って反問した。

「僕が一番好きなのは……」と言いながら、彼は半ば夢見るような調子で天井を仰ぎつつ朗らかに吟詠した。「……山わかれ飛びゆく雲のかへりくる影見る時ぞなほ頼まるゝ」

「どうしてそれが好きなのですか」

「でもこの歌が一番高尚で、意味が深いように思われます」

「そうですか」と言って校長は苦笑いをしてしまった。

あまり智能が発達しているため、春之助はひとしきり非常に生意気な、小憎らしい少年となった。けれども高等二年の頃から、彼の挙動は漸く謹厳になり沈重になった。それは彼が漢文学に熱中して、知らず識らず儒教の感化を受けた結果なのである。この早熟な少年は四書五経を読み始めてから、詩や歌を作るのが嫌いになって、一生懸命に東洋の哲学や倫理学に関する書籍を漁り求めた。彼は学校から帰って来ると、むさくろしい二階の四畳半に蟄居したきり、夜の更けるまで机に向かって動かなかった。老子を読み、荘子を読み、しまいには仏教の方へ手を伸ばして倶舎論や起信論や大智度論などという物にまで眼を通した。その時分のことである。彼は目黒の真言宗の寺に遠縁にあたる和尚がいたことを想い着いて、そこへ仏書を借りに行った。

「方丈さん、あなたの所に正法眼蔵という本がありますか。あるならどうぞ貸して下さい」

と、春之助は突然言った。

和尚は眼を円くして不思議そうに少年の顔を凝視しながら、「お前にそれが解るのかい」と言った。

「ええ解ります」

「そんなら私の前でこれを読んでごらん。この本の標題は何と読むのだ」

こう言って、和尚は机の傍にあった一冊の薄っぺらな和本を示した。その表紙には「三教指帰」と書いてあった。

「これは三教指帰でしょう。弘法大師が子供の時に書いた物でしょう。僕はこの間読んだばかりです」

それで和尚はすっかり降参してしまった。

春之助の名声が喧伝されるに随って、この奇蹟的な少年を生んだ仕合せな両親までが注目されるようになった。彼の父は瀬川欽三郎といって、堀留の木綿問屋に三十年も通勤している一番番頭である。父の年は五十一、母の年は四十六であるが、比較的遅い子持ちで今年十二になる春之助と、七歳になる女の児があるばかりであった。いくら一番番頭でも、会社や銀行と違って、堅儀な卸問屋の店員であるから、父の収入は大凡そ知れたものであろう。両国の薬研堀の、不動様の近所に小綺麗な二階家を借りて、親子四人は淋しく睦ましく暮らしている。毎朝八時頃になると、父と春之助とは今年尋常一年へ入学した娘のお幸の手を曳いて、久松橋の袂にある小学校まで連れて行ってやる。そこから父は子供に別れて堀留の店へ独りで出掛けて行く。

学校では、兄が兄故妹の方も少なからず嘱目されている。春之助ほどではないけれど、これもとにかく一年生の首席を占めて、まず優等生の部類である。こんな立派な子供を儲けた父母は、親の身としてどんなに嬉しいことだろう。……と、世間からは非常に羨ましく思われながら、臆病で苦労性な欽三郎は始終春之助の身を案じていた。第一気に懸るのは彼の健康である。十二といえば腕白盛りの時代であるのに、彼は少しも快活な遊戯や運動を好む様子がなく、暇さえあれば書物ばかり耽読する。殊にこの頃は恐ろしく陰鬱で、無口で、血色の青白い、筋骨の痩せ衰えた、見るから弱々しげな病人じみた少年となった。

「どうも昨今あの子は変ですよ。三度の食事にいつも御飯を一膳しか喰べませんよ」

母のお牧がこう言って欽三郎に耳打ちをしたことがある。彼は倅を呼びつけてその理由を詰って見たが、

「別段心配な事はありません。ただ少し心に誓った事があるものですから」と、簡単に答えたきり、父が健康の大切な事を説明して、体育を重んじるようにいくら意見を

しても承知しなかった。

「そんならお前が心に誓ったというのはどんな事なんだ。それを私に聞かせておくれ」

欽三郎は心配で心配で溜(た)まらないような顔つきをして、再び詰った。

「お父さん、私は近頃禅宗の本を読んで非常に感心したんです。人間はこの世の慾(よく)を断たなければとてもえらくはなれませんよ。だから私は出来るだけ食物(くいもの)の慾を制限して、克己心を養うように精神を鍛錬しているんです。僕は体よりも精神の方がどのくらい大切だか解らないと思うんです」

春之助は屹然(きつぜん)としてこう答えた。彼の克己心修養の手段はそのうちに追い追い極端になって、食物ばかりか、睡眠時間を減らしたり、寒中に薄着をしたり、一時間も二時間も坐禅(ざぜん)を組んだり、ほとんど狂激に走って行った。なまじいに干渉すれば、かえって変梃(へんてこ)な理窟(りくつ)を言うので、両親はおどおどしながら、黙ってそれを見守っているより仕方がない。父親の心痛はだんだん増して来るばかりである。なるほど倅は悧巧(りこう)な少年に違いなかろう。将来大学へ入学させて立派に仕込んでやったら、恐らく非常な大学者になるであろう。……けれども商人(あきんど)の欽三郎は自分の倅をやっぱり商人にさせたいと望んでいる。望んでいてもいないでも、欽三郎の境遇として、到底子供を大学までやらせるほどの資力がない。せめて高等小学校を卒業したらば、適当な商店へ小僧に住み込ませ、年期奉公を勤めさせるのが、一番出世の捷径(しょうけい)であり、身分相応な教育である。然るにこの頃の春之助は貧乏な町人の子にあるまじき趣味や傾向に浸潤して、だんだん父親の期待に背いて行きそうに見える。欽三郎は自分が意見をするよりも、これは一番学校の先生から説いて貰うのが上策であると考えて、密かに受持ちの教師を訪ねて懇々と依頼した。

「あれだけのお子さんを、商人にしてしまうのはほんとに惜しいものですなあ」

こう言って教師もひどく残念がったが、結局父親の希望通りをよく本人に納得させるように誓った。

「瀬川、お前はそんなに勉強をして将来何になるつもりですか」

或る日学校が退けてから、春之助は先生の前へ呼ばれてこんな質問を受けた。

「僕は聖人になりたいと思います」と、少年は暫く考えた後口を開いた。「……そうして、世の中の多くの人の魂を救ってやりたいと思います」

「お前の望みは実に立派だ。誰に聞かせても恥ずかしくない貴い望みだ。しかし昔の諺にも『孝は百徳の基』ということがある。まず親孝行が出来なければ到底徳の高い聖人にはなれるはずがない。近い話が二宮尊徳を見るがいい。立派に亡父の家業を継いで、自分の家を再興してから世間の人々を救ったじゃないか」

少年は黙々として項垂れたまま耳を澄ましていた。教師はそれから伊能忠敬*の例をも引いた。世の中を救いたいと思うなら、ともかくも親の志を継いで家業を興してから、それに従事するのが順序である。志さえ強固であったら、四十五十になってからでも決して事業をするのに遅くはない。勿論それは凡人の精力を以って、よく成功す可きではないが、苟も聖人になろうとまで望むならば、かほどの忍耐と晩成とが必要である。今のうちから功を急いで、年齢に不相応な勉強の結果健康を害するようでは、とても末の発達が覚束ない。――こう言った教師の言葉にはかなりの熱と力とがあった。

「どうだね、分ったかね。それとも私の言った事が間違っていると考えたら、遠慮なく言ってごらん」

「先生わかりました。僕が悪うございました。僕は全く親不孝でした」

何と思ったか少年は忽ちはらはらと涙を流した。

「これからきっと先生のお言葉通りに実行します。必ずえらい聖人になって見せます」

こう言って彼は激しく泣いた。春之助はその時の自分の胸の中が、最も聖人に近くなっていることを感じた。

教師の訓誡に非常な刺戟を受けて、睫毛の涙を払いながら家へ帰って来る途中、春之助はさまざまな事を考えた。自分の今までの行為というものは凡べて虚偽である。凡べてが卑しい名誉心に胚胎する虚偽の努力である。自分が果して真箇の聖賢になる積りなら、もっともっと大奮発をしなければならない。学者になるよりもまず町人の子にならなければならない。学問よりもまず道徳を実行しなければならない。自分は克己心を涵養すると称しながら、両親のために自己を犠牲にすることさえも忘れていた。――春之助は矛盾極まる己れの態度を反省して、恥ずかしいような気持ちがした。けれども彼が改心の実を示して、両親や教師を喜ばせたのはその後僅か半月ばかりで、間もなくもとの学問好きに復ってしまった。

「先生、僕はいつかの約束通り親孝行をする気でしたが、どうも実行出来ない理由が起きて来たんです。どうぞこれを読んで下さい」

と言って、春之助は封筒に入れた書面のようなものを教師の手元へ差し出した。書面には「師の君に送る」として下の文章が認めてあった。

……真の聖賢たらんと欲せばまず徳を修めよと師の君は宣へり。孝行の道をだに弁へずしていかで聖賢たるを得べきと師の君は誡め給へり。げにもさこそと吾もその折は打ちうなづきて、学問よりも実行を重んずべしと誓ひたりき。されど、あゝされどいかにせん、この頃の疑ひ深き我が心は、実行に方りて抑もいづれが真の善なるかを解するに苦しむなり。善とは何ぞや、悪とは何ぞや。この問題を極めざれば凡べての行為は無意義なるべし。……あゝ師の君よ、かくまで迷ひに迷ひたる吾を憐みて暫の不孝を許し給へ。親への義務を怠るとも人間の道を究むる事こそ、吾人が最初の勤めなるべけれ……

教師は困ったものだと思ったが、到底理窟を以ってこの少年を改めさせる余地はないとあきらめてしまった。それからほどなく母のお牧は、悴の机の抽き出しから次のような文章の書き綴られた日記帳を発見した。

愚かなる父母を持ちてこの世に生まれし我が身こそ、げにもこよなき不幸なりけれ。気の毒なる父母よ、おん身はやがて春之助より暖かき養育を受け、何不自由なく老後の余生を送らんと望み給はゞそは大いなる誤りなるべし。春之助の望は金銀財宝にあらず、功名栄達にあらず、おん身が現し世の快楽として喜び給ふ万の事は、一としてこの春之助が心をば動かすに足らざるなり。予はおん身等を愛せざるにあらず、しかもおん身等のみを愛する能はず。キリストを生みたる国、釈尊を生みたる国の運命を見よ……

それから二三ペエジ先に、「山家集より」として、西行法師の歌が抜萃されて圏点を施されている。

世の中を夢と見る〳〵はかなくもなほ驚かぬわがこゝろかな。

母親には何の意味やら一向に解らないが、とにかく不穏な思想を抱いていることは明瞭であった。

春之助の両親に対する態度はだんだん横着になり狡猾になった。彼は父親に詰問されても、以前のように正直な理由を告白したり説明したりしなくなった。説明するのは結局無益だと信じてしまって、なるべく没交渉に一時を糊塗しようと努めている。御飯をもっと賜べろと言えば素直に賜べる。着物をもっと着ろと言えばおとなしく着る。それでいて肝腎の勉強だけはどうしても止めない。夜中にそっと床を脱け出して、ランプの心を掻きながら机に向かっていたりする。漢学だけでは到底駄目だと悟ったのか、一生懸命に英語の独学を始めて、高等二年を終える頃には、カアライルのヒイロオ、オルシップを読破した。つづいて Sartor Resartus を読んだ。もう学校の先生なぞは眼中になかった。

春之助が十三になった正月のことである。神田の小川町辺を散歩していると、とある古本屋の店先に英訳のプラトオ全集六巻が並べてあるのを見付け出した。Bohn's Classical Library と記した背中の金字が散々に手擦れて垢だらけになっていた。試みにその中の一巻を抽き抜いて見ると、到る所に赤インキでアンダアラインを施したり、鉛筆で註釈や批評を書き加えたりしてあって、この書の以前の持ち主が、如何ほど熱心にプラトオを熟読し、玩味し、研究したか、そぞろにその篤学さが思いやられる奥床しい物であった。プラトオの名前ばかりを聞いていてその文章に接したことのなかった春之助は、憧れていた恋人に出会ったような心地がして我知らず胸の躍るのを覚えた。書棚の前に佇んだまま彼は偶然自分の眼の前に開けたペエジの一節を読み下した。"……hence God resolved to form a certain movable image of eternity ; and thus, while he was disposing the parts of the universe, he, out of that eternity which rests in unity, formed an eternal image on the principle of numbers : — and to this we give the appellation of *Time*. ……" あたかも彼の眼に入ったのは、THE TIMÆUS の中の、ソクラテスが「時間」と「永遠」とを論じているこの五六行の文字であった。彼は平生朧げながら自分の心で考えていたことが、立派にそこに言い表わされている嬉しさと驚きとに打たれた。喜びのあまり昂奮して、手足がぶるぶると顫えるくらいであった。

「これだ、この本だ。自分が不断から憧れていたのはこの本の思想だ。読みたいと思っていたのはこの本のことだ。この哲人の言葉を知らなければ、己は到底えらい人間にはなれない」春之助は腹の中で独語した。彼はもうその本を自分の手から放すことが出来なかった。

「これはいくらですか」と、彼は帳場の主人を顧みて言った。

「五円ですよ」

先から不思議そうな顔をして少年の挙動を見守って居た主人は、嘲るような微笑を浮かべて、気乗りのしない調子で答えた。春之助は、こういう場合の費用に充てるため、平生から無駄遣いを節して溜めて置いた小遣いが三円あった。それに正月の年玉として、親戚の叔父叔母から貰った金を加えればちょうど五円程の額に達していた。

彼はすぐに薬研堀の家へ走って、金を持って引っ返して来た。

六冊の書物を風呂敷に包んで宙を飛んで帰って来た春之助は、是非共正月一杯に読んでしまおうという大決心を以って、学校から帰って来ると毎晩夜中の二時三時まで机の傍を動かなかった。そうして月の廿日頃には、望み通り既にその書の三分の二を読過して、高遠な哲理の大体を会得することが出来たように思った。眼に見ゆる現象の世界が一場の夢幻に過ぎないことや、ただ観念のみが永遠の真の実在であることや、嘗て春之助が仏教の経論を徹して教えられた幽玄な思想が、この希臘の哲人に依って更に強く更に明らかに説かれているのを知った。彼は自分が今年漸く十三歳の少年でありながら、大人と雖容易に理解し難い書籍の蘊奥を究めて、いかに精神の貴む可く物質の卑しむ可きかを悟り、古えの聖者大徳のような心境に到達し得た己れの聡明と幸運とを祝福せずにはいられなかった。「自分は全く神童に違いない」と彼は思った。現在の彼の頭は既に古来の有名な哲人の頭と同程度まで進んでいるような気がした。彼等と春之助との距離はほとんど僅かであるらしく考えられた。

或る晩、彼が全集の第五巻目を読み終わった時、階下の柱時計が微かに午前三時を打つのを聞いた。少し頭が痛むので窓の雨戸を一尺ばかり明けて、暫く冷ややかな戸外の空気に顔を曝していた。月のない寒空が寝静まった人家の上に高く冴え返って、北斗七星のきらきらと瞬くのを見詰めていると、彼の心は自然と今しがた読んだ書物の方へ戻って行った。ちょうど微妙な音楽を聞き終わった後のように、一種の恍惚とした快感が、ダイアロオグの文章に酔わされた彼の脳髄のどこか知らに、さめようとして未ださめ切らぬ熱の如くに残っていた。「自分は今、たしかに偉大な精神を把握したと信じている。古えの聖僧哲人に比べても、恥ずかしからぬ悟道を開いたような気がしている。しかし、この悟りは果して本当の悟りであろうか。一時の興奮でそんな風に己惚れているのではなかろうか。自分は実際、この心をいつまでも持続して、将来立派な宗教家、哲学者になれるのであろうか」……五六分の間、春之助は窓際に頬杖を衝いて、深い瞑想に沈んだ。それから再び雨戸を締めて、寝支度をしていると、

「春之助はまだ起きているのかい。今戸を明けたのはお前かい」

こう言って、父の欽三郎が下の部屋から声をかけた。

「ええ、私です」と、春之助は直ちに答えた。父はそれきり何とも言わなかった。寝間着に着換えてから、床へはいる前に便所へ行こうとして梯子段を降りかけた彼は、段の中途で、ふと両親のひそひそ話が聞こえるので、そのまま息を凝らしつつ耳を欹てた。

「あれも今年は十三だろう。十三といえば昔はみんな奉公に出したものだ。それに行く末大学までもやらせるというような余裕のある内の子供ならいいが、なまじ中学で止めさせるくらいなら、いっそここいらで奉公にやった方が当人のためにもなる」こ

う言うのは父の言葉である。春之助の胸は、急に重い石で圧し付けられるような悩みを覚えた。今度は母がそれに答えた。

「ですがあれほど学問をやりたがっているのだから、せめて小学校だけでも卒業させたらどうでしょうね。今奉公にやると言ったら、なかなか承知をしますまいし、悧巧な子だけにあんまり無慈悲な親たちだなんぞと、恨まれたりしちゃ気持ちが悪うござんすから」

「小学校を卒業しないたって、あの子はもうそれ以上の学問があるんだから、商人としての教育に不足はないさ。学校へやって置くとますます学問に凝ってしまって、気位ばかりが高くなって仕様がない。今夜にしたって御覧な、もう三時じゃないか。毎晩々々こんな夜更けまで本を読み耽っているようじゃ、今に体を壊してしまう。だからまあこの四月になって、高等二年を済ませたらすぐにも奉公に出した方がいい。いずれその時になったら私からよくそう言ってやろう」

「そうですね。今そんな事を言い出すと又何を言うか分らないから、四月になって、いよいよという時に学校の先生からでも意見をして貰いましょう。ほんとうにこの頃では、先生までが馬鹿にされているんですからね。――『あのお子さんにはかないません。全く末恐ろしいお子さんです。ああいう子供は非常にえらくもなれる代りに、もし慢心するとどんなに堕落するか知れないから、よくよくお気をつけなさいまし』

ッて、この間も先生が言っていましたよ」

大方こうであろうとは予期していたが、現在まざまざとその相談を聞き込んで見ると、彼は両親を恨むよりも憫(あわれ)む方が先へ立った。学問の貴さを悟らず、人生の意義をも解せぬ、何という無智な、浅はかな親たちであろう。自分が学校の先生や親たちを軽蔑(けいべつ)するのは、決して慢心の結果ではない。自分の道徳観が、彼等の道徳観よりも遥(はる)かに進み過ぎているためなのだ。かりにそれを慢心と名づけるなら名付けてもよい。しかし自分の慢心は、向上の一路を辿(たど)る助けとこそなれ、堕落の導線となろうはずはない。釈迦(しゃか)や基督(キリスト)の堕落する事が不可能であると同じく、自分は絶対に堕落の恐れのない人間である。春之助はそう考えた。たとえ学校の教師や親たちが如何(いか)に反対しようとも、自分はどうしても商人などにさせられる人間ではない。自分のような天才が、商店の小僧などになろう訳がない。自分は必ず、何とかして学問をやり通さねばならぬ。又やり通すべき運命に立っている。天が自分を捨てないならば、いかほど俗人共の妨害がはいろうとも、遂(つい)にはきっと自分の値打ちに適(ふさわ)しい運命が自(おの)ずから廻(めぐ)って来る。こういう信念が春之助の心の奥に潜(ひそ)んでいて、両親の密談を気に懸けながらも彼は格別騒がなかった。

三月の中旬になって小学校の学年試験が始まった。同級生のうちで、試験を済ませてから都下の中学へ入学を志願する者は十人足らずあった。明日から学年の休暇になろうという日に先生が教壇に立って生徒一同へ訓示を与えた。「あなた方の中にはこれきり本校を退学して、来月から中学へはいる者もあるだろう。又商店の丁稚となって奉公に行く者も少なくはあるまい。いずれにしても皆様は御両親のやれと言う事をやらなければならない。学問は大切であるからなるべくならば中学へはいるに越したことはないが、さればと言って御両親の許しが出なければ已を得ない。誰しも他人の家に使われて丁稚奉公を勤めるのは辛いであろう。しかし、小僧だからえらい人間になれぬという理窟はないのである。心懸けさえよかったら、奉公していても学問は立派に出来る」春之助は、先生がこう言いながら時々ちらりと自分の顔を盗み視るのを感付いた。かねがね両親から頼みがあって、それとなく自分に意見をしているのだなと、彼はうすうす推量した。そうして、昂然と面を擡げてグッと先生の顔を睨み返した。如何なる抵抗、如何なる無理を犯しても、断然中学へはいって見せるという反逆心が、言わず語らず少年の眉宇の間に溢れていた。

「お前に少し話があるから、休みのうちに一遍私の所へ遊びにお出で。三月中は忙しいから来月の四五日頃がいいだろう」

放課後、春之助は鞄を抱えて教室を出ようとすると、先生が呼び止めてこんなことを言った。話というのは無論分っている。

「承知しました」と、彼は徐かに、何事か深い覚悟を極めているように落ち着いて答えた。「この春之助という少年の天才の周囲を取り巻いて、凡俗の分らず屋の大人共が盛んに卑しい干渉を加えている。全体大人という者は、どうしてあんな浅薄な考えばかり持っているのだろう。世間の大人が、皆あのような劣等な人間であるとしたら、世の中に自分ほどえらい人間はいなくなる。自分はあの大人共の意見などを眼中に置く必要はない。自分は彼等に逆って何をしようとも、自分の行為を justify する権利を持っている」春之助はそう思って、教師を尻目にかけながら学校の門を出た。

家へ帰っても両親は別段何も言わなかった。凡べての処置を先生に委せてしまって、自分達は腫れ物に触るように、黙々として我が子の動作を注視しているらしかった。

すると四月三日の神武天皇祭の朝である。

「東京市立第一中学校御用、日本橋区馬喰町一丁目、島田洋服店」と書いた大きな名刺を携えた商人風の男が尋ねて来て、「どうぞお宅の坊ちゃんの制服を注文して頂きたい」と、玄関へ出た母親のお牧に頼むのであった。その日は父の欽三郎も店が休みで、玄関の次の間に新聞を読んでいたが、洋服屋の口上を聞くと同時に障子を明けて、

「手前どもの悴は中学校へは参りませんのですが」と言った。

「まだおきまりにはなりませんけれど、先達て入学試験をお受けになったと承りましたから、それでお願いに上がったのでございます。私の悴も久松学校へ通っておりまして、たびたびお噂は伺っておりますが、なあにこちら様の坊ちゃんなんぞは、成績

の発表をお待ちにならないでも、及第なさるにきまっているようなものですから、今から制服の御注文を遊ばしても大丈夫でございます。もしも落第なさるようなことがございましたら、お取り消しになっても一向差支えはございません」

至極如才ない弁舌で、洋服屋は御世辞交りにしゃべり続けた。

「それは何かのお間違いではありますまいか。悴は中学校の入学試験を受けたはずはありませんが」

欽三郎がこう言っても洋服屋は承知しなかった。「そんな訳はない。自分は決して隣近所から好い加減な話を聞いてお願いに上がった次第ではない。自分の店は古くから第一中学の御用を務めていて、あの学校の役員とは懇意になっている。今日庶務課へ出頭して、受験者の名簿住所を見せて貰った中に、お宅の春之助さんの姓名が載っていたから確かだと信じて伺ったのである」こう言って洋服屋は事を分けて弁明した。

「さては」と思って欽三郎とお牧とは顔を見合わせた。ともかくもその場を言い繕って洋服屋を返してしまうと、父は春之助の勉強している二階座敷へ上って行った。

「実はお父さんにもお母さんにも内証で入学試験を受けたのです。隠していたのは申し訳がありませんが、前以ってお頼みしたらかえって反対されるだろうと考えて、成績が分るまで黙っている積りでした。私はどうしても中学をやらなければなりません。もしも許して下さらなければ牛乳配達でも何でもして、独りで苦学をいたします」

春之助は悪びれもせずにきっぱりと言い切る決心であったが、正直な、貧乏な人の好い父親が溜め息をつきつつ萎れ返っている様子を見ると、さすがに悲しくなって遂に涙を流した。そうして、「お父さん、どうぞ中学へやって下さい。奉公に行くのはどうしても嫌です」と、激しく泣いて掻き口説いた。「これしきの事に泣く必要はないではないか」と、一方では自分の行為を批難しながら、彼はやっぱり好い心持ちでさめざめと涙をこぼした。

父はいつまで立っても腕を拱いて嘆息するばかりであった。「わしもお前の心中を察せぬではない。それほど学問がしたいものを、好んで奉公にやりたくはないが、知っての通り、内の経済が許さないのだから中学だけは断念して貰いたい。牛乳配達をすると言っても、お前のような脾弱な体質で決して続くものではないし、第一それで学費や生活費を稼ぎ出せるはずはない。何にしても、明日先生のお宅へ伺って、意見を聞いて見るがよかろう」結局欽三郎はこんな文句を繰り返すより外はなかった。

春之助の頼りにしていた運命の神は、彼の予期に反して、だんだん彼を好ましからぬ方向へ拉して行くようであった。明日先生の家を尋ねれば、ますます圧迫が加わるにきまっている。それでもなお、春之助は自分が真の天才である以上、そんな境遇に陥る道理はないと信じて、強いて安心しようとした。

二

欽三郎が勤めている木綿問屋は井上商店といって、当主の吉兵衛は三十五六歳の機敏で闊達な、相当に教育のある好紳士であった。二十歳時分に道楽をして、芳町で一流の名妓と呼ばれた芸者との間に子まで儲けた仲であるが、その後四日市の塩物屋から嫁を貰って、ふっつりと遊びを止めてしまった代りに、その芸者を密かに落籍して浜町の妾宅へ親子二人ながら囲って置いた。然るに嫁は結婚するとほどなく惣領の子供を生み、今からちょうど四五年前の二度目の産に胎児諸共死んでしまった。それきり吉兵衛は再び正妻を迎えない。「子供が可哀そうだから」と言うのは口実で、恐らく彼は堅気の女を正妻に持つことを一遍で懲り懲りしてしまったらしい。元来が意気で陽気で花やかな真似の大好きな、形式や習慣に囚われることの嫌いな彼は、なくなった嫁の融通の利かない、律義で陰気で生真面目な性質があまり気に入らぬようであった。嫁と彼とは些細な事にしばしば意見が衝突した。正直なだけに生一本で怒りっぽい嫁は、「あなたはよっぽど呑気過ぎる」とか、「あんまり見さかいのない冗談を言い過ぎます」とか、何かと口やかましい叱言を言った。そのたびごとに吉兵衛は頭を掻いて素直に降参したけれど、どうかすると「お前は洒落の分らない女さ」などと冷やかして、変に茶にすることがあった。「しろうとの女はみんなこれだから困る」と言う考えが、すっかり頭に沁みついた結果、ややともすれば浜町の妾の方を余計愛するように見えた。妾宅の事は疾うから公然の秘密となっていて、嫁が死亡すると同時にいよいよ表向きになり、阿娜っぽい、まだ水々とした年増の姿が、十日に一度は本宅へも出入りし始めた。引かされた時が吉兵衛とは二つ違いの十八で、それから十何年も過ぎてはいるものの、肉づきなどはむっちり肥えていて漸く二十五六としか思われぬ、髪の毛の多い、背の高い、色白の美女であった。その女が銀杏返しに結って、唐桟柄の襟附きのお召しに黒縮緬の羽織を着て、初めて堀留の店へ来た時、店員たちは「まるで若い頃の源之助の舞台顔にそっくりだ」と噂し合って驚いたが、口を利かせると恐ろしく如才のないのに重ねてびっくりした。「さすがに旦那の可愛がるのも尤もだ」と言う評判であった。源之助に似ていることは芸者時代から花柳界一般の定評で、半玉の頃には顔つきのませているために売れなかったのが、一本になってから俄かにはやり出し、「年増になったらどんなだろう」と、朋輩衆に褒めそやされたものだそうな。あまり源之助に似ていると言われたので、自分も自然とその気になり、遂には紀の国屋の声色までが上手になった。今でも折々酔払うと旦那をつかまえて話の中へ得意のせりふを連発することがあると言う。そんなに彼の女は気軽であった。

稼業の繁昌するままに在来の店では手狭になって、増築の工事に取りかかった際、ついでに吉兵衛は本店から一二丁隔たった小舟町の裏通りへ、別邸を普請して自分の住宅に充てた。それから浜町の妾宅を売り払って、妾をそこへ収容した。つまり現在の別邸には主人の吉兵衛と妾のお町と、亡くなった正妻の子の玄一と妾腹の娘のお鈴とが、一家族を作って同棲している訳である。別邸の女中たちは勿論、本店の店員共も蔭ではとにかく前へ出ては以前のように「お町さん」とは言わなくなって、大概「奥さん」と呼んでいる。息子の玄一は今年十二歳で、お鈴の方はそれより二つ年上の十四歳である。玄一は初めてお町に紹介された時、吉兵衛から「今度はこの人がお前のおっ母様になるんだよ」と言い渡されたので、以来お町を「おっ母さん」と呼び馴れてしまった。お鈴の方も、「これはお前の姉さんだ」と父が言い渡したので、二三度「姉さん」と呼んで見たが、「この子のことは姉さんと言わずに、お鈴ちゃんと仰っしゃいよ」と、吉兵衛のいる前で新しい母親のお町が訂正した。

父はそれを聞いて、別段いいとも悪いとも言わなかったから、玄一は「お鈴ちゃん」と呼ぶことに改めた。するとその後、何かにつけてお鈴は彼に意地の悪い態度を示し出した。玄一は学問が頗る不得手で、試験の下ざらいや宿題の答案などを作らねばならぬ時には、いつも泣くほどいやな気持ちを味わった。そういう場合、先生に叱られたり落第したりするのが恐ろしさに、よんどころなく姉のお鈴に質問すると、「まあいやだ。玄ちゃんはこんな字を知らないの。これから私のことを姉さんて言わなければ教えて上げなくってよ」などと言った。そこで玄一はわざと意趣晴らしに両親の前へ出て「姉さん、姉さん」と呼んでやったが、お町は再び訂正しようともしなかった。吉兵衛は相変らず黙っていた。こんな事がたび重なって、この頃では玄一もまた「姉さん」という言葉を平気で口にするようになった。気のせいか知らぬが、彼がお鈴を「姉さん」と呼ぶと、母親は機嫌のよい顔を見せた。

　四月八日の誕生会の朝である。吉兵衛が衣類を着換えて例の如く本店へ出向こうとしていると、そこへ久松小学校の校長が尋ねて来て、三十分ほどお目に懸かってお話しがしたいと言った。主人と校長とは、つい先月の末にも、玄一の修業試験が不成績で落第の悲運に陥ったため、その善後策を相談す可く面会をしたことがあって、まんざら識らぬ間柄ではないのである。その上吉兵衛は、いつぞや校舎を改築する際に、区内有力者の一人として多額の金を寄附したので、学校とはかなり深い因縁を持っていた。

「今日伺ったのは外の事でもありませんが、お店の番頭の瀬川欽三郎さんの御子息の身の上に就いて、少々お願いがあるのです。あなたも多分御承知のことと存じますが、あの子は当今に珍しい、頭脳の明晰な気象の勝れた少年で、天下に稀な麒麟児と申しても差支えはないでしょう。今度高等二年を修業したので、親御さんはどこぞへ丁稚奉公にやらせたいと言っておられますが、当人はどうしても学問をやりたい、中学校へはいりたいと言い張って納得しない。親御の思し召しに従うように受け持ちの教師から懇々と説諭しても、聞き入れない。自分の家が貧しいのは分っているから、決して両親の世話になろうとは言いませぬ。自分で苦学をして成功して見せるから、何卒許してくれと言って、泣いて頼むのだそうでございます。実はそれで、受け持ちの教師があべこべに少年の確乎たる志に動かされて、何とか当人の望みをかなえてやる方法はないものかと、私へ相談があった訳なのです……」

校長はこんな風に口を切った。欽三郎の身になったら、親子の情として、子供の願いを聴き届けてやりたいのは山々であろう。それを無理やりに奉公させようとするのは、家庭の財政が許さぬというような、よくよくの事情のあればこそと推量される。校長が吉兵衛への頼みというのはここのことである。あの可憐な少年へ学費を給して、本人の望むがままに学業に従事させる、その面倒を引き請けて頂く訳には行くまいか。これからあの子が中学へはいり、高等学校から大学を卒業するまでには十何年の長い日子を要する。その間の面倒というものはなかなか容易なことではない、余程の篤志家でなければ出来る業ではないのであるが、しかし、あのような俊秀な子供を見殺しにせず、之を教育して立派な人物に仕上げ、他日天下に有用な材幹を発揮させたならば、啻に春之助自身の幸福ばかりでなく、国家のためにも甚だ利益である。殊に自分の使用している店員の倅とあらば、吉兵衛に取って全く縁故のない者でもない。こう申しては失礼であるが、御子息の玄一さんは学業の成績が普通よりも劣っているから、むしろ春之助を御子息さんの家庭教師というような意味で、お引き取りになったら如何であろう。年こそ若けれ、春之助ならば学識の点に於いて、なまじいの大人の教師よりは勝っている。玄一さんばかりでなく、お嬢さんの鈴子さんも今年から女学校へおはいりになれば、今までとは違い学科も追い追いにむずかしくなるから、春之助のいた方が便利である。とにかく御熟考下すって、二三日中に御返辞を願われますまいか。既に本人は親御に内証で中学校の入学試験を受け、立派に首席で及第して、もう入学の手続きを踏むばかりになっているのですと、校長は言った。そうして「この御願いは全然私の一存から出たので、欽三郎さんは何も御承知のないことですから、これはお含みを願います」と附け加えた。

吉兵衛はもともと洒落で恬淡な男であるから、格別多大な同情を寄せる気にもならなかったが、話の趣意には勿論異議がないらしかった。子供一人を引き取って学校へ通わせるくらいの費用は、彼として見れば何ほどでもない。自分の子供等のためにも、欽三郎親子のためにも、双方に結構な話であるから事に依ったら承諾してもよいという意向を、彼はその場で校長に洩らした。

「よろしゅうございます、ではあなたからお話のあったことを私が直接欽三郎に打ち明けて、一応彼の考えを聴いた上で本人にも会って見ることにいたしましょう。噂は聞いておりましたが、私はまだ、親しくあの子に会ったことがございませんから」

「御尤もでございます。何分宜しくお願い申します」

と言って、校長は辞して帰った。


春之助は五つ六つの幼い時分、折々母に連れられて主人の家へ御機嫌伺いに行った覚えがあるけれど、だんだん成長するに随い、例の商人嫌いと傲慢で陰鬱な性質とが募って来て、いっさいそんな所へは足踏みしないように努めた。母親から店へ使いに行けと言われたり、盆と正月には顔を出せと言われたりしても、彼は偏えに逃げ廻っていた。それ故吉兵衛は春之助がこの頃どんなに成人したか、少しも知らずにいたのである。珍しい神童であるという評判は耳にしているが、果して校長の予言する通り、将来偉大な人物になるかどうかは、疑わしいとさえ思っていた。正直を言うと、彼には彼の自負心があって、たかが小学校の教員などの鑑識はあてにならぬと考えてもいた。「なるほど現在は俊秀な少年であろう。けれども少年時代のえらさほど信用出来ぬものはないから、行く末その子の材能が発展するか退歩するか容易に分るものではない」こういう見解を下したかった。それというのは、吉兵衛自身が子供の時分に学問嫌いの腕白者で、散々親達へ心配をかけたのに、今ではどうやら稼業を受け続いで、しかも見事に身代を太らせている。だから春之助を引き取るにしても、国家のためなどという大袈裟な動機からではなく、校長の熱心な奔走に免じて「断わるほどのことでもないから承知してやろう」と言う、至極大摑みな腹であった。

欽三郎はその晩薬研堀の自宅へ帰ると、早速お牧と春之助を呼んで、今日旦那からかくかくの御親切なお話があったということを、感謝に充ちた句調で語った。そうして、いかにも重荷を下ろしたようにほっと安心の溜息をついた。「いよいよ本当の運命が開けて来た。自分は果してえらい人間になれるのだ」と、春之助は胸の中で無限の満足を覚えた。けれどもまた、自分で自分の運命を思うがままに左右し得る確信を握った結果、一種の我が儘な虚栄心が働き出して、平生自分が卑しんでいる商人風情に節を屈し、理解のない低級な金持ちなどから援助を求むる必要はなかろう。そんな不愉快な真似をせずとも、独立独行で苦学した方が気が利いているというような、負け惜しみさえ湧いて来た。そうかといって、「せっかくの思し召しは有り難うございますが、私は他人の世話になるより独立で苦学いたします」と、父に向かって堂々と言い切るほどの勇気も出ない。彼にしても心の底では苦学生活の到底辛抱し切れそうもないことをうすうす危んでいるのであった。要するに、いざとなって見ると明日から急になつかしい慈母の許を去って、他人の家の飯を喰うという境遇が、何となく心細くて恐ろしいのに過ぎなかった。

「旦那が引き取って下さればお前も無論否やはあるまい。明日の晩お前を連れて来いと仰っしゃるのだから、私と一緒にお伺いしたらよかろう」

父はさも嬉しそうに言った。春之助は暫く逡巡した後、結局「それではそう願います」と、初めから分り切っていた承諾の返辞を漸く与えた。

三

恐らく春之助はあの晩のことを、父の欽三郎に手を曳かれて初めて小舟町の主人の別邸を訪れた四月九日の夕ぐれのことを、少年時代の最も印象の深かった日の一日として、長く記憶に存しているであろう。父は午後の五時頃に一旦店から帰宅して、夕飯をしたためてから改めて出直すことになっていた。両親と春之助と妹のお幸と、家族四人はいつものように睦じくちゃぶ台に向かって箸を取った。その時のお菜がひじきであったことまでも、春之助はよく覚えている。

「今日はほんのお目見えに行くのだから、いずれお前があちらへ御厄介になるときまったら、何か御馳走を拵えて、内中でたべましょう」

と、母親のお牧が言った。

「兄さんは今度どこかへ行ってしまうの」

と、お幸が尋ねた。

「小舟町のお宅へ書生に行くのさ。知らない所へ行くのではないから、兄さんに会いたければいつでも会えますよ」

お牧がこう言うと、欽三郎が聞き咎めて「書生に行くと言ったって、奉公人になるのだから、いよいよ向うへ引き取られればお盆とお正月の外に、ちょいちょい会う訳には行きませんよ。そうする方が当人の修業にもなるのだ。余所の子供と違って、春之助は私よりもそんな道理はよく心得ているだろうから、改めて言って聞かせる必要はないが」と言った。

不断から少食の春之助は、一と入胸が塞がって、御飯がろくろく喉へ通らなかった。それでも父の言葉を聞くと、自尊心を奮い起こして従容たる態度を示しつつ、無理に茶漬けを二膳飲み下した。「奉公人になるのだから」と父に言われたのが癪に触って、悲しいような腹立たしいような気分になった。「自分は奉公に行くのではない。家庭教師に聘せられて行くのだ。どんな場合にも家庭教師の見識は失わずにいて見せる。主人だからと言って、妄りに頭を下げはしない」と、彼は私かに決心の臍を固めた。

花曇りのした夕方で、薬研堀の家を出てから人形町通りへかかるまでに往来は全く夜になった。「別邸別邸」と話には聞いていても、まだその家を見たことのなかった春之助は、余程宏壮な構えのように想像していたのが、門前へ来て見ると思ったよりはささやかな、新しい檜の板塀の僅かに二間ばかり続いた、むしろ瀟洒とした小意気な住宅であった。「井上別邸」と記した陶札を掲げてある門内にはいると、華奢な格子戸のはまった玄関先の様子などもそれほどに尊大ではなく、いくらか春之助に親しみ易い感じを与えた。彼は堂々と玄関から案内を乞いたかったのに、父は母屋の後ろへ廻って勝手口の障子を開けて、

「お辰どん、旦那はおいでになりますかえ」

と、流し下にいる十八九の女中に声をかけた。

「ああ、番頭さんですか。旦那は唯今御飯を召し上がっていらっしゃいますが、……ねえお新どん、お前さんちょいと瀬川さんが参りましたって、旦那へ申し上げて下さいな」

そう言いながらお辰は頻りに桶の中の器物を洗って、ふきんをかけていた。お新というのは板の間にしゃがんで、重そうな蒸籠の蓋を開いて、ぱっと湯気の舞い上る底から、何か知らぬが黄色くふっくらとした、饅頭のような形をした暖かそうな食物を取り出して、それを小さい器の中へ移すと、今度はその上へ、どろどろとした半流動物の葛湯のような液体を、手際よく注いでいる。この家の台所は、主人夫婦の舌が奢っていて一と通りの食物では満足しないために、晩餐の時刻になるといつも仕出し屋のコック場の如き光景を呈するのが例になっていた。春之助は、時たま手製のてんぷらを拵えるのでさえ母のお牧が半日がかりの大騒ぎをする自分の家に引き較べて、まだ見たこともない、こんなに手数のかかった料理を、毎夜のように胃の腑へ収める当

家の主人の贅沢さを思った。「一体あの柔らかそうなふわふわした固形物は、何を原料にして拵えた食物であろう」――彼はこんな好奇心に駆られて、味わうためよりは眺めるために作られたような美しい色合を、物珍しげに盗み視た。やがて料理が出来上がると、お新は器を盆の上に載せて、襷を外して立ち上がりながら、

「番頭さん、唯今旦那に伺って参りますからちょいとお待ちなすって」

と言った。

お新はお辰よりも一つか二つ年上の、体つきの均斉な愛らしくて悧巧そうな円顔を持つ花やかな女である。お辰の方はむくむくと太った、おさんどん式の体格で、どことなく意地の悪そうな眼つきをしている。二人共服装や態度がわり合いに上品らしく、言葉づかいも丁寧に聞こえるけれど、その丁寧は大家の台所に適わしい品威を保つためであって、自分等に対する親切からではあるまいと、春之助には邪推された。お新が今しがた次の間へ出て行った境の障子が二三尺明け放しになって、その隙間からこの家の間取りの一部分が窺われる。次の間の先に長い廊下が奥の方へ一直線に走っている。その左側に立派な座敷が二た間ならんでいる。廊下の右側はこんもりとした青葉の庭で、袖垣だの石燈籠だのが室内の電燈にぼんやり照らし出されている。台所にも座敷にも廊下の柱にも、電燈は幾個となく点ぜられ、明るい上にも更に明るく、僅かな隅の陰影をも拭い去ろうとするように、煌々と光っている。表門の小さいのを意

外に感じた春之助は、思ったよりも家の中が広いのを見て再び驚いた。この家の玄関はあたかも扇子の要の如く、見つきのささやかな割に、奥へ行くほどひろがっている。

「番頭さんどうぞお上がんなすって下さいまし。旦那は唯今御飯中ですが、構わないから連れておいでと仰っしゃってでございます」

こう言って、そこの障子からはいって来たのは又別な女中である。妾のお町がまだ浜町にいた時分、妾宅の小間使いをしていたお久という女で、その後一緒に別邸へ引き移り、今ではここの女中頭を勤めている。三人のうちでは年も一番ふけていて二十五六になるであろう。頤のしゃくれた、小鼻の紅い、おしゃべりらしい顔立ちは、お新に比べると劣っているが、すっきりした痩せぎすの、どことなくお茶屋の女中めいた年増で、着物なども銘仙の縞物を纏っている。奥から下げて来た空の銚子を板の間へ置いて、今度はお鉢にお給仕の盆を抱えて、

「さあどうぞこちらへ」

と、もう一度欽三郎を促した後、自分が先へ立って奥の方へ引き返して行く。

父は春之助を連れて台所の板の間を跨いで、次の間から廊下へ出た。するとそこに、勝手口からは見えなかった畳廊下が左の方へ岐れていて、観音開きの前を通ると突きあたりが螺旋の梯子段になっている。二人はお久の後に従いて二階へ上がった。

二階は八畳と十畳の二た間続きである。

広い方の座敷に桑の食卓を据えて、湯上りの額をてかてかと光らせながら、主人はうまそうに例の器の中の物を摘まんでは杯の縁を舐めていた。父は縁側へ畏まって、鞠躬如として鴫居際に両手をついたので、春之助も同じようにした。

「まあこっちへおはいり」と吉兵衛が言うのを、欽三郎はそうやったまま頻りに二三度お辞儀をして、一二分間遠慮をしてから、漸く室内へはいったが、それでも極めて端近の方の、お給仕役のお久から又二三尺下がった所に親子二人は居流れた。

「お前が春ちゃんか、大変大きくなったね」

主人の声には冴えた、若々しい、子供のような純粋な調子があった。

「はい」と春之助は明瞭に簡単に答えた。自分は今この人に試験をされているのだと思うと、坐作進退の間にも自ずから非凡の神童たる閃きを見せてやらねば、気が済まぬように感ぜられた。彼は出来るだけ言葉数を少なくして、出来るだけ発音を明晰に、且出来るだけ落ち着いていようと考えた。

「お前さんが非常に学校がよく出来るので、きのう校長さんがわざわざ私の所へやって来て、どうかお前さんを中学へ入れてやりたいという話なのだ。お父さんはもともと奉公に出したい積りだそうだが、せっかく校長さんのお話もあることだから、お前さんが是非中学へ行きたいと思うなら、私の所から通ったらどうだろう。内にもちょうどお前さんぐらいの子供が二人いるから、その子供たちの家庭教師になって、日に一時間ぐらいずつ学科の復習をしてくれれば、外に別段用はない。そりゃ今までのように、お父さんの内にいるのとは違って、少しは骨も折れるだろうが、そこは我慢して貰わなければならない。どうだね、辛抱して見るかね」

「はい、辛抱いたします」

春之助は面を上げて、主人の顔をまともに見ながらはっきりと言った。その時始めて、彼は吉兵衛の風采だの、座敷の中の様子だのを精細に観察することが出来た。主人は年の割りに頭の禿げた、むっくりと肥えた福々しい男である。大人といえば学校の先生や自分の親父のような血色の悪い連中ばかりを見馴れていた春之助は、柔和で鷹揚で、しかもどことなく活気があり威厳のある吉兵衛の容貌に接して、多少の敬意を払わずにはいられなかった。さすがに大商店の主人だけあって、自分が今までに知っている大人のうちでは、一番手ごたえがありそうに感ぜられる。次には室内の装飾である。薬研堀の自分の家などは唯雨露を凌ぐというだけで何等の趣味も風情もなく、物質的の欲望に淡い春之助はそれで充分なように思っていたが、ここの座敷の模様を見ると、立派な住宅にはやはり一種の美感があって、室内装飾などというものも一概には軽んずべきでないことを教えられる。まず何よりも彼の視覚に快く沁み込んで来たものは、部屋を取り囲む茶褐色の砂壁の色である。表面にしっとりとした渋味のある艶消し色の砂を湛えて、底の方にきらきらと紙やすりの如く閃く粉末を含んだ壁の匂は、あたかも優雅にして高尚なこの家の生活の象徴であるかのように感ぜられ、今日まで貧窮に慣れていた少年の心の調子を、知らず識らず一種の全く異なった境界へ誘うて行く力があった。次に春之助は、その壁と極めてデリケエトな釣合を保っている純白な鳥の子紙の、襖の色の対照を見た。襖なんかはどんな紙を貼り着けようと構わぬように考えていたけれど、この壁の色を見ればどうしても純白な鳥の子紙でなければならないように思われて来る。そうして天井や柱や長押などに使用されている木材の肌が、いかにこれ等の凡べての建具と塩梅よく調和しているかを、彼は讃嘆の眼を以って眺めた。その外床の間の掛軸だの違い棚の置き物だのという細かい品に対しては、ただ恍惚とした心持ちで一と通り見渡したに過ぎない。ちょうど春光のうららかなる草原を瞰望した旅人が、ひたすら駘蕩たる薫風に酔ってしまって、路傍にどんな花が咲いていたかも覚えていないと同じように、彼は一々それ等の品物が何であったかに留意する余裕を持たなかった。しかし春之助には、最後にもう一つ見なければならないものが残っていた。それは主人の吉兵衛から三四尺離れた所の空間に浮いている白い顔であって、実はこの座敷へはいって来た瞬間から、彼には疾くに気が付いていたのである。春之助はその顔の持ち主がたしかに女、――恐らくは美人の評判の高いこの家の奥さんであることを知って、なるべく視線を向けないようにしていたのであるが、それでも眼球の端の方に始終白くちらちらと割り込んで来て、片時も彼の意識から去らなかった。彼の瞳(ひとみ)は、その白い顔を視ないまでも感ずることを余儀なくされていた。純潔な彼の心は女に対して何等の興味をも持たなかったに拘(かか)わらず、女の顔が所有している鮮明な色彩が、自然と彼の官能に影響し続けていたため、彼はどうしても彼の女の存在を忘れる訳には行かなかった。その意識がだんだん強くなればなるほど、彼は何となく羞(は)ずかしくなっていよいよ視線を避けるように努めていた。

「この女の顔を見たって差支えはないだろう。顧みて疚(やま)しい点がなければ、特に見ないでいる必要はないだろう」彼はこんな工合(ぐあい)に自問自答して、それから思い切って夫人の方を見守った。彼の女は先刻から婦女子の口を挿(さしはさ)むべき場合でないと考えたのか、主人と同じ食卓に対して、殊勝らしく両手を膝(ひざ)の上に重ねて、この時まで黙っていた。髪の名前や着物の地質は分らないが、源之助の芝居を見たことのない春之助にも、こんなのが意気な女というのであろうと朧(おぼろ)げながら察せられる。しかし飽(あ)くまでも夫人としての品格は備わっていて、前身が芸者であったらしい痕跡(こんせき)は、経験に乏しい彼の鑑識(かんしき)を以って発見することは出来なかった。それにこの婦人は、彼がこれまでに知っている多くの女とは驚くほど違った、格段に濃い黒髪と色沢のある皮膚と冴(さ)えた大きい瞳と、くっきりした輪廓(りんかく)とを持っている。凡(す)べて女は容貌が美しいと賢そうに見えるものだが、今しもこの婦人が謹慎の態度を装ってうつむき加減に端坐している有様は、いかにも聡明な深慮分別に富んだ、むしろ非凡な脳髄の所有者らしく想像される。

この人が、この妖艶（ようえん）な容貌の人が、自分たちと同じような日本語を語り、同じような表情で笑ったり泣いたりするとしたら、何だかそれがひどく不思議な現象の如く感ぜられる。そうしてその現象は、やがて主人と春之助との用談が済んでしまうと、直ちに彼の眼の前に開展した。

「旦那、瀬川さんはまだ御飯前じゃないんでしょうか。何ならここで御一緒に上がったら」

と、お町は急にぱっちりと眼瞼を弾（はじ）いて、すばしっこく二人の顔を見廻しながら言った。

「いえ、どう仕（つかまつ）りまして。手前どもはもう頂いて参ったのでございます」欽三郎があわてて臀込（しりご）みをするほどもなく、

「大方済まして来たんだろう。内の晩飯は特別に遅いんだから」と、吉兵衛が無雑作に打ち消して、「己も御膳をよそって貰おう」と、飲み残りの杯を乾（ほ）して、御飯茶碗（ぢゃわん）をお久から受け取った。

それから夫婦は飯を喰いつつ料理の出来栄えに就（つ）いてかれこれとやかましい批評を試みた。今夜の食卓に上ったものでは、鰆（さわら）の照り焼が一番上出来だと主人が褒めれば、お町もそれに同意して、「そう言えば暫く鳥のそぼろをたべなかったから、お新に拵えさせて、明日（あした）の晩たべて見たい」などと言った。一としきり話は食い物のことに移

って、欽三郎までが参加して、一年中の季節々々の魚貝の味をどうのこうのと語り合った。春之助の父は、さすがに貧乏していても生粋の江戸っ子だけに、この方面では相当な智識や感覚を持っているらしく、立派に主人の話相手を勤め得た。そのうちにお町が「からすみというものは一体何から作るものだろう」という質問を発したのが端緒になって、うにだのうるかだのこのわただのの製法や産地に関する意見が、大分吉兵衛と欽三郎との間に交換された。それ等の食品のほとんど全部は、春之助の未だ曾て見たことや聞いたことのない物ばかりであったが、彼は別段興味を以って耳を傾ける気にならなかった。しかしお町は頗る熱心に二人の説明を謹聴して、時々「へーえ、へーえ」とさも感心したように息を引いた。どうかすると甚だ突飛な奇問を提出して、いかに彼の女が無教育であるかということを曝露した。

「そういえばねえ旦那、偕楽園の支那料理に竜魚腸というものがあるでしょう。あれは竜の卵だって言いますが本当でしょうか」

こんな風にお町が尋ねると、主人はおかしそうな顔もせずに至極真面目で悠然と答える。

「あれは大方腸詰めだろう。洋食にソオセエジというのがあるが、あれと同じ物だろう」

「だっていつだかあすこの旦那に聞いて見たら竜の卵だって言いましたよ。やっぱり支那には竜なんてものがいるんですかねえ」

春之助は思わず微笑を禁じ得なかったので、うつむいたままくすくすと鼻を鳴らした。先(さっき)からこの夫人の口のききようを静かに観察していると、彼の女に対して抱いていた尊敬の念はだんだん彼の頭から消え失(う)せてしまった。そうしてとうとう「竜の卵」の質疑に至って、彼は極度の軽蔑と滑稽(こっけい)とを感ぜずにはいられなかった。こんな綺麗な、賢そうな容貌と、こんな無価値な、暗愚な精神とが寄り合って一個の人間を作っているということは、精神のためにも容貌のためにも、何という悲しい矛盾であろう。彼はたまたまその矛盾に想到する時、この夫人に依って代表されている「女性」というものの全体を卑しむ心が強く萌(きざ)した。物質の過剰と霊魂の窮乏、――二者の不権衡な寄集りを具体化したものが女である。それ故女は一方に傾いた秤(はかり)のように不安定な存在物である。春之助はこの間審美学の本を読んで、調和ということが「美」の重大な一要素であると覚えていたが、そうだとすればかくの如き不調和な女性というものが少なくも美的でないことは論理的に証明し得る。何故主人の吉兵衛は、多大の犠牲を払い多額の金銭を浪費して、こんな女と同棲し、且(かつ)――恐らくは――こんな女に恋しているのであろう。どうしてそんなことを楽しんでいられるのであろう。やっぱり彼も理想の低い、物質のみを見て霊魂を見ない商人であるからだ。こう考えると、春之助はお町ばかりか主人に対しても自分の最初の判断が間違っていたことを悟った。「彼等夫婦を多少なりとも畏敬すべき人間のように予想したのは、結局自分の買い被りであった。要するに彼等は風采が上品らしく見えるばかりで、下らなさ加減は外の大人と同様である。自分は寸毫も彼等を尊重したり遠慮したりする必要はない。一旦この家の家庭教師となる以上は、子供は勿論親達をも自分の徳行を以って導いてやろう」彼は胸中にこういう健気な抱負を畳んで、その夜は一旦父と一緒に薬研堀の自宅へ戻った。

それから四五日過ぎて、明くる日からいよいよ中学校の新学年が始まるという宵に、彼は別邸の書生となるべく小舟町へ引き取られた。二三枚の着換えの外に大切な蔵書が支那鞄に一杯あるので、それ等の荷物を人力に曳かせつつ父は再び春之助を送って行った。玄関の次の六畳の間が彼の部屋と定められて、いつ住み込んでもよいように綺麗に掃除がしてあった。欽三郎は三人の女中たちに一々悴を引き合わせて、「何分お願い申します」と言った後、

「それでは私は、これで今夜は帰るとしよう。旦那にも奥様にもお目にかからないが、お前から宜しく申し上げておくれ。――何もお前に言うことはないけれど、この間旦那が『あの子はいかにも血色が悪くてあまり丈夫でなさそうだから、体を大事にするように』と仰っしゃっていらしった。どうかお前もその積りでなるたけ体を壊さぬよ

うに勉強するがいい」と、少し改まった調子で言い聴かして、「ではさよなら」と軽く会釈しながら書生部屋を出て行った。

春之助は部屋の中にたったひとり取り残されて、暫くぼんやり据わっていた。そのうちに誰か来るだろうと待っていたけれど、二十分立っても三十分立っても主人は勿論女中の足音さえ聞こえなかった。やる瀬ない、取り付く島のないような淋しさが少年の小さな胸の中に充満した。生まれてから十三年の間、一日も欠かさず住み馴れていた薬研堀の家庭の有様、父のこと、母のこと、妹のことなどが思い浮かべるともなく浮かんで来て、彼は堪え難いなつかしさと恋しさに駆られた。もしも今この部屋へ人がはいって来て、自分に何とか話し掛けたなら、きっと自分は泣き出すに違いないと危ぶまれた。彼は眼の前に積み重ねられた荷物を整理する勇気も失せて、一生懸命に涙をこらえた。

一時間あまり過ぎてから漸く廊下に人のけはいがしてはいって来たのは吉兵衛である。「やあよく来た。それじゃお前さんに今子供たちを紹介するから、どうぞ面倒を見てやって下さい」こういう言葉の尾について、主人の後から二人の子供が恐る恐る附いて来た。「これがお前たちの先生だから、これから瀬川さんのいうことを聴いて、分らないことがあったらば何でも教えて貰うがいい」と、吉兵衛は二人を顧みて言った。

子供たちは自分等の小学校の秀才として春之助の顔を熟知しているはずであった。彼が自分等の家庭教師に雇われるという話も兼ねがね言い含められていた。しかし自分等と同年配の少年が、父から「先生」と言う尊称を受けて厳然と端坐している様子を見ると、急におかしくなったものか、互に顔を見合わせてこっそり笑いながら丁寧にお辞儀をした。

春之助は威儀を正して礼を返した。彼の方では、主人の子供が自分と同じ小学校へ通っているという噂は以前から聞いていたものの、この時始めて二人の顔を見知ったのである。玄一の方は男子部の生徒で僅か自分より一級下の高等一年生であるから、どこかに見覚えがありそうなものだのに、会って見ると意外にも全く記憶に存しない顔である。こんな子供があの学校にいたか知らんと訝まれるくらいであった。尤もその容貌を注意して観察すると、なるほどこれでは人目に付かないのも当り前だと頷かれる。第一、その子供の様子には少年らしい活気というものが少しもない。取りわけて不愉快なのは彼の血色である。肌理の細かい顔の皮膚には生き生きとした紅味や黄色味が微塵もなく、全体が静かに澱んだ濁り水のように青黒く澄み返って、長らく牢獄に幽閉せられた罪人の俤を連想させる。目鼻立ちは整っているが、年のわりに小作りで表情が恐ろしく鈍い。両眼がいつも眠っているように閉じていて、物を視るにもぱっちりと瞳を開いた例はなく、剰え言語が頗る明断を欠き、一見して頭脳の敏活な子供でないことは誰にも洞察される。

「この子を教育するのはなかなか容易な業ではあるまい」と、春之助は直覚した。

姉のお鈴は彼より一級上の高等三年を今年修業して、明日から本郷の女学校へ通うのだと言う。春之助はお鈴を見ると、「この女なら覚えがある」と即座に心で合点した。自分は不断から異性の美に対して冷淡な人間であると信じていたのに、この少女の顔がいつの間にやら自分の頭へ印象を留めていたという事実は、我ながら意外な発見である。「女色は卑しむべきものだ。淫慾は卑しむべき感情だ」という道理を学問の上から教えられ、且自分は絶対にそんな傾向のない男とのみ思い込んでいた彼は、聊か自分が裏切られたように感じた。無論見覚えがあると言ってもたしかな記憶は残っていないが、今まで学校の往き帰りに、何度となく出会ったことだけはぼんやり胸に浮かんで来る。その容貌は輪廓の整っている所と、小作りな所と、女のわりに色の浅黒い所とが弟の玄一に似通っているけれど、両頰が子供らしい薄桃色に彩られて、母譲りの鮮やかな瞳が活潑に働くため、全く弟とは別種の美貌の如き観を呈している。母親のお町ほどの妖艶さはないとしても、一つ一つの道具立ては母よりも完全に近く締まっているから、相当の年齢に達して、或る一定の醱酵を経たならば、お町に勝る妖艶な柔らかみを持つであろうと期待される。欠点を言えば色の白くないことであるが、それも玄一のように青黒いのではなくて、むしろ浅黄色の、妙に人なつッこい媚びるような色合の肌である。

春之助を上座に据え、それと差し向いに二人の子供を据わらせて、吉兵衛は極く簡単な訓示を与えた。たとえ年配は同じであっても、知っての通り春之助は学校の先生たちから保証された秀才であるから、決して軽蔑してはならないこと。将来姉弟は春之助を「瀬川さん」と呼ぶこと。「瀬川さん」を教師に迎えたのは特に玄一のためであるから、彼は必ず毎日一時間以上規則的に学科の復習を監督して貰うこと。姉のお鈴も、成績が普通であると言って油断をしてはならないし、教わるに越したことはないから、玄一が勉強する時はなるべく一緒に机を並べて、三十分なり一時間なりお浚いをした方が、弟のためにも励みになること。これから勉強する時はいつも「瀬川さん」の部屋、即ちこの書生部屋ですること。これだけの要旨を言い渡された後、二人は再び丁寧にお辞儀をして部屋の外へ去った。廊下へ出るとお鈴は高くからからと笑って、板の間をばたばた駈けて行く音が春之助に聞こえた。

その晩春之助は長い間寝つかれなかった。電燈を消して、真暗な書生部屋に独り蒲団を引き被ぎながら暫く物思いに耽っていた。やがて漸く眠りに就いたが、溜まらなく悲しい夢を見たので、二時間ばかり立った時分に又眼をあいた。夢の中で泣いていたものか、気が付いて見ると両眼に涙が溢れている。その夢が何であったかしっかり覚えていなかったが、父母恋しさのあまりに見た夢であることは明らかであった。「ああ、自分は今まで聖人の道を学ぶと称しながら、何という親不孝な子であったろう。なぜあのように親を馬鹿にしていたのであろう。お父さんもお母さんもどうぞ私を赦して下さい。そのお詫びには必ず将来親孝行をして御恩返しをいたします。もう十年か十五年の間です。どうぞ辛抱して下さい」彼はくらがりに手を合わせて伏し拝みつつ繰り返した。親へ孝行を尽くすためにも、自分はえらい人間にならねばならないと深く誓った。

四

明くる日の午前十一時ごろ、薬研堀の家の台所で母のお牧が洗濯物を揺すいでいると、突然春之助が表の格子戸を明けて黙ってひょっこりと上がって来た。今日は中学の授業始めで二時間ほどで済んでしまったから、帰りにちょいと立ち寄ったのである。実は大切な書物を一冊二階の押入れへ忘れて置いたから、それを捜しかたがた来たのであると、母親の顔を見るなり彼はさあらぬ体で言った。眼敏い母は、例になく子供の眼の縁に微かな涙がにじんでいるのに心付いて、わざとそ知らぬ風をしながら、

「そうだったかい。そんなら二階を捜してごらん」と、やさしい声で言った。

春之助は二階へ上がったきり暫く降りて来なかった。「ああおっ母さん、今までは私が悪うございました。私はほんとに両親の有難さを知らぬ罰中りな子供でございました。どうぞ今までの罪は堪忍して下さいまし」と、母に会ったら一と言詫びるつもりであったのに、いよいよとなると胸が塞って何も言えなかった。せめて妹のお幸が午飯を喰べに小学校から戻って来るのを待ちたくって、彼は故ら用ありげに押入れの中を調べていた。

「ねえおっ母さん、僕はお昼をたべて行きたいが、何か御馳走してくれませんか」

十二時が鳴ると彼は漸う下へ降りて来て、そんなことを言った。

「たべるならたべてもいいが、お前あちらへ断わって来たのかえ」

母はわが子を憐れむような、たしなめるような眼つきをして言った。ついぞ喰い物などをねだったことのない子供が、今日はどうした訳であろうと彼の女は不思議に感じたのである。

「ええ、ことに依ったら内へ寄るかも知れませんて、女中に断わって来たんです。それにお弁当を持って出たのだけれど、学校の方がわりに早く済んだものだから」

こう言いさして、彼は悲しそうにうなだれながら、携えて来たアルミニウムの弁当箱の蓋を開いた。中には飯が八分通り盛ってあって、二た切れの沢庵と刻みずるめが入れてあった。

「そうかい、そんならたべて行くがいい。そのお弁当のおまんまはこっちへお出し、残して置いては悪いから私の方へあけて置こう」

母は何もかも推量して気を利かせてくれた。

間もなくお幸が帰って来て、親子三人は昨日のように膳を囲んだ。母がいろいろと尋ねるままに、春之助はゆうべ小舟町へ引き取られてからの先方の模様を手短に語った。主人も奥様も物わかりのよい、親切そうな人である。吉兵衛を始め自分のことを「瀬川さん」と呼んでくれるので、女中たちからも丁寧な待遇を受ける。今夜から子供等を教えるはずであるが、その外には何の用事もなさそうだから、自由に勉強が出来るらしい。とにかく自分は満足であると彼は言った。

けれども春之助は、口で言うほど決して満足を感じているのではなかった。自分も外の奉公人と同じように、主人夫婦を「旦那様」「奥さま」などと呼ばなければならないことや、家庭教師でありながら三度の食事を台所の板の間で女中共と一緒にたべさせられることや、故意か偶然か自分の部屋が玄関の次の間であるために、来客の取次ぎをしたり、主人夫婦の出入のたびごとに送り迎えをしたりする嫌な役目が、自然と自分の受持ちになる傾きがあることや、数え立てれば気位の高い彼の神経を悩ます事柄は沢山あった。中でも一番癪に触ったのは、今朝春之助が眼をさますと小間使いのお新がやって来て、「瀬川さん、まことに憚りさまですが、この草箒木で表の往来を掃いて下さいまし。門の前だけは、これから毎朝あなたにお頼み申すように、奥様のお言いつけでございますから」と、彼に命令したことである。教師としての尊厳を傷つけられるような、煩瑣な役目を負わせたらば断乎として拒絶してやろうと堅く決心していたものの、主人の言い附けだと言われればやっぱりそれほどの意気地も失せて、彼はおめおめと丁稚小僧のするような労役に服した。その不満足、その侮辱を母親に訴えたところで、母はどうする訳にも行かぬ。或は「そのくらいな勤めは当り前だ」と言うかも知れぬ。殊に春之助として、そんな侮辱に甘んじている真相を他人に打ち明けるのは、自己の虚栄心が許さなかった。彼はあくまで井上家の教師たる資格を以って、世間の人に対したかった。

母に別れて小舟町の邸へ戻ったのは二時過ぎであった。「今日は学校が十時ごろに済みましたので、帰りに薬研堀へ用足しに廻って唯今帰って参りました。母がよろしく申しました」と、彼はわざわざお町の前へ出て、私は奉公人とは訳がちがいますと言わぬばかりに、昂然たる態度で述べた。

小学校で儕輩を抽んでた春之助の頭脳は、中学校へはいってから再び忽ち穎脱して、一週間ばかりのうちに全級の評判となった。少しは手答えがあるか知らんと期待していた学科の程度も、教師の学殖も、彼に取っては小学校と変りがない。語学でも数学でも地理でも歴史でも、あらゆる学科に彼の能力は発揮せられて、授業時間のたびごとに教師を始め生徒たちは悉く驚異の眼を見張った。或る日修身の時間に、教師が「諸君は何のために学問を修めますか」という質問を提示して、五六人の生徒に答えさせた。「瀬川」と最後に呼ばれた時、春之助は立ち上がって、

「私は将来聖人となって、世間の人々の霊魂を救うために学問をするのです」

と、朗らかな調子で言った。どっという嘲笑の声が満堂の生徒の間に起こった。教師の顔にも皮肉な微笑が浮かんで見えた。

「君等は何を笑うのかあ！」

突如として春之助は渾身の声を搾りつつ火のような息で怒号した。

「何がおかしくて君等は笑うのだ。僕は嘘を言うのではないぞ。確乎たる信念を以って立派に宣言しているのだぞ！」

彼は眦を決し拳を固めて場内を睥睨しながら、仁王立ちに突っ立ったまま連呼した。教師も生徒も一度にぴたりと鳴りを静めて、満面に朱を注いだ彼の容貌を愕然として仰ぎ見た。

「えらい！」

と、隅の方で微かに叫ぶ者があった。それは級中の腕力家を以って任ずる、落第生の中村という不良少年であったが、春之助に鋭く睨み返されると、卑怯にもにやにやと

笑って下を向いてしまった。

　春之助は得意であった。ウォルムスの会議*に於けるマルチン、ルウテルにも匹敵す可き熾烈なる宗教的狂熱が、自分の胸奥に宿っていることを感知せずにはいられなかった。

「千万人と雖吾は往かん矣」と言った孟子の言葉を、彼はそぞろに想い浮かべた。幾多古来の英雄の、少壮時代に於ける奇蹟的行動の先例が、今さらのように記憶に上った。見よ、自分が一とたび眉を昂げて叱咤すれば、蠢々たる凡俗の徒輩は、一人として克く之に拮抗し得ないではないか。自分は決して、虚勢を張って衆愚を威嚇するのではない。もしも自分の獅子吼が虚勢であったならば、いかに衆愚なりといえども自分のような青二才に威嚇されようはずはない。彼等が一喝に会うて啞然として沈黙したのは、全く自分の人格の深い深い所から自然と湧き出た霊妙な精神の作用である。どっと一度に冷笑された時、春之助自身にすら未だ嘗て予期しなかった不思議な力が我知らず燃え上がって、刹那に閃々たる電光を放ったのである。

「ああ、自分はやっぱり非凡な人間だったのだ。今日の出来事はそれを立派に証拠立てているではないか。有り難い、有り難い」

と、彼は私かに繰り返した。無限の歓喜と光栄とが彼の心に漲り溢れるのを覚えた。奉公の辛さも薬研堀の家恋しさも、その日一日はきれいに忘れ果てた。

かくて春之助のために、学校生活は前よりもさらに一層愉快なものとなった。朝の八時から午後の二時三時まで、教室の机に向かっている間は、逆境に対する不平も悲観も消え失せて、いつも希望と自信とが多幸なる彼の前途を照らしているかに思われた。同級生は彼に「聖人」という綽名を附けた。そうして彼もまた、その綽名を呼ばれることを、必ずしも不愉快には感じないらしかった。満堂の教師や生徒に舌を捲かせ、自己の虚栄心を満足させるような出来事は、その後ほとんど毎日毎時間のように起こった。

けれども授業が終わって一とたび学校の門を出ると、彼の心は忽ち憂の雲に鎖され、懊悩の陰を宿すのが常であった。「自分はこれから嫌な嫌な主人の邸へ戻らなければならないのか。もしもこのま々両親の許へ帰って、そこから通学が出来る身の上であったなら、どんなにか嬉しいであろう」そう考えると、足はどうしても小舟町へ向かなかった。彼は母親や自己の良心にいろいろの言い訳を拵えて、三日に挙げず薬研堀の家へ立ち寄った。

「なあにおっ母さん、毎晩一時間か二時間ぐらい子供たちのお浚いをしてやれば、後は私の勝手なんだから別に差支えはないんですよ。旦那にしろ奥様にしろ、私を奉公人のようには取り扱っていないんだから」

悴がこう言うと、母のお牧は半信半疑に思いながら、親子の情に惹かされて別段咎め立てをしようともしなかった。ただ春之助があまりゆっくりして、夕方父の戻って来そうな刻限まで遊んでいると、「もう帰ったらいいだろう」と気の毒そうに彼を促した。そうして、春之助が不承不精に立ち去った後で、「兄さんが来たことをお父っさんにしゃべってはなりませんよ」と、きっと妹のお幸を警めた。

それほどにしてくれる母の情を、蔭では彼もよく知っていた。知っていながら叱り手のないのを幸いに、ますます頻々と薬研堀へ廻っては道草を喰い、小舟町へ帰るのは大概五時か六時であった。

「今日はお前が来るだろうと思って、おしるこを拵えて置いたから賜べておいで」

母も折々こんなことを言って、お茶受けの賜べ物を用意して待っているようになった。そのお茶受けを遠慮会釈なく貪り食うのが、春之助にはこの上もない楽しみであった。「おっ母さん、明後日来る時には小豆を煮て置いて下さい」「すいとんのお露をたべさせて下さい」などと、彼は遊びに来るたびごとに頑是ない小児の本性に復って母に甘えた。たまたま薬研堀へ廻らずに、学校からまっすぐ小舟町へ戻って来たりすると、午後の三時前後には必ず非常な空腹を覚えて、餓鬼のような食慾が起こった。主人の家でもお茶受けの時刻となれば、奉公人一同へほんのお印に餅菓子類が行き渡るのであったが、そんな些細な分量では到底春之助の饑えたる腹と心とを充たす訳には行かなかった。新杵のカステラや清寿軒の金鍔などを僅か二た切ればかり紙に包んで与えられると、彼はさも残り惜しそうに端の方から少しずつ割って賜べて、さて喰い終わると、せっかく誘いかけられた食慾が中途半ぱで阻止されたために、かえって激しい饑じさを感じた。自分の監督している子供たちが奥の間に臥そべって、自由に菓子や果物を頬張っている有様を、彼は堪え難い羨望の目を以って時々ちらちらと窃み視た。毎朝同じ時刻に女学校へ出かけて行く娘のお鈴と彼との間には、弁当のおかずにまで大変な相違のあることを、春之助は見ぬ振りをしてその実ちゃんと気が付いていた。何かの都合でお鈴の方の剰り物が自分の弁当箱へ詰められたなと知った折には、学校へ行っても昼飯の時間が待ち遠でならなかった。どうかすると、食物に対する貪欲の情が一日彼の頭脳を支配して、仕事も何も手につかないことさえあった。或る晩、彼は台所の板の間を通り過ぎようとして、うまそうな焼鳥の肉が西洋皿に盛られてあるのを横眼で見た。女中のお辰が後ろ向きになって庖丁を使っている隙に、彼は素早く肉の一と切れを指に摘まんで口の中へ投げ入れたまま、書生部屋に戻って行ったが、好い塩梅に誰も見咎めた者はなかった。

日を経るままに春之助は、だんだん奉公の悲しみを忘れるように馴らされて来た。学校へ行けばいつも褒められる。実家へ寄れば母親が歓待してくれる。主人の家へ遅く帰っても叱言を言う者は一人もない。さもしい根性の見え透くような行為があっても、周囲の人は気が付かぬらしい。「何をしようと自分はぼろを出すはずはない」というような安心が、いつの間にか彼の胸中に築き上げられた。「善にせよ悪にせよ、自分の行為は凡べて天から許されているのだ。少しぐらい我が儘な振舞いをしたとて、自分は決して堕落するような人間ではない。天才はどこへ行っても常に天才に適わしい幸運が付いて廻るのだ」彼はそう思って、深く自らの宿命を恃んだ。

五

小舟町の一家のうちで、春之助は自分よりも憐れな境遇にいる人間のあることを知った。それは悴の玄一であった。

吉兵衛は勿論、継母のお町にしても、表立って彼を虐待するような様子は見えないが、何故か玄一は始終八方へ気兼ねをして、いつも淋しそうにいじけていた。春之助という家庭教師が雇われてからは、学校が引けても学科の復習に気を取られて、めったに戸外へ遊びに出る暇もなかった。何事にせよ直接母親に訴えることは嘗てなく、必ず女中頭のお久の顔色を窺って、おずおずと彼の女に申し出た。お久はお町の芸者時代から召し使われて、主人夫婦の古い関係を熟知しているだけに、或る場合には主人以上の権力を持つ女であった。母のお町が自ら面倒を見てやるのは姉のお鈴に限られていて、玄一の方は着物や小遣いの世話に至るまで、いっさいお久が切り廻していた。彼の女が折々癇癪を起こして主人の息子を叱り飛ばす口吻は、朋輩の女中に対する時とほとんど相違がないほどであった。

春之助は玄一を可哀そうだとは思ったが、痛切な同情を寄せて、是非とも彼を立派な人間に教育してやろうというほどの、熱烈な義侠心は持つことが出来なかった。たまたまそんな気になっても、教えて見ると何一つ覚えないで、傍から傍から忘れて行く愚鈍さ加減に呆れ返り、同情も熱心も頓に消え失せてしまうのであった。「こんな人間はとても救うことが出来ない。この子は世の中に生まれない方が仕合せであったのだ。このような子はむしろ放って置く方が天理にかなっているのだ」こういう風な考えから、彼は玄一に対して通り一遍の役目を果たす外、積極的に何等の愛憎をも抱こうとしなかった。

「この子を憐むのは徒労である。この子を叱るのは更に徒労である」そう思って、頗る冷淡な平静な態度を持していた。啻に玄一ばかりでなく、彼はほとんど家中の凡べての者に、出来るだけ冷静な、傍観的な態度を示そうと努めた。女中頭のお久が玄一を叱りつけていばり散らしているのを見ても、小間使いのお新が底意地悪く自分を書生扱いにしても、彼等を相手に憤慨するのは、自分の値打ちを傷つける所以であると、高く自らを評価していた。

或る時春之助は学校の帰りに、例の如く薬研堀へ寄って六時近くに戻って来ると、折悪しくも台所にはもう電燈が点ぜられて、三人の女中たちは夕飯の支度に忙しく、主婦のお町までが勝手口へ出張して料理の指図をしている最中であった。

「瀬川さん、お帰んなさいまし」

お町は彼の姿を見ると、いやに鄭寧な切り口上で、胡散臭そうにじろじろと顔色を窺った。春之助はぎょっとしたが、すぐに平気を装って、

「唯今」

と、一と言落ち着いた声で言った。そこへばたばたと駈けて来たのはお鈴であった。ちらりと母親に眼くばせをして、

「瀬川さんの学校はずいぶん遅いのね。あたしの方なんか毎日二時頃に引けるのよ」

と言った。

「そりゃあそうさ」と、お町が後を引き請けて、「……お前さんの方は女学校だけれど、中学は又そうも行かないやね。それに瀬川さんはお前のような怠け者とは訳が違うから、大方授業が済んでしまっても、いろいろ研究なさることがあるんだろう」

春之助は両頰に微かな冷笑を浮かべて、二人の話を黙殺したまま傲然と書生部屋へはいってしまった。「親の家へ寄って来るのが悪いというなら、堂々と攻撃するがいい。自分は立派に申し開きをして見せる。下らぬあてこすりを言ったって、己は相手になりはしないぞ。お前等のような人間の取るに足らぬ皮肉なぞを、一々気に懸ける

己ではないぞ」こう春之助は言ってやりたかった。お町を始め女中共が、自分に対して遠慮がちな皮肉より外言えないのかと思うと、彼は非常に満足であった。

「どうもあの子は気心が知れない、なるほどしきりなしに勉強しているから学問は出来るに違いなかろうが、用をさせても気転が利かず、話をしても愛嬌はなし、皮肉を言っても更に通じないし、全体悧巧なのか馬鹿なのか、私どもにはさっぱり様子が分らない。あんな子供がどうして評判になったのだろう。旦那もずいぶん酔興な真似をなさる」

お町は女中達と一緒になって、しばしばこんな蔭口をきくらしかった。彼等の眼から観れば、春之助は神童どころかむしろ玄一と択ぶ所のない、ぼんやり者としか受け取れない。何か滑稽な出来事などがあって、家中の者が声を揃えて笑い崩れるような際にも、春之助と玄一だけは無神経な顔つきをして済まし込んでいる。嘗て別邸の二三軒先にぼやが起こった。本店から小僧が駆けつけるやら、出入りの職人が飛び込んで来るやら、一同がてんてこ舞いを演じた大騒動の場合ですら、二人はぽかんとして学科の復習を続けていた。

「あの二人は特別だよ。ほんとにまあ、よくもあんな同じような大勇人が揃ったものさ」

その時ばかりは余程お町も呆れ返って、わざと甲高い声を立てて、聞こえよがしにこう怒鳴った。

「あのぼんやりが学校へ行くと優等生だそうだから、ほんとに驚くじゃございませんか。うちのお嬢さんの方がズッとてきぱきしていらしって、いくらお悧巧だか知れや致しませんよ」

こう言ってお久が憎々しげに合槌を打った。

「なあにお久どん、学校の成績なんぞが何であてになるもんですか。先生におとなしいなんて褒められる子供は、世間へ出ると大概役に立たないもんだから御覧なさい」

お新が例の物知り顔をして口を挟んだ。

こういう際に下働きのお辰だけは悪口の仲間へ加わらなかった。春之助は初めてこの家の台所へ訪ねて来た時、お辰の眼つきを一番意地が悪そうに思って、内々恐れていたのであるが、附き合って見ると、彼の女は三人のうちで最もたちのよい、性質の素直な好人物であった。体は無恰好に太っているし、正直なわりに頭の働きは鈍いし、おまけに先々月雇われたばかりの飯焚き女で、奥向きの用事などに関係のないところから、彼の女は自然と外の二人に馬鹿にされがちであった。何か台所に失策があると、お久やお新はいつもその罪を彼の女になすり着けるので、お辰は時々くやしがって蔭でめそめそと泣き暮らした。

「ねえ瀬川さん、ここはまあ何という意地悪な人間ばかりが揃っているんでしょう。

旦那様はどうだか知れないが、奥様始めお久どんにしろお新どんにしろ、一人残らずみんな根性が曲がっていて、悪知慧ばかりいやに達者で、私ゃつくづく恐ろしい人たちだと思いますよ。それにまあどうでしょう、あのおとなしい坊っちゃんをみんなで以って寄ってたかって馬鹿にしてさ。あれじゃまるで奉公人だか主人の子だか分りゃあしない。私なんぞは明日にもお暇を頂いて出て行く気だから構わないけれど、坊っちゃんはお可哀そうじゃありませんか。ねえ瀬川さん、どうぞあなたシッカリと坊っちゃんに学問を仕込んで、立派な人間にして上げて下さいよ」

何かにつけてお辰は春之助にしんみりと愚痴をこぼしたり、忠告したりした。その生真面目な様子やら態度やらが、気の毒というよりもむしろうるさく感ぜられて、春之助はいつも「ふん、ふん」と面倒臭そうにあしらいながら、好い加減な生返辞を繰り返すのであった。

「お前も馬鹿な人間だ。己はお前なんぞに同情を寄せるような、低級な慈悲心は持っていないのだ。己の眼からは、お前もお久も主人のお町も、皆一様に可哀そうな、下らない人間に見えるのだ」

彼はお辰に泣き付かれるたびごとに、何となく自己の品格を傷つけられるような気がして、腹立たしく思いながら密かにこんな文句を呟くのである。

魯鈍な代りに玄一は春之助の言い附けを柔順に遵奉して、毎日二時間でも三時間でも、不承不精に机へ向かって勉強する。

「坊っちゃん、せっせとお稽古をなさらないじゃいけませんよ。今度落第なすったら、小僧にやられてしまいますよ」

こう言ってお久に威嚇されるのが、嫌いな学問に頭を悩ます辛さよりも、彼には一層辛いらしかった。反対に姉のお鈴は最初春之助を軽蔑していた。弟と一緒に復習に取りかかっても、甘んじて春之助の教えを乞うことはめったになく、独りでずんずんお浚いを済ませて、半時間も立てば勝手に席を立ってしまう。尤も彼の女は学校以外に長唄と琴の稽古があって、一日置きに師匠の出教授を受けている。「玄ちゃんと違って、私はなかなか忙しい体なのよ。それでも立派に学校をやって行けるのだから、何も弟のお附き合いをしてあなたに監督されるには及ばないわ」と言うのが、一面に於いて彼の女の誇りであり、我が儘の種であった。そうして、たまたまむずかしい宿題などを課せられて、よくよく手に負えぬ場合があると拠んどころなく我を折っていやいやながら春之助に相談を持ちかける。どうかすると、故ら彼を困らせてやろうという目的で、不意に途方もない難問題を担ぎ出すことがあった。春之助はこの生意気な娘に対しても、等しく寛宏な無頓着な態度を以って臨んでいた。彼の女が自分を凹ませてやろうという悪意のあることは見抜いていたが、彼はかえって難問の提出される機会を待ち構え、「神童」の真価を発揮して即座に明晰な解釈を与えてやるのを、何よりも痛快に感じていた。実際彼はお鈴からいろいろな質疑の矢を向けられても、それが馬鹿げ切った非常識な問題でない限り、大概うろたえた例がなかった。英語でも数学でも地理でも歴史でも、お鈴の質問がますます多岐に亙り、突飛に流れれば流れるほど、それを縦横に説明する彼の豊富な学識の深さは、ほとんど測り知れなかった。「よく己はこんな些細なことを覚えていたものだ」と、彼は自ら反みて自分の記憶の確かさを祝福することさえあった。やすやすと解釈を与え終わって、お鈴の顔を見かえす折の彼の表情には、いくら平静を装っても包むに余る得意の色が動いていた。「どうだ、お前は今こそ私のえらさが分ったであろう。お前はなかなか悧巧な娘だ。お前は私より一つ歳上だから、自分の方が賢い大人の積りでいるかも知れないが、しかし私は少しばかり普通の子供と違っているのだ。生意気な真似はやめにして、己に降参するがいい。そうすればお前は、今よりももっと悧巧な人間になれる」

こういう意味を、彼の眼つきが語っているようであった。お鈴は計略の狙いが外れて残念に思いながら、内心彼の不思議な智力に対する驚嘆の情が、次第々々に増して来るのを覚えた。彼の女は、春之助が弟よりも自分を教える時に余計熱心で懇切で、張合いのありそうな口吻を洩らすのを、早くも心付いてしまった。遂には玄一の前で、「自分の方が弟よりも話のわかる、悧巧な少女である」ということを見せびらかしてやりたいために、故意に頻々と高尚振った質問を春之助に試みた。二人の間には言わず語らず師弟の情に似通った、馴れ親しみが生ずるようになった。いつであったかお鈴は春之助から教わった事実が、明くる日女学校の先生に聴いて見たら違っていたと言い出して、彼と争ったことがあった。

「それは大方先生の方が間違っているのです。明日学校へいらしったら、もう一遍先生に尋ねてごらんなさい」

と、春之助はきつく言い張った。お鈴は彼の負け惜しみを小面憎しと感じつつ、翌日先生に再び念を押して見ると、果して春之助の予想通りであった。

「どうです。先生は何と言いました」

その晩春之助がこう言って詰(なじ)ると、彼女はしらじらしく済まし返って、

「やっぱり先(せん)の通りでいいんだって仰っしゃったわ。瀬川さんの方が間違っているのよ」

と、嘘をついた。しかしそれ以来、彼の女は深く春之助に敬服したらしく、前よりも一層信頼の度を強めた。

やがてその年の七月になって、三人の少年はそれぞれの学校から、学期試験の成績を受け取った。言うまでもなく春之助は全級中の首席を占めて、神童の誉れはいよいよ高く、今までの中学校には前例のない破天荒な優等生と持て囃(はや)された。既にその頃

の彼の頭脳は高等学校くらいの程度に進歩していて、試験の準備などほとんど片手間の仕事であった。あまり学校が楽過ぎるので、四月時分からこつこつと独逸語の独学を始めたのが、今ではそろそろレクラム版のクラシック物を、字引きを引きながら辿り行くまでになってしまった。英訳のプラトン全集を熟読して非常に感奮させられた彼は、早く原書でショオペンハウエルに親しみたいと焦慮した。彼の性好はますます哲学に傾き、彼の思索はだんだん奥深い唯心論の理路に分け入った。「生きるよりもまず疑うこと、行なうよりもまず悟ること」が必要だと彼は思った。小学校時代にぼんやり考えていたような、あやふやな人生観を根柢から破壊して、善も悪も神も一旦悉く否定し去って、自分は充分に質疑し煩悶し、然る後貴い古の聖者の如く廓然として大悟しなければならぬと、彼は頻りに心を鞭撻った。「目下のところ、己は善人でも悪人でもない。人に向かって道徳を教うる確信もなければ不道徳を斥ける権威もない。これでも己は聖人になれるだろうか」そう気が付くと彼は後ろから追い立てられるようになって、終夜熱心に読書したり瞑想したりすることがあった。

姉のお鈴の成績も、全級中の五番という割り合いに優等な出来栄えであった。

「お鈴や、お前がこんなによく出来たのも瀬川さんにお稽古をして頂いたお蔭だから、そのつもりでお礼を言わなければいけませんよ」

母親はこう言って、わざわざ春之助の前へ娘を呼び出して丁寧なお辞儀をさせた。

小さな家庭教師は、その時始めて有難みを認められて、お町夫人から珍しく機嫌のよい感謝の言葉を受け取ったのである。

　お鈴の次に呼び出されたのは玄一である。彼は血の気の失せた、心配そうな顔を擡げて恐る恐る継母の面色を窺いながら畏まった。

「玄一さん、一体あなたのこの成績はどうした訳なんでしょう」

と言って、ぐっと横眼で睨み付けた夫人の眸は険しかったが、玄一は返答の言葉もなくうなだれてしまった。外の二人の好成績には及ばぬけれど、これまで彼は級中の末席にばかり据えられていたのに、今度辛うじて終りから三番目へ漕ぎ付けたのだから、少しは褒められてもよさそうなものを、お町はなかなかそのくらいの出来栄えで容赦しなかった。

「……何のために瀬川さんという先生を内へ置いたんです。みんなあなたのためを思って、お父様がして下すったことなんですよ。姉さんは学校が一と通り出来るから心配はないけれどあなたがあんまり出来な過ぎるからと仰っしゃって、瀬川さんをお頼み申したんじゃありませんか。それだのにせめて奮発して人なみの成績でも取って来ることか、相変らずびりっこけの方じゃ、あなたはとにかく私たちが世間へ対して極まりが悪くって仕様がありません。……こう言うと何だか瀬川さんの教え方が悪いように取れるけれど、私は決してそうだとは思いませんよ。現に姉さんを御覧なさい、瀬川さんの御厄介になったお蔭で、今度は立派な成績を取ったじゃありませんか。端(はた)の者がいくら気を揉(も)んでも、御本人がその積りでミッシリ勉強しなかったら、何の足しにもなりゃあしない。……いずれお父様からお話があるでしょうから、私は何も言いませんけれど、あなただってちっとはお父様に申し訳がないと思って下さらなきゃあ困りますよ」

　玄一はお久を通してたびたび不愉快な皮肉を言われた覚えはあるが、お町の口から直接厳しい叱言(こごと)を聞かされたのはその日が始めてである。夜になると、彼は再び夫婦列坐の席へ呼び出された。子供に対してついぞ声色を励ましたことのない父の吉兵衛が、例になく怒気を含んで、「お前はまた落第をするつもりか。もっとしっかり勉強しなけりゃいかんぞ」と、極めて激しい句調で言った。ことに依ったら、父は継母に迫られて拠(よ)んどころなく怒った振りをしているのではあるまいかと、子供心に玄一は邪推した。

「それでね玄一さん、今もお父さんと相談したのですけれど、これからは夏休みになるのだから、毎日朝の八時から十二時まで、日に四時間ずつ必ず復習をなさるように極めなさいよ。ようござんすか」

　父の言葉の尾に附いて、母親が更にこんなことを言い足した。「お父さんと相談した」とは言うものの、この命令は恐らくお町自身の発案に相違なかった。いかに玄一の成績が悪いからとて、七八月の暑い最中に毎日四時間の勉強は酷に失している。それでは何のために学校が暑中休暇を与えたのか全く無意味になってしまう。殊に玄一は決して不勉強な子供ではないのである。小学校の生徒としては、むしろ過度の時間を割いて復習に精を出すのだが、生まれつき頭脳が低能なために効果を齎らさないのである。こんな因循な子供には学問よりも一層運動を奨励して、快活な戸外遊戯をやらせた方が、かえって精神の修養になるかも知れぬ。そう思って、同じ席に連なっていた春之助は心私かにお町の無法を憤った。第一母親にかかる暴威を振るわせて黙過している吉兵衛の了見が分らない。なんぼ惚れた女房でも、こんな我が儘を許して置くという法はない。春之助はそう心付きながら、やっぱり自分も自ら進んで玄一のために弁護の労を取る勇気は出なかった。すると又もやお久がそこへ嘴を入れて、

「ほんとうにそのくらい御奮発なさらなけりゃあ駄目でございますよ。これからは私も充分に気を付けておりますから、もし坊っちゃんが瀬川さんの言い付けをお守りなさらないようなことがあったら、すぐお父様に申し上げますよ。……どうぞ瀬川さんもそのお積りで、あなたの手にあまる事があったら、御遠慮なく仰っしゃって下さいまし」

「全くですよ瀬川さん」と、お町が言った。「ほんとうにもう主人の子供だなぞと思わないで、あんまり物覚えが悪かったら、ちっと骨身に答えるように叱ってやってお

くんなさい。あなたは学校の先生も同じことなんだから、場合に依ったら仕置きをしてやって下さいまし」

「はあ、畏まりました」

と言って、春之助は笑いながら両手をついた。今まで自分を軽蔑していたお町とお久が、急に自分の実力を認識して、心から家庭教師の地位と権威とを与えようとする様子が、俄かに彼の虚栄心を満足させた。平生取るに足らない小人の徒輩の如く侮っていたこの夫人から、慇懃な言葉で頼まれたことが、学校の教師に褒められたより遥かに嬉しく感ぜられ、彼はさながら身に余る光栄を負うたような心地がして玄一に対する憐愍の情は忽ちどこかへ消え失せてしまった。

　長い長い暑中休暇が到来して、学校の帰りに薬研堀で道草を喰う機会のなくなったことは、春之助に取って少なからざる苦痛であった。

「少々調べたい物がありますから上野の図書館へ半日ばかり行って参ります」

　こんな口実を拵えて、彼は十日に一度くらいずつ母親の顔を見に出かけた。喰い物に対する意地穢なはますます募るばかりであった。毎日のように羊羹がたべたくなったり、今川焼きが欲しくなったり、牛肉の匂が鼻に附いて溜まらなくなったりした。図書館行きの電車賃を使わずに置いて、そっと近所の露店へ駆け付けて買い喰いをする癖が、毎晩止められなくなってしまった。

「ああ、己は何というさもしい人間になったのだろう。どうしてこういう浅ましい行為をするのだろう。明日の晩から必ず止めてしまわなければならない」

時々彼はハッと思って、自ら堅く警めて見るが、明くる日の宵の口になると不思議に我慢がし切れなくなって、こっそりと裏口から飛び出して行く。どうかすると菓子の袋を懐へ押し込み、大急ぎで駈けて帰りながら、家へはいるまでに残らず平らげて平気な顔をしていることがあった。

けれども彼は夫人から依嘱された職務の執行には忠実であった。毎朝四時間の授業といえば、教える方の身になってもかなり大儀な仕事であったが、春之助は以前のように冷淡な態度を取らず、諄々として教え且励ました。

「玄一さん、このくらいな事がどうして覚えられないんです。もうこれで五六たび教えて上げたじゃありませんか。忘れたのなら思い出すまで考えてごらんなさい。そんなにぼんやりしているから、あなたは学校を落第するんだ」

こう言って、彼は熱心に卓を叩きつつ時々奥の間の夫人の耳へ聞こえよがしに、わざと冷罵の声を張り上げた。

「まあ御覧よ、この頃の瀬川さんの熱心なことッたら！　あんなにまで骨を折らせてそれで手答えがないんだから、端で見ていてもやきもきすらあね」

お町はその声の聞こえるたびに、こう言って春之助の労をねぎらった。

「瀬川さん、あなたも全く大抵じゃあなかろうって、この頃は始終奥様が言い暮らしていらっしゃるんですよ。ほんとにまあ、蔭で聞いているとまるであなたが夢中になって、一生懸命なんですものね。あれで奮発なさらないようなら、実際坊っちゃんは罰中りさ。――どうでしょう、それでもちっとは身に沁みて覚えるようになりましたか知ら」

授業の後でこんな具合にお久が尋ねると、春之助はさも疲れたらしく額の汗を拭きながら、

「どうも玄一さんの覚えの悪いには呆れてしまいます。私も奥様のお言葉がありますから、出来るだけの面倒は見るつもりで、ずいぶん口を酸っぱくして叱言を言うんだけれど、此方の真心が半分も向うに通じないんです」

と、半ばは弁解するような、半ばは追従するような句調で言った。気のせいか知らぬが、彼に対するお町の仕打ちにはだんだん温情が加わって来るようであった。お茶受けにくれるお菓子の数にまで懇切な思いやりが見えて、時に依っては日に二三度もいろいろな茶菓の心づけに与ることがあった。「この暑いのにああものべつに教えていては、瀬川さんも嘸かし咽喉が渇くだろう」と、まだ昼飯の済まぬうちからバナナや水蜜を与えられる。「あんなに遅くまで勉強していたらきっとお腹が減るだろう。玄

一のために昼間の時間は潰されてしまうのだから無理もない」と言って、夜が更けてから天ぷらそばを恵まれたりする。うで小豆や今川焼の類より外にたべたことのない春之助は、いろいろと贅沢でハイカラな食物の味を覚えさせられた。アイスクリイムというものは薬研堀の縁日に売っている一杯五厘の氷水のことだと思っていたのに、或る日お久が「このアイスクリイムは奥様のお余りだから頂いてごらんなさい」と言って、寄越してくれたコップの中のねっとりした流動物を何の気なしに一と匙すくって舐めて見ると、さながら舌のとろけるような、びっくりするほどの甘さであった。或る時は又「これも奥様のお余り」だという食い残りの茶碗蒸しを夕飯の膳に供せられた。どんな精巧な料理法で拵えたものか分らぬが、茶碗の中には春之助の大好きな鶏卵の濃い汁が、さもおいしそうにこってりと凝り固まって、底の方にはあなごだのくわいだの蒲鉾だのが堆く密閉されている。それを一つ一つ箸で掘り出して汁と一緒に口の中へ含んで見ると、あまりの美味に恍惚として、このまま一と息に嚥み下すのが惜しいような心地さえする。全く彼は生まれてから一遍も、こんなにうまい卵の料理を味わったことがなかった。玉子焼やオムレツの味などはこの茶碗蒸しという物に比べると、到底足もとにも及ばない。こんなに贅沢な細工の込んだ食物を毎晩のように賜べている主人夫婦は何という羨ましい境遇であろう。あんな生活をしていたら、月にどれほどの費用がかかるであろう。そうして、その莫大な生活費を易々と支弁して行く当家の主人は、一体どのくらいな収入があるのだろう。そんな事まで春之助は考えずにいられなかった。彼は「奥様のお余り」を貰うことが何よりも楽しくなってしまった。晩飯の時刻になれば心私かにお余りの下がるのを待ち設けて、たまたまあてが外れるとひどく物足りない気持ちになった。

お鈴は毎朝玄一の叱られるのを見物したさに、自分の復習が済んでしまっても、二人の傍へ机を据えて勉強の体を装いながら、折々春之助と顔を見合わせて嘲るような薄笑いを交換した。

「鈴子さん、あなたはこの字を覚えていらっしゃるでしょう」

玄一が質問に行き詰まると、彼は散々口汚く叱り飛ばした揚句に、必ずこう言って姉娘を顧みる。

「ええ私知ってるわ。その字は尋常科の読本にだって沢山あるわ」

姉娘は問いに応じてすぐに答える。

「そら御覚なさい、姉さんはあの通り覚えていますよ」

「覚えているのは当り前だわ。私でなくったって、尋常科を卒業した人ならこんな字ぐらい誰だって知っててよ。知らないのは玄ちゃんだけだわ」

「そうですとも、――私の叱言なんか玄一さんには答えがないんだから、ちっと鈴子さんから仰っしゃって下さらなきゃあ困ります。ねえ玄一さん、あなた姉さんにああ言われたら、少しは口惜しいと思いませんかね」

二人はこんな調子で面白そうに悪体を言い募り、やがて玄一がしくしくと忍び音に泣き出したりすれば、

「おやおや、とうとう泣き出したのね。ちょいと玄ちゃん、何が悲しくって泣いてるのよ！」

「鈴子さん、構わずに放って置いた方がよござんすよ。泣くなら勝手に泣かしてお置きなさい。そんな意気地なしだからいつまで立っても学問が出来ないんだ」

こう罵り合って、彼等は迭る迭る玄一の顰め面を覗き込んだ。不断から表情の鈍い、起きているのか眠っているのか分らないような玄一の顔が奇態に歪んで、鼻の穴と唇の周囲が醜い恰好に膨れ上がり、両眼からぽたぽたと涙を流す様子を眺めると、春之助は何となく一種の快感に唆られるのを覚えた。「天才はあらゆる人間の心理を理解する。古の暴君と言われた人々は、恐らくこういう種類の快感を強烈に要求する人間なのであろう」と、彼はぼんやり想像した。

いつの間にか彼は玄一に対して、お町よりもお鈴よりも残忍な迫害者となりつつあった。その愚鈍らしい眼つきを眺めると、無闇にむかむか腹が立って来て、何とかこの子を虐めてやりたいという猛悪な邪念が、絶ゆる隙なく胸に萌した。ある朝玄一が例の如く胴忘れをして俯向いていると、溜まらない憎らしさが込み上げて来て、

「馬鹿！」

と一と声叫ぶや否や、春之助は拳を固めて力まかせに憐れな少年の蟀谷を衝いた。わッと言って、忽ち玄一の死んだような目鼻立ちは活気を帯びて蠢めき出した。青褪めた顔色に珍しく血の気が漲り、始めて生き生きとした声を放っておいおいと泣き出した。「一度この子を思うさま張り飛ばしてやろう。擲ったらどんな顔をして泣くだろう」と、疾うから密かに企らんでいた春之助は、その時漸う望みを達してさも不思議そうに少年の表情を見守った。泣き声はいつまで立っても容易に静まらなかった。

「坊っちゃん、何をそんなにお泣きになるんですねえ！　いい加減になさらないとお母様に叱られます」

　こう甲高に怒鳴りながら書生部屋へ駈け込んで来たのはお久である。主人の耳へも聞こえたかと思うと、さすがに春之助はぎくりとした。彼の眼つきには俄かに狼狽の色が仄見えた。

「ううんあのね、玄ちゃんがあんまり怠けてばかりいるもんだから、瀬川さんに叱られて打たれたんだよ。自分が悪くって泣いていたって仕様がないわ」

　お鈴は春之助を弁解するように言った。

「お黙んなさいまし坊っちゃん！　そんならあなたがお悪いんじゃありませんか。お母様に知れようものなら、なおさらどんなお叱言が出るか分りませんよ」

お久は威丈高になって玄一を睨みつけた。

それ以来、春之助の苛酷な行いはますます増長するばかりであった。小さな家庭教師は玄一のために小さな暴君と変じてしまった。あの可哀そうな少年がどういう訳であれほど憎らしいか、春之助は自分でもその理由を解するに苦しんだ。生意気で陰険な姉のお鈴と低能で臆病な弟の玄一とを並べて見るに、悪人よりも愚人の方がどうしても腹を立てるに都合よく出来上がっている。お鈴のこましゃくれた意地の悪い行動に接すると、春之助はむしろ不思議な共鳴を感じて、一向彼の女を憎む心は起こらない。然るに玄一に対する憎悪の情は、日を経るままに極端にまで走って行った。彼は毎日一遍ずつ虐めたり泣かせたりしないと、何だか楽しみが薄いような心地さえした。

「瀬川さん、あなたはこの頃なぜあんなに坊っちゃんを虐めるの。お可哀そうじゃありませんか」

ある晩春之助は台所でお辰につかまって、密かにこんな忠告を受けた。

「虐める訳じゃないけれど、あのくらいにしなかったらかえって奮発しないんだ。そりゃ私だって可哀そうだとは思っているさ。だが行く末のためを思って、わざと厳しい叱言を言うんだよ。今に私の親切が玄一さんにも分る時代が来るだろうぜ。私にしたってずいぶん辛い立ち場にいるんだから、それはお辰どんも察してくれそうなもんじゃないか」

「だって瀬川さん、いくら厳しくするからって、御主人の子供を擲るって法はありますまい。私は馬鹿だからむずかしい理窟は分らないけれど、何ぼ何でも道に外れたことだろうと思いますがねえ」

「まあまあ私にも考えがあるんだから、黙って見ていたらいいだろう」

春之助は相手の言葉が一々胸にこたえるだけ、余計お辰が癪に触って溜まらなかった。「下女の癖に生意気な」と、怒鳴り飛ばしてやりたいところを、強いてにやにや笑いながらこう言い捨てた。

「考えがあるもないもんだ」お辰は急に眼を光らせて嘲るような句調で言った。「ねえ瀬川さん、あなたばかりはそんな曲がった人間じゃないだろうと思っていましたが、ほんとにこの頃じゃあまるで変わってしまったわね。奥様やお久どんの手先になって、おとなしい坊っちゃんを意地めたとこで何になるのですよ。……悧巧なようでもあなたはやっぱり子供だから、廻りに悪い人間が揃っていると、いつか知らその方へ引き擦り込まれてしまうんだわねえ」

どこまでもにたにた笑いで誤魔化していた春之助は、最後の一句にはっと打たれて、思わず憐れみを乞うようにお辰の顔を仰ぎ視た。愚かな飯焚きの下女の口からも、時に依っては権威ある言葉が自然に吐き出される。そう考えると春之助には、その晩のお辰の眼つきが学校の先生よりも恐ろしかった。

四五日過ぎてから、お辰は朋輩のお新のために何事か言附け口をされて、お町に散々叱言を喰った。

「お久どんは内で一番古いのだから威張るのも仕方がないけれど、お新の奴は一番憎らしい。年の若い癖に生意気で狡猾で、主人に胡麻を擂るのが上手で、まあ何という悪党だろう。あんな奴は行く先どんな恐ろしい事を仕出来すか知れやしない」

彼の女はこの間の恨みも忘れて春之助に同情を求めながら、例の如くめそめそと口惜し涙をこぼして泣いた。そうして、その夜のうちにそっと荷物を纏めて置いて、明くる日の朝早く、主人の家を無断で出奔した。

「ちょッ、お辰どんはまあ、いやな人だよ。あんな山出しにいて貰いたかあないんだから、出るなら出るで断わって行くがいいじゃあないか」

お新は下女の代りの来るまで、二三日飯焚きの辛い役目を背負わされて頻りと愚痴を並べ立てた。

「お辰どんは大分あなたの悪口を言って行きましたぜ。何しろああいう田舎者は、馬鹿で一国と来ているんだから、全く始末に困るなあ」

こう言って、春之助は爽やかに笑った。

六

　久松学校の校長は、自分が将来を保証して井上の家へ周旋した神童の身の上に就いて、始終興味と責任とを感じているらしかった。

「どうですな、あの子は？　相変らず勉強しておりますかな。お蔭様で中学の方も大分成績がいいようですが……」

　彼は折々小舟町の住居を訪れて主人に聞いた。

「いや、大変によく子供たちの面倒を見てくれるようです。家内も大きに喜んでおりますよ」

　吉兵衛はいつも簡単にこう答えるだけであった。

「それはまことに結構ですが、どうもあの子は体が弱そうに思われるのでなあ。私はそればっかり心配しておりますよ。勉強もいいが、ちっと体を大切にして運動でもするように仰っしゃって下さい。体さえ丈夫なら、あの子はきっと物になれるのです」

　こう言って、校長は我が子のことを褒めるように得意の色を見せるのであった。

　明くる年の正月、父の欽三郎が春之助をつれて御礼旁々校長の家へ年始に行くと、彼は非常によろこんでくれた。「時にお前はますます学校で評判がいいという噂だが、何より満足に思っています。私も実際世間へ対して鼻が高い。どうぞこれからも脇道へ外(そ)れずに立派な成功をして貰いたい。私はお前の身の上をお父様に受け合ってしまったのだから」と言って、頻(しき)りに春之助を励ました。間もなく三月の学年試験に、彼は再び未曾有(みぞう)の成績で首席を以って中学の二年級へ進級した。校長の鼻はいよいよ高くなるばかりであった。

「今度もまた瀬川が一番でした。平均点が九十八点という本校始まって以来の最高点です。綽々(しゃくしゃく)として余裕ありというのは瀬川のことでしょう」

と、成績発表の当日に、主任の教師が教壇に立って讃嘆の声を挙げた。満場の生徒は目を円くして一斉に彼の姿を顧みた。

その時春之助はほっと安堵(あんど)の胸を撫(な)でて、何だか夢を見るような嬉しさに襲われた。彼は去年の秋の頃から、学校の授業を馬鹿にし切って、教科書などはほとんど一遍も浚(さら)ったことがなかったのである。教室にいる時でさえ、教師の眼を窃(ぬす)んで勝手に哲学の書物を繙(ひもと)いたり、独逸語の独学に耽ったりしていた。いよいよ試験が始まるという前の晩に、些(いささ)か心がかりになったので地理と博物の教科書を少しばかり調べにかかると、大分忘れたところを見付けて非道(ひど)く狼狽(ろうばい)させられた。四則応用の数学の答案も、あまり侮(あなど)り過ぎた結果、たしかに一題は計算を誤まったらしかった。とにかく彼は今度の試験に対して、今までのような確乎たる自信を持って光栄ある成績を期待する訳には行かなかったのである。どう贔屓目に考えても、今度ばかりは首席の名誉を維持することが出来なかろうと危ぶまれた。「たとえ一番でも下がったら、久松の校長さんはどんな顔をするだろう。親父は何と言うだろう」そう思うと春之助は無闇に気が揉めて、顔から火の出るような恥ずかしさを覚えた。然るに意外なるかな彼の成績は、前学期にも優るほどの出来栄えなのである。ところどころ忘れていた地理と博物の採点を見ると、九十七点となっている。慥かに間違っていたはずの数学の点数が、不思議にも百点を与えられている。恐らく平生春之助の才気煥発に眩惑されていた教師の頭脳の中に、一種の催眠作用が行なわれたことは明らかで、彼の答案を始めから完璧なものと過信してしまったに違いない。

「こうしてみるととんとん拍子というものは実際世間にあることだ。己は何という幸運な人間だろう」――と、春之助は腹の中で私語することを禁じ得なかった。彼は又もや自分の運命の飽くまでも仕合せなことを信じたかった。「久松の校長も、井上の主人も、中学の教師も、世間の奴はみんな迂闊だ。己はどんな真似をしたって、あいつ等の信用を失う心配はない。己はあらゆる自由と我が儘とを先天的に許されているらしい。つまり己のようなのが天才なのだ。得手勝手な行いをして、それでも結局えらい人間になってしまうのだ」こう考えて来た時、春之助は今までにたった一人、彼の悪徳を観破して痛烈な攻撃を加えようとした烱眼な人間がいたことを思い出した。

それは山出し女の飯焚きのお辰である。世間を挙げて春之助を神童と褒めたたえている中に、無教育な田舎生まれの下女の観察が、たまたま彼の仮面を剝いだということは、いかに世の中が矛盾だらけで滅茶苦茶であるかを春之助の心の底に感銘させた。そうしてそのお辰の運命を見るがいい。生意気にも偉大な天才たる彼の行動に悪罵を注いだ愚鈍な女の末路を見るがいい。彼の女は周囲の人々に虐待されて、主人の家を逃亡してしまったではないか。「お前に刃向うものはみんなあの通りになるのだ」――こんな囁きが、どこからともなく春之助の耳に聞こえた。

　玄一も今度ばかりは幸いにして落第の憂き目を免れた。普通の子供ならもう中学へ入学すべき年配であるのを、「そんなに無理をさせない方がいいだろう」という校長の意見があって、とにかく高等四年を卒業するまで、小学校に踏み止まることとなった。

「瀬川さん、お蔭様で及第いたしました。有難う存じます」

と、彼は春之助の前に畏まって、慇懃な感謝の言葉を述べるように母親から命令された。吉兵衛までが馬鹿に機嫌のよいにこにこ顔で、

「よく瀬川さんにお礼を言うんだぞ。お前を及第させようと思って、瀬川さんはどのくらい骨を折ってくれたか分りゃしない」

　こう言って、家庭教師の功労をたたえた。

しかし春之助は自ら反みて、玄一のために何一つ骨を折った覚えはなかった。忘れたと言っては罵り、間違ったと言っては擲り、空恐ろしい悪虐の限りを儘くして、可憐なる恩人の子を泣かせ喚かせて、独り私かに興がっていたに過ぎなかった。その冷酷な鞭撻が偶然にも一時の功を奏して、玄一は比較的好成績を得た訳である。そうして、春之助は熱心なる家庭教師として主人の感謝を贏ち得たのである。ここでも再び、彼はつくづく自分の幸運と世の中の出鱈目とを信じたかった。

「世の中は出鱈目である。自分は天才である」

彼はもう一度、この格言を心の底で繰り返した。

春之助は、主人夫婦の自分に対する信用がいよいよ篤くなるのを感じた。令嬢のお鈴とは仲好しになる。お久やお新からは大事にされる。就中夫人のお町は寵愛の度を通り越して、彼を自分の忠僕か何ぞのように取り扱う。子供たちの前でこそ、彼の女は春之助の名前を「さん」附けにするけれど、ややともすれば「瀬川々々」と呼び捨てにして、いろいろな細かい用達しまで命令するようになった。月の終りに銀行へ駈けつけて、恐らく夫人が秘密に溜めているらしい貯金の出し入れをする役目や、夫人の名義になっている二三軒の借賃の家賃を督促する役目や、その外彼の女が夫に内証で遣り繰りをする金銭物品の受け渡し、指輪や簪の宝石類を売り買いしたり、眼の飛び出るほど高価な衣類持ち物をそっと呉服屋へ注文したり、芸者時代の友達らしい待合芸者屋の女将たちと贈答したり、凡べてそういう後ろ暗い用件の走り使いはいつの間にやら春之助の受け持ちと定められた。小さい家庭教師はそれを侮辱と知りながらも、三度に一度は必ず何等かの形式で与えられる報酬の味を忘れかねて、決して不愉快な気持ちにはなれなかった。夫人に取って容易い些細な心づけが、春之助にはどんなに嬉しくも有難くも感ぜられたことであろう。

「瀬川、これをお前さんに上げるから取ってお置きよ」

こう言って、夫人が象牙のような美しい手を伸べて、自ら春之助の掌へ温情の籠った恵みの品物を載せて呉れるたびごとに、彼は我知らず勿体なさに胸の時めくのを覚えた。或る時は舌のとろけるように旨いシュウクリイムを、一度に三つ四つ紙に包んで渡される。「これは少しばかりだが」と言って、五十銭銀貨を摑ませる場合もある。そんな時は報酬の少ない方で、折々セルの袴を拵えてくれたり、上等のシャツを買ってくれたりする。春之助が未だ忘れられないのは、いつぞや学校から鎌倉へ遠足に行く際に、二円の小づかいとニッケルの懐中時計を貰った時の嬉しさである。この夫人のためならばどんな悪事でも働きかねないような、浅ましい了見が彼の胸の中にむらむらと萌すことさえあった。

或る意味に於いて、お久よりも春之助の方が夫人に対して重要な人物となった。女中たちは彼に一目も二目も置かなければならなかった。彼のために奉公の悲しみは楽しみに変わった。もう春之助は、以前ほど薬研堀の両親の家を恋い慕わないようになった。たまたま想い出して尋ねて見ても、賑かな色彩のある小舟町の家に比べると、尾羽打ち枯らした親たちの無味乾燥な生活の惨さが鼻に附いて、とても長くはいたたまれなかった。

「何という淋しい、活気のない家だろう。こんな殺風景な空気の中に、自分はよく去年まで何等の不満足も感ぜずに生きていられたものだ」

そう思って彼は驚くことがあった。小舟町から薬研堀へ来ると、まるで明るい花園を出てうす暗い穴蔵の底へはいったような不愉快に襲われる。お久やお新が始終花やかに笑いどよめいている陽気な井上家の台所に引き換えて、そこには年老いた母親独りがつまらなさそうに息を喘がせて働いているばかり、父の顔にも母の顔にも生活を享楽しようとする慾求の影などは微塵もない。彼等は井上家の女中達にすら劣った階級の、ただ盲目的に生きて行く愚鈍な人種ではなかろうかと訝しまれる。このような人種の男と女とが、自分の両親であるかと思えばそぞろに春之助は悲しかった。

継児の玄一は別物として、井上の家庭には一年中歓楽が充ち溢れている。昼間はほとんど毎日のように、琴の師匠と三味線の師匠が替る替る訪ねて来て、令嬢のお鈴を相手に音曲の響きを立てる。夜は毎晩料理屋を開業したような騒ぎをする。近頃は又ややともすると主人の吉兵衛がお町の絃で常磐津の喉を聞かせたり、お鈴の長唄で夫人が踊りをおどったり、家の中は俄かに一段と賑かな光景を呈して来た。夫は堀留の道楽息子と呼ばれ、妻は芳町の源之助芸者と歌われた時代の、うら若い放蕩の血が再び彼等夫婦の間に蘇生って来たかのように、吉兵衛とお町とは現在の身を忘れて、奉公人や子供の手前も憚らず酒色に溺れつつ馬鹿の限りを尽くすことが頻繁になった。二階座敷の空気は料理屋よりもむしろ待合に近くなってしまった。お久はもとより、この節まで猫を冠って取り澄ましていたお新が、そういう席の座興を添えるのに達者な手腕を発揮し出した。或る晩お新は酒を飲まされて酔った揚句にきゃっきゃっと笑い転げながら、夢中で立ち上がってお久の三味線で「おいとこそうだ」を踊り出した。主人もお町も手を打って喝采したが、「あの女には今まですっかり欺されていた。どうもお新はただ者じゃないらしい。おどりの手つきがなかなか巧者だから、田舎芸者か達磨茶屋*にでも奉公したことがあるのだろう」

　そんな評判が、後でひそひそ囁かれた。

　半分は商人で半分は幇間のような、お出入りの小間物屋、呉服屋、骨董屋などが、飯時を狙っては始終足繁く往来して、馬鹿の相手になっていた。彼等は商いの有る無しをそっち除けにして、家族の者と一緒になって飲んだり喰ったり唄ったりした。

　そんな騒ぎの最中に、玄一と家庭教師の二人だけはいつも書生部屋に取り残されて、相変らず学科の復習に従事しなければならなかった。春之助が威儀を繕って玄一を叱り飛ばしている時、遥かな二階座敷からどっとばかりに気違いじみた笑い声が起こって、頓興な戯れ言や荒々しい足拍子が三味線の音に連れて洩れて来ることがたびたびあった。

「あああいつらはどんなに愉快なんだろう」

春之助の心は自と花やかな騒ぎの方へ奪われがちであった。俗悪で贅沢で飽くことを知らぬ大人共の、傍若無人な振舞いに対する嫌悪と羨望と憤慨の情が、小さな家庭教師の胸に渦を巻いた。「何という愚かな人々であろう」そう考えるすぐ後から、日頃春之助を愛してくれる夫人や令嬢の、こういう折に限って彼を全く疎外する不公平な処置が、著しく心外に感ぜられた。子供を酒席へ侍らせるのが悪いというなら、令嬢のお鈴にも遠慮させるがよい。「お鈴が何だ。なりが大きくて言葉つきが生意気だから大人の積りでいるかも知れないが、己よりたった一つ年上の十五じゃないか。頭の程度からいえばお鈴よりも己の方がずっと大人だ。あんな小娘に今のうちからあんな真似をさせるから、ろくな人間になれないのだ」と、彼は腹立たしげに呟きたかった。

「鈴子さん、この頃あなたはちっとも勉強なさらないようですね。騒いでばかりいらっしゃらないで、たまにはお稽古をなさい」

家庭教師は時々こんな忠告を試みて、令嬢の顔を恨めしそうに横眼で睨んだ。

「試験になったら勉強するわ。今のうちは優しい所ばっかりだから復習しなくっても大丈夫なのよ」

「そんなことを言って、試験の時にまごついても知りませんよ」

「よくってよ。お母様だって、不断からそんなに勉強しないでもいいって仰っしゃったわ」

お鈴はこう言ってまるきり歯牙にかけなかった。あまり執拗に春之助が心配すると、

「ええありがとありがと。分ってってよ！」

と、面倒臭そうに突慳貪に言い放った。彼の女は小さい家庭教師が憐みを乞い縋るような、寂寞を訴えるような、悲しい眼つきをしているのをありありと読むことが出来た。そうして嘲るが如き微笑を浮かべて、勝ち誇った態度を示しつつ、さっさと二階座敷へ上がって行った。春之助はお鈴の生意気を憎むと同時にお久やお新が妬ましかった。身分の低い女中の分際で、主人と一緒に夜な夜な宴楽に耽っているとは何事であろう。主人も主人なら家来も家来である。殊に彼が疳癪に触ったのは、いつも騒ぎが始まると女中たちまでさながら主人の友達のような気分になって、彼等自身が勤むべき用事を春之助に言いつける。

「ねえ奥さま、あんまり大声を出したので咽喉が乾いちまったから、水菓子を戴こうじゃございませんか。ちょいと瀬川さんに一とっ走り、買いに行って来て貰いましょ

う」

こんな風に彼等の一人が提議すると、お町もすぐに賛成する。家庭教師は授業中にも拘らず早速座敷へ呼びつけられて、何事かと思って鴨居際に畏まると、

「あのね、ちょいと御苦労ですがね、横町の水菓子屋へ行って蜜柑を一と箱買って来て下さい。お銭はここにありますよ。ほら！」

などと言いながら、お久やお新が後ろ向きに据わったまま、あたかも家来に対するような横柄な顔つきで、一円札を放り出したりする。それでも彼は夫人の機嫌を損ねるのが恐ろしくて彼等の頤使に服従した。春之助は夫人の威力がいかに強く吉兵衛の意志を左右し、時に依っては本店の店員共の免黜にまで干渉するかを、うすうす了解しているのであった。かりにも井上家の飯を食む以上は、一旦お町に睨まれることがどれほどの不仕合せであり、反対に彼の女から愛されることがどれほどの幸福であるかを呑み込んでいなければならなかった。春之助はこの間まであれほど自分に専らであった夫人の寵愛が、口惜しくも今は二人の女中等の手に奪い去られて、お久とお新との競争になってしまったことを、不安の眼を以って眺めずにはいられなかった。いつか一度は自分も夫人の寵愛を取り返して、競争仲間へ加わって見たいという下心が、自然と素振りに現われて、彼は何事を命ぜられても卑しい追従笑いをしながら夫人の顔色を窺った。

けれども夫人を始め歓楽に耽(ふけ)る大人どもは、どこまでも家庭教師を話相手にならぬ子供と軽んじて、容易に自分達の仲間へ加えようとはしてくれなかった。春之助は用件のある時ばかり重宝(ちょうほう)がられて、使いが済むといつも書生部屋へ追いこくられた。彼は腹立ち紛(まぎ)れに玄一を擲(なぐ)りつけて纔(わず)かに鬱憤(うっぷん)を晴らしていた。どうかすると、二階座敷の乱痴気騒ぎと火のつくような盛んな玄一の泣き声とが、一軒の内に相呼応して響き渡った。

七

いつになったら春之助は大人の数に入れられるのであろう。彼の眼に映る大人というものは、ただ彼よりも体格が大きいばかりで、別段優れた能力を持っている様子もないのに、彼等は勝手に美食を食い、美衣を纏(まと)い、奢侈(しゃし)安逸(あんいつ)な生活に浸って、いかがわしい冗談を語り合う特権を所有している。堕落の恐れあり、贅沢の嫌いありとして一般の少年に禁ぜられている諸種の行動が、大人にばかり許されているのは何故であろう。

　春之助はこの頃になって特に彼等の服装に心を惹(ひ)かされた。苟(いやし)くも大人と名のつく連中は、身分の低い人間でも、大概一と揃いか二た揃いの絹物の衣服を用意している。

お出入りの商人を始め本店の番頭や手代などが、紬の羽織とか糸織の綿入とか、少なくとも絹糸のはいった余所行きの晴れ着を所有していて、何かの機会にぞろりぞろりと着飾って歩く。その一枚の羽織の値段だけでさえ、春之助が持っている中学校の制服よりは高価らしい。第一不断着の衣類からして、彼等の着物と春之助の着物とは趣味の上に大変な相違がある。野暮くさい、久留米絣のぼてぼてした筒袖を纏って、真黒な唐縮緬の兵児帯をしめて、その上へつんつるてんの小倉の袴を穿かされる学生の服装に比較すると、大人のそれは遥かに優雅で美的である。まず鉄無地か渋い立縞の給羽織に、同じような意気な縞柄の綿入を着て、献上の角帯に黒ずんだ荒い格子の前掛けを締める。見たところがいかにもいなせにすっきりとして、きちんと整っている。美男子も醜男も同じように醜く見える学生の服装に引きかえて、まことに着栄えのする様式である。それから帯の間に挿んでいる煙草入れとか、乃至は柾目の通った下駄の台とか鼻緒の模様とか凡べて大人共の身に着けている細工物には案外金のかかった、意匠を凝らした美術品があって、その色合が非常にうまく服装と調和を保ち、春之助の眼に何ともいえぬ快感を起こさせる。彼がいかほど大人を軽蔑しようとしても、とにかく物質的に恐ろしく優勢な彼等の外見に圧迫されて、自分の方がかえって下らない人間のように思われて来る。

まして主人の吉兵衛だの、お町だの、お鈴だのの贅沢に至っては、どのくらい彼の欲望を刺戟するか分らない。吉兵衛が毎晩風呂へはいってから着物の上へ引掛ける派手な弁慶縞のお召のどてらがある。芸者時代に着古した夫人の不断着を拵え直したものであるが、それにくるまって酒を飲みながらあぐらを掻いている吉兵衛の風情は、馬鹿になまめかしく芝居じみていた。あのどてらを一遍でもいいから自分の肩へ着けて見たいと春之助は思った。電燈の明りに照り映えて、底光りのするように品よく輝いているお召しという絹物の地質が、彼には溜まらなく高尚に艶麗に見えた。その外やれお花見だの芝居見物だのといって外出するたびごとに、盛装を凝らす夫人や令嬢の衣裳持ち物には、全くふるえ附くように花やかな、精巧を極めた貴重品の数々がある。彼の女等は平生から一枚の浴衣を作るにも、一足の足袋を誂えるにも、自分の容貌姿態にはいかなる線状色彩の配合が最も適当しているかを充分に会得していて、厳格な吟味を経てから始めて撰択するらしく、一とたび彼の女等のしなやかな手足に巻き着いた物は、帯でも半襟でも指輪でも羽織の紐でも、俄かに媚びを競って不思議な魅力を発揮する。そうして或る時は貴婦人の微行姿のように、或る時は芸者か半玉の遊山姿のように、時に臨み場合に応じて彼の女等は自分の体へさまざまな情味ある変化を行うべく、巧妙に装飾品を駆使することを知っている。

「ええ近頃はこういった品が大分はやって参りましたが、奥様にいかがでございましょう」

こんなことを言って、後から後からいろいろな物を売り付けようとする出入りの商人の口上を、春之助は急に熱心に傾聴するようになった。

「おおいい柄だこと！　まあなんて意気な柄でしょう。ねえ奥様、これはきっとお似合いになりますよ」

などと、お久やお新が商人の口車に載せられて、反物をいじくり廻して品評する光景を春之助は遠くの方から窃(ぬす)み視(み)て密かに耳を欹(そばだ)てるようになった。緞子(どんす)の丸帯を一本拵えるのに大凡(おおよ)そどれほどの金がかかるとか、お召しの反物の時価が一反でどのくらいするとか、そういうことを彼は知らず知らず心に止めて覚えてしまった。今月はお町が八十円の指輪を買った、お鈴が真珠の短鎖(たんぐさり)を拵えた、などという風に胸の中で数え上げることを怠らなかった。

商人たちは品物を売り付ける以外に、大概四方山(よもやま)の世間話を面白おかしく語り聞かせる技量に秀いでていた。彼等が主人夫婦の座敷に伺候して、女中共にまで愛嬌を振(ふ)り蒔(ま)きながら、駄洒落(だじゃれ)まじりに花柳界の噂だの役者の評判だのを暇にあかしてしゃべり続ける呑気(のんき)な様子を、蔭で聞いていると、春之助もつい釣り込まれて一緒に笑い出すことがあった。こういう話術を心得ていて、毎日毎日お得意先の金持ちや芸者屋などを歩き廻って、女子供に持て囃されおかしがられる境遇は、無味乾燥な、寂寞たる家庭教師の身の上にくらべるとどれほど愉快なものであろう。彼等は心中に何等の不平も煩悶もなく、しかも月々相応に豊かな収入を得て、狂言の変り目には芝居へ行ったり、欲しいと思えばしゃれた着物を拵えて見たり、かくて一生を楽しく穏やかに送って行く。彼等のようなのが本当に人間らしい、幸福な生涯であるかも知れぬ。春之助は机に向かってコツコツと哲学の書を読み耽るよりも、彼等の興味ある浮世話に耳を傾けた方が、遥かに暖かい人間の真諦に触れて、世の中に対する深い愛着の湧き出ずるのを覚えた。彼は今まで、自分があんまり実世間から遠ざかって、大人という者を侮り過ぎていたことを発見した。

十五歳になった年の正月、水天宮の縁日の晩であった。春之助は両親の家へ年始に行った帰り路に、人形町の夜店をうろついて、とある古道具屋から破れかかった懐中鏡の安いのを買って来た。彼は密かにその鏡を書生部屋の本箱の抽出しへ隠して置いて、時々人目を盗みながら日に何回となく自分の容貌を映して見た。幼い折から神童と呼ばれ、天才と歌われて、仕合せな運命に感謝していた春之助も、鏡に対して自分の目鼻立ちを眺めることを覚えてから、急に人知れぬ悲しみを抱くようになった。彼は自分の容貌がいかに醜いかということを、最近まで気が付かずにいたのである。また、醜い容貌を持って生まれた人間が、いかに恥ずべく憐れむべきかを、この頃になって始めて痛切に感じ出したのである。つくづくと自分の顔を真正面から凝視すると、彼は溜まらない腹立たしさに駆られて、思わず鏡を叩きつけてしまいたくなった。恐ろしくきめの粗い、病人のように青ざめた皮膚の色、行儀悪く出っ張った頬骨、若白毛の沢山交じった縮れた髪の毛、鼻の下から猿のように飛び出した上顎、おまけに不揃いな乱杭歯――まあ何という真暗な、でこぼこした輪廓であろう。彼は鏡を横にしたり、斜めにしたり、上へ向けたり、下へ向けたり、いろいろにして映して見たが、どの方面から眺めても自分の姿には何等の美観をも見出すことが出来なかった。馬鹿と言われる玄一ですら、彼に比べれば非常によく整った、充分に美点のある容貌を具えている。中学校の同級生にも彼より劣った男振りの少年は一人もいない。堀留の本店の小僧などには、どうかすると女にしても見まほしい水際立った美少年がある。天は春之助にかくまで秀れた脳髄を恵みながら、どうしてこんな情ない容貌を賦与したのであろう。

春之助は、母のお牧が嫁入り時代には町内一の小町娘と讃えられた、評判の美人であったという話を嘗て人伝に聞いた覚えがある。現在でも彼の女の目鼻立ちはどこやら品のよい所があって、娘時代の俤を留めている。父の欽三郎にしても、貧にやつれているとはいえ、若い頃には十人並の男前であったことを想像するに難くはない。彼はこの両親の間に生まれた息子でありながら、どうしてこんな醜男であろうと訝らずにはいられなかった。ふと、春之助は幼い時分に、

「春ちゃんや、お前さんの鼻ッつきはお母さんにそっくりだから、今にいい男におな

りだろうよ」

こう言って、自分を膝の上へ抱き上げながら頭を撫でてくれた親戚の叔母の言葉を想い起こした。何でもそれはまだ小学校へはいらない以前の漸く物心のついた五つか六つ頃のことであったろう。「今にいい男になる」という占いが、それほど将来の運命に至大な影響を及ぼそうとは知るよしもなく、彼は好い加減に聞き流してしまったものの、今日になって考え合わせれば、叔母の予言のあまりに甚だしく外れてしまったのが恨めしくも口惜しかった。遠い過去の追憶を辿って見ると、彼の美貌を予言したのは強ち叔母ばかりではないようである。やっぱりその頃、母の所へ出入りする馴染の女髪結が、「お宅の坊っちゃんのようなお綺麗な子供衆は、どちら様へ伺っても全くありゃあいたしませんよ。ほんとにまあ、眼つきから鼻つきがお母さんにそっくりで、まるで人形のようでいらっしゃる」と、口を極めて褒めたたえたことを、彼は微かな夢の如くに覚えている。そうして見るとあの時分には、彼もたしかに美しい容貌を持っていたに違いない。少なくとも好男子となる可き要素を備えていたのであろう。天は春之助に優秀な頭脳を恵んだばかりでなく、正しく端正な目鼻立ちをも頒ち与えた訳であるのに、それ等の「要素」は抑もいつの間に彼の容貌から消え失せて行ったのであろう。

せめては要素の幾部分なりとも、どこかしらにその痕跡を残していそうなものであると思い返して、春之助は更に熱心に自分の顔を検査して見ることがあった。なるほど仔細に吟味すると、気のせいか知らぬが彼の鼻つきは母親のそれに似ていただけあって、そんなに不恰好な形ではない。肉づきも尋常で高さも普通で、顔中の造作のうちでは一番完全に近い代物である。眼つきもかなりぱっちりしていて、母親のように冴えてはいないが、何となく愛嬌のある悧巧そうな輝きを持っている。口もとにしたところで歯ならびこそ悪いけれど唇を閉じてさえいれば欠点は少しもない。かえって一種の人を惹きつける特長があるようにまで思われる。こうして見ると、眼でも鼻でも唇でも、一つ一つの形状はまんざら醜くもないのである。たしかに美貌の要素だけは備わっているらしい。ただ、それ等の要素が伸び伸びと発達すべき少年時代に、過度の勉強と貧乏な境遇とが不自然な迫害を加えて、芽を吹き出そうとする生長の力を中途で阻んでしまったため、風霜に打たれた花の莟のように、無惨にも彼の輪廓は畸形的に押し歪められてしまったのである。春之助は今でも自分の顔の中に、外界の圧迫から来た打撃の痕を歴々と認めることが出来るように思った。元来ならばもっと威勢よく、鷹揚に伸びて行くはずのものが、妙にいじけてせせこましく固まって、あたかも眴髏の背中の如く縮んでしまったらしい哀れさが、目鼻立ちのあらゆる部分に現われている。眼はハッキリと開きながら何となく陰鬱な、世を拗ねたような僻んだ色を湛え、鼻は高く秀いでながら変に貧相な、見すぼらしい感じを与え、口もとに一種の美点のあったのがいつの間にやら歯ならびが乱れて飛び出して来たために、今では恐ろしく破壊し尽くされている。そうして、痩せ衰えた両頰の肉の下から方々へ骨が突き出て、激しい凹凸と陰影を作って、全く猿のような不均斉な、輪廓と化してしまっている。殊(こと)に驚かれるのはこの頃の活気のない彼の血色である。路傍に佇(たたず)んで道行く人に合力を乞うている乞食非人の輩(やから)でも、彼にくらべればいくらか生き生きとした色つやを持っているだろう。「ああ、自分はなぜ花やかな少年時代を、世間の子供たちと同じように無邪気に遊び戯れて送らなかったのであろう。野に出でて歌い、川に出でて漁(すなど)り、嬉々(きき)として春の日の長きを忘れるような、天真爛漫(てんしんらんまん)な少年時代を、自分はなぜあのように侘(わ)びしくひねくれて過ごしてしまったのであろう。ひたすら神童の名誉が得たさに、机に倚(よ)り書を繙(ひもと)いて生意気がっていた天罰が、今や自分の肉体に報い来て、醜く萎れた容貌を持つ男となってしまったのである」――そう考えると、春之助の眼には自然と悔恨の涙が湧き出ずるのであった。彼はこれまでに先輩の人々から、幾度か「体育を重んぜよ」という忠告を受けた覚えがあった。活潑な戸外運動を試みて、身体を練磨するように教え諭(さと)されたことも一再ではなかった。けれども彼はそれ等の意見を気にも止めずにただただ哲学の研究に没頭していたのである。肉体を軽んずるということが、後来これほどの恨みを齎(もたら)し、悔を生ずるであろうとは、彼は夢想だもしなかったのである。

「己はまだ十五歳の少年だ。何も今から落胆するには及ばない」

俄かにこんな奮発心を起こして、彼は折々学校の運動家の群に投じて見ようとすることがあった。するといたずら好きな運動家の連中は「聖人がテニスを始めた」「瀬川がボールをやっている」などと言って手を打って嘲笑した。実際こういう遊戯に対する春之助の智能と技術とは、我ながら呆れ返るほど拙劣であった。彼が三年級になった年から、機械体操と撃剣とが新たに必修科目として科せられたが、「聖人の瀬川」は学問に於いて抜群であると同時に、運動に於いて甚だしく低能であることを衆人の前に曝露した。彼は「足かけ」をするにも、二人がかりで臀だの足だのを下から押し上げて貰わなければ、自分の力で自分の体を鉄棒の上へ持って行くことが出来なかった。機械体操の時間に、いつも瀬川の番になると二人の生徒と教師とが手伝いをして大汗を掻いた。三人がかりで首を捉え手を捉え、腰を支えつつ顫えわななく春之助を無理やりに棚の上へ突き上げてやることなどもあった。それでもどうかすると、真っ倒まに鉄棒や棚の上から転がり落ちて、銀砂の中へ顔をめり込ませ、鼻血を出すやら唇を切るやら、眼を白黒して起き上がったりした。並みいる生徒一同はこの珍妙なる光景に腹をかかえて笑いどよめいた。軍曹上りの意地の悪い体操の教師は、冷ややかに彼の様子を眺めながら、

「何だ意気地なしめ、お前の体はまるで片輪だな」

こう言って口汚く罵った。学校中の教師のうちで、ただひとりこの軍曹上りの教師ばかりが、春之助に毒舌を向けることを知っていた。彼は「聖人の瀬川」を尊敬すべき所以を解さなかった。未来のキリスト、未来の釈迦を以って自任する神童に対して、彼は常に野蛮なる迫害者であった。

春之助はこの軍曹上りにいじめられて、遂には大瑕我を身に負うて死にはしないかと案ぜられた。或る時彼は並行棒の頂辺から跳び下りを命ぜられ、いやというほど背骨を打って、したたか銀砂を喰ったまま暫く悶絶したことがあった。彼がようよう我に復って茫然と眼を見開いた時、運動場中の生徒等の一度にわッと笑い出した声が、纔かに意識の恢復しかかった彼の耳へさながら鬨の声のように響いた。

「何を貴様たちは嘲るのだ。こんな軽業見たいな芸当は出来なくっても、己には偉大な天才があるんだぞ。己のえらい所は貴様たちのような凡人には分らないのだ」

彼は腹の中で負惜しみを言いながら、無理にも自分を慰めねばならなかった。「天才は凡べて片輪である。諸方面の能力が円満に発達していたら、己は凡人になってしまうのだ」こういう自負心がだんだん募って来るに従い、陽に運動家を軽侮しつつ陰には彼等を恐れ羨んだ。天気の好い日、ボールやテニスの選手と呼ばれる連中が校庭のグラウンドに立ち、瀟洒たる運動服を身に纏って壮快な遊戯に耽っている光景を、遠くの方から臆病らしく眺めやる春之助の胸には、淋しく生まれ淋しく育った自己の運命に対する呪詛と絶望の念が、涙を誘うように湧き上がった。

どこまでも意地の悪い、いたずら好きな運命の神は春之助の醜い容貌をいやが上にも醜くすべく毒手を振っているように思われた。彼の顔にはいつの間にやら皰というものが出来始めて、日を重ね月を経るままにそれが一面に蔓延した。額といわず頬といわず頤といわず、あらゆる空地に豆のような大きさの腫物がぎっしりと詰まって、しまいには頸の方へまで繁殖した。彼が毎日鏡を見る度数はますます頻繁になった。朝、蒲団の中で眼をさますとすぐ春之助は皰の数が気になって、早速顔を映して見る。いつまで立っても腫物は一向衰えて行きそうな様子がなかった。かえって、昨日の朝には消えかかっていた皰と皰の隙間から、新鮮な真紅な色をした塊が角の如く凸出して、毒々しく脹れ上がっていたりする。総体に青褪めた、活気のない面色の中に、新しい皰ばかりが恐ろしく威勢のいい血の色を漲らせて、一杯に膿を湛えて、窓からさし込む朝の日光にてらてらと照り映えている。

「どうだ、なかなか立派だろう。お前の顔があんまり見すぼらし過ぎるから、己は当分飾りになってやるためにここへ出たのだ。お前は己を誰だと思う。悪魔の使だぞ」

こんなことを言って、皰がからからと嗤っているように感ぜられた。実際春之助は、この忌ま忌ましい皰の勢いを眼に見えぬ悪魔の仕業として呪わずにはいられなかった。ちょうど犬に咬まれた人間が赫怒してその獣を追い廻すように、彼はカッとなってなおも鏡を視つめたまま皰の頭を力まかせに圧し潰そうとする。皰は圧されれば圧されるほど膿を湛えて膨れ上がって来て、四五日の間彼を翻弄(ほんろう)する。そうしていよいよてかてかといよいよ毒々しく充分に熟し切ってから、漸く彼の爪の下に潰(つい)え、ぶっつりと破裂して、真白な脂肪の塊を弾(はじ)き出す。潰れた痕(あと)は更に一層醜く爛(ただ)れて、二た目と見られないように皮膚の組織が滅茶滅茶に掻(か)き破(こわ)された。彼の顔中は全くこれ等の皰の残骸(ざんがい)に埋まって、あたかも実を喰い漁った玉蜀黍(とうもろこし)の心(しん)の如くになってしまった。

　春之助は夫人の使いで折々芳町辺の狭斜の巷(ちまた)を訪問するたびごとに、芸者や半玉と称する女たちに接近して、彼等と簡単な挨拶を交わす機会を持っていた。彼は醜い自分の姿に引き換えて、世にも珍しい、浄(きよ)く貴い容貌と姿態とを具備する人間が、いかに多勢その一廓に集まっているかを知った。秘めやかな新道(しんみち)の両側にただよう御神燈のうす明り、見るから意気な、小鳥の籠のような細格子の家並み――そういう空気と情調の中に朝夕を送っているうら若い婦人共の研(みが)きに研いた明眸皓歯(めいぼうこうし)をまざまざと見せられる時、春之助は自分の身の上を獣の如く卑しみ疎(うと)んじた。等しくこの世に人間として生を受けながら、彼等と自分とは何故かくまで違うのであろう。皰(にきび)は愚か一点の汚れのない、瑠璃(るり)のように滑らかな肌の色といい、水の如く柔らかな絹物の衣裳の下から、なよなよと匂いこぼれる手足の肉の婀娜(あだ)っぽさといい、彼等の体の到るところに溢れ輝く「美」の表現の豊かさを眺めれば、さながら美しい一篇の詩を読むような夢心地へ引き入れられる。まことに彼等の肉体は生きた詩であり、生きた宝玉であった。それだのに春之助の姿はまあどうであろう。彼と彼等とは肉体を形成する物質の組織と成分とが根柢から異なっているらしかった。神が彼等を造るのに宇宙の面に浮き上がる清澄な精気を以って固めたとすれば、春之助の体は底に澱んだ糞土を以って作られたのではあるまいかと訝しまれた。

「御免下さい。私は小舟町の井上から参りましたが……」

こう言いながら例の細格子を明けて、彼等の住居を訪れる少年の眼つきには、日頃の誇りも自負心もなく、門前に物乞いをする宿無し男のようであった。

「まあ何という薄汚い子供だろう」

美しい女たちは密かに自分の様子を窃み視て、臈たけた眉根を寄せながらこんなことを呟いてはいないだろうかと、春之助は常に我ながら気が怯えた。畳の上に一匹の毛虫が這い込んでさえ忽ちきゃしゃな体を顫わせて恐れ戦く女たちである。もしもこの少年が井上の奥さんの使者であると知らなかったら、あの女たちは彼に向かってどんな取り扱いをするだろう。

「一体お前さんは何者だい。ここはお前のようなぼろ書生の来る所じゃないんだよ。気味が悪いから早く彼方へ出て行っておくれ」

と、彼等は頭から突慳貪に怒鳴りつけはしないであろうか。たとえどれほど口汚く怒鳴られても、春之助は自ら顧みてそれを憤慨するだけの勇気は出ないはずである。いかにも彼等の忌憚（きたん）する通り、自分は醜いぼろ書生に違いない。そう考えると彼は消え入るような恥ずかしさを覚えた。

夕方、燈火のつく頃などに訪問すると、彼等は四五台の鏡台の前にずらりと居並んで、湯上りの背すじへ眼のさめるような電燈の明りを浴びながら、惜し気もなく両肌（もろはだ）を袒（ぬ）いで化粧していることがあった。傍の衣紋竹（えもんだけ）には、燃えたつばかりな友禅の長襦袢（ながじゅばん）が、魂のある物のようになまめかしく垂れ下がっていたりした。その縮緬の優婉（ゆうえん）な地質が、やがてあの女たちの玉の肌（はだえ）へ絡（から）み纏（まつ）わる刹那（せつな）を思うと、春之助はあまりの美しさに戦慄（せんりつ）した。

半玉と呼ばれる女たちは、大概彼と同じくらいの年齢の者が多かった。小さな家庭教師が哀れな筒袖の木綿の着物を着せられているにも拘（かかわ）らず、その少女等は大人も及ばぬ贅沢を恣（ほしいまま）にして、高価な衣裳を自由に着飾る境遇にいるらしかった。彼等は元来春之助と同じように、卑しく貧しい家に生まれた子供でありながら、たまたま美しい容貌を持っていたために花やかな色里の芸者の仲間に選ばれて、年中あのような贅沢と自由とを許されているのである。天才の人間に小児と大人の区別がないとしたら、美貌の婦女にも年齢の差違を設ける理由はない。あの少女等は美しきが故に大人と等しい凡（す）べての享楽を与えられている。奢侈（しゃし）も生意気も恋も虚言も、「美しきが故に」

彼等は実行の特権を持っている。彼等の手管に欺かれるのは欺かれる者の愚かである。彼等の恋に惑溺するのは溺れる者の罪である。「あらゆる悪事が美貌の女に許されなければならない」――春之助は自然とそういう風な考えに導かれて行った。

鮑は春之助の肉体に祟るばかりでなく、彼が唯一の誇りとしている鋭敏にして聡明な頭脳の光をも曇らせて行くようであった。あの浅ましい腫れ物が出来始めてから、彼は次第々々に倦怠を感じ疲労を覚えるようになった。以前のように夜遅くまで勉強していると、すぐにうとうとと眠けを催して気根が朦朧と鈍ってしまい、本を読んでもさっぱり意味が分らない。どうかすると昼間学校の教室にいる時ですらデスクに凭れたまま前後不覚に夢を見ていることさえあった。

「おい、おい、聖人が居睡りをしているぜ」

こう言って、生徒たちは眼ひき袖ひき囁き交した。教師は彼の睡がりを、主人の家で追い使われる結果であろうと同情して、わざと知らぬ体を装ったが、それでもむずかしい問題などが提出されて、外の生徒等の手に負えぬ時は、

「瀬川、これを答えてごらんなさい」

と、微笑を含みながら声をかけて呼びさました。春之助はハッと驚いて立ち上がりつつ眼を擦り擦り黒板の問題を凝視すること一二分、忽ちさしもの難問題を解釈し得て明瞭な答えをするのが常であった。「睡っていても彼奴はやっぱりよく出来る」と言

って、人々は更に神童の奇蹟を褒めたたえた。

「腐っても鯛という諺がある。生まれながらの天才は未だ己の頭の中に閃めいていると見える。この塩梅だと、世間の凡人どもはいつまで立っても己を追い越すことは出来ない。彼等は永久に己を非凡の神童として讃嘆するばかりなのだ」

こう思って春之助は又もや安心の胸を撫でおろした。少しばかり懶惰になり愚鈍になっても、彼と凡人との頭脳の働きには、先天的に踰ゆべからざる巨大な径庭があるらしかった。やがて十五の歳の冬が暮れて明くる年の三月の学年試験にも、彼は依然として首席の月桂冠を占めたのであった。

彼は既に中学の四年生である。再来年、十八歳の春には首尾よく五年級を卒業して、かねての望み通り高等学校の文科へ入学する手筈である。彼がまだ小学校にいた時分、幼い胸に明け暮れ描いていた夢のような計画は、とにもかくにも今日のところまでは予想の如く進捗して来た。心配なのはこれから先の実現である。その計画に従えば、高等学校を卒業して大学の哲学科へはいる頃、二十歳前後の年齢に到達するまでに彼は充分修養の功を積み、いよいよ偉大なる宗教家となって人格の光を世に輝かす積りであった。これが果して予期に違わず進捗するであろうか。路は登るに随ってますます嶮しくますます遠い。春之助は今や方に精根を消磨し切って漸く困憊を覚え始めたかの感がある。

彼の大好きな哲学書の耽読は、この頃になってだんだん速力が弛んで来た。「今度はあれを読まなければならぬ。いつ幾日までに是非この本を読破してしまう必要がある」そう気が付いて申し訳的に書物を開き、申し訳的に眼を通しても、常に睡気を催すばかりで何一つ頭に残っていない。殊に近来記憶力の衰えたことは私かに驚くばかりである。一遍小耳へ挟んだら未だ嘗て忘れたことのないと言われた自慢の脳髄が、無残にも空洞のように涸れ果ててしまったらしく、ペエジの字面を睨みつけて一生懸命に気力を集注していながら、五六行読む間にすぐ前の記事を忘れている。それのみならず、最初からしッかりと文章の意味を心の底に刻み付ける能力さえも失っている。こんな工合で、この後到底彼の学識は一歩たりとも進歩しそうに思われなかった。彼はせめても、幼少の時分からせっかく蛍雪の苦しみを重ねて今日までにいやが上にも覚え込んだ博大な智識の量を殖やさぬまでも減らさぬように、頭の中へ厳重に封じ籠めて置きたかったが、それすら時々覚束なく感ぜられたことがあった。脳の力の弛むにつれて、無理やりに圧搾されていた細かい智識の数々が、あたかも瓦斯の発散する如く、隙を狙って次第々々に飛び散ってしまうらしかった。独逸語、英語などの単語を失念する度合の激しさは、一と入眼に見えて彼の頭脳の衰頽を証拠立てるようであった。外国語の書物を読んでいる最中に、しばしば彼は極めて有り触れた、熟知していなければならないはずの言葉に出会って、どうしてもその意味が想い出せなかった。

よんどころなく辞書を引いて、「なんだ馬鹿らしい、こんな文字を忘れるなんて」と腹立たしげに呟きながら荒々しく再び辞書を閉じてしまうと、どうしたものか今引いた字を忽ちけろりと忘れている。そんな時には忌ま忌ましいよりも恐ろしくなって、我知らず竦然（しょうぜん）とすることがあった。

「ああ、自分の天才はかくの如くにして結局滅茶々々に毀（こぼ）ち破られてしまうのであろうか」

彼は情なく傷つき倒れた自分の末路を、ありありと前途に望むことが出来るような心地がした。少なくとも彼が年来の目的であった聖者哲人の境涯は、遥か彼方（かなた）へ隔絶してしまったのである。醜い肉体の中に盛られた浄い精神はいつの間にやら外部の腐蝕（ふしょく）に感染して機能を滅却したのではあるまいかと想像された。

「どうして自分はこれほどまでに堕落してしまったのであろう。自分の頭脳は再び以前の活潑な働きを恢復（かいふく）することは出来ないのであろうか」

こう反問して見る時、春之助はいつも微かなる良心の囁きを聞いた。「何をお前は空惚（そらとぼ）けているのだ。お前には堕落した原因も恢復の方法も立派に分っているはずだ。お前が意志を強くして、あの浅ましい慾望を制し、あの忌まわしい悪習慣を捨てさえすれば、いくらでも昔の神童に帰れるではないか。お前は自らを欺いているのだ」――良心の囁きが教える文句は常にこの通りであった。そのたびごとに春之助は奮然として己れの意志に鞭撻ったが、彼の心身の奥深く喰い込んでしまった狂わしい悪習慣は、絶えず煩悩の炎を燃やして、直ちに彼を誘惑の底へ突き落とした。彼は自分の顔に夥しい皰の出来るのも、終始睡けを催すのも、健忘性に襲われるのも、その原因は凡べて自分が毎夜のように犯している恥ずべき罪悪の報いであることを、既に疾うから心付いていた。あの恐ろしい悪習慣を禁ずることが出来さえすれば、昔のような玲瓏透徹な頭脳の作用を取り戻すのは容易であると知っていた。知っていながら、ほとんど不可抗力を以って押し寄せる情慾の炎に巻き込まれて、彼は自分の運命を如何とも左右することが出来ないようにあきらめてしまった。

生まれて始めて、ふとした機会から彼がその罪悪の楽しさを味わったのは、一年以上も前のことであった。ほどなく彼はそれが道徳上の罪悪であることを悟り、浅ましい所行である事をも察した。そうして、それが生理的にも如何ほど戦慄すべき害毒を齎すかを感付いた頃には、もはや牢乎として動かし難い習慣となっていたのであった。彼は無意識の間にお町夫人の容色を恋い慕い、令嬢鈴子の肉体に憧れた。芳町の新路へ使いにやられて、芸者や半玉の姿を見て来た晩などは、殊更幻の悪戯に悩まされ、餌を嗅ぎつけた野獣のように悶え廻った。どうかすると彼は昼間でも便所へはいって三十分ぐらい顔を見せないことさえあった。

一日一日に骨を殺ぎ肉を虐げて、傷ましく荒んで行く心の痛手は眼に見えるように想われた。慣れれば慣れるほど犯罪の度数は頻繁になって、ほとんど毎日欠かさなかった。

「ああ、自分はいつになったら芳町の芸者のような美しい女を、実際自分の物として楽しむことが出来るのであろう。ことに依ったら浅ましい幻に満足して、この儘死んでしまうのではあるまいか」

そんな悲しみが始終彼の胸中を往来するようになった。自分はあのような美貌の女に恋い慕われる機会もなく、見すぼらしいぼろ書生として淋しい生涯を送るのではあるまいか。そう考えると彼は何物を犠牲にしても、せめて人並の生き生きした立派な男前になりたかった。もしも神様から「天才と美貌と孰れか一つを撰べ」と言われたら、彼は猶予なく後者を取るに違いなかった。

その要求の当然の帰結として、春之助には聖人の境地よりも俳優の身の上の方が遥かに羨ましく感ぜられて来た。彼はしばしば隙を偸んでは芝居の立見をするようになった。絢爛な舞台の上に艶麗な肉体を曝して、栄華と歓楽との錦を織りなす劇場の空気の中に、夢のような月日を過ごして行く俳優の生活の花やかさを想うと彼は生きがいのない自分の命の惨めさを恨んだ。

或る晩、春之助は蒲団の中にもぐりながら、心を落ち着けて下のようなことを考えた——

「己は子供の時分に己惚れていたような純潔無垢な人間ではない。己は決して自分の中に宗教家的、もしくは哲学者的の素質を持っている人間ではない。己がそのような性格に見えたのは、とにかく一種の天才があって外の子供よりも凡べての方面に理解が著しく発達していた結果に過ぎない。己は禅僧のような枯淡な禁欲生活を送るにはあんまり意地が弱過ぎる。あんまり感性が鋭過ぎる。恐らく己は霊魂の不滅を説くよりも、人間の美を歌うために生まれて来た男に違いない。己はいまだに自分を凡人だと思うことは出来ぬ。己はどうしても天才を持っているような気がする。己が自分の本当の使命を自覚して、人間界の美を讃え、宴楽を歌えば、己の天才は真実の光を発揮するのだ」

そう思った時、春之助の前途には再び光明が輝き出したようであった。彼は明くる日から哲学の書類を我慢して通読するような愚かな真似をやめにした。彼は十一二歳の小児の頃の趣味に返って、詩と芸術とに没頭すべく決心した。

異端者の悲しみ

一

午睡をしている章三郎は、自分が今、夢を見ていることを明らかに知っていた。白い鳥が繻子のように光る翼をひろげて、彼の顔の上でぱたぱたと羽ばたきをしている。どうかすると、その羽ばたきが息苦しいほど鼻先へ近寄って、溶けかかった春の淡雪のように、浄く軟らかい羽毛が折々彼の睫毛のあたりを爽やかに掠めている。――「己は夢を見ているのだな」と、彼は幾度か夢の中で考えていた。彼の意識は見る見るうちに痺れかかって、甘い芳しい熟睡の底へうつらうつらと誘われて行きそうになるが、少し心を引き緊めるとすぐに又蘇生って、脳髄の中を朦朧と照らすようであった。いわば彼は、睡りと目覚めとの中間の世界にさまよいながら、暫くの間覚め切ろうとも眠り込もうとも欲しないで、なるべく現在の半意識の状態に揺られていたかった。「自分は今、夢から覚めようとすれば覚めることも出来るのだ」そう思いながら、美しい白鳥の幻をぼんやり眺めていることが、不思議な喜びと快さとを彼の魂に味わわせた。

窓からさし込む初夏の真昼の明りが、仰向きに臥ている自分の眼瞼の上に輝いて、それがこのような白鳥の夢となっている。あのぱたぱたと鳴る羽ばたきの音は大方風が吹くのであろう。――そうまではっきりと感じていながら、なおかつ夢を見ていられるのが、彼には非常に珍しい、特殊な経験のように考えられて、自分のような病的な神経を持つ人間でなければ、容易に到達することの出来ない貴い境地であるかの如く楽しまれた。ひょっとしたら、彼は自分の自由意志で、思うがままに好きな錯覚を作り出す能力がありはしないかと疑われて、現在眼の前に浮かんでいる鳥の姿を更に妖艶な女の幻と擦り換えるように、次第次第に想念を凝らし始めた。すると暗黒な背景の奥へ鳥の形がだんだん薄く吸い込まれて、ちょうど子供がおもちゃに弄ぶシャボン玉のような、五彩の虹を湛えた麗しい泡が無数にちらちらと湧き上がって来たが、その中で一番大きな泡の面に、奇怪極まる裸形の美姫がいつしかまざまざと映り出して、風に揉まれる煙の如く飄々と舞いながらさまざまな痴態を演じているのを、彼はたしかに見ることが出来た。

「有り難い、有り難い、己の脳髄は明らかに神秘な作用を備えているのだ。自分で勝手な夢を織り出す能力を持っているのだ。己は夢の中で自分の恋人に会うことが出来るかも知れない。成ろうことなら、己はいつまでもこうやって眠ったままで生きていたい……」

しかし章三郎は、そう思った瞬間にぱっちり眼をあいてしまった。あたかも子供が息を吹き過ぎてシャボン玉を壊してしまったような、取り留めのない悲しみを覚えながら、一旦虚空へ飛び散った幻の姿を取り返すべく、彼はあわててもう一遍眼を潰って見たが、美女も白鳥も遂に再び彼を訪れて来そうもなかった。

彼はものうげに身を起こして、窓際に頰杖をつきつつ、夢の中に現われた幻の正体かと想われる五月の空の雲のきれぎれを仰ぎ視た。夏らしく晴れ渡った蒼穹には勇ましい南風が充ち充ちて、ところどころに浮游する雲の塊を忙しそうに北へ北へと押し流している。

「夢だの空だのはあれほど美観に富んでいるのに、どうして己の住んでいる世の中は、こんなに穢いのであろう」

そう考えると章三郎は、いよいよ今見た幻の世界が恋しくなって、遣る瀬なさが胸に溢れた。

彼の住んでいる家――日本橋の八丁堀の、せせこましい路次の裏長屋にあるこの二階の一室には、西の窓から望まれるあの壮快な空を除いて、外に何一つ美感を起こさせる物はないのである。四畳半の畳といい、押入れの襖といい、牢獄の檻房に似た壁といい、四方を仕切っている凡べての平面が、駄菓子を貪るいたずらッ子の頰っぺたのように垢でよごれて、天井の低い、息苦しい室内に一年中鬱積している湿っぽい悪臭は、そこに起居する人間の骨の髄まで腐らせそうに蒸し暑く匂っている。もしこの部屋にたった一つしかないあの窓から、僅かにもせよ蒼穹の一部分が見えなかったら、章三郎はとうに気が狂って死にはしなかったかと危ぶまれる。どう考えても、これが万物の霊長を以って誇っている高尚な生物の棲息する所とは信ぜられなかった。

けれども章三郎は、いかに人間の世が穢くっても、自分がとにかく足を著けて生きている大地から全く飛び離れて、お伽噺の子供のように架空的な天国へ昇ってしまったり、夢幻的な楽園へ救われて行ったりしようとは望まなかった。土から生えた植物が、どこまでも土に根をひろげて生を享楽して行くように、彼もまた現実の世に執着しつつどうにかして楽しみを求め出したかった。そうしてそれが、彼には必ずしも不可能の事とは思われなかった。自分が今住んでいる陋巷のあばら屋の周囲にこそ、あらゆる醜悪や陰鬱や悲運が附き纏わっているものの、人間の世の凡べてがこれほどに暗く冷たい物であろうとは信ぜられない。むしろ反対に、思う存分の富と健康とを獲得して、王侯に等しい豪奢な生活を営み得る身分になれたなら、この世は遥かに天国や夢幻の境より楽しく美しく感ぜられるに違いない。今逆境に沈んでいる彼が、そんな身分に転じようとするのは、まるで妄想に等しい僥倖を願う者かも知れないが、それでも天国や華胥の国に生まれ変わろうとするよりはずっと可能なことである。――こう思うばかりに彼は世の中や生命に失望する気にはなれなかった。たとえ王侯の地位までには登れないでも、少しずつなりと現在の窮境から上層の社会へ浮かび出るようになって欲しい。一尺登れば一尺登っただけの楽しみがある。ただその一尺の進歩さえが、彼にはちょいと到達し得る道がないのが腹立たしかった。

同じ人間でありながら、自分はなぜこんな貧民に生まれてこの世間のどん底を出発点としなければならなかったのか、自分はどうして運命の神からハンディキャップを附けられているのか、思えば思うほど章三郎は業が煮えてたまらなかった。それも自分が陋巷に生まれて陋巷に死するにふさわしい、頭脳の低い、趣味の乏しい無価値な人間ならば知らぬこと、かりにも最高の学府に教育を受けて、将に文学士の称号を得んとしつつある有為の青年である。自分は蠢々として虫けらの如く生きて行く貧民の間に伍して、何等の自覚もなくその日その日を過ごしていられる人間とは訳が違う。自分には偉大なる天才があり、非凡なる素質がある。たまたまその天才と素質とが、物質的の成功致富の道に拙くて、芸術的の方面にのみ秀いでているために、いつまでもこうやって逆境を抜け出ることが出来ないのである。

「ふん、馬鹿にしていやがる……」

と、章三郎は我知らず大声で口走ったが、後からハッと心付いてびっくりして気を引き締めた。この頃彼は、しばしば頓興な声で独り語を言う癖が附いたのである。それが頭の中に長い間続いていた思想と連絡のある言葉ならまだしも、どうかすると全く何の関係もない、いわば突然に浮かび上がって右から左へ脳髄を通り過ぎて行く“passing whim”が、あなやと思う隙もなくひょいと口から出てしまって、立派な独り語になることがある。幸いにして彼がそんな真似をする時は、周囲に誰もいない場合が多かったけれど、万一、人に聞かれたならばずいぶん恥ずかしいことだの物凄いことだのをうっかり口走る折があった。そうしてそれ等の恥ずかしい言葉や物凄い言葉は、いつも大概種類が極まっていて、ほとんど狂人の譫語としか思われない突飛な文句ばかりであった。彼が最近に一番繁く口走るのは、まず下に記す三通りの文句である――

「楠木正成を討ち、源義経を平げ……」

というのが一つ。

「お浜ちゃん、お浜ちゃん、お浜ちゃん」

と、女の名前を三度呼ぶのが一つ。

「村井を殺し、原田を殺し……」

というのが一つ。凡そこの三つが、どういう訳か最も頻々と彼の独り語に上るのであって、この中のどれか一つを、一日の内に言わないことはないくらいである。いずれも短い文句であるが、これ等の言葉をここに記した文字通りにしゃべってしまってから、章三郎は始めてはっと我に復る。たとえば第一の文句で、「……源義経を平げ…

…」というところまで来なければ、彼は自分の独り語に気が付かない。そこまでは夢中で口走って、「……平げ……」へ来ると必ず驚いて口を噤む。第二の文句でも、「お浜ちゃん」の名をきっと三度だけ繰り返す。第三の文句なら「……原田を殺し……」を言い終わるや否や、竦然として身ぶるいをする。調子は常に中音で早口で、普通の人の寝言の通りである。

これ等の独り語に繰り返される名前のうちで、多少なりとも彼の思想に交渉があるかと察せられるのは「お浜ちゃん」という名前である。それは章三郎の初恋の女の名であった。薄情な彼は、二三年前にその女と別れてしまったきり、今頃彼女がどこに何をして生きているやら、とんと気にかけてもいないのであるから、かくまで頻繁に彼女の名前を口走るのは我ながら意外ではあるが、しかし外の名前にくらべればまだいくらかの因縁があるように感ぜられる。自分では忘れた積りでも、「初恋の女」の印象がさすがに深く意識の底に潜んでいて、何かのはずみに時々唇へ出て来るのかも分らない。奇怪なのは村井と原田という名前である。この二つは彼が中学時代の同窓生の名であって、彼はこれ等の友人と別段特殊な交際を結んだ覚えはない。二人共単に年級を同じゅうしたというだけの話で、ろくろく一緒に遊んだ機会もないくらいである。ただこの二人は、あの時分級中切っての美少年であって、章三郎は一と頃彼等の容色に心を惹かれたことがあった。何でも夜な夜な二人の姿が幻に立って、青春時代の彼を悩ましたものであった。久しい間、半年か一年ばかり彼の頭は毎日二人の妄想に依って苦しめられたが、その癖実地の交際は遂に最後まで淡い疎い関係で終わってしまった。美少年の方でも彼に親しまず、彼の方でも彼等にちか寄る勇気などはなかったのである。やがて中学を卒業すると、村井は郷里の田舎へ帰って農業に従事し、原田は九州の高等学校の三部へはいったという噂を聞いた。無論章三郎はそれきり彼等に会いもしなければ、手紙のやり取りをしたのでもない。彼の頭に刻み附けられた美少年の記憶はだんだん年を追うて薄らぎ、もはや彼等の存在をさえ想い出さなくなった時分だのに、近頃突如として二人の追憶が流星の如く頭の中を掠め飛び、おやと思う間にすぐ又どこかへ消え失せてしまう。その消え失せる瞬間に彼は極まって例の独り語を言う。

「村井を殺し、原田を殺し……」

名前を呼ぶのはいいとして、「殺す」と言うのが抑も何のためであるか、彼自身にもさっぱり原因が分らない。いうまでもなく、彼はこの二人に何等の恩怨を抱いているはずはないのであるから、彼等を殺す意志などは微塵も有り得ない。たとえ怨みがあったにせよ、彼はなかなか人殺しの出来そうな人間ではないのである。或は将来、何かの機縁で自分がこの二人を殺すような事件の起こる前兆ではあるまいか、あの二人と自分との間にそのような恐ろしい宿業があるという知らせではなかろうか、――

そうも考えて見たけれど、あまりに馬鹿々々しい想像であるとしか思われなかった。

馬鹿々々しいだけに、彼はこの独り語を常に最も腹立たしく感じていた。もしも誰かのいる前で、この言葉がうっかり口からすべったら、どんなにその人はびっくりするだろう。彼自身もどれほどきまり悪く、気味悪く感ずるであろう。往来のまん中などで口走った際に、通りかかりの刑事巡査の耳へでもはいったら、それこそ彼は警察へ引っ張られて、罪人か狂人扱いを受けるに違いない。

「いいえ、僕は断じて気違いではありません！」

その時になって彼がいかほど絶叫したって、誰が真に受ける者があろう。恐らく精神病院へ連れて行かれて専門の医者の診察を受けても、やっぱり狂人の宣告を受けるにきまっているだろう。

それから楠木正成と源義経とに至っては、実に実に不思議千万である。ここになると彼は全くどこからこの名が浮かんで来るのやら、更に見当が分らない。彼は幼少の頃歴史譚が大好きで、太平記や平家物語をたびたび熟読したことがあった。どの子供にもあるように、彼も一時は正成や義経を崇拝した時代があった。しかしその後漸く西洋の思潮や文学を愛するようになってから、日本歴史に対する趣味は次第に忘れられてしまっていた。義経や正成などという遠い昔の英雄の事蹟なんか、目下の彼の生活に毫末の感化をも及ぼしてはいない。第一「楠木正成を討ち、源義経を平げ……」

という文句からして、ほとんど意味を成していない。彼はこの言葉を口走ると、いつでも顔を真赤にして穴へでもはいりたいような恥ずかしさを、独り私かに忍ぶのである。

「己にはなぜこんな滑稽な癖があるのだろう。激しい神経衰弱に犯されている証拠なのか知らん」

彼は自分でも、自分の行為を正気の沙汰だと認める訳には行かなかった。どうしても自分にいくらか狂人の素質があることを、悟らずにはいられなかった。ただ仕合せにも彼の狂気は発作の時間が短くて、直ちに本心を取り戻すことが出来るために、これまで他人の注意を惹かずに済んでいただけの話である。

今しがた章三郎は、独り語を言ってしまってから「しまった」というような顔つきをして、暫く陰鬱に考え込んでいたが、やがて重苦しい溜息をついて、のそりのそりと急な梯子段を降りて行った。玄関の二畳の次に日あたりの悪い六畳の居間があって、そこに肺病の妹のお富が、夜着の襟から青白い額を見せつつ静かに仰向きに枕に就いている。

章三郎がはいって来ると、病人は凹んだ眼窩の奥に光っている凄惨な瞳を、ごろりと一方へ廻転させてじろじろと兄の様子を視据えた。「とても助からない病人である。もう一と月か二た月の内には息が絶えるに極まっている」そう知っているせいか、章三郎はこの妹の、奇妙に冴えた神秘な眼の色で睨まれるのが恐ろしくて、便所へ行くのに是非ともそこを通らねばならないのを、この間から何となく気詰まりに感じていた。彼はなるべく視線を合わせないように、横を向いて急ぎ足に縁側へ通り抜けると、廁の戸を明けて中へ隠れたきり容易に出て来そうもなかった。

「脳が悪かったら便秘を気を付けないといけない」

先日医科の友達にこんな忠告を受けてから、彼は毎日湯水を飲んで、出来るだけ多く通じをつけるように努めていた。それでこの頃は、少なくも日に二三回便所へ通って、十五分ぐらいずつしゃがんでいるのが習慣になったのである。動ともすると、しゃがんでいながら彼は何しにここへ来たのかを忘れたように、いつまでもいつまでも取り止めのない黙想に耽っている場合が多い。

その日も彼は大便所へ蹲踞まったまま、例の如くいろいろの愚にも付かない思想の断片を、次から次へと頭の中に描いては消し、消しては描き続けたが、そのうちに彼はいつの間にか支那の白楽天のことを考えていた。

「待てよ、己は昨日も便所の中で白楽天のことを考えていたような覚えがある」

彼はふと気が付いてこう思った。……

「そうだ、たしかに昨日も考えていた。きのうばかりか、一昨日も今時分便所の中で白楽天を思い出していた。どうして己は便所へはいると、白楽天を憶うのだろう。ここの便所と白楽天とどんな関係があるのか知らん」

だんだん連想の流れを溯って探求するうちに、彼はほどなく関係を見付け出すことが出来た。ちょうど便所の床板の上に、二三日前の新聞紙の切れが落ちていて、その中の箱根の温泉に関する記事が、自然と章三郎の眼につくように拡がっている。原因というのは恐らくここにあるらしかった。温泉の記事を読むともなく読んでいるうちに、彼の魂は知らず識らず曾遊の地たる箱根の翠嵐にさ迷うて、涼しい渓谷の小川の滸に設けられた、とある旅館の浴室の光景を想い出していた。清冽な、透き徹るような湯水が、絶え間なく溢れ漲る湯槽の底に身を浸す時の、さながら五体の解れるような肌触りを追懐すると、今度は入浴の快感を歌った有名な唐詩の文句、「温泉水滑洗凝脂」という長恨歌の一節が、古い古い記憶の底から呼び醒された。そうして長恨歌から必然的に、白楽天の連想が彼の頭に現われ来たのである。多分一昨日の朝からこの新聞紙が一つ所に捨ててあったので、彼は今日までに幾度となく、毎回その記事へ眼を落としては同じような想像の手数を繰り返しつつ、とうとう最後に白楽天まで引っ張って来られたものと見える。

この事実から推定すると、彼の頭の働きは、一昨日も昨日も今日も一つ所に停滞して動かずにいたものらしい。心が常に一定の刺戟に対して、一定の妄想を育むような状態にばかり止まっていたらしい。少なくとも章三郎に取って、ベルグソンの説いている「不断の意識の流れ」などが、滞りなく流れていそうには考えられない。

「……そうだ、一体純粋持続とかいうようなことは、あれは真理なのか知らん……」

それから又五六分間、彼の連想は心理学の問題に移って、いつぞや読んだことのあるベルグソンの「時と自由意志」の論旨を、ところどころ胸に浮かべて見たが、大概跡かたもなく忘れ果てて、細かい理窟は何一つ覚えていなかった。にも拘わらず、彼は自分が折に触れて、こういう高尚な問題にまで考えを及ぼし得る智力があることを、非常に嬉しく感じ始めた。何といったってこの裏長屋に、幾百人という住民のいるこの八丁堀の町内に、ベルグソンの哲学なんかを知っている者は己を除いてありはしない。もしも人間の思想というものが、行為と同じく外から観ることが出来るものなら、この近所の人々はどんなに己の頭の中の学問にびっくりするだろう。

「己は今こんな立派な、こんな複雑なことを考えているのだぞ」

こう言って章三郎は、誰かに自慢してやりたいくらいであった。

「かあちゃん、兄さんはまだ憚りにいるのかい?」

と、部屋から妹の話し声が聞こえた時分に、漸く章三郎は便所の中から痺れた足を引き擦って出た。縁側の手洗鉢の前で手を拭いていると、彼女はまたぶつぶつと口やかましく呟いている。

「まあなんて長い便所なんだろう。兄さんが二三度便所に行くと、大抵日が暮れてしまうじゃないの。ほんとに江戸っ児にも似合わない。もう少し早く出来ないもんかねえ。……ねえかあちゃん、かあちゃんてば！」

終日天井を仰いだまま、身動きもせずに横たわっている妹は、暗い淋しい家の中で母を唯一の相手と頼み、母との会話に依って纔かに無聊を慰めている。自分の死期が、つい一二箇月の後に迫って来たらしい予感に脅かされて、何となく悲しかったり、心細くて溜まらなかったりする時には、不意に甘えるような声を出して、「かあちゃん、かあちゃん」と話し掛ける。けれどもそれは台所に働いている母の耳まで届かない場合が多いので、彼女は折々焦れついてますます性急に「かあちゃん、かあちゃん」と呼び立てる。

「あいよ、あいよ」

母がおどおどしながら障子越しに答えると、彼女は「ちょッ」と舌打ちをして、

「かあちゃんたらほんとに聾だねえ。さっきから呼んでいるのに、いくら用をしていたって聞こえそうなもんじゃないか」

こう口穢く罵って叱り付けたりする。もともと十五六の小娘にしては恐ろしいほどにませた怜悧な子であったのが、不治の病に陥ってから一層神経過敏になって、頑是ない子供のような我が儘を言い募るのを、母はなおさら不憫に覚えて快く許しているのであった。

　しかし兄の章三郎には、瀕死の妹の生意気な口のききようが、小面憎くてならなかった。「瀕死」という薄気味の悪い武器を提げて、親兄弟に悪体をつく彼女の態度に接すると、せっかく起こりかけた同情も忽ち反感に変わってしまった。

「馬鹿！　子供の癖に余計な事を言うな。可哀そうだから黙っていれば、好い気になって増長しやあがる。病人なら病人らしく、蒲団でも引被って小さくなっていろ。もう直き死ぬ人間でも生意気な奴は大嫌いだ！」

　彼は思い切って怒鳴り散らしてやりたいことがたびたびあった。彼女が死ぬ前に是非一遍、頭ごなしに打ち懲らしてやらなければ、腹が癒えないとさえ考えていた。ところへちょうど便所の叱言を聞かされたので、章三郎はむかむかとしながら猛悪な眼つきで病人の顔を睨みつけたが、例の物凄い、不思議に落ち着いた、西洋の魔女の持っていそうな冷静な瞳に睨み返されると、やっぱり気後れがして黙ってしまった。今妹と喧嘩をすると、あの怪しげな、じっと自分を視詰めている瞳が、やがて彼女の死んだ後まで長くこの部屋に残っていて、夜な夜な彼を睨み付けるに極まっている。外の人なら知らぬこと、臆病で病的な神経を持つ章三郎に取って、それは確かに有り得べき事実、あまりに明らかな事実である。少女の癖に母や兄を嘲けり罵るのは不道徳な行為に違いない。死にかかっている病人であっても、悪事は悪事だから叱責するのが当然であるのに、この病人はなぜか奇妙な強味を持っていて、叱った者がかえって良心の苛責に悩まされる。――それを知っている章三郎は、いまいましいとは思いながら、結局虫をこらえているより為方がなかった。

病人は、誰も相手にしてくれないので、しゃべる張り合いが抜けたものか、ほどなく息切れがしたようにぶつりと声を途絶えさせた。そうしてぱちぱちと相変らず眼を光らせて、枕許を通り過ぎようとする兄の後ろ姿を見送っていた。兄は彼女の視線を避けながら、一旦梯子段の上り口まで行きかけたが、また戻って来て、恐る恐る病人の寝床の傍の押入れを明けた。

「兄さん、そこを明けて何を出すのよ」

と、妹は突慳貪に嘴を入れた。

「この間おっかさんが日本橋から借りて来た蓄音機があったろう。あれはもう返してしまったのかい」

章三郎は真暗な、黴臭い戸棚に首を挿し込んだまま、出来るだけ優しい調子で尋ねた。

「返しゃしないけれど、それをどうするって言うの。――そんな所を捜したってありゃしないわよ」

「あれをちょいと、二階へ借りて行こうと思うんだけれど、どこにしまってあるんだい」

兄は押入れから顔を出して部屋の中を見廻した。向う側の壁に着いている箪笥の上に、棒縞の風呂敷を被せた四角な品物の載っているのが、蓄音機らしい恰好をしていた。

「兄さん、勝手にそんな物を引き擦り出しちゃいけなくってよ。その蓄音機はお葉ちゃんが私に貸してくれたんじゃないの。乱暴な真似をして音譜に瑕をつけたりすると、あたしが怒られるから止して頂戴よ」

「いいじゃないか、ちっとぐらい借りて行ったって。瑕なんか付けやしないから大丈夫だよ」

「あれ、かあちゃん、兄さんが蓄音機を持ち出したのよ」

兄が平気で箪笥の上から包みを下して、機械をいじくり始めると、病人は癇を昂らせて母を呼んだ。

「章三郎、お前お富が止せと言うんだから止したらいいじゃないか」

勝手口で洗濯をしていた母は、両手にシャボンの泡を着けて襷を掛けたまま出て来て言った。

「……その蓄音機はお葉ちゃんが大事にしていて、瑕を付けられると困るからって、貸すのを嫌がっていたんだけれど、お富が聴きたがるもんだから私が漸く借りて来てやったんじゃないか。ほんとうにお前のような乱暴者が、針の附け方も知らない癖に無理な真似をして壊しでもしたらどうする気だい？　内じゃあお富より外に、お父つぁんだって私だって、その機械に手もつけたことはありゃしないんだよ」

お葉というのは、章三郎の叔父にあたる親戚の家の娘であった。章三郎の一族が日に増し悲境に沈んで行くのと反対に、叔父の方は十年も前からだんだん身上を太らせて、今では日本橋の大通りに立派な雑貨商の店を開いていた。文科大学へ通っている章三郎に、四五年前から学費を貢いでくれるのも、去年の春以来病み通しのお富のために医薬を供してくれるのも、みんな日本橋の叔父のお蔭であって、八丁堀の一族は悉く彼の庇護を仰ぎながら、辛くも糊口を凌いでいた。そこの娘が持っていたはずの蓄音機を、お富の母が病人から頼まれて借りに行ったのは、もう半年も前のことである。

「ねえお葉ちゃん、済まないけれどもお前さんの蓄音機を四五日貸しておくれでないか。お富が毎日、淋しいもんだから、借りて来ておくれって言うんだけれど……」

「ええよござんす。持っていらっしゃい」

と、お葉は拠んどころなく承知したが、それでも一番大切にして居る小三郎の綱館や、林中の乗合船のレコオドなどは、わざと隠して渡さなかった。そうして針の附け方だの弾条の捲き方だのを、事々しく説明してやっとのことで貸し与えた。

「そんなに大事にしてる物を借りて来なさんなって言ってるのに、ほんとに止したらいいじゃねえか。壊しでもしたら仕様がねえから、明日でも早速返してしまいねえ」

気の狭い父親は、夕方勤め先から帰って来ると、いきなりこう言って母親を叱った。

「だってお富が聴きたいって言うんだから借りて来たっていいじゃないか。何もお前さん、断わる物を無理やりにでも借りて来たんじゃあるまいしさ」

母もなかなか負けてはいなかった。

「あたり前よ。貸せと言やあ向うだって断わる訳にゃ行きゃあしねえ。だからこっちで好い加減にして置くがいいんだ。それでなくったって散々世話になってるのに、嫌がる物まで借りて来なくっても済む事たろうが……」

「世話になるって、何もあたしが酔興で世話になる訳じゃありゃしない。それが悪けりゃ世話にならないでも済むようにしてくれるがいい。自分がほんとに、人の世話にでもならなけりゃあ追付かないようにして置きながら、何かと言うとこっちの所為にばかりしている。困らないようにさえしてくれれば、何も好き好んで肩身の狭い思いなんぞしたかないんだから……」

母は例の極まり文句を並べて、ぽろぽろと口惜し涙をこぼしながら、袂の中から皺くちゃになった紙屑を出して鼻をかんだ。意気地のない亭主を恨むというよりも、こういう泣き言をしばしば繰り返す境涯に落ちた自分の身の上を悲しむように見えた。

実際、この家の中で毎晩のように起こる夫婦喧嘩の結末は、いつも母親の泣き言を以って幕が下りるのである。怒りっぽい父が、蟀谷へ青筋を立ててガミガミと叱り付けている最中でも、母親に一と言極まり文句を浴びせられると、急に萎れ返って口を噤むのが掟になっている。

「親子の者が、こんな長屋住居をするようになったのは誰のお蔭だ！」

母親からこう言われると、父は全く一言もなかった。父も母も、息子の章三郎も娘のお富も、生まれ落ちてからの貧乏人ではないのである。父が間室家へ養子に来た時分には、相応な親譲りの財産があって、今の母親は何不足のない、仕合せな家附きの娘であった。それが二十年このかたじりじりと落魄して、果てはその日の暮らしにまで差支える有様となった。これというのも、偏えに父親が働きのない結果であると母は信じている。投機事業に手を出したり、放蕩に耽ったりして、一挙に身代を擦ったのではなく、真面目に父祖の業を受け継ぎ、養子の分際を守っているうちに、知らず識らず時勢おくれの引込み思案になり、だんだん怠け癖が附いて、少しずつ削るように身上を減らしたのであるから、つまり責任は父の無能と不見識とに帰着するにも拘わらず、父は未だ自分の弱点を充分に認めてはいないらしかった。律義で頑固で小心な彼は、消極的な道徳をさえ守っていれば、人間としての本分は完うされたので、それ以上の幸不幸は凡べて運命の仕業であると、観念しているようであった。ただ母親に真正面から攻撃されると、さすがに良心が咎めると見え、申し訳のないという顔つきをして項垂れてしまう。かくて喧嘩は常に母親の勝利に帰したが、勝った母親も快哉を叫ぶような気持ちになれようはずがない。勝てば勝つほど、父親が萎れれば萎れるほど、自分が一層遣る瀬なくなって、果ては子供のようにだらしなくしゃくり上げながら、めそめそと愚痴を言うのである。

　蓄音機に関する争論も、結局お定まりの径路を辿って、父親は面目なげに眉をしかめ、母はいまいましそうに涙を拭った。

「大丈夫よお父っあん、あたしは先にお葉ちゃんの所で、たびたび蓄音機をいじったことがあるけれど、一遍だって瑕なんか附けやしなかったわ。あたしがやれば大丈夫だから、外の者にやらせないようにして頂戴よ」

　臥ているお富がこう言って、両親の仲裁にはいった。その頃の彼女の容態は、今ほど重くなかったので、寝床の上に据わりながら機械をいじるくらいのことは出来たのである。小さな、剝げかかった一閑張の机の上に機械を載せて、時々母に弾条を捲かせつつ、彼女は自ら針の附け換えに任じたり、音譜を円盤に嵌めたりした。

「ふん、そりゃあ呂昇の壺坂だな。……お富や、もう一遍今の奴を掛けて見ねえ。やっぱり義太夫という物も、こうして聞くといいもんだなあ」

　四五日立つと、父も喧嘩を忘れたようにうっとりと音譜の声に耳を澄ませて、一合の晩酌を傾けながら好い気持ちになったりした。母は長唄が好きだと言って、伊十郎や音蔵の音譜を箱の中から捜し出しては、それをお富に掛けて貰った。病人のために借りて来た物が、かえって親達の慰みに使われるような観を呈して、肝腎な娘は機械を取り扱う技師に過ぎない場合があった。二十枚ばかりのレコオドを毎晩飽きずに繰り返して、始終娘が針を附けるのを見ていながら、親父もお袋も一向にその技術を覚えようとはせず、初手から危がって手にだに触れなかった。傷々しく痩せ干涸らびた病人の少女が、重そうなどてらを被いで蓐の上に起き直って、静かに円盤を廻していると、その傍に父と母とが頭を垂れて謹聴している光景は、どう考えても一種の奇観であった。その時の娘の顔は、あたかも不思議な妖術を行なう巫女のように物凄く、親達は又、その魔法に魅せられた男女の如く愚かに見えた。そうして蓄音機という物が、凡人の与り知られぬ霊妙神秘な機械の如く扱われていた。

だんだんお富の病勢が募って、自由に体を動かすことが出来ないようになってから、代りの技師がいないために機械はとうとう風呂敷に包まれて、簞笥の上へ片附けられた。それを疎忽っかしやの章三郎が、無造作に持ち出そうとしたのだから、母も妹もびっくりしたのである。

「お止しといったらお止しよ章三郎！　第一真っ昼間から蓄音機を鳴らす内があるもんじゃない！　それにお前は、機械をいじったことなんぞありゃしないんだろう」

「蓄音機ぐらい掛けられない奴がどこの国にあるもんか。大丈夫だからちょいと二階へ借りて行きます」

章三郎はこんな簡単な機械に対して、大騒ぎをする母や妹のけち臭い態度が、癪にさわって溜まらなかった。なんだ馬鹿々々しい！　今時蓄音機なんぞ珍しくもないのに、まるで腫れ物へ触るようにおっかながっている。そんなに心配するくらいなら、借りて来なけりゃいいじゃないか。それに又貸す方も貸す方だ。これんばかりの道具を貸すのに、やれ瑕を附けるなとか、弾条を強く捲くなとか、世界に一つしかない貴重品でもあるかのように、勿体振らずともよさそうなもんだ。どうせ使えば、少しぐらい傷むのは当り前だ。それが嫌ならこんな物を買わないがいいんだ。――こう腹が立って来ると、章三郎は邪が非でもその機械を持ち出して、思うさま使い減らしてやらなければ胸が治まらなかった。

「かあちゃん、かあちゃん、駄目よ兄さんは！　その風呂敷をこんな所でおっ拡げちゃあ、埃だらけになるじゃないの」

「構わないから、ほったらかして勝手にさせてお置きよ。後でお父っさんがお帰んなすったら言いつけてやるから、その積りでいるがいい。なんだほんとに！　毎日学校へ行きもしないで、内にごろごろしていやがって、遊ぶことばかり考えていやがる。どこの国にそんな大学生があるもんか」

母と妹とが交る交る毒づくのを尻眼にかけながら、章三郎は悠々として箱を二階へ運び去った。例の窓際に机を据えて、その上へ機械を組み立てようとしたが、正直をいうと、彼は母親にうまく図星を刺された通り、今まで蓄音機という物を扱ったことがないのである。大概分るだろうとたかを括っていたものの、さて実際にあたって見ると、案外面倒なものらしく、なかなか思うように機械が動いてくれなかった。細かい器具をあちらこちらへ抜いたり嵌めたりして、暫くの間梃擦っていると、下では母と妹とが盛んに気を揉み始めた。

「章三郎、お前何をしているんだい？　それ御覧な！　自分で出来るって言って置きながら、出来もしない癖に無理なことをすると壊しちまうよ。だから私が言わない事ちゃありゃしないんだ。やるなら下へ持って来て、お富にやり方を聞いたらいいじゃないか。よう章三郎、そうおしってばよう！」

章三郎はかあッとなって、遮二無二機械を廻そうと焦り出したが、何か組み立てを誤ったものか、どうしても針が具合よく音譜の上を走らなかった。ほっと暑苦しい溜息をついて、額の汗を手の甲で擦りながら、恨めしそうに、機械を眺めているうちに彼は溜まらなく悲しくなって涙が一杯に眼に浮かんだ。

「馬鹿！　こんな事件で泣く奴があるか」

彼は腹の中で自分を叱咤した。母や妹のような、哀れな人間と意地くらべをして泣くということが、彼には口惜しくてならなかった。自分以下の人間に対して、彼はいつでも心の冷静を保っていたかった。

「お父っさんやおっかさんが何を言ったって、てんで兄さんは馬鹿にしてるから駄目なのさ。もっとシッカリした人間から、ミッチリ意見でもしてやらなけりゃあ、なかなかあれじゃあ眼が覚めやしない……」

下の病室から、又しても妹が生意気な口ぶりで叱言を呟いている。それを聞くと章三郎は、胸がむかむかするような不愉快と憤怒とを覚えて、忽ち今の悲しみを忘れてしまった。

「あのあまッちょめ、ふざけたことを抜かしゃあがる。――誰が何てったって貴様に蓄音機のやり方なんぞ教わって溜まるもんか。そのくらいなら、この機械を一層滅茶々に叩っ壊すから覚えてやがれ！」

彼は再び猛然として、一旦持てあました機械の組み立てに取りかかった。すると今度はどういう弾みか、好い塩梅に針が滑りそうなので、「清元北洲、新橋芸妓小しづ」と書いてある音譜を掛けて鳴らし始めた。「霞のころも衣紋坂、衣紋つくろう初買いや」……なまめかしい、濃艶な女の肉声が、途方もない甲高な音を立てて、歓ばしげに威勢よく歌い出すと、章三郎は腕組みをしたままうっとりとなった。母親と妹も声をひそめて、俄かに静粛になってしまった。

「そらどうだ。蓄音機ぐらい誰にだって掛けられるんだ。態あ見やがれ」

章三郎は会心の笑みを洩らして、ぐっと溜飲を下げた。何だか近頃にない痛快な出来事のように感じながら、歌の調子に乗せられて、首を振ったり手を動かしたり、頻りに興を催していると、「……柳桜の仲の町、いつしか花もチリテットン……」という所へ来て、だんだん響きが悪くなって、出し抜けに円盤が止まってしまった。それは弾条が極度に弛んでいたせいであるが、章三郎には一向原因が分らなかった。試しに弾条を五六回ばかり、恐る恐る捲いて見ると、音譜は牛の呻るような奇声を発して、少し動いてすぐに又止まってしまう。

「章三郎、お前機械を壊してしまったんだろう。変な音が出るじゃないか。え、おい！」

いつの間にか親父が帰って来て居たと見えて、二階へ向って下から大声に干渉し初めた。

「お前やり方を知りもしねえで、好い加減な真似をして機械を壊しちまったんじゃねえか。え、おい、章三郎！　それそれ、何だか変な音ばかりして、ちっとも動きゃしねえじゃねえか。やるならやるで、機械を下へ持って来て、ちょいとお富に見て貰いねえよ！　え、おい！」

こう言って、さもさも気懸りでならないように梯子段の根元へ附きっ切りに衝っ立って、咽喉を嗄らして執拗く叫んだ。

「見て貰わないでもよござんすよ。具合が悪いのは機械が古いためなんだから……」

負け惜しみを言いながら、章三郎は焼けを起こして、機械をがたんがたんと乱暴に揺り動かした。その物音を聞き附けたら、きっと父親が騒ぎ出すだろうと予期していると、案の定今度は一層けたたましく、

「おいおい、全体何をしてるんだ。何だってそんなにがたんがたんやってるんだ。——お前と来た日にゃ、借り物だろうが何だろうがお構いなしにぞんざいな真似をするんだから、仕様がありゃしねえ。分らなけりゃあ、もう好い加減に止さねえかい」

その時更に激しい音がドシンと二階から響いて来て、章三郎が急に心細い声を出した。

「この機械は初めっから壊れてるんだ。方々が痛んでいるから、いくらやったって動くはずはありゃしないんだ」

とうとう己は打(ぶ)っ壊してしまった！　何と弁解したところで、己のしたことに違いないんだ。定めしお袋が真青な顔をして、壊れた道具を後生大事に日本橋へ担ぎ込んで、「お葉ちゃん、まことに申し訳がないけれど、お前さんがあれほど大切にしていた物を、内の章三郎の奴がこれこれでねえ……」とか何とか、平身低頭して詫(わび)るであろう。そうしたら、あのお葉が何と言うだろう。己に対してどんな考えを持つだろう。——そんな事まで想像すると、章三郎は今さら寝覚めが悪くなって、他人のけちんぼ

を嘲るよりも、人の借り物を内証で使おうとした自分の根性の卑しさが、ありありと見え透くような心地がした。

「初めっから壊れてなんぞいるもんかい！」

と、親父はまだ梯子段の下に喰着いていて、怒鳴り返した。

「自分で疎忽をしちまやがって、壊れていたもねえもんだ。この間までちゃあんとうまく動いたんだ。ほんとに困っちまうじゃねえか。日本橋へ返しに行くに言い訳のしようがありゃしねえ……」

だんだん威勢のない、萎れた声を出し始めたが、やがてお富に何か注意をされたと見えて、

「章三郎、お前ぜんまいを捲かないんじゃねえのかい。事に依ると弾条が弛み過ぎているようだから、もっと一杯に捲いて見ろって、お富が言ってるぜ。え、おい、弾条を捲かずにいるんじゃねえのかよう」

「ぜんまいなんか充分に捲いてあるんだってば」

こう言いながら章三郎は、どうせ機械を壊した積りで、ぐいぐいと滅茶苦茶にねじを捲き上げると、不思議や次第に円盤がするするする廻転し始めて、再び生き生きとした小しづの美音が、四隣へ凜々と鳴り渡った。

「それ見ねえな。壊れたんでも何でもありゃしねえ。やっぱり弾条が緩かったんだろ

う」

父はやっと安心したような句調で言った。

「だから早く私に聞けばいいんじゃないか。なんて剛情ッ張りなんだか分かりゃしない」

得意の鼻を蠢めかして、いよいよ図に乗っているらしい妹の言葉が耳にはいると、章三郎は無念で無念で溜まらなかった。あのあまっちょに溜飲を下げさせるくらいなら、むしろ機械がほんとうに壊れてくれた方がいいとさえ思った。

せっかく機械が動き出したのに、あいにく胸の中がもしゃくしゃして、彼は一向面白くならなかったが、音譜の方はますます朗らかな響きを立てて、無遠慮に滑らかに歌い続けた。清元から常磐津、義太夫、長唄といろいろ音譜を取り換え引き換え鳴らして見たけれど、例の弾条の騒ぎ以来、何だか心に蟠りがあって、いつものように感興が乗って来ない。おりおり惚れ惚れするような節廻しが耳について、ちょいとの間忘我の境に彷徨しかけると、

「なんだお前のその態は？　親や妹を相手にして、喧嘩っ面で引ったくった蓄音機が、そんなにお前には楽しみなのか。そんな事より外に、お前は世の中に楽しみがないのか」

こういう囁きが胸の奥から湧いて来て、結局自分のさもしい了見に、愛憎を尽かす

ような気持ちになった。

それでも彼は家族に対する面あてのために、面白くないのを我慢しながら、暫く続けていなければならなかった。そうなるとなおさら自分のしている事が無意味に思われて、無闇に癇癪が起こって来た。有るだけの音譜を片端から鳴らしてしまって、最後に残った「千早振る」という小さんの落語を掛けて見ると、それが又度外れに滑稽な、ふざけ散らしたものであった。

「……まあ金さんこっちへおはいり、それじゃあ何かい、お前さんは業平の歌が分らねえというのかい。たしかお歌は、千早ふる神代も聞かず竜田川……」

突然、聞き覚えのある小さんの声が喇叭の先から飛び出して来て、こんな話をべらべらしゃべり始めたのが、あまり頓興を極めているので、章三郎はつい「うふふふ」と腹の底から笑い上げた。笑ってから急にしかめッ面をして、何となく裏切られたような心地で、すぐに機械の運転を止めた。

がっかりして、彼は部屋のまん中へ大の字なりに臥そべってしまった。その瞬間に、

「小さんはうまいもんだなあ」

と、例の独りごとが口を衝いて出た。

二

蓄音機の道具を散らかしたまま、彼は日の暮れまでうとうとと睡った。

「おい、章三郎、起きねえか、起きねえか」

こう呼ばれたので眼を覚ますと、親父が険相な顔をして枕もとに立ちながら、足の先で彼の臀っぺたを揺す振っている。

「いくら親父だって、自分の倅を起こすのに足蹴にしないでもよさそうなものだ。何という無教育な人間なんだろう」

章三郎はむッとしたが、考えて見ると父親をこれほど荒っぽい、野蛮な人間にさせてしまったのは、みんな彼自身の罪であった。彼の父は決して昔からこんな乱暴な、子供に対して冷酷な人間ではなかったはずである。今でも妹のお富を初め、母親やその他の者に摑まると、むしろ軽蔑されるくらいの好人物に見えるのだが、ただ総領の章三郎に対してのみ、猛獣のように威張りたがった。畢竟それは章三郎が、あまりに親の権力というものを無視してかかって、これまでに散々父の根性を僻めてしまった結果なのである。せめて表面だけでも、父の顔が立つように仕向けてやればよかったものを、彼にはたったそれだけの我慢が出来ず、けんもほろろに取り扱うので、父親の方でも、「何糞！」という了見になるのであった。

「父を無教育だと罵る前に、教育のある己れから、まず第一に態度を改めてかかるがよい。そうすれば父もだんだん素直になって、必ず感情が融和するに違いない」——

彼にはこの理窟がよく分っていた。虫を殺して、父親に優しくしてさえいれば、自分の良心も少しは休まる暇があろうと、思わないではなかった。そう知りながら、一旦父親の顔を見ると、——もしくは一と言叱言を言われると、不思議にも忽ち意地が突っ張って来て、到底おとなしく服従する訳に行かなくなった。

父を軽蔑するといっても、勿論積極的に悪罵を浴びせたり、腕を捲くったりするのではない。それが出来るくらいなら、彼は恐らく父に対して、これほどの不愉快を抱かないでも済んだであろう。父を全然他人のように感じ、他人のように遇することが出来たなら、彼はもう少し仕合せになり得るはずであった。自分を罵る者が他人であったなら、彼は容赦なく罵り返してやるだろう。誤解する者が他人であったなら、彼は直ちに弁解を試みるであろう。憐れな者、卑しむべき者、貧しき者が他人であったなら、彼はその人を慰め、敬遠し、恵むことが出来たであろう。場合に依ってはその人と絶交することも出来たであろう。ただただその人が彼の肉身の父であるために、ほとんどこれに施すべき術がないのである。

章三郎が、父に対して術を施し得ないのは、必ずしも彼に道徳があるからではない。

道徳という一定の固まった言葉では、とても説明することの出来ない、或る不思議な、胸のつかえるような、頭を圧えつけられるような、暗い悲しい腹立たしい感情が、常に父親と彼との間に介在していて、彼はどうしても打ち解けることが出来なかった。たまたま父の前へ出れば、無闇に反抗心が勃興して、不平や癇癪がムラムラと込み上げて来る。ところが父親の痩せ衰えた顔の中には、何となく陰鬱な、人に憐愍を起させるような傷々しい俤があって、そのために章三郎は口を利くことも、身動きをすることも出来なくなる。この老人の血液の中から、自分という者が生まれたのかと考えると、何だか溜まらない気持ちがして、体が一時に硬張ってしまう。

「二十五六にもなって、毎日学校を怠けてばかりいやあがって、一体手前はどうする気なんだ。……どうする気なんだってばよ！」

折々彼は、否応なしに父親の傍へ呼び付けられて、ねちねちと詰問されて、意見を聴かされる時がある。そんな場合に章三郎は、面と向かって据わったまま、いつまで立っても返辞をしなかった。

「手前だってまさか子供じゃあねえんだから、ちッたあ考えがあるんだろう。え、おい、全体どういう了見で、毎日ぶらぶら遊んでいるんだ。考えがあるならそれを言って見ろ」

こういう調子で、親父はじりじりと膝を詰め寄せるが、二時間でも三時間でも章三郎は黙って控えている。

「考えがあることはあるけれど、説明したって分りゃしませんよ」

と彼は腹の中で呟くばかりで、決して口へ出そうとしない。そうかといって、一時の気休めに出鱈目な文句を列べ、父親を安心させようという気も起こらない。そんな気を起こす余裕がないほど、彼の心は惨澹たる感情に充たされるのである。しまいに親父が焦立って来て、いよいよ乱暴な言葉を用いると、章三郎も胸中に漲る反抗心を、出来るだけ明瞭に表情と態度とに依って誇示しようとする。例えば恐ろしい仏頂面をして、眼を瞋らせるとか、相手が夢中で怒鳴っている最中にことさら仰山なあくびをして見せるとかした。

「ちょっ」

と親父は舌打ちをして、

「まあ何ていう奴だろう。親に意見をされながら、あくびをする奴があるか。第一手前のその面は何だ。何でそんなに膨れッ面をしているんだ」

こう言われると章三郎は始めていくらか胸がせいせいする。つまり自分の表情と態度の意味が、親父の神経にまで届いたことを発見して、やっと反抗の目的を達したように、溜飲を下げるのである。

「ほんとに呆れ返って話にもなりゃしねえ。先から口を酸っぱくして聞いてるのに、黙ってばかりいやあがって、剛情なのか馬鹿なのか訳が分らねえ。……これから何だぞ、うんと性根を入れ換えて、ちっとしっかりしなきゃあ駄目だぞ。今まで見たいに寝坊をしないで、朝は六時か七時に起きて、毎日必ず学校へ出掛けて行きねえ。それにもう、今までのように矢鱈に余所へ泊って来ちゃあならねえぞ。出て行ったっきり、三日も四日もどこかへ泊って来るなんて法があるもんじゃねえ。これからきっと改めないと承知しねえから……」

結局親父は我を折って、多少哀願的な調子になって、捨て台辞を言った揚句に章三郎を放免する。この時になると、さすがに父の眼底には、いつも涙が光って見えた。

「涙を浮かべるくらいなら、なぜもう少し暖かい言葉をかけてくれなかったのだろう。そうして己も、なぜもう少し、優しい態度になれなかったのだろう」

そう思うと章三郎は、別な悲しみがひしひしと胸に迫るのを覚えた。いっそ親父があくまで強硬な態度を通してくれた方がかえってこっちも気が楽であった。

しかし、その悲しみはほんの一日か半日の間で、明くる日の朝親父に寝込みを呼び醒まされると、すぐに再び前日と同じような考えが彼の頭を支配する。そうして相変らず、面当てがましく正午近くまで寝坊をしたり三日も四日も家を明けたりする。

「そんなに親父が嫌ならば、なぜ己はこの家を飛び出してしまわないんだろう。一番親父と大喧嘩をして、きれいさっぱり勘当されて、永遠に関係を絶ってしまわないんだろう。こんな薄穢い長屋にいるより、愉快なところは世間に沢山あるじゃないか。たとえ放浪生活をして、どんな境涯に落魄しても、まだ今よりは幸福じゃないか」

　彼はこういう決心を定めて、既に幾度も出奔を企てていた。古本を売ったり、友達から金を借りたり、僅かの旅費を都合して、ふらりと家を抜け出したまま十日も二十日も処々方々をうろつき廻ることがあった。けれども十日なり二十日なりの後、結局彼は東京へ帰って来ずにはいられなかった。

「自分の体なんぞどうにでもなるがいい。己には親も友達もないんだ」

　そう思っては見るものの、彼にはやっぱり自分を生んだ親の家が、よしやどれほどむさくろしくとも、どれほど不愉快に充ち充ちていても、最後の落ち着き場所であった。自分の生まれた土を慕い、自分の育った家を恋うる盲目的な本能が、常に心のどこか知らに潜んでいて、漂泊の門出と勇む血気を怯ませた。

「己は生涯、もうこの家へ帰って来ることが出来ないのだぞ。どこの野の末、山の奥で朽ち果てようとも己を看病してくれる者はないのだぞ。己はもう、死ぬまで親父の顔を見ることが出来ないのだぞ。子供の時分に己を抱いて寝て、己にお乳を飲ませてくれたお袋にも、もう会う時はないのだぞ」

　ここまで考えを押し詰めて来ると、彼はそぞろに漂浪の心細さを感ずるのであった。そうして再び、親父といがみ合うために八丁堀の陋屋へ舞い戻った。

かほどまでに自分の心を拘束している親というものの、因縁の深さを知れば知るだけ、彼はなおさらその因縁を呪い且恐れた。頻りに親を疎んじながら、遂に親の手を離れられない自分の意志の弱さを怒った。

「おい、章三郎、起きねえか、起きねえか」

親父はなおも連呼しながら、続けざまに彼の臀部を足で蹴飛ばした。

「また昼寝なんぞしていやがる。……それにまあ何だこの態は！　蓄音機でも何でも出せば出しッ放しにして、片附けもしやがらねえで、……使ったら使ったで、ちゃんと元の通りにして置かねえか！」

章三郎はどろんとした眼を天井へ向けて、憎げな欠伸をして見せながら、まだ睡そうに打倒れていた。その癖意識はとうにハッキリしているのだが、こんな場合に素直に起きるのが嫌さに、わざと意地悪く振舞ってやった。

「起きろってば起きねえか、こん畜生！」

遂に親父は我慢がし切れなくなって、邪慳に章三郎の手頸を摑んで、腕が抜けるほど引っ張り上げた。そうして懐から一通の電報を出して、それを悴の鼻先へ突き付けた。

「……おい、しっかりしねえか、どこからだか知れねえが、お前に電報が来ているんだ。誰かお前の友達が死んだようだぜ」

「ふん」

と、章三郎はそっけない返辞をして、父親の手から電報を受け取った。彼は友達の死に驚くよりも、まず第一に自分へ宛てた電報を、勝手に開封した親父の無法が癪に触った。尤もそれは今日に始まった事ではなく、この頃彼の所へ来る手紙は、大概父親に封を切られて中味を検査されるのである。

「一体こりゃどんな人なんだ。電報を寄越すくらいじゃあ、お前余程懇意にでもしていたのか」

「そんなに懇意にもしてやしない」

章三郎はまだぷりぷりと機嫌を悪くして、ぶっきら棒な挨拶をする。

「懇意にしねえ者が、死んだって電報を寄越すはずはねえじゃねえか。え、おい、どういう訳なんだ」

「どういう訳だか知りませんよ」

「知らねえという奴があるか。何だその言い草は？」

親父は訳もなく腹を立てて、すぐに又嚙みつくような調子になったが、

「……人が物を尋ねるのにロクに返辞もしやがらねえ」

と、相変らずの文句を口の内でぶつぶつ言ながら、不承々々に梯子段を下りて行った。

「スズキ、ケサ九ジ、シンダ」
という電報を手に持ったまま、章三郎は暫くぼんやりと考えに沈んでいた。鈴木の死は、彼に取ってそんなに意外な報告でもなく、そんなに悲しい事実でもない。彼はただ、自分が鈴木という学生と懇意になった事情を想い出して、彼の死という事に一種奇妙な運命の徒を発見するまでであった。

　鈴木は茨城県の豪農の息子で、当今の学生に珍しい、品行方正の、友情に篤い、頭脳の明晰な男であった。友人の間に彼ほど徳望のある、彼ほど尊敬され愛慕される青年はなかった。文科に籍を置く章三郎は、高等学校時分に法科の鈴木と深く交わる機会がなかったが、大学へはいった秋の末に、或る日章三郎が五円の金に困り抜いている折であった。彼はその晩の午後六時までに、下谷の伊予紋で開かれる中学校の同窓会へ、どうしても五円の会費を調達して出席しなければならなかった。一体中学の同窓会に伊予紋は贅沢過ぎるのだけれど、当番幹事にあてられた章三郎が、頻りにそれを首唱して、衆議を排して択んだのであった。

「いつも一円ぐらいな会費で、鮨や弁当を喰っているなんて不景気じゃないか。今度は一つ芸者でも上げて盛んに騒ぐとしたらどうだい。なあに君、会費の五円も奮発すりゃあ沢山なんだから」

こんな意見を彼は得々として述べた。多くの人は迷惑らしい顔つきをしたが、会員の中でもそろそろ道楽の味を覚えかけた金持ちの息子や、少しは幅の利くようになった商店の手代や、七八人の生意気な連中が寄ってたかって、章三郎をおだて上げた。

「そうだとも君、一円や二円の会費じゃあ、会らしい会は出来やしない。五円の会費が出せないというなら、出せる者だけが集まって、七八人で有志の懇親会をやろうじゃないか。会場は君に一任するから、亀清でも深川亭でも、好きな所を択んでくれ給え」

と、彼等は面白半分に言った。章三郎の発議に賛成する者も反対する者も、章三郎が五円の金にも困るような貧書生だとは知らなかった。

「そんなら下谷の伊予紋にしよう。柳橋はどうも一向不案内だが、下谷となると我れ我れ大学生の縄張りの内だからね」

章三郎はさもさも道楽者らしい口吻(くちぶり)を弄(ろう)して、会員たちを煙(けむ)に捲いた。そうしてぱたぱたと相談を纏(まと)めてしまった。

纏めたことは纏めたものの、肝腎の章三郎に五円の会費が払えないのは初めから分り切っていた。立派な口をききながら、彼はその実伊予紋などへまだ一遍も上がった事はないのである。もし開会の当日までに会費の工面がつけばよし、着かなかったなら仮病(けびよう)を使って休むまでだと、彼は度胸を極めていた。するとその日の夕方に、本郷の大通りで彼は運よく鈴木に出会(でつくわ)した。

「間室君、やあ暫く」

と、いつもキチンとした制服に制帽を戴いて、今しも大学の正門を出て来た鈴木は、何の気なしに章三郎と顔を見合わせてにっこり笑った。考えて見ると、あの時分から鈴木は既に影が薄かった。

ちょうど二人共、三丁目の電車の方へ歩いて行くところであった。彼等は期せずして鋪道の上を並びながら、何か頻りに話し合って行った。章三郎は胸の中にある事を言い出そうとして、暫く躊躇していたが、やがて十字路へ来て鈴木が別れを告げようとする時、

「鈴木君、君済まないが五円あったら僕に貸してくれないか」

と、彼は顔を赤くして言った。鈴木と自分との、従来の極めて疎遠な関係に想到すると、彼はさすがに鉄面皮な、突飛な自分の行動を恥じない訳に行かなかった。

「そうねえ、ちょうどここに五円あることはあるんだが……」

人の好い鈴木は、多少相手の気心を計りかねて、渋面を作りながら言った。章三郎は「しめた」と思った。

「貸して上げてもいいけれど、来週の金曜までに是非共返して貰わないと困る金なんだ」

「大丈夫だよ君、金曜までにはキット返すよ」

「それじゃ君、間違いなく返してくれるだろうなあ。もしか返して貰えないと全く困ってしまうんだから」

鈴木はくれぐれも念を押して、五円の札を章三郎の手に渡した。

「有り難う。来週になれば都合して持って来るよ。何しろ今日は急だもんだから、奔走している隙（ひま）がなくってね。――それじゃ君、失敬」

と言って、彼は上野の広小路の方へ威勢よく歩み去った。

「とうとう五円借り出してしまった。来週の金曜までに己はこの金を返せるのか知らん。又あの男と、絶交するような不愉快な事にならなければいいが。……己には何という悪い癖があるのだろう」

借りるとすぐに章三郎はそう思った。自分はなぜ、一旦の虚栄心に駆られて金のある風を装ったり、看す看す（みすみす）返済のあてのない物を人から借りたりするのであろう。なぜあの時に、鈴木に向かって金を貸せなぞと言ったのであろう。なぜあの時に、じっと我慢してしまわなかったろう。――彼は自分の行為に就（つ）いて後悔するよりも、むしろ自分の性質に固着している欠陥を恨みたかった。

後悔といえば常に改悛（かいしゅん）が伴うはずである。然（しか）るに彼は自分の行為を批難しつつも、それを改めようという決心にはなれなかった。改めたいと願っても、到底自分は改められない性分であることを知り抜いていた。もしも自分がこの間からの出来事に、もう一遍遭遇したなら、自分は必ず同じように伊予紋の会を主張したり、鈴木の金を欺（だま）して取ったりするに違いない。自分の後悔が真実であるなら、この際借りた金を使わずに置いて、伊予紋の会を欠席して、明くる日鈴木に返してしまえば済むものを、章三郎にはどうしてもそういう了見が起こらない。

「鈴木の事は来週の金曜日まで間があるのだ。それまでのうちにはどうにかなるし、ならない所で一と月か二た月きまりの悪い思いをするだけだ。どうせうやむやに済んでしまうんだ。――最もまずく行ったとしても、絶交されるだけの話だ」

　こうあきらめると、彼は忽ち胆（きも）が据わって、少しも気苦労が残らなかった。それからすぐに伊予紋へ駈け付けて、酔っ払って芸者を揚げているうちに、だんだん面白くて溜まらなくなった。「五円借りて来て好い事をした」と、彼は私（ひそ）かに腹の中で呟いた。

「己は友達をペテンに懸けて、いわば他人を瞞着（まんちゃく）した金で遊んでいるのに、どうしてこんなに面白いんだろう。来週の金曜になれば自分の詐偽（さぎ）が暴露（ばくろ）するのに、どうしてそれが心配にならないんだろう。恐らく世の中に、自分ほど道徳に対して無神経な人間はあるまい。自分は全体意志が薄弱なばかりでなく、生まれつき道徳性の麻痺（まひ）している、一種の狂人に違いあるまい」

　彼は我ながら、己（おの）れの精神の病的なのを訝（いぶか）しんで、自分はたしかに気違いであると信ぜざるを得なかった。

約束の金曜日が来るまでに彼は一二度鈴木の下宿へ遊びに行ったが、水曜日からふっつりと姿を消した。金曜日になると彼は一日八丁堀の二階に蟄居して、小さくなっていた。もうその日から当分の間、学校は勿論本郷の往来をさえぶらつく訳に行かなかった。「例の物何卒御願い申上候」という端書が二三度来たけれど、彼は返辞もやらずにいた。返そうという誠意もなければ能力もない彼は、別段言い訳の仕様もないから、やがて先方が愛憎を尽かすか、あきらめてしまうか、自然とどうやら片の附くまで放って置いた。

彼は自分を背徳狂だとあきらめながら、相手の鈴木の道徳を非常に深く信頼していた。「あの男はそんなにいつまでも己を恨んでいるような、了見の狭い人間ではなかろう。欺されたのを憤慨して、己の不信義を友達の間へ言いふらすような、浅はかな根性は持っていないだろう」——彼は鈴木の人格を、自分の都合のいいように解釈して、自分の悪事が曖昧に葬られる事を祈っていた。

けれども、事実は彼の望むようには展開しなかった。予期した金が届かないので、ひどく狼狽させられた鈴木は、章三郎をよく知っている二三の人に内々事情を訴えて、それとなく間接の催促を依頼した。一高の寄宿舎時代に章三郎と同室であった法科のSや、工科のOや、政治科のNや、その話を聴かされた人々は、皆一様に章三郎を卑しみ憎んだ。

「ふうむ、彼奴は君にまでそんな迷惑を掛けていたのかい。道理でこの頃さっぱり顔を見せないと思ったが、奴さん又そんな事をやっていたのか」

と、政治科のNが呆れて言った。

「僕ん所なんざあ、もう去年から来やしないぜ。――一時は毎日のようにやって来て、洲崎だの吉原だのって散々僕を引っ張り廻したが、勘定なんか一遍だって払ったことはありやしない。残らず人になすりつけて、おまけに明日返すからって僕から十五円借りて行ったきり、幽霊のように消えてしまったんだからなあ。実際間室にゃあ馬鹿を見たよ」

と、工科のOが己れの頓馬を嘲けるように、少し滑稽めかせて言った。

「だが君たちもおかしいじゃないか。間室にそんな事をされて、黙っているには及ばないじゃないか。此方から彼奴の内へ押しかけて行って、厳重に談判したらよさそうなもんだ。君たちが行きにくいなら、己が代りに行ってやるぜ」

と、法科のSは腹に据えかねたようであった。

「まあ止した方がいいだろう。もともと金があるくらいなら、人を欺しもしないんだが、何でも彼奴の内というのは恐ろしく困っているんだから。僕も尋ねたことはないけれど、八丁堀の裏長屋だって話じゃないか。とてもそんな哀れな所へ、押しかけて行かれたもんじゃないよ」

こう言って、Nは不愉快そうに眉を顰めた。尤も彼だけは、章三郎の痼疾を知りつつ、それを大目と見逃してこの頃も附き合っていた。

「いや、実を言うと僕はあんまり口惜しいから、一遍押しかけて行ったことがあるんだよ」

と、Oは恥ずかしそうに言って、頭を掻いた。

「ちょうど去年の冬だったがね。……僕は東京をあんまりよく知らないけれども、あんな下町のごたごたした所へ始めて行ったよ。何だか細い路次を幾つも曲がった、ひどく分りにくい裏の奥だったが、『この長屋で大学へ行く者は間室さんの子息より外にない』と言って、近所の人が教えてくれたのでやっと見付かったのさ。行って見ると君の言う通り、そりゃむさくろしい汚い内でね、貧民窟に毛の生えたような住居だから、談判する勇気も起こりゃしない。おまけに当人が十日ばかり内を明けていて、年を取った親父さんがあべこべに子息の居所を僕に尋ねるって始末なんだから、こっちがかえって気の毒になって、這う這うの体で逃げて来ちゃった。あれで間室は、自分が年中芸者買いをしているようなことばかり言ってるが、よくそんな真似が出来たもんだなあ」

「勿論うそに極まっているさ。芸者買いどころか、きっとその日の小遣いにも困っているんだよ。……間室も馬鹿な男じゃないんだから、あれだけは止めてくれるといいんだけれど、実際奇妙な男だなあ。時々遠廻しに忠告してやるんだが、会うと話が面白くって、いつも呑気でいるもんだから、つい哀れになって附き合っているがね。恐らく間室が平気な顔で遊びに来られるのは、僕の所ぐらいなもんだろう。人間という者は、あんまり懇意になり過ぎると善人だか悪人だか分らなくなるよ」

と、Nが弁解するように言った。

「僕は五円の金なんぞ惜しくはないけれど、こんな事であの人と絶交するのは気持が悪いから、いつでも都合のいい時に返してくれるように、会ったらそう言ってくれ給えな」

みんなの話を聞き終わってから、鈴木はNにこう話した。

章三郎は一と月ばかり韜晦していたが、その後さっぱり督促の端書が来ないので、大概鈴木もあきらめたろうと見当を付けた。或る日政治科のNの処へ、彼はひょっこりと姿を現わして、お得意の警句交りの冗談を何喰わぬ顔でしゃべり始めた。Nも別段、様子の変わっているらしい風はなかった。いつものように章三郎を歓迎して、晩飯に牛鍋と酒とを奢って、夜の更けるまで雑談に興を催した。てっきりNは鈴木の一件を知らないでいるのだ、と、章三郎は内々安堵の胸を撫でて、足もとがよろけるほどに酔っ払った。

Nも同じように泥酔して、友達の人物評やら文学上の議論やらを夢中になって戦わしたが、やがて章三郎が暇を告げて帰ろうとすると、玄関口まで送って来て突然たしなめるように言った。

「そういえば君、この間から鈴木が大そう気を揉んでいるんだぜ。何だか君は、是非とも鈴木に返さなければならない物があるんだっていうじゃないか。大した金でもないんだから、何とか都合して早く持って行ってやり給えな。君はいつでもその伝をやるから困っちまうなあ」

Nは章三郎に向って、こんな苦言を平気で語り得るほどの仲であった。

「ああ、二三日うちに返しに行くよ。明後日か明後々日キット返しに行くからって、鈴木に会ったらそう言って置いてくれ給え。何も初めッから返さない積りじゃないんだから……」

不意を打たれて章三郎はドギマギしながら、憫れみを乞うような卑しい表情を顔に浮かべた。

「返す積りなら何とか返事をやって置くがいいじゃないか。何度手紙を出したって、うんともすんとも言って来ないって、鈴木が大分怒っていたぜ。君は近頃ほんとに悪い癖が附いたね。Sなんぞはひどく憤慨して、是非とも一遍君を擲る気でいるそうだから、用心しないと大変だよ。擲られた方が君のためにはかえって薬になるかも知れないが……」

「もう分ったよ、分ったよ。自分でも悪いと思っているのに、あんまり言われると厭な気持ちがして来るから、もうその話は止してくれ給え、明後日返すと言ってるのだからいいじゃないか」

「ほんとに明後日返すのかい。君の言うことはあてにならないから、鈴木の方へは何とも言わずに置くとしよう。だから明後日返せなくなっても、僕の所へは遠慮をせずに遊びに来たまえ。時々君の顔を見ないと僕も何だか淋しいからね」

「なあに返すよ、きっと返すよ」

と、章三郎は珍しく本気になって言い張った。彼は必ず、明後日までに五円の金を調達しようと、心に誓った。

しかし明後日の当日が来ると、彼はいつしか心の誓いをケロリと忘れて、終日二階で講釈本を読み暮らしたが、四五日後には再びのこのこと N の家へやって行った。

「実は君、少し都合が悪くってまだ鈴木には返さないいんだが、ちょいと遊びに来たんだよ」

章三郎は言われない先に頭を掻いて、あわててこんな弁解をした。普通の人なら恥ずかしいと感ずる事を、平気でしゃべって笑っていられるずうずうしさに、彼は我ながら愛憎が尽きた。自分の心には確かに犯罪者の素質があって、場合に依れば、如何なる悪事をも敢行する可能性があるように思われた。

「大方そんな事だろうと思っていた。外の人ならいいけれど、鈴木はあの通り正直な人間で、全くあてにしてるんだから返してやらないじゃ気の毒だぜ」

「ああ大丈夫、今度こそ二三日（にさんち）うちにきっと返す」

「また君の『二三日うち』か！　返さなけりゃあSをけしかけて擲らせるぜほんとうに！」

　章三郎が平気な顔で言い訳をすると、Nも平気で叱言を浴びせた。二人は常に同じ文句を言い合いながら、その後幾度も往復したが、五円の金はなかなか鈴木の手へ戻らなかった。

　すると、五月の月はなに悪性の腸チブスが流行して、鈴木はとうとうそれに感染してしまった。彼は平生から非常に衛生を重んずる方で、健康らしい体格を持っていたけれど、不運な事には心臓の弱い質（たち）であった。

「何しろ熱が高いから、心臓へ来なければいいがなあ」

　鈴木がいよいよ病院へ送り込まれる時、見舞いに行った友達は、皆こう言って眉を曇らせた。

「おい、鈴木がますます悪いようだぜ。もう糸のように痩せちまって見る影もなくなっている。君も一遍見舞いに行ったらいいじゃないか」

　章三郎はNに会うごとにこう言われた。

「行きたいけれど、移ると恐いから僕は止すよ。僕も心臓が弱いんだから」

彼もほんとうに心臓が弱かった。それでなくてもチブスの流行を神経に病んで、いつ何時取憑かれるかも分らないという強迫観念が、悪夢のように彼を悩ましている折柄であった。

「僕なんぞも、あんまりたびたび見舞いに行ったんで、感染してるかも知れないと思うよ。あの塩梅じゃ鈴木はとても助からない。まず死ぬだろう」

「そんな事を言うもんじゃない。もし言い中てると気味が悪い……」

章三郎は妙に昂奮して、急いでNの言葉を打ち消した。

「あの鈴木が、この間まで我れ我れ同様に達者であった青年の鈴木が、もう直きこの世からいなくなろうとしている」――

そう考えると、不断は無意味に発音していた「死」という名詞が、俄かに千鈞の重みを以って、暗く物凄く心の上に蓋さって来るようであった。「まず死ぬだろう」と、何の気なしに口走ったNの言葉が一種異様な響きを含んで、「死」その物のような黒い陰を章三郎の胸に投げた。

Nはそれきり五円の催促を言い出さなかった。二人ともそれを覚えていながら、口へ出さずに済ましているのが、何となく章三郎には滑稽で、間が悪かった。

「いつまで立ってもお前が債務を果たさないから、鈴木がとうとう死ぬことになった。

これでお前の不信用も自然と消滅する訳だ。なんとお前は仕合せじゃないか」

意地の悪い運命の神が、こう言って自分を揶揄しているように彼は感じた。

「友達の金ぐらい借り倒したって、どうにかうまく解決がつくだろう」

と、章三郎がたかを括っていた通り、いかにもうまく解決がついてしまったのである。彼のためには余りにうま過ぎて、相手のためには余りに気の毒な解決ではあるけれど、しかし鈴木が生きていて、章三郎が容易に債務を果たさないで四方八方から攻撃されるより、どんなに増しだか分らない。鈴木が可哀そうであると同時に、章三郎は何といっても幸運であった。

彼は八丁堀の二階に臥そべって、初夏の空を仰ぎながら、今病院で死にかかっている病人のことを、時々ぼんやりと考えて見た。惨澹たる病室の光景は、自分が見舞いに行かないでも、目撃して来たNの話で大概想像することが出来た。――生き生きとした赭ら顔の、ところどころに皰の出来ていた丈夫らしい鈴木の容貌が、傷々しく痩せ虐げられて、眼が浅ましく落ち窪んで、静かに黙々と寝台の上に仰向いている。青白い額と、微かに生きている心臓の上とに、重苦しそうに氷嚢が載せられて、熱に渇いた唇の端へ絶えず看護婦が葡萄酒の液をしたたらせる。室内には怪しい薬の臭気が充ちて、病人を囲繞する近親の人々は、刻々に迫る不祥な事件の予感に脅かされたように、床を視詰めて口を噤んで、たまたま部屋を出るにも入るにもそっと爪先を立てて歩く。そこに来合わせている凡べての見舞客は、病人の父でも母でも、兄弟でも友人でも、誰言うとなく、今さらのように病人が偉い人物であった事を想い出す。われわれ凡夫には容易に窺うことの出来ない、霊魂や「死」の秘密が、今やここにいる病人にのみ開かれたものとして、俄かに病人を九天の高さに押し上げ、さながら彼を非凡な人格者、神と人との仲立ちになる不思議な智慧者の如くに尊敬する。――この荘厳な、息の詰まるような恐ろしい光景が、ありありと章三郎の胸に描かれた。彼はまた、熱に浮かされて呻吟している病人の、頭の中を想像してみた。生死の境を往復する朦朧とした意識の面に、泡の如く消えては結ぶ幻像のきれぎれには、果してどんな物が現われるであろう。未だに病人は、借り倒された金の恨みを忘れずにいるであろうか。「間室は憎い奴だ。とうとう己を欺しゃあがった。己は死んでも彼奴から金を取り返してやる」などと譫言を吐きはしないか。――そう考えると章三郎は悚然とした。もし病人にそんな譫言を言われるくらいなら、自分は金を返して置けばよかったと思った。

自分勝手な章三郎は、古い諺にある「人の将に死なんとする時、その言や善し」という格言を覚えていた。まして平生寛宏の君子を以って通っていた鈴木が、臨終の間際まで、章三郎の背信を根に持っているはずはなかろう。鈴木はきっと、些々たる友人の罪の行為を浄く潔く許してくれることであろう。

「間室という男も哀れなものだ。あれが彼奴の病気なのだから仕方がない」

こう言って、憫笑しながら死んでくれるだろう。――とにかく章三郎は、病人が聖者のような廓落たる心境に到達して、気高く美しく死んでくれる事を、病人のためにも自分のためにも祈らずにはいれなかった。

「見舞いに行くのは嫌だけれど、もしも鈴木が死んだら教えてくれ給え。僕も葬いには顔を出すから」

と、かねがね彼はNに頼んで置いた。

その約束を履行して、Nから電報を打って寄越したのである。

「とうとう死んでしまったのか、己の友達で且債権者であった一人が、とうとう死んでしまったのか」

そう思う事が不人情であると知りつつ、彼は内々胸の奥で私語する事を禁じ得なかった。亡友に対する哀悼よりも、寝覚めの悪い自己の幸運を、不思議がる心が先に立った。

三

本郷森川町の下宿屋の、Nの部屋には大学の制服を着けた四五人の友達が集まっていた。彼等は昨日死んだ鈴木の遺骸を、国元から上京した故人の家族の人々と一緒に、今朝日暮里の火葬場まで送り届けて、ちょうど日中の暑い盛りに空き腹を堪えながら帰って来たところであった。いずれも連日の気苦労に窶れて、すぐには飯を喰う元気もなさそうにぐったりと倒れていた。

「ああ、くたびれた、くたびれた。こう暑くっちゃ己も死にそうだ……」

と、制服の上着を脱いで、顔にハンケチを蓋せたまま仰向きに臥ころんでいる工科のOが、睡たげな声で言った。

「明日の朝は何時の汽車だっけなあ。事に依ったら、停車場だけで僕は御免を蒙るぜ。この同勢が揃って田舎まで押し掛けた日には、向うだって迷惑だろうから、誰か総代になったらどうだい」

Nが両肌を袒いで、脇の下の汗を拭きながら言った。

「己は田舎まで行く積りだ」

嘗て章三郎を擲ると称した法科のSが、熱心な、真面目な句調で言った。

「……どうせ行く積りでいたのだから、総代になるならなっていいが、然し君たちも行ったらいいじゃないか。東京から一人でも多く行った方が、鈴木の内だってきっと喜ぶだろうと思う。そうし給え。その方がいいよ」

こんな話をしている所へ、二た月以来一同に姿を見せなかった章三郎が、尤もらしい表情を浮かべて遠慮がちにはいって来た。癇癖の強いSは、ちょいと不快な面色をして眼を外らせた。

「やあ失敬、どうも暫く……」

　こう言って、学生仲間の作法としては聊か鄭寧過ぎる程度に頭をさげながら、妙に萎れた顔つきで章三郎が挨拶をすると、臥ころんでいた人々は不承々々に起き返って、黙って会釈した。「どうも暫く……」という彼の一言のうちには、単に久闊を詫びるばかりでなく、この間からの不正な行為を謝罪する意味も含まれていた。少なくとも章三郎は、それを含ませている積りであった。そうして一同が、いやいやながらも自分に礼を返した事から、彼はその罪が暗々のうちに赦されたものと解したかった。

「きのう君の所へ電報を打ったっけが、届いたろうね」

と、しらけた一座を取りなすようにNが言った。

「ああ有難う。今日は君の所へ様子を聞きに来たんだが、葬式はいつになったんだい」

「葬式は田舎でやるんだから、Sが総代で行くことにして、僕等は停車場まで骨を見送りに行こうと思うんだ。明日の午前十時だから、それまでに上野のステエションへやって来るさ」

「まあ待てよ、己も事に依ったら田舎まで行こうか知ら」

　Oが突然据わり直して、何事か思い付いたように言った。

「君が田舎へ行くと言うのは、外に野心があるんだろう。今朝も火葬場で鈴木の妹を摑まえて、いやにお世辞を言ってたからな。ああいうところは君もなかなか交際家だよ」

Nにこう言われると、Oはにこにこ笑いながら、

「……しかしあの妹はいい器量だなあ。鈴木が生きている時分に、妹の噂は聞いていたけれど、あんな綺麗な女だとは思わなかったよ。あの女が白絽の紋附きを着て、眼を泣き脹らしながら葬式に列なるところを、実はちょいと見たいんだがね」

「そんなに好ければ、鈴木の生きている時分に話を持ち込んで、君の細君に貰うところだったな。君なら鈴木の両親だって、きっと嫌だとは言わなかったぜ」

「ほんとに惜しい事をしたなあ」

Oは半分本気になって、少し残念そうに言った。

「だが今からでも遅くはないさ。死んだ兄貴の親友だって言えば、向うの内でも我れ我れを信用するからな。……そうなると己も田舎へ出掛けて、大いに君と競争するぜ」

「そうするさ、そうするさ、鈴木の妹を取りっこする気で、二人とも一緒に田舎へ行くさ。たった一人で総代にやられた日には、汽車の中が退屈で仕様がないよ」

Sがこう言って、機嫌よく笑った。

いつも女の話になると恐ろしく元気附いて、誰より先にぺらぺらとしゃべり出さず

にはいられない章三郎は、さすがに競争の仲間に加わる資格がないと考えたのか、口をむずむずやらせながら、黙って三人の話を聞いていた。単に人格が下劣なばかりでなく、境遇からいっても、章三郎は到底鈴木の妹などと結婚の出来る身分ではない。乞食にも等しい裏店の娘でなければ、彼の所へ嫁に来る女はいそうもない。そう思うと、彼は三人の富裕な身の上が羨ましかった。冗談にもせよ、鈴木のような田舎の豪家の令嬢を妻に持って、楽しい家庭を作ろうなどという、甘い空想に耽っていられる友達の地位が妬ましかった。自分だって、ＯやＮやＳのように相応な財産のある家へ生まれ、何不自由なく学問を修めて行くことが出来たなら、こんな卑しい品性にはならなかったろう。自分だって素封家の息子であったなら、恐らく友達から忌憚され軽蔑されるような人間にはならなかったろう。彼等に対して自分が持っている弱点の原因は、悉く金の問題に帰着するのである。金さえあれば、学識の広さでも頭脳の鋭さでも、自分は決して彼等に劣っているのではない。況んや自分には、彼等の到底企及し難い芸術上の天才がある。

「今に見ろ、己は貴様たちに擯斥されながら、えらい仕事をして見せるから」――

いつの間にか章三郎はむッつりと鬱ぎ込んでしまったが、その様子を気の毒だと看て取ったのか、Ｎが俄かに話頭を転じて、慰めるように言った。

「妹といえば君の妹も長い間煩っているそうじゃないか。どうだい、ちっとはいい方なのかい」

「いや駄目だ。とても助からないんだ。もう長いことはあるまい」

妹の話で漸う息を吹き返した章三郎は、わざと心配らしい表情を浮かべて、憐れみを乞うが如く三人の顔に上眼を使いながら、ガッカリした調子で言った。

「何だい病気は？」

と、Ｏが始めて、打ち解けた声で章三郎に口をきいた。

「肺病なんだよ」

こう答えた彼の顔には、一度に重荷を卸したような喜びの色が光っていた。

「いやに君は友達の妹を気に懸ける癖があるね」

Ｎが横合から口を挟んで冷やかし始めた。

「……何しろ間室の妹というのは、兄貴に似合わぬ美人だそうだぜ。肺病なんぞになる女は、大概昔から美人に極まっているもんだから、見ないでも様子は判っているさ。年が十六で、生粋の江戸っ子で、おまけになかなか悧巧な娘らしいから、事に依ったら鈴木の妹よりいいかも知れない。どうだい一つ、お得意の交際術を発揮して間室の所へ見舞いに行ったら」

「いくら美人でも肺病は御免蒙むるよ。病気が直ったら交際術を用いるがね」

「病気が直れば、僕は妹を芸者にするから、そうしたらＯに可愛がって貰おうか。実際そりゃあ好い女だよ。妹の器量を褒めるのもおかしいが、あんな顔だちはちょいと珍しいね」

章三郎はすぐと図に乗って、こんな出鱈目をしゃべり立てた。骨と皮ばかりに痩せ衰えている妹を、彼は今まで一遍も「珍しい器量」だとか「芸者にする」とか考えた覚えはないはずである。彼はこの際、何でも一座の興がるような話を持ち掛けて、自分に対する友達の反感を早く忘れさせてしまいたかった。

「鈴木の妹を細君にして間室の妹を妾に持つか。何しろ兄貴が兄貴だから、間室の妹も芸者になったら定めし辣腕を振るうだろうなあ。あはははは」

と言って、Sが晴れ晴れしく笑った。その笑い方がひどく無邪気に響いたので、多少皮肉な言葉だとは感じながら、間室を初めNもOもどっと賑やかに笑い崩れた。

「己を擲ると言ったあの憤慨屋のSまでが、己に向かって笑顔を見せるようになればもう大丈夫だ。死んでしまった鈴木の噂と、死にかかっている妹の噂と、二つの死霊生霊のお蔭で、好い塩梅にOもSも己に対する恨みを忘れてしまったらしい。もうこうなればしめたものだ。やっぱり人間という者は、そんなにいつまでも一つ人を恨んでいる訳には行かないと見える」

章三郎は三人の友達を計略にかけて、うまうまと丸めてしまったような淡い喜びに唆られた。そうしてこの機を外さずに、宴席に侍った幇間の如く俗悪な駄洒落や身振りを乱発して、散々三人の友達に腹を抱えさせた。

「あはははは、久し振りで会って見ると、相変らず間室は面白い事を言うなあ」

お客が芸人を褒める時の口吻で、Sがつくづく感嘆の叫びを発すると、章三郎は忽ち芸人の根性になって、

「時に僕はまだ昼飯をたべないんだが、ちょいと牛肉でも御馳走しないか。ねえ君、実は先から腹がペコペコになっているんだが……」

こう言って、恐る恐るNの眼つきを窺いながら、一種不可思議な、心細そうな声を出した。

「そら始まった、飯の催促が。――どうせ己たちも飯前だから、黙っていても喰わせてやるよ。そんな哀れっぽい顔をしないでもいいじゃないか」

「喰わせてくれたって、下宿屋の飯じゃ有り難くないよ。是非共牛肉を奢っておくれよ。二三日肉を喰わないんで、馬鹿に牛肉が喰いたいんだ。ついでにビールを飲ませるとなおいいんだがなあ」

「あはははは、賛成々々、己もビールが飲みたくなった。おいN、あんなに間室が飲みたがっているんだから、半ダアスばかり奮発し給え」

あまり章三郎の口のききようがおかしいので、SもOも腹を立てるよりは吹き出してしまった。彼等はだんだん章三郎を侮蔑しつつ、憎悪する事を忘れて来るように見

えた。「附き合って見ると間室の奴も気のいい男だ。なあに彼奴だって腹からの悪人ではなし、ただもう呑気でずべらなために信用をなくしているのだから、考えると可哀そうな人間なんだ。ああいう男には、此方が始めから金を貸さないように用心さえしていれば、面白く附き合って行けるのだ」——彼等は章三郎に対して、こんな考えを持とうとしているようであった。

章三郎の方でもまた、彼等からそれ以上の交際をして貰おうとは望んでいなかった。彼は一体、交友という事にそれほど大した価値を認めない人間であった。自分の性格が我が儘で不道徳で、頗る非社交的に出来ている事を知っている彼は、生涯自分と意気相投ずる友人を作ろうなどとは夢にも思わなかった。彼は第一如何なる他人に対しても、赤誠を吐露して、真剣に物を言おうとする気分が起こらなかった。もっと適切に言えば、彼は友達に対して真剣に交際する必要を感じなかった。——勿論彼の心の奥にも、何か真剣な或る物が潜んでいるには違いない。けれどもそれは、将来彼の天才が成熟した時に、詩とか小説とか絵画とかいう芸術の形式に依って、発表される場合があるかも知れないが、到底箇々の人間に舌の先でしゃべり聴かすべき物ではなかった。彼は自分の胸底に燃えている芸術上の欲求を、常におぼろげに意識しながら、さて友達の顔を見ると、卑しい下らない悪ふざけの冗談より外話をする気にならなかった。一とたび他人に接すると、彼の頭の深い所に渦巻いている貴い物が光を失って、極く上っ面の、軽薄な、嘘つきな、穢らしい方面ばかりが活動した。その時になると、彼は自分でも自分を劣等な人間であると思い込み、男子としての自尊心や廉恥心までなくしてしまうのであった。

「友達に限らず、自分以外の人間という者は、自分に対してそんなに強い影響や感化を及ぼし得るものではない。自分と彼等とはどこまで行っても、ただ表面の、いい加減な接触を続けるだけに過ぎないのだ。自分は彼等の幸福を祈ろうとも思わなければ、彼等に依って自分をえらくしようとも考えない。彼等の社会から畏敬されたり、信頼されたりする事が、どれだけ己の価値に関係するだろう。どれだけ己の芸術的天分を裨益するだろう」

章三郎は世の中の人間――友達に対して、これ以上の親しみを抱く訳に行かなかった。人間と人間との間に成り立つ関係のうちで、彼に唯一の重要なものは恋愛だけであった。その恋愛も或る美しい女の肉体を渇仰するので、美衣を纏い美食を喰うのと同様な官能の快楽に過ぎないのであるから、決して相手の人格、相手の精神を愛の標的とするのではない。たとえ彼が恋愛に溺れて命を捨てる事があっても、それは恐らく、恋人のためよりも自己の歓楽のために献身的になるのであろう。随って彼は親切とか、博愛とか、孝行とか、友情とかいう道徳的センティメントを全然欠いているのみならず、そういう情操を感じ得る他人の心理をも解することが出来なかった。

けれども彼は、必ずしも世間の所謂「人間嫌い」――“Misanthropist”ではない。彼は人間を馬鹿にしながらも、彼等と一緒に酒を飲んだり、女を買ったり、冗談を言ったりすることは好きであった。十日も二十日も友達の顔を見ずにいると、淋しくて淋しくて溜まらなかった。彼の胸の中には、閑寂な孤独生活に憧れる冥想的な心持ちと、花やかな饗宴の灯を恋い慕う幇間的な根性とが、常に交互に起こっていた。友達の金を借り倒して、世間へ顔向けが出来なくなると、彼は暫く韜晦して八丁堀の二階に屏息したり、漂泊の旅に上ったりする。そういう時に彼は自分を非常に偉大な人物であるかの如く己惚れる。やがて借金が時効にかかって、いつとはなしに不評判のほとぼりがさめてしまうと、急にNだのOだのに会いたくなって、のこのこと彼等の下宿へ遊びに出掛け、恥も外聞もなく牛鍋の御馳走をせびったり、芸者買いの相伴にあずかったりする。かくて友人から「剽軽者」と呼ばれ、「呑気な男」「警句屋」などと歌われて、酒宴の席にはなくてならない芸人のように重宝がられるのが、彼には愉快で溜まらないのである。それ故彼と友人との間柄は、結局「酒飲み友達」の程度に止まっていた。たまたま章三郎の人格を買い被って、向うから親交を求めて来る友人があると、かえって章三郎は迷惑をした。彼の友達に対する註文を露骨に大胆に表白してしまえば、「どうせ自分は利己主義な、不信用極まる性格なのだから、それを嫌だと思う人はむしろ附き合ってくれぬがいい。しかしずぼらな代りには、話が上手でなかなか可愛気があるのだから、それを面白いと思う人は、不信用を承知の上で附き合って貰いたい」――こういうことに帰着するのであった。

明くる日の午前十時に、鈴木の遺骸は灰になって、小さな、人間の骨がはいり切るとは思われないほど小さな瓶に詰められて、上野のステエションから郷里へ運ばれた。見送りの学生が五十人近くも集まって、プラットフォオムの列車の窓の前に立った。

「生前は悴がいろいろと御世話様になりまして有り難うございます。今日は又遠方の所をわざわざ御見送り下さいまして、何とも甚だ恐縮に存じます」

鈴木の父は田舎風の、律義な弁舌で一々学生に礼を言って歩いた。美しいと言われた故人の妹も、父の後ろに従ってしとやかに頭を下げた。

章三郎も外の学生と同じように、父と妹から丁重な挨拶を受けた。「悴が生前御世話様になりまして……」こう言われた時、彼は普通に、「どう致しまして」と、答えただけでは済まないような心地がした。

「……いえ私こそ」と附け加えて、彼はちらりと例の小さな瓶の方を、きまりが悪そうに流眄に見た。

五十人の学生の中には、往来で会ったら胸ぐらを取られるかと案じていたほど、章三郎が不義理を重ねた人々も交っていた。しかし孰れも故人の霊に敬意を表して、彼の面皮を剥いでやろうとする者はなかった。

彼は俄かに青天白日の身になったかと感ぜられた。故人は死んだ後までも、章三郎に恵みを垂れているらしかった。

四

降りつづいた入梅の空が、夕方から綺麗に晴れて、二階の部屋には西日がぎらぎらとさし込んでいた。例の如く大の字なりに倒れたまま、体中にびっしょり汗を掻いて、午睡を貪ぼっていた章三郎は、ふと、梯子段にみしみしという足音が聞こえたので眼を覚ました。

「そりゃ己だって、病院へ入れてやりてえことはやりてえけれど、金がねえものは仕様がねえやな」

皺嗄れた声で、囁くように言いながら、章三郎の臥ている部屋へはいって来たのは父親である。その後から母親が、正体もなく涙にくれて、おいおいとしゃくり上げつつ上がって来た。

「ははあ、又何かお袋が親父を口説いているのだな」

と、章三郎は寝惚けながらぼんやりと考えついた。いつも病人に聞かせられない相談があると、父と母とはこっそり二階へやって来て、ひそひそ耳打ちを交すのである。

「だから日本橋へ話をして、頼んで見たらいいじゃないか。人間一人が助かるか助からないの境だものを、入院ぐらいさせてやらなけりゃ、あんまり親が無慈悲だって言われたって仕方がありゃしない」

母は十七八の娘のような、甘ったるい鼻声を出して、いじらしそうに袂を噛みつつ消え入る如く忍び音に泣いた。たった一人の娘を失う悲しさに、彼女の頭は混乱して後先の分別もなくなっていた。

「じきにお前はそんな事を言う。無慈悲な事がどこにあるんだ。己たちだってお富のためには出来るだけの事をしてやっているんじゃねえか」

こう荒々しく言いかけた父親は、急に、或る忌まわしい、不祥な事件を目前に見るような陰鬱な眼を光らせて、一段と声をひそめた。

「それにお前、助かるものならそりゃ借金をしてまで入院させるてえ法もあるが、どの路助からねえと極まったものを、それほどまでにしたところで結局無駄な話だあな。何しろあの容態じゃあ入梅明けまで持つかどうだか分らねえって、医者がそう言っているくらいなんだから、可哀そうでも今更仕様がありゃあしねえ。……まああれもこれも、みんなあの子の寿命だと思ってあきらめるのよ」

やさしい調子で宥め賺されると、母はだだっ子のように冠を振った。

「助からないにしたところが、せめて病院へでも入れてやって、いいお医者に見せてやらなけりゃ私ゃあきらめが附きやしない。……河村の照ちゃんが死ぬ時だって、ちゃんと日本橋へ話をして、順天堂へ入れて貰ったじゃありませんか。助からないから放って置くなんて、あなたのようなそんなそんな、不人情な親がどこの国にあるもんじゃない……」

「誰が放って置くと言ったい？　放って置きゃあしねえじゃねえか。毎日々々芳川さんに見て貰って、出来るだけの手当ては尽くしてあるんだ」

「芳川の藪医者なんぞに何が分るもんか」

「馬鹿な事を言え！　あれだって立派な医学士で、この近所じゃあ相当に信用のあるお医者なんだ！　手前見たいに分らねえ奴はありゃしねえ」

親父はかっとなって怒鳴り付けたが、それでも母親が哀れになったのか、すぐ又句調を柔らげて諄々と説き諭した。

「芳川さんなら小さな時分からお富の体を見ているんだから、生じの医者にかかるよりいくら確かだか知れやしねえ。たとえどんな博士に見せたって、とても助かりっこはねえって、あの人が断言してるんだから、よくよくお富に運がねえんだ。そりゃ、贅沢を言った日にゃあ、大学病院へ入れるとか、青山さんに見て貰うとか、際限のねえ話だけれど、そうしたところがつまりはまあ、助からねえと知りながら気休めのために金を使って見るだけの事で、貧乏人が無理算段をしてまでも、真似をするにゃ及ばねえ事なんだ」

その時階下の病室で、「かあちゃん、かあちゃん」と呼び立てるお富の声が聞こえると、母はよんどころなく談判を切り上げて、

「あいよ、あいよ、今かあちゃんは下に行くよ」

と言いながら、あわてて眼の縁の涙を拭いた。

「それ、それ、又己たちが二階にいるとお富の奴が気にするから、早く下へ行ってやりねえってことよ。泣きッ面なんぞしなさんなよ見っともねえ！」

「かあちゃん、かあちゃんてば！　みんな二階へ行っちゃあ、あたいが淋しいじゃないの」

「あいよ、あいよ、今行きますよ」

梯子段を降りて行く母は、まだシクシクと鼻を鳴らしていた。

「やい章三郎、また昼寝なんぞしていやがる！　起きねえかこれ、起きねえかったら」

母親の跡に附いて降りようとした父親は、章三郎の横着な姿が眼にはいると、黙ってそこを通る訳には行かなかった。

「可哀そうな親父だ。女房には攻められるし、悴(せがれ)には馬鹿にされるし、娘には死なれてしまう。何という不仕合せな年寄りであろう」

そう思って空寝をしていた章三郎は、いつものように臀っぺたを蹴られる途端に、忽ちどこかへ同情心をなくしてしまった。寝ている悴と蹴っている親父とは、暫く根競べをして争っていたが、たまたま親父の生暖かい足の蹠が、何かの拍子で章三郎の股の肉に粘り着くと、その肌触りが何ともいえず薄気味の悪い、ぞっとするような心持ちを起こさせるので、とうとう悴は溜まらなくなって首を擡げた。

「昼寝をするんじゃねえって言うのに、なぜ手前はそうなんだろう。ほんとうにずうずうしい野郎だ」

親父は息の切れそうな声で罵りながら、執念深く睨み付けたが、まだそれだけでも腹が癒えないのか、

「昼寝をしている隙があるなら、芳川さんへ行ってお富の薬を貰って来ねえ。夕方飲むのがねえんだから、これからすぐに取りに行きねえ。手前なんざあ、妹が病気で寝ているのに、何一つ手伝いもしやがらねえ」

「自分だって親父の癖に一文だって、悴の学費を助けた事がありはしねえ……」

章三郎は心の中で親父の句調を真似ながら、交ぜっ返すように言った。

父と母とはその明くる日も二階へ上がって、前の日と同じような争論に泣いたり怒ったり叱ったりした。病院へ入れる事が出来ないなら、看護婦か女中なりとも雇って欲しいと母が言った。「お富が可哀そうだから、黙って辛抱しているけれど、台所か

ら病人の世話まで私一人に預けられちゃ、ほんとにほんとにやり切れやしない。何かというと貧乏だから仕方がないって、人に苦労をさせる事ばかり考えている」——と、面を膨らせて、例の口癖の嫌味を並べるのを、父はおとなしく腕組みをしたまま、ただ徒に溜息をついて聞き流した。彼はもう、いつまで立っても昔のような了見でいる母親の、我が儘と贅沢とに愛憎を尽かしているらしかった。

「あんなに夫婦喧嘩をするなら、一層今までに離縁をしちまえばよかったのだ。あのお袋にあの親父ではこれからますます貧乏して行くばかりである」

と、傍で見ている章三郎は、滑稽なような不憫なような心地がした。公平な彼の眼で観察すれば、必ずしも父親の無能ばかりが母を今日の窮境に導いたのではない。父親の身になったら、母に向かって「お前が悪いから己まで貧乏してしまった」と、嘸かし不平を言いたいであろう。それを堪えているだけに、父親の方が実際はいくらか母より賢いのかも分らない。

「台所から病人の世話まで、私一人でやっている」と、母は頻りに愚痴をこぼすが、その実彼女は横着で怠け者で、一家の主婦たる資格もなければ覚悟もなかった。まだお富が達者でいる時分から、彼女は一遍でも自分で朝飯を焚いたことがない。焚かないというよりは焚き方を知らないのである。

「一家の女房が、飯を焚かないで済むと思うのか」

親父にこう言われると、彼女は必ず不服らしい顔つきをして、

「どうせ私にゃあー、器用な真似は出来やしないさ。こんな貧乏な境涯に落ちてお飯(まんま)焚(た)きまでさせられようとは思っていなかったんだから」

と、口を尖(とが)らせて横を向いてしまう。

親父はよんどころなしに、夕方勤め先から帰って来ると、自ら襷(たすき)がけになって勝手口で米を研(と)いだ。朝は母親を初め倅や娘の寝ている刻限に床を離れて、へっついの前で火吹き竹を吹きながら、火を焚きつけた。そうして彼が釜(かま)の飯をお鉢に移して、味噌汁(みそしる)を沸き立たせた時分に、ようよう母は大儀らしく蒲団を這い出して来るのであった。これだけの労役を済ませてから、父は急いで朝飯を喰って、どうかすると弁当箱まで自分で詰めて、あたふたと主人の店まで出かけて行った。店というのは越前堀の運送屋で、四五年以来彼はそこの通い番頭を勤めているのである。

こうして親父もお袋も、ひたすら目前の無事を願いつつ、苦しく情けなく一生を終わろうとするようであった。夫は妻を制御する力がなく、妻は夫を激励する決心がなく、互いに現在の境遇から逃れ出る道を講じなかった。彼等は毎日己れの不運をかこちながら、猶且(なおかつ)醜い生を続けて、奮発しようとも自殺しようともしなかった。

「生活難というものはこれほど凄(すさま)じいものだろうか。食うに困らずに生きて行くという事は、かくまでむずかしいものだろうか。自分も今に世の中へ出て、この両親と同

じ苦患を受けなければならないのか」

一家の様子を目撃するにつけても、章三郎は自分の将来が案ぜられた。彼は平生、母の我が儘と父の無気力とを卑しんでいるにも拘わらず、自分もやっぱりこの両親の息子と生まれて、立派に彼等の弱点を受け継いでいる事を、否む訳には行かなかった。「自分には優秀な才能がある」そう信じながら、彼は一向その才能を研こうとはせず、暇さえあれば安逸を貪り、昼寝と饒舌と飲酒と漁色とに耽っていた。彼は母よりも一層懶惰で、虚栄家で、父よりもまた無気力な、薄志弱行な男であった。

このままぐずぐずしていれば、彼も両親と同じような、惨澹たる運命に陥ることは必然であった。必然どころか、彼は現在その運命に刻一刻と陥りつつあるように感ぜられた。

「己は今のうちにどうかしなければならない。えらくなるなら、今のうちにえらくならなければならない」

章三郎は愕然として、心を焦立てる折があった。俄かに元気を振い起こして、上野や大学の図書館へ籠居したり、机の上に原稿用紙を拡げたまま、ペンを握って二日も三日も考え込んだりした。しかし、不幸にも彼の頭は長い間の放埒に狎れて、石ころのように鈍く懶くなっていた。本を読んでも原稿を書いても、彼の心は物の五分と一つ所に凝集されていなかった。たった今、机に向かって何かやり始めたかと思うと、いつしか彼は茫然として、女の事や美酒の匂や、恐ろしく病的な、荒唐無稽な歓楽の数々を、取り止めもなく胸に描いていた。彼は覚めながら夢を見ているも同然であった。寝ている時と起きている時との区別なく、奇怪極まる妖女の舞踏や、血だらけな犯罪の光景や、不思議な魔術師の舞台などが、阿片やハシイシュを飲むまでもなく、彼の眼の前に始終変幻出没した。

彼の心の働きが弛むと同時に、彼の神経衰弱はますます募るばかりであった。度忘れや独語や癇癪や意地っ張りや、そんな徴候が一日のうちに、交々起こって彼を悩ました。鈴木が死んで以来、彼の脳髄に巣を喰った強迫観念は、日を経るに随ってだんだん猛烈に彼の神経を脅かした。

「己はいつ死ぬか分らない。いつ何時、頓死するか分らない」

そう考えると章三郎は、立っていても溜まらないほど恐ろしい折があった。死に対する恐怖から彼はあらゆる急激な病気に対して過敏になった。脳充血、脳溢血、心臓麻痺、……それ等の禍が、今にも自分の身に振りかかって、一瞬間に五体が痺れてしまいそうな心地のする事が、日に五六度彼に起こった。往来を歩いていると不意に胸が痛くなって、夢中で五六町駈け出したり、電車の中でカッと頭が上気して、あたふたと表へ飛び降りたり、夜中に蒲団を撥ね返して、梯子段を転げるように馳せ降りて、水道の水を顔にぶっかけたり、恐怖はほとんど章三郎を発狂させねば置かないほどに昂奮させた。彼は真青になって頭と胸とを抱えながら、一と晩中ぶるぶる顫えていることがあった。そうして朝の日光を見てから、始めて安心したように昼近くまでぐっすりと睡った。

彼はこの辛辣な病魔の毒手を、誰に訴えて如何なる方法で駆逐すべきかを知らなかった。少なくとも彼の病気は、世に有りふれた医薬の力で治癒しそうには思われなかった。

「どうか先生助けて下さい。僕は恐ろしくて仕様がないんです。僕は今にも死にそうなんです」

こう言って、絶望の叫びを挙げたところで、医者には多分手のつけようがないであろう。

「何がそんなに恐ろしいんだ。君の体はどこも悪くはないようだぜ。死にはしないから大丈夫だよ。まあまあ安心してい給え」

と、彼は空しく手を束ねて、口の先で章三郎を慰撫するぐらいが関の山であろう。

もし又その医者が非常に烱眼な、――単に肉体の疾病ばかりでなく、肉体の奥に潜む魂の疾病までも見破るほどに烱眼な人であったなら、定めし冷やかな微笑を浮かべて、

「ははあ、この病気はなかなか重いが、とても医者には直せない。君は子供の時分か

ら、あんまり不自然な肉慾に耽（ふけ）って、霊魂を虐（しいた）げ過ぎたために、今その報いを受けているのだ。僕は君がどんな人間だかよく知っている。君は生まれつき精神に欠陥があるんだ。君は医者からも神様からも見放されたのだ。お気の毒だが、私（わし）の力で君の命を助けてやる訳には行かない」

と、迷惑そうな顔つきをして宣告を与えるであろう。

しかし、誰よりも明らかに自己の病源を自覚している章三郎は、わざわざ宣告を受けるために医者の診察を乞いに行く気は起こらなかった。彼は自分の病気に対して、ただ失望と懊悩（おうのう）とを繰り返すばかりであった。

「お前の苦しみは天の罰だ。天に逆（さか）って生きて行こうとする人間の、誰でもが受けなければならない罰だ。お前のような人間が、生意気にも天に逆って生きようとすれば、結局狂人になってしまうのだ。お前はそれでもお前の生活を改めようとしないのか」

彼はこういう良心の囁きを聞いた。そうして彼は、この囁きに向って答えた。——

「誰が己を、天に逆って生きなければならないような人間に生んだのだ。善に対して真剣になれず、美しき悪業に対してのみ真剣になれるような、奇態な性癖を己に生みつけたのは誰なのだ。己は己の背徳について、天罰を受ける覚えはない！」

彼はいかにもしてこの不当なる天罰に反抗しなければならなかった。神が打ちおろす懲らしめの笞（むち）を甘んじて堪え忍ぶ事は出来なかった。彼は何とかして、海嘯（つなみ）のように襲い来る死の恐怖を払い除けつつ、生きられるだけ生きたかった。たとえ彼の境遇は哀れであったも、彼の生まれて来た世の中には、悪魔が教える歓楽の数々が、充ち溢れているように見えた。彼は是非とも生き長らえて、いつか一度は己の肉体を、己れの官能を、その歓楽の毒酒の海に浸らせたかった。上戸が杯中の一滴をも吝(お)しむように、美酒のしたたりを少しでも多く吝しみ味わいつつ生きたかった。

彼は己れの疾病を、根本的に治癒する道を断念して、一時なりともその呪わしい苦しみを忘れる事にのみ努めた。たまたま恐怖の発作を感ずると、夜中でも昼間でも往来のまん中でも電車の室内でも、彼は蒼惶(そうこう)として酒を呷(あお)った。どんなに恐ろしい刹那でも、即座に酔ってさえしまえば忽(たちま)ち神経が鎮静して、五体の戦(おのの)きが止まるのであった。姑息(こそく)な手段はかえって病勢を募らせると知りながら、彼は目前の慰安のために将来を顧慮する暇がなかった。

酒さえ飲めば恐いことも何もない。——章三郎は次第々々にこういう迷信に囚(とら)われるようになった。その日その日の彼の命を安らけく支えて行くために、酒は飯よりも必要であった。殊(こと)に毎晩、寝しなに一定の量を飲まなければ、彼はどうしても寝られなかった。金があると、彼はウイスキイの小罎(こびん)を買って、外出の際に必ずそれを懐ろに入れて歩いた。金がなくなると苦し紛れに、アルコオル分を含んでさえいるものなら何でも貪り飲んだ。そっと両親の眼を掠(かす)めて、火鉢の抽出しから十銭銀貨を盗み出して、泡盛を買って来ることもあった。果ては深夜に台所の板の間を漁って、酒しおの徳利を喇叭飲みに飲み干したりした。

「どうも酒しおがあんまり早くなくなるから、変だ変だと思っていたら、大方夜中に章三郎が飲むんですよ。そうだよあなた、そうに違いないよ」

と、母は或る時父に言った。

「だってお前、あの酒しおが飲めるもんじゃねえが、彼奴が飲むんだとすると、どうも呆れた野郎だな、構わねえから今夜黙ってどこか隠してしまいねえ。あんな物を飲みやがって、今に体を悪くするから」

と、父は半信半疑で言った。

その晩、章三郎はいつものように台所を漁りに来たが、酒しおは容易に見付からなかった。さてはと心付いて、障子の破れ目から居間を覗くと、一本の徳利が親父の枕許に、烟草盆と並んで立っていた。父と母とは病人のお富の床を挟んで、正体もなく鼾をかいたり口を開いたりして眠って居た。苦労性の親父も、泣き虫のお袋も、おかしなことには昔から馬鹿に寝つきのいい人であった。章三郎は昼も夜も大理石の臥像のように仰向いている妹の寝息を窺いながら、首尾よく枕許の徳利を浚った。そうして便所の中へ隠れて、不快な臭気に顔をしかめながら、ぐびりぐびりと喉を鳴らした。

それから五六日過ぎた或る真夜中の事であった。家族の寝鎮まった刻限を狙って、みしりみしりと梯子段を降りて来て章三郎は、薄暗いランプの明りの漂っている居間の四方を見廻したが、もうその徳利は親父の枕許に置いてなかった。

「あ、また気が附いてどこかへ隠してしまった」

こう呟いて彼はぼんやりと部屋の中央に突っ立ったまま、三人の寝姿を見下ろしていた。例の如く父は凄じい鼾を掻き、母はぽかんと口を開いて、すやすやと寝ている様子が、道端に倒れた行路病者のように傷ましかった。章三郎はこの二三年来、両親の顔をまざまざと眺めた事がないような心地がして、暫く彼等を見守っていた。垢だらけな、ぼろぼろになった銘仙の掻巻の裾から、骨張った二本の毛脛を露出して、萎えた花弁のような足の甲を天井に向けながら、無心に眠っている親父の頰は、眼窩と歯列びとが見え透くほどに落ち窪んでいる。生きた男の寝姿というよりも、餓え死にをした人間の骸に近い恰好である。母は体が丈夫なせいか、割り合いに貧乏窶れのしない、肉附きのいい色白の肌を胸まで出して、両手をいぎたなく左右へ伸ばしたまま、片膝を立てて寝込んでいる。彼等の眠りが深ければ深いほど、章三郎は余計彼等が哀れであるように感ぜられた。終日の労働と心配とに疲れ果てて、敗残の余生を纔か夜間の熟睡に托している老夫婦の、静かな唇と眼瞼の裡には、昼間章三郎を叱り飛ばす時のような、瞋恚の瞳も輝かず罵詈の言葉も響かなかった。彼等はさながら、章三郎の足下に身を横えて、我が子の情と救いとを求むるが如くであった。

「章三郎や、どうぞ私たちを助けておくれ。お前は私の子ではないか。広い世間にお前より外、私たちを救ってくれる人はいない。どうぞ私たちを可哀そうだと思っておくれ。どうぞ心を入れ換えて、私たちに孝行をしておくれ」――せち辛い世の苦しみに喘いでいるような、とぎれとぎれの寝息の音が、彼には何となくこういう文句に聞こえるのであった。自分はなぜ、こんな悲しい人たちを邪慳にしたり、忌み嫌ったりするのであろう。こんな惨めな親たちに、なぜ反感を持つのであろう。……そう考えると、章三郎は胸が一杯になった。

「世の中に己のような悪人は又とあるまい。己こそ本当の背徳漢だ。天にも神にも見放された人間なんだ。……お父っぁんおっ母さん、どうぞ私を堪忍して下さい」

彼は覚えず両手を合わせた。

「兄さん、又酒しおを飲みに来たんじゃないの」

寝ていると思った病人のお富は、いつの間にか眼を覚まして、水晶の如く冴えた眦を、じっと章三郎に据えて言った。

「ちゃんと隠してしまったんだから、そんな所を捜したってありゃしなくってよ。飲むなと言うのになぜ兄さんはそうなんだろう。……ほんとに内の台所にゃあ、毎晩のように頭の黒い大きな鼠が出るんだから、うっかり何かを置いとけやしない」

病人は、微かな、力のない声で皮肉を言って、ややともすると痰のからまる咽喉の奥をぜいぜいと鳴らした。

長い間、章三郎は怯えたように立ち竦んで、ほとんど何等の表情もない、透き徹るような病人の瞳の中を睨んでいたが、この間から我慢していた憎悪の情がその時一度に爆発した。

「あまっちょめ、生意気な事を言やあがるな！」

と、それでも彼は気味悪そうに二の足を踏みつつ、低い調子でひそひそと言った。

「なんだ手前は？　足腰も立たない病人の癖に、口先ばかりでツベコベと勝手な事を抜かしゃあがる。可哀そうだから黙っていてやりゃあ、いい気になってどこまで増長しやがるんだ。手前の指図なんぞ受ける必要はないんだから、おとなしくして引込んでいろ。どうせ手前のような病人はな……」

こう言いかけた章三郎は、次に言おうとする言葉の、余りな惨酷さに自ら愕然として、後の語句を曖昧に濁らせた。

「……他人の世話を焼くより、自分が世話を焼かれないように用心さえしていりゃあ、それで手前の役目は済むんだ。馬鹿！」

病人は再び何とも言わなかった。蒸し暑い、森閑とした夜更けの室内に、依然として表情のない彼女の瞳は、いつまでもいつまでも氷の如く冷ややかに章三郎を視詰めていた。

「兄さんの言おうとして躊躇した言葉の意味は、私にもよく分っています。どうせ私は、もう直き死んでしまうんです」

彼女の瞳は、こう語っているように見えた。

五

その頃、Masochist の章三郎は、何でも彼の要求を聴いてくれる一人の娼婦を見つけ出した。その女に会いたさに、彼はあらゆる手段を講じて遊蕩費を調達しては、三日にあげず蠣殻町の曖昧宿を訪れた。授業料だの教科書だのという名目で、日本橋の親戚から引き出して来る学費の凡べては無論のこと、せっかく友情を恢復した友達仲間に、彼は再び不義理を重ね、揚句の果ては借りた本まで売り飛ばして、水天宮の裏通りのその女の許に通った。激しい恐怖と激しい歓楽とが、交る交る彼を囚えて、前後不覚の Delirium の谷に墜とした。

三日も四日も家を明けて、いつも深夜の一時か二時に八丁堀へ帰って来る章三郎は、四肢の疲れと悪酒の酔で綿のように蕩けた体を、どたんどたんと雨戸に打つけながら、寝ている両親を呼び起こした。

「何だって今時分帰って来やがるんだ。そんなに乱暴に戸を叩いたら、お富がびっくりするじゃねえか。……手前のような人間は親でもねえし子でもねえから、どこへでも出て行け。二度と再び帰って来るにゃ及ばねえ」

家の中から親父の怒鳴るのが聞こえると、章三郎はなおさらけたたましく戸を叩いた。結局親父が業を煮やして明けに来るまで、何分間でもどたんどたんと板戸を蹴った。

「この野郎！　勝手にどこかへ行けと言ったらなぜ行かねんだ。なぜ行かねんだってばよう！」

戸を明けるや否や、親父はいきなり章三郎の胸ぐらをこづいて、蟀谷の辺を力まかせにぽかッと擲りつけるのが、ほとんど一つの慣例になっていた。

「お父っさん、お父つぁんてばさ、まあ隣近所があるんだから、好い加減にしたらいいじゃないか。……章三郎や！　お前が黙って立っているから悪いんだよ。何でもいいから早く詫っておしまいってば！」

母は二人の間にはいって、おろおろしながらこう叫んだ。

「やい畜生！　まだそんな所に衝っ立っていやあがるか」

続けざまに悴の頭を乱打する親父の顔には、時とすると涙が光って、声が怪しくふるえていた。

それでも章三郎は、詫まろうともしなかった。猛り狂う親父の腕を無理やりに引っ張って、やっとこさと母親が奥の間へ拉して行くまで、彼は根気よく項を伸べて棒立ちに立っていた。連夜の毒々しい刺戟のために痺れた頭を、眼の眩むほどグワングワンと揺す振られるのが、彼にはむしろ小気味のよい、一種痛烈な快感を覚えさせた。

六月の末の、降り続いた霖雨が珍しく晴れ渡った或る日であった。四五日前から特に容態が険悪になった妹は、朝の七時に勤め先へ出て行こうとする父親を呼び止めて、

「お父ちゃん、何だか私、今日は淋しくって仕様がないからどこへも行かずにいておくんな。ねえお父ちゃん」

と、例になく悲しい声で甘えるように言った。章三郎に罵られるほど生意気であった病人は、その頃めっきり気力が衰えて、七つ八つの子供時代の愚かさに復っていた。晩になると、独りで寝るのが嫌だと言って、父親の痩せた腕に抱かれて眠った。彼女は父親に抱かれてさえいれば、よもや死ぬ事はあるまいと信じているようであった。

「お父っさん、お富が淋しいって言うんだから、今日は休んでおやんなさいよ」

と、母も娘の尾に附いて、眼くばせをしながら父に言った。

「それじゃあお父っあんは店を休んで、一日内にいて上げよう」

父は優しく言う事を聴いて、締めかけた前掛の紐を解いた。

前の日の夕方から蠣殻町の待合に泊っていた章三郎は、どんの鳴る時分に眼を覚ま

すと、相手の女はもう座敷には見えなかった。

「はてな、事に依ると今夜あたり妹が死ぬのじゃないか知らん」

ふと、こんな考えが彼の胸に浮かんだ。そうして不思議にも、その考えは長く長く彼の心に蟠まって、蠅の群がるようにもやもやと拡がって行った。「虫が知らせる」とか「胸騒ぎがする」とか、俗に世間で言う言葉は、かかる場合の心持ちを形容するのではあるまいかと彼は思った。遂には妹の今夜死ぬ事が、もう予め知れ渡った、疑うべからざる事実のようにさえ感ぜられた。

彼は妹の病気に就いて、一度も兄らしい心配をしたこともないのに、やはり血筋の縁があって「虫が知らせる」のかと思うと、何だか苦々しい心地がした。自分と彼女との肉身の関係を、それほど根柢の深いものとは、どうしても信じたくなかったのである。

午後の一時頃に、勘定を済ませて待合の門口を出た章三郎は、まだ懐に残っている二円の金を、何とかしてその日のうちに使ってしまわねば気が済まなかった。

「酒だ、酒だ、酒さえ飲めば胸騒ぎが鎮まってしまうんだ」――彼はふらふらと人形町のビーヤホールの暖簾を潜った。ウイスキイだの正宗だのを立て続けに煽りつけて、舌の爛れるような熱い洋食を三皿ばかり平げて、陶然として表へ出ると、日中の太陽が酔いどれの娼婦の吐息の如くじりじりと彼の項を照り付けた。彼は危く眩暈を感じて倒れそうになったが、しかし好い塩梅に、もう胸騒ぎはしなくなっていた。

「そうだ、これから浅草へ行こう。浅草へ行って活動写真を見て帰ろう。面白いな……」

と、彼は大きな声で独り語を言った。


その晩、章三郎が八丁堀の家の前へ戻って来たのは、九時頃であった。格子を明けると、

「章三郎かい、早くおいで、早くおいでよう!」

と、母の潤(うる)んだ声が言った。

狭い六畳の部屋の中に、両親を始め日本橋の親戚の男や女がギッシリと詰まって、脂汗(あぶらあせ)の湧く蒸し暑さを堪(こら)えながら、病人の枕許を取り巻いていた。

「お富ちゃんや、お富ちゃんや、兄さんが帰って来ましたよ」

嫁入前の、花やかな高島田に結った娘のお葉が、病人の耳元へ口をつけて言った。

「しかし不思議なもんだねえ。いつも帰りが遅いのに、今夜に限って章三郎が早く帰って来るなんて、……」

こう言いながら、母は真赤な眼の縁(ふち)を擦(こす)った。

病人にはそれ等の話がよく聞き取れるらしかった。が、もう唇が硬張ったのか一と言も物を言うことは出来なかった。彼女はただ、賢い犬のように瞳を上げて、じっと

章三郎の顔を見入った。

「お富、お富、なんでお前は己をそんなに睨めるのだ。この間己がお前を叱ったのは、ほんの一時の腹立ち紛れに過ぎないのだ。どうぞそんなに睨まないで、もう好い加減に免してくれ。己はお前の兄じゃないか。己だって今日は胸騒ぎがしたのだ……」

兄は心でこう言って、熟柿臭い酒の匂を、重い溜息と一緒に洩らした。

「ねえお父つぁん、もう一遍芳川さんに注射して貰いましょうか」

と、母が言った。

「そうよなあ、して貰うなら貰ってもいいが、どうせ同じ事じゃねえか。章三郎も帰って来たし、みんな揃っているんだから心残りはありゃしめえ。無理な事をして生かして置くだけ、かえって当人が可哀そうだ」

こう言った父の口元には、ひッつりのような笑いが見えた。

遣る瀬ない、呼吸の詰まるような苦しい時が、無言のまま一時間ばかり過ぎて行った。突然、病人の唇は蛞蝓の蠢くような緩やかな蠕動を起こした。

「かあちゃん、……あたい糞こがしたいんだけど、このまましてもいいかい」

「ああいいともいいとも、そのままおしよ」

母は我が子の最後の我が儘を、快く聴き入れてやった。

暫くの間、病人はハッキリ意識を回復して、左右の人々にぽつりぽつりと言葉をかけた。

「ああ、あたいはほんとに詰まらないな。十五や十六で死んでしまうなんて、……だけど私は苦しくも何ともない。死ぬなんてこんなに楽な事なのか知ら……」

一座は哲人の教えを聴かされているように、堅唾を呑んで耳を澄ました。その言葉こそ、今肉体から離れて行こうとする霊魂の、断末魔の声であった。それが終わると、次第に病人は息を引き取った。

「なんだなあ、病人という者はよく死ぬ時にシャックリをするけど、この子はちっともしなかったなあ。芝居なんぞでもシャックリをして見せるもんだが……」

父は不審そうに臨終の様子を眺めて言った。死んだ体はまだ微かに動いていた。もくもくと肩の筋肉を強直させて、唇の間から、葉牡丹のように色の褪めた舌を垂らした。不意に、母親がだらしのない、大きな声でわいわいと泣きかけたが、父親に激しくたしなめられて袂を口に咬えながら、屍骸の傍に打ち俯してしまった。

それから二た月ほど過ぎて、章三郎は或る短篇の創作を文壇に発表した。彼の書く物は、当時世間に流行している自然主義の小説とは、全く傾向を異にしていた。それは彼の頭に醱酵する怪しい悪夢を材料にした、甘美にして芳烈なる芸術であった。

注釈

六＊馬道　現在の東京都台東区浅草馬道。吉原遊郭への途中に当たり、遊客が賃馬で通ったのでこの名が起こった。

一一＊紂王　前四六三没。殷の最後の王。名は辛。妲己（末喜）を寵愛し酒色に耽る。虐政のため民心離反、周の武王に滅ぼされた。桀王とともに暴君の代表とされる。妲己は紂王が有蘇氏を討って得た妃。淫楽残忍をきわめ、のち武王に殺される。毒婦の代表とされている。

二一＊地口の行燈　地口（ことわざ・俗語などありふれた成句に、同音や似た音の別語でちがった意味をあらわすしゃれ）をしるした行燈。多くは戯画を書きそえて祭礼の時などに路傍に立てる。江戸時代の宝暦・明和のころ盛行した。

二九＊チャリネ　明治十九年、イタリア人チャリネを団長として来日した曲馬団。神田・築地・浅草などで興行して大評判となった。

三一＊緞帳芝居　下等な芝居。小芝居。引幕を許されず垂幕（緞帳）を用いたからこう言う。緞帳は上にさおがあって巻いて上げ下ろしする幕。

＊覗き機巧　箱の中に何枚かの絵を入れ、ひもであやつって順次に画面を変えながら物語などを聞かせ、箱の前面のレンズからのぞいて見るようにした装置。のぞき眼鏡。

七一＊「由良さん」「仮名手本忠臣蔵」七段目の祇園一力茶屋の場で、大星由良之助（大石内蔵助の作中の名）が大尽遊びをする場面で酒に酔った由良之助が大勢の芸子を相手に鬼ごっこをする。芸子たちは「由良鬼またい（由良さんの鬼よ、待った、の意）。由良鬼またい」とはやし立てる。

七五＊直屋　株式などの仲買人の看板を借り受け、取引所の相場を標準として一種の賭博をする者。

九七＊ドキンシィ　Thomas De Quincey（一七八五―一八五九）イギリスの批評家。マンチェスターの商人の子に生まれ、オックスフォード大学在学中アヘン服用の習慣に陥り、生涯このために苦しむ。大学を中退し、ワーズワース、コールリッジらのロマン派の文学者たちの友人となり、エッセイ、評論の筆をとる。「阿片溺愛者の告白」（一八二二年・大正期に辻潤により日本初訳）で文名をあげ、「殺人の芸術的考察」（一八二七年・本文にある作品名）、「湖畔詩人たちの思い出」（一八三四年・ワーズワース、コールリッジなどロマン派詩人たちの批評）その他の作品がある。

一〇三＊太棹の師匠　義太夫節の師匠。義太夫節に用いる三味線の棹はふつうより太いので、太棹は義太夫節の異称となる。

一〇九＊Labyrinth　ラバリンス（英）。迷路。ギリシア神話で工匠デーダラスがミノス王の命により怪物ミノトールを監禁するためにクレート島に作ったという迷宮。

一一三＊パック　Puck　いたずら好きの小妖精の意で、漫画雑誌などの表題に用いられる。

わが国では時事新報に時事漫画を出して一新機軸を出した北沢楽天が明治三十八年（一九〇五）二月「東京パック」という世相を諷刺した漫画を発刊したのが、この名を用いた初め。日露戦争中の連戦連勝の快報に満ちた時で、時好に投じて人気を博した。

一五七＊Obscene picture　オブシーンピクチア（英）春画。わいせつな絵。

二一六＊伊能忠敬　延享二年―文政元年（一七四五―一八一八）徳川中期の地理学者、測量家。通称三郎右衛門、隠居ののち勘解由。上総山武郡小関村生まれ、下総佐原の伊能家に入婿、家運を回復し名主となったが数え五十歳で隠居、翌年江戸に出て天文研究に従った。地球の大を測ろうとして地図を作ろうと志し、寛政十二年（一八〇〇）六月奥州をへて蝦夷に入り、各地の測量に従って十二月江戸に帰る。引き続いて全国の沿岸測量に従事し前後十七年を費して全国の沿岸測量を終わった。「輿地全図」「実測録」の著書がある。

二六〇＊ウオルムスの会議　一五二一年のヴォルムス（Worms）の国会といわれるもの。マルチン・ルター（Martin Luther　一四八三―一五四六）の宗教改革運動が問題にされた。ルターは議会に召喚され、審問され、思想の取り消しを要求されたが、それを拒否した。

二九四＊達磨茶屋　達磨は売春婦の異称。下級売春婦をおく茶屋をいった。

（橋本芳一郎）

作品解説

綱淵謙錠

ここに収められた八編は谷崎文学の最も初期における代表的短編といってよい。つまり谷崎の五十五年にわたる作家生活のうちの最初の六年間（明治四十三年から大正五年まで）の文学的業績の一部であり、それぞれ独立した作品の世界をもっておりながら、しかもその後の豊富多彩な谷崎文学の特色を萌芽の形でかっちりと内包しているのである。これらの作品はまた単に谷崎の永い文学的生涯の里程標であるばかりでなく、わが国の近代文学のたどった道程のなかで唯美主義的分野の里程標でもある。

文学における唯美主義とはなにか。一言にしていえば〈美〉のもつ残酷性、それによって招来される肉体的〈恐怖〉の発掘である。近代日本文学史上での谷崎文学の最初の意義は〈恐怖〉の客観化にあったといえよう。

明治四十五年七月八日号の「東京日日新聞」は、伊藤左千夫の連載小説「分家」が近く終結し、つづいて〈新進の鬼才谷崎潤一郎氏〉の「羹」が掲載されることを予告し、谷崎の感想を載せているが、その文章の中で谷崎は次のようにいっている。

「一、二年前、私が小説を書き始めた時分から『耽美派』という言葉が頻りに流行り(はや)出して、いつの間にか私もその縄張りの中へ入れられてしまっている」「思うに耽美派とは、ネオ・ローマンチズムのある物を目してかく称するのであろう。その一人に数えられる事ならば、私にとって決して迷惑でも不服でもない」「けれどももし、ただいたずらにきれいなものを書いたからとて、それがただちに耽美派の作物といわれる世の中ならば、私は不満足この上もない」「『悪魔』を書いたら、穢い(きたな)といって攻撃された。耽美派の一人なるがゆえに、きれいな小説を書かねばならないのなら、私は『耽美派』という称呼を呪いたく思う」

　これらの言葉を引用したのは、たんに谷崎が耽美(たんび)主義（＝唯美主義）にたいしてどういう姿勢をとっていたかを説明するためだけではない。谷崎という一個の才能がまぎれもなくポーを始祖としボードレール、ユイスマンス、ワイルドなどによって代表される西欧世紀末の唯美主義文学の申し子であるという事実をも説明したいためである。〈耽美派〉とか〈ネオ・ロマンチシズム〉という言葉がはやりだしたという明治末期の文学状況は、フローベール、ゾラ、モーパッサンなどを師とするわが国文壇の自然主義的傾向が袋小路に迷いこみ、脱出口を模索していたという時代的背景を物語るものである。そして谷崎はこの唯美的傾向を永井荷風を先輩としてわが国の土壌にみごとに開花してみせることで、文壇の閉塞(へいそく)状況に一つの脱出口を示唆したのであった。

「刺青」──明治四十三年（一九一〇）十一月、「新思潮」（第二次）第三号に発表された。「作者が始めて発表した作品は第二次『新思潮』の創刊号に寄せた一と幕物の戯曲『誕生』であった。が、事実は『誕生』よりもこの『刺青』の方が先に書けていたので、これがほんとうの処女作である」と後年谷崎じしんが書いている（昭和三年二月「明治大正文学全集谷崎潤一郎篇解説」）し、また彼の処女出版（明治四十四年十二月）である短編集にも『刺青』と題しているのであるから、この作品は谷崎文学の出発点と見なしてよいであろう。

まずこの作品の題材からして特異である。

「それはまだ人々が『愚』という貴い徳を持っていて、世の中が今のように激しく軋み合わない時分」の江戸の草双紙的世界を舞台として、一人の若い刺青師が、天与の美しい肌をもった若い女を得て、その背中に精魂こめて女郎蜘蛛を彫るが、その刺青ができあがったときには女はそれまでの臆病な、美の誘惑にふるえていた態度を捨て、自分の美のためには自分を作った刺青師までをも〈肥料〉として犠牲にしてしまう残忍大胆な女に一変して生の歓喜と美の凱歌をうたいあげるという梗概だけでも、当時の文壇常識を破った、しかも西欧唯美派以外のなにものでもない香気をただよわした、奇異な作品であった。当時の常識としてはすでに古色蒼然、〈時代遅れ〉でしかなかった草双紙の世界が谷崎という言葉の魔術師によってまったく新しい西欧的耽美の世界として浮かびあがったことは、時代にたいして大きな驚きと感動を与えずにおかなかった。

およそ処女作というものは、それがすぐれた作品であればあるほど、その作家の将来への可能性を圧縮して秘めているために、構成的には一見はなはだ不整合にみえるばあいが多い。この作品もその弊をまぬがれ得ているとはいえない。しかしこの作品のなかに包蔵された文学上のテーマと作者の才能は、作品構成上のバランスの枠を越えあふれて、読者を（とくに明治末期の文壇人を）ゆさぶった。前記のように、この作品を中心として「麒麟」「少年」「幇間」「秘密」「象」「信西」の七編をまとめた短編集『刺青』が籾山書店から明治四十四年（一九一一）十二月に刊行される直前、「三田文学」誌上に発表された永井荷風の「谷崎潤一郎氏の作品」という評論は、これらの作品の文学史的位置のみならず谷崎の文壇的地歩をも確立させた。

谷崎の出現が当時の文壇およびその周辺にあたえた衝撃の強さを証言する事例は枚挙にいとまないが、ここでは新聞ジャーナリズムの反響の一例だけを挙げるにとどめよう。

単行本『刺青』が刊行された翌月、すなわち明治四十五年の新春早々、一月六日号の「東京日日新聞」に「四書の批評を懸賞募集す」という企画が載っている。〈読書趣味の鼓吹に力を致しつつある〉同新聞社が〈更に進んで書籍の懸賞批評を募集す〉というわけで、男爵後藤新平訳『官僚政治』、法学博士添田寿一著『富国策論』、慶応大学学長鎌田栄吉著『独立自尊』の三書と並べて、谷崎潤一郎著『小説刺青』を挙げているのである。

「右の四書は新刊書中より特に選定せるもの、野に下れる後藤男の訳に成る政治論、添田博士の経済論、さては鎌田学長の修養論、彗星のごとく文壇に出現したる谷崎氏の創作、いずれも辛亥思想界の偉なる産物たり。天下の読書子がこの四書を読破していかなる批評を試みんとするか。云々」

という謳い文句からも、当時の谷崎の出現にたいする関心の大きさをうかがい知ることができよう。（ちなみに同紙二月二十二日号に「四書批評の当選者」が発表され、「応募者の最も多かりしは刺青にして第二は官僚政治なり」と報告され、一等（三十円）がなく二等（二十円）二名。二等の一名は「刺青」の批評を書いた「府下田端一四八旭館内草間俊次郎」という人であった。新聞券二ヵ月分をもらった応募者のなかに「群馬県利根郡沼田町前田多門」の名もみえる。草間氏の論文は同二月二十九日から三月三日まで同紙に掲載されている）

「少年」――明治四十四年（一九一一）六月号「スバル」に発表された。前作「刺青」で提起された谷崎文学の主要テーマである女性賛美、生の恐怖、変態性欲的サデイズムの世界（それはとりもなおさずマゾヒズムの世界でもある）の官能美等は、遺憾なく作品上に構築され、谷崎じしんをして「『少年』は前期の作品のうちでは、一番キズのない、完成されたものであることを作者は信じる」といわしめている（前記「明治大正文学全集谷崎潤一郎篇解説」）。とくにこの作品に現われる小道具に注目してみよう。異人の女が毎日通ってくる西洋館の二階から洩れる、妖魔が笑い侏儒が踊っているような微妙な夢をいだかせるピアノ、部屋の中央につるされた大ランプの五色のプリズムで飾られた蝦色の傘、ナイヤガラの瀑布を想わせる重い緞子の帷、ジーと蟬のようにつぶやいたかと思うとたちまちキンコンケンと奇妙な音楽をかなでるマントルピースの上の置時計、蛇に巻き付かれて凄じい形相をしている（おそらくはラオコーンの）彫像、ピシピシと暗い闇に青白い光の糸を描き出す舶来の燐寸、魑魅魍魎の跋扈するようなさまざまな物の影を壁に長く大きく映し出す西洋蠟燭、等々。これらの西欧文明の所産にたいしていだく少年の恐怖に近い神秘感と息のつまりそうな憧憬の念は、わが国における明治という時代のもつ性格を鮮明に浮き彫りしていると同時に、谷崎じしんのなかにある西欧唯美主義にたいする飽くなき渇仰と傾斜の姿勢を物語っているといえよう。

「幇間」――明治四十四年（一九一一）九月号「スバル」に発表。他人への世辞と追従をもって職業とする幇間という存在は、いわばマゾヒズムを切り売りすることによって口に糊する人間といってよい。はじめは他人へのささやかな好意が喜びでその道にはいって行った好人物が、だんだん自我を失い、ついには自分のまじめな恋愛までをも客や芸者たち、なかんずく自分の愛している当の芸者までから遊びの対象としてもてあそばれ、いつのまにかそういうふうに侮蔑的に取り扱われること以外に生きる喜びを感じえなくなるという、被虐者心理の阿片性をみごとに描き出している佳編といえよう。女性賛美の対極として男性のなかに存在するこのような幇間性の剔抉は、多くの谷崎作品のなかで登場人物を色づけしている。

「秘密」――明治四十四年（一九一一）十一月号「中央公論」に発表。「新思潮」にはじまって「スバル」「三田文学」（明治四十四年十月号に「飈風」を発表し、ただちに発売禁止となる）と作品発表の場をひろげてきた谷崎が、当時〈文壇の登竜門〉といわれてわが国の文壇に大きな影響を与えつつあった「中央公論」の編集主幹・滝田樗陰の依頼をうけ、はじめて同誌上へ掲載された作品である。「一枚一円というその頃の新進作家としては優遇された原稿料を貰って、筆の生活の第一歩を踏み出した記念の作品である」と谷崎は後年なつかしんでいる（「明治大正文学全集谷崎潤一郎篇解説」）。

普通の刺激に慣れきった生活から脱却するために女装をして浅草の街中を歩くようになった主人公が、ある晩映画館で隣の席にかつて上海へ行く汽船のなかで知り合った女を発見する。その女に眼かくしされ、人力車でぐるぐる連れ回されてたどりついた女の家を、もう一度自分でつきとめて女の〈秘密〉をあばきだそうとする主人公の姿は、のちに谷崎をしてわが国の推理小説史上の中興の祖といわしめた多くの作品の先蹤（せんしょう）と見なしうるだろう。女の住居をつきとめえたとき、女の〈秘密〉はもはや何もなくなり、「凡（す）べての謎（なぞ）は解かれてしまった。私は其（そ）れきり其（そ）の女を捨てた」という一語はなかなか暗示的である。そして「私の心はだんだん『秘密』などという手ぬるい淡い快感に満足しなくなって、もッと色彩の濃い、血だらけな歓楽を求めるように傾いて行った」という結末は、ボードレールやワイルドの芸術至上的唯美主義が悪魔主義という呼称によって色づけされてゆく過程と同じ道を谷崎もたどってゆくであろうことを予知せしめるものがあった。

「悪魔」――明治四十五年（一九一二）二月号「中央公論」に発表。
「続悪魔」――大正二年（一九一三）一月号「中央公論」に「悪魔（続篇）」という題で発表された。

この二編の女主人公である照子は、当時谷崎が家を出て間借りしていた親類の、霊岸島にあった真鶴館という宿屋の若女将（おかみ）おすがその他からイメージを借りていると言われるが「刺青」の娘や「少年」の光子の系統を引く、谷崎好みの女性が、よりリアリスティックな形をとり、成熟した女として現われたものである。それは後年〈お艶〉とか〈お才〉〈ナオミ〉〈春琴〉〈颯子〉といった多くの女性となって谷崎文学中の性格の一つを代表することになる。

　ここで前に引用した「羹前書」中の谷崎の言葉を思い出していただきたいのであるが、たとえば主人公の佐伯が、照子の忘れて行った、鼻感冒(はなかぜ)の水洟(みずばな)をかんだハンカチをぺろぺろと舐(な)める場面などから「穢(きたな)いといって攻撃された」ことは、〈醜〉をも〈美〉の一属性として包摂しなければやまない唯美主義の当然の帰結である。西欧唯美主義が悪魔主義という呼称で色あげされてゆくのはキリスト教の神との対決としての結果であるが、わが国では牢固(ろうこ)とした因習的思惟(しい)、前近代的モラルとの対立という形しかとりえないところに、日本的耽美派美学のひよわさがあるといえよう。しかし谷崎の耽美派美学は、その根底に同じひよわさを持っていたとはいえ、当時の社会秩序にとっては良風美俗にたいする強烈な挑戦と見なされ、破壊的思想と考えられた。谷崎がこの作品以後〈悪魔主義者〉と呼ばれ、やがてはこの言葉の真の意味とは違った形で警保当局からマークされてゆくのである。

「神童」――大正五年（一九一六）一月号「中央公論」に発表。

「異端者の悲しみ」――大正六年（一九一七）七月号「中央公論」に発表。

　一人の少年が子供のときから〈神童〉と呼ばれ、小学校・中学校の教師たちから将来有為な人物となるであろうと期待され、自分もそれに応(こた)えるべく〈聖人〉たらんと精進することは、いうならば〈正統〉の道であろう。しかしその〈神童〉が堕落して、表面は神童の体面を保持しようと努めながらも裏面は悪魔の行為に身をゆだねている状態は、やはり〈異端〉として厳しく糾弾されねばならないであろう。谷崎の作品のうちでも自伝的色彩が濃いといわれるこの二編は、唯美主義者の心情告白として、きわだった特色をもっている。とくに「異端者の悲しみ」は因習的社会生活のなかに貧乏ながらも律義者として生きることに安住している家族と、異端者として生きるしかなくなった唯美主義者との対立関係を、アイロニカルな筆で克明に描いた秀作である。この作品は前年の大正五年八月に脱稿していたのであるが、親子の衝突、兄妹間の憎悪ぶりなどが、ひょっとしたら発禁の口実になるかもしれないという危惧があったので、一年近く篋底に秘めていたものである。じじつ大正五年には「恐怖時代」「亡友」「美男」の三編が発禁処分にあっている。すでに谷崎の唯美主義は単なる文学上の主義であるにとどまらず、社会にたいする大きな圧力として〈思想〉の域に達していたのであった。

同時代人の批評

谷崎潤一郎氏の作品

永井荷風

明治現代の文壇に於て今日まで誰一人手を下す事の出来なかつた、或は手を下さうともしなかつた芸術の一方面を開拓した成功者は谷崎潤一郎氏である。語を替へて言へば、谷崎潤一郎氏は現代の群作家が誰一人持つてゐない特種の素質と技能とを完全に具備してゐる作家なのである。

自分は氏の作品を論評する光栄を担ふに当つて、今日までに発表された氏の作品中殊に注目すべきものを列記して置かう。それは廃刊した新思潮第二号所載の脚本「象」。同誌第三号所載の小説「刺青（しせい）」。同第四号所載の小説「麒麟」。スバル第三年第八号所載小説「少年」。同第九号所載の小説「幇間」等である。然し谷崎氏は今正（まさ）に盛んなる創作的感興に触れつゝある最中なので、更に更に吾人をして驚倒せしむべき作品を続々公表されるに相違ない。けれども既に発表された前述の作品だけについて見るも、当代稀有の作家たることを知るに充分である。

脚本「象」は享保年間に於ける山王権現祭礼の行列と路傍の群衆とによつて江戸時代の空気を現さうとしたもので、寧ろ脚本の形式を採用した一場のスケッチと見るべきものであらう。又小説「刺青」は江戸の刺青師清吉が刺青に対する狂的な芸術的感興を中心にした逸話で、自分の見る処この一作は氏の作品中第一の傑作である。

　これ等の二小篇を見ても、谷崎氏の芸術は已に明治文壇の如何なる先輩の感化をも蒙つてゐない。また其の折々に文壇一般が唱道する芸術的法則や主張の影響をも受けず、全く氏自身の深い内的生命の神秘なる衝動から産れ来つたものである事が分る。氏の作品に対する上田先生の評語を借りて云へば作家の感激の背面には過去の文明が横つてゐるのである。其故に「象」に於ても「刺青」に於ても、谷崎氏は過去の時代を再現するに、歴史的考究の結果を披瀝して、外部生活の形式から過去の時代を描写して行くやうな旧式の方法を取る必要が少しもない。もし氏の作品中に歴史的考究があつたとすれば其れは文辞的形容に類するものに過ぎない。氏は常に驚くべき簡明なる文章を以て、直接に江戸の魂を摑んで此れを読者の前に指し示すのである。

　脚本「象」に於いて見るに、次のやうな簡単なる会話が巧みに、其の人物と時代と生活とを髣髴たらしめてゐる。

　職人体の男一。「その筈だあな。皆御神輿よりも象の花車を挽く所を見やうてんだ」

職人体の男二。「ちよつと半蔵門の方を見ねえ。まるで黒山のやうだぜ」

短編小説「刺青」に於ては其の書出しの一章を見るがよい。

其れはまだ人々が「愚」と云ふ尊い徳を持つて居て、世の中が今のやうに激しく軋み合はない時分であつた。殿様や若旦那の長閑な顔が曇らぬやうに、御殿女中や華魁の笑の種が尽きぬやうにと、饒舌を売る御茶坊主だの幇間だのと云ふ職業が、立派に存在して行けた程、世間がのんびりしてゐた時分であつた。女定九郎、女自雷也、女鳴神——当時の芝居でも草双紙でも、すべて美しい者は強者であり、醜い者は弱者であつた。誰も彼も挙つて美しからむと努めた揚句は、天稟の体へ絵の具を注ぎ込む迄になつた。芳烈な、或は絢爛な、線と色とが其頃の人々の肌に躍つた。

谷崎氏は小説「麒麟」の書き出しに於ても亦同じやうな一種独特の筆法を以て、先づ氏が語らうとする物語の気分をば、簡短なる数行の文章によつて巧みに此れを作り出してゐる。

西暦紀元前四百九十三年、孔子は数人の弟子達を車の左右に従へて、其の故郷の魯の国から伝道の途に上つた。泗水の河の畔には、芳草が青々と芽ぐみ、防山、尼丘、五峯の頂の雪は溶けても、砂を摑んで来る匈奴のやうな北風は、いまだに烈しい冬の名残を吹き送つた。元気のいい子路は紫の貂の裘を翻して一行の先頭に進んだ。考深い眼つきをした顔淵、篤実らしい風采の曾参が、麻の履を穿いて其の後に続いた。正直者の御者の樊遅は駟馬の銜を執りながら、時々車上の夫子が老顔を窃み視て、傷ましい放浪の師の身の上に涙を流した。

或日いよ〳〵一行が、魯の国境までやつて来ると、誰も彼も名残惜しさうに、故郷の方を振り顧つたが、通つて来た路は亀山の蔭にかくれて見えなかつた。すると孔子は琴を執つて、

われ魯を望まんと欲すれば
亀山これを蔽ひたり。
手に斧柯なし
亀山を奈何にせばや。

から云つて、さびた皺嗄れた声でうたつた。

自分は殊にこの「麒麟」の文章を以て、優にアナトオル、フランスの「タイス」や「バルブ、ブリウ」の書き出しにも比較し得るものと信ずる。若し此れを歌劇の舞台の幕明きに前奏されるプレリユードやウーヴエルチユールの管絃楽を聞くやうな心持にも譬へるならば、かの「刺青」の書き出しの如きは正しく三味線の前弾きであらう。

＊＊＊

谷崎氏の作品中には顕著に三個の特質が見出される。

第一は肉体的恐怖から生ずる神秘幽玄である。肉体上の惨忍から反動的に味ひ得らるゝ痛切なる快感である。「刺青」の主人公清吉は「人知らぬ快楽と宿願」とを持つてゐた。それは「人々の肌を針で突き刺す時、真紅に血を含んで腫れ上る肉の疼きに堪へかねて、大抵の男は苦しき呻き声を発したが、其の呻きごゑが激しければ激しい程、彼は不思議に云ひ難き愉快を感じるのであつた」。此の一篇は此の惨忍なる芸術家が深川の女の真白な肌に己が精神をこめた蜘蛛の刺青を施す事を主眼にしてゐる。「麒麟」の一篇に於ては、斉の霊公が愛妃南子夫人の為めに酷刑に処せられた罪人の群が血に染つて宮殿の階下に蠢いてゐる一節が挿入してある。稍々長き短篇小説「少年」の全篇は尽くこの肉体上の惨忍と恐怖とによつて作り上げられたものであるが、茲に注意すべきは、谷崎氏が描き出す肉体上の惨忍は如何に戦慄すべき事件をも、必ず最も美しい文章を以て美しい詩情の中に開展させてあるので、丁度吾々が歌舞伎劇の舞台から「殺しの場」を味ふと同様、飽くまでも洗練琢磨された芸術的感激しか与へないのである。此点が換言すれば、肉体上の記述から直ちに精神的なる神秘幽玄の気味を作り出す所以(ゆゑん)にもなり得るのである。自分はかゝる肉体上の恐怖から生ずる精霊の不安は、やがて茲に今一歩を進めるならば、容易に谷崎氏をしてボードレールやポーの境域を摩するに至らしめるであらうと信じてゐる。

「少年」の一篇には其の次の作「幇間」の殆ど骨子になつてゐるものと同様に、他人から受ける侮蔑が極度まで進んで来た場合には、却て一種痛切な娯楽慰安を感ぜしめるに至る病的の心理状態が、実に遺憾なく解剖されてゐる。自分は前述した肉体上の恐怖と此の屈辱に対する病的の狂愛とを合せて、谷崎氏の作品をば靡爛(びらん)の極致に達したデカダンスの芸術の好適例と見做(な)すのである。已(すで)にデカダンスの芸術と云ふ。然らば其の作家たる氏の人格感動思想の背面には遺伝的にあらゆる過去の文明の悩みが横つてゐる事は、改めて説明するまでもない。

谷崎氏の作品の第二の特徴は、全く都会的たる事である。江戸より東京となつた都会は氏の思想的郷土であるが故に、広く見れば氏の作品は全く郷土的であるとも云へる。郷土的精神の有無が凡て近世的芸術の製作に対して如何に重大なる関係を持つてゐるかは、ワグネルやイプセンやグリイグやダンヌンチオの作品を窺ふものゝ皆承知してゐる事である。自分は都会人たる谷崎氏の作品が著しく都会的である事を感ずるについて、嘗て上田敏先生が「渦巻」中に論じられた一節を思出さゞるを得ない。これは蓋(けだ)し何よりも有力に、文学者としての谷崎氏の人格の優秀なる事を証明するからである。「渦巻」第八回の終に云ふ。

憧憬の情は、春雄（渦巻の主人公の名称）をして斯の如く異邦の美、自然の変化を慕はしめたと共に、都会の複雑な興味にも触れしめて、郷土の精神をしみじみと感ぜしめた。敢てここに郷土の精神といふ。何となれば之は決して地方や田舎の独占物ではなく、文明の匂が行渡つてゐる都会にも、深く染込んでゐるものだからである。洗練され陶冶され彫琢された都会人の生活には、節制がある、訓練がある。而して其平静の裏面には意外の熱情も執着もあるものである。それが言語に身振に交際に風俗に自ら顕はれて、所謂都雅の風を為して居る。鋭敏の直覚を持つて居ると同時に、物の両面を公平に観察する能力は、人生に対して大様の態度を執らしめ、糠喜や、落胆や、狼狽等の醜い挙動をさせぬ。移住民の一代や二代では、とても模倣し難い此の精神の後景となるものは、鋭い神経の活動に耐へ得る心にして、始めて発見する事の出来る都会美の光景と人情とである。

都会人は芸術家が雛形を観る時のやうな眼を以て、人生を観察する。同情と透徹と、冷静と情趣との一見相矛盾した両極を、巧に調和して行けるのは、一国の文明を集中した地に生れた庇護である。これは如何に知識を積まうと、観察を鋭くしやうと、過去の文化の継承がない、無伝統の地方人に、ちよつくら模倣の出来ない芸である。春雄は幸ひにして徳川の文明と絶縁しない家庭に生れ、今日の乾

燥無味な画一教育にも害されなかつたので、生れの都会を解し且つ愛する事が出来た。云々

谷崎氏は正しく斯くの如くに「生れの都会を解し且つ愛する事が出来た」都会人の一人であらう。その作品の貴重なる所以は、全く此の都会的たる処に存するのであつて、其の作品の主材の取扱方は勿論、説話の順序、形式の整頓、些細なる一字一句の選択に至るまで、尽く其の特徴が現はれ溢れてゐる。

谷崎氏は特種なる其の境遇、修養、天稟の性情から得来つた新時代の特種なる個性的感激と、見えざる己れが過去の文明的遺伝の勢力とをば、不可思議なる何かの機会によつて、之を接触融合せしめた文芸上の一奇才である。自分は或批評家が氏の作「少年」を以て、泉鏡花氏の後を追ふものの如く論ずるのを聞いた事があるが、自分の見る処では、氏の都会的たると、鏡花氏の江戸的たるとは自ら別種の傾向を取つて居るものであつて、決して同一の種類に入れて論ずべきものではないと思ふのである。鏡花氏の作品から窺はれる江戸情調は全然ロマンチックの脚色構想から生じたもので、作者の意識や憧憬が時としては強ひて読者を此の情調の中に引入れやうと勉めてゐる点がある。谷崎氏に取つては都会的は直ちに氏の内的生命であつて、其れは知らず〳〵氏の芸術の根柢をなしてゐるのである。氏の都会的はロマンチズムでもなく、憧憬でもなく正に如何ともする事の出来ない「現実」であるのだ。されば両氏の作品中

に時として其の取材の方面から起る類似があつたにしても、その作品全体は全く別種のものとして、同一に論評する事は出来ない。各自の価値は各自について別々に吟味せねばならない。

最後に谷崎氏の作品の特徴とすべき所は、文章の完全なる事である。現代の日本文壇は人生の為めなる口実の下に全く文学的製作の一要素たる文章(スチール)の問題を除外してしまつた後なので、自分が今更斯(かく)の如き論議を提出するの愚を笑ふかも知れぬ。然し自分の見る処では、未だ能く辞句と文章と語格とを整頓し得ない文学的作品は、チョーサー以前と以後の英文学の如き、又マレルブによつて改革された仏文学の如きに鑑(かんが)みて、それは如何程立派なものであつたにしても要するに其の次の時代に来るべき完成品を誘起する準備期の未成品としてのみ専ら価値があるのである。今それ等の原始的作品から翻つて谷崎氏の文章に接すると、河岸の物揚場(ものあげば)を歩いた後、広い公園の中へでも入つたやうな心持がする。

谷崎氏は丁度「刺青」の主人公が人の肌の上へ一針一針墨を入れて行くやうに、時には少し誇張の癖を帯びはせぬかと危ぶまれるまでに、鮮明に物象を描写する。然し氏の文章の美は決して修辞の末技から起るものでなくて、尽く内部の感激から発してゐる事は、「幇間」に於ける隅田川の描写について見るがよい。

千住の方から黒い霞の底をくぐつて来る隅田川は、小松島の角で一とうねりうねつてまんまんたる大河の形を備へ、両岸の春に酔つたやうな慵げなぬまる水を、きら〳〵日に光らせながら一直線に吾妻橋の下に出て行きます。川の面は、如何にもふつくらとした鷹揚な波が、のたり〳〵とだるさうに打ち、蒲団のやうな手触りがするかと思はれる柔らかい水の上に、幾艘かのボートや花見船が浮んで、時々山谷堀の口を離れる渡し船は、上り下りの船列を横ぎりつつ、舷に溢れる程の人数を、絶えず土手の上に運んで居ます。

自分は谷崎氏ほど其の云はんとする処を云ふに当つて、先づ冷静沈着に其の云ふべき処の何物たるかを反省し、然る後最も適切なる辞句を選び出して、泰然自若として此れを筆にする人は恐らく他にあるまいと思ふ位である。その選み出す辞句には見当違ひもないと同時に、亦まぐれ当りもない。覘ひを定めて幻影の金的の只中を射通す名手の矢先きにも等しい。其れ故作品の内容が極めて病的傾向を示す場合にも、其の辞句は依然として明確に文脈は整然として乱れず、頗る簡勁雄渾の筆致を現はす事があるが、此れは矢張り「同情と透徹と、冷静と情熱との一見相矛盾した両極を、巧みに調和して」行く都会気質の一面かも知れない。

谷崎氏が斯の如く正確なる章句を連ねて、個性的特徴ある一篇の物語を組織する其の手腕の後を覘ふと、自分はそゞろに氏の芸術の荘重なる権威に打たれざるを得ない。谷崎氏は混沌たる今日の文壇に於て氏も育ちも共々に傑出した作家である。自分の評論の如きは敢て氏の真価を上下するものでない。上田先生は琢磨された氏の芸術に接して覚えず感泣せんと欲した。又或る会合の席上に於て森先生が「刺青」の作者の出席してゐるや否やを問はれた事のあつたのを自分は記憶してゐる。谷崎氏を崇拝するものは敢て自分のみではない。強ひて公平を粧はず常に偏狭なる詭弁を以て快としてゐる自分の以外に、自分はやがて谷崎氏の作品に対してもつと信用ある専門家の評論の出でん事を、広く文壇の為めに望んでゐるのである。

（此は谷崎氏が『飄風』を公表する以前に書いて置いたものである。其の後の作品については又改めて論ずる機会があるであらう）　九月三十日

本稿は、原文引用があることから、旧かなづかいのままとしました。（編集部）

年譜

明治一九年（一八八六）

七月二四日、東京市日本橋区（現、中央区日本橋芳町）蠣殻町二丁目一四番地に生まれた。父倉五郎、母関。次男だが、長男夭折。のち三男精二、四男得三、長女園、次女伊勢、三女末、五男終平が生まれた。家業は初め「米穀取引所の気配を刷る印刷所」であったが、のち仲買人となる。

明治二三年（一八九〇）　四歳

一二月、弟精二（早稲田大学名誉教授）が生まれた。

明治二五年（一八九二）　六歳

九月、日本橋区阪本小学校に入学。

明治三四年（一九〇一）　一五歳

三月、阪本小学校全科を卒業。四月、東京府立第一中学校（現、日比谷高校）に入学。在学中文芸部委員となり、しばしば学友会雑誌に詩、短文等を発表。

明治三五年（一九〇二）　一六歳

六月、教師の斡旋で築地（東銀座五丁目）精養軒の主人北村氏の住み込み家庭教師となった。九月、二年級の課程を越えて三年に進んだ。

明治三八年（一九〇五）　一九歳

三月、府立第一中学校卒業。九月、第一高等学校英法科入学。

明治四〇年（一九〇七）　二一歳

六月、北村氏の家を出た。同家の小間使と

の恋愛がしれたためである。これを機に文学で身を立てる決意を固め英文科へ転じた。親戚と小学校からの親友笹沼源之助の経済的補助を受けた。

明治四一年（一九〇八）　二三歳

七月、第一高等学校英文科卒業。東京帝国大学国文科入学。

明治四二年（一九〇九）　二三歳

このころ、作品を二、三書き投稿したが没となり、失望と焦慮のあまり神経衰弱にかかった。

明治四三年（一九一〇）　二四歳

九月、小山内薫、和辻哲郎、後藤末雄、木村荘太等と文学雑誌『新思潮』（第二次）を発行したが、直ちに発禁。同月、月謝滞納のため諭旨退学となった。同月、史劇「誕生」、一〇月、「象」、「The Affair of Two Watches」を、一一月、「刺青」を、一二月、「麒麟」を『新思潮』に発表。

明治四四年（一九一一）　二五歳

一月、戯曲「信西」を『スバル』に発表。三月、『新思潮』を廃刊。大学を退いてから居所が定まらず、放浪生活を続けていた。六月、「少年」を、九月、「幇間」を『スバル』に発表。一〇月、「飈風」（発禁）を『三田文学』に発表。一一月、永井荷風の激賞（『三田文学』「谷崎潤一郎氏の作品」）により文壇へ花々しく進出した。同月、「秘密」を『中央公論』に発表。一二月、短篇集『刺青』（所謂「胡蝶本」）を籾山書店より刊行。

明治四五年・大正元年（一九一二）　二六歳

二月、「悪魔」を『中央公論』に発表。四

月、京都に遊んだ。放蕩無頼な生活を送った結果、神経衰弱再発し、強迫観念に苦しんだ。同月、「朱雀日記」を『大阪毎日新聞』『東京日日新聞』に、七月「羹（あつもの）」を『東京日日新聞』（一一月で中絶）に連載。

大正二年（一九一三）　二七歳

一月、「続悪魔」を『中央公論』に発表。同月、短篇集『悪魔』を籾山書店より、『羹』を春陽堂より刊行。五月、戯曲「戀を知る頃」を『中央公論』に、九月、「熱風に吹かれて」を『中央公論』に発表。

大正三年（一九一四）　二八歳

一月、「捨てられる迄」を『中央公論』に発表。九月、「饒太郎」を『中央公論』に、一二月、「金色の死」を『東京朝日新聞』に発表。

大正四年（一九一五）　二九歳

一月、「お艶殺し（つやごろし）」を『中央公論』に発表。五月、石川千代と結婚。六月、戯曲「法成寺物語」を『中央公論』に発表。九月、「お才と巳之介」を『中央公論』に発表。一一月、「独探」を『新小説』に発表。

大正五年（一九一六）　三〇歳

一月、「神童」を『中央公論』に、「鬼の面」を『東京朝日新聞』に、三月、戯曲「恐怖時代」（発禁）を『中央公論』に発表。同月、長女鮎子生まる。五月、「父となりて」を『中央公論』、九月、「亡友」（発禁）を『新小説』、「美男」（発禁）を『新潮』に、一一月、「病蓐の幻想」を『中央公論』に発表。

大正六年（一九一七）　三一歳

一月、「人魚の嘆き」を『中央公論』に、「魔術師」を『新小説』に、二月、戯曲「鶯姫」を『中央公論』に発表。四月、『人魚の嘆き』（名取国三郎の挿絵のため発売禁止となったといわれる）を春陽堂より刊行。五月、母を喪う。七月、「異端者の悲しみ」（五年八月脱稿）を、九月、戯曲「十五夜物語」を『中央公論』に、同月、「女人神聖」を『婦人公論』（七年六月完結）に、一一月、「ハッサン・カンの妖術」を『中央公論』に発表。

大正七年（一九一八）　三三歳

二月、「兄弟」を『中央公論』に、三月、「人面疽」を『新小説』に、四月、「二人の稚児」を『中央公論』に、五月、「金と銀」を『黒潮』（後半、七月、『中央公論』別冊に「二人の藝術家の話」として）に、八月、「小さな王国」を『中外』に、九月、「嘆きの門」を『中央公論』に、一〇月、「柳湯の事件」を『中外』に発表。一一月上旬、単身中国旅行に赴いた。一二月末、帰国。

大正八年（一九一九）　三三歳

一月、「母を恋ふる記」を『大阪毎日新聞』『東京日日新聞』に、二月、「蘇州紀行」を『中央公論』に発表。同月、父を喪う。六月、「富美子の足」を『雄弁』（七月完結）に発表。九月、「或る少年の怯れ」を『中央公論』に発表。同月、『近代情痴集』（永井荷風序）を新潮社より刊行。一二月、神奈川県小田原に転居。

大正九年（一九二〇）　三四歳

一月、「鮫人」を『中央公論』に、四月、「藝術一家言」を『改造』に発表。五月、大正活映株式会社（横浜）が創立され、脚本部顧問に招聘(しょうへい)された。六月、処女作シナリオ「アマチュア倶楽部」を書き、七、八月の二か月を費して撮影、一一月、有楽座で公開。つづいて泉鏡花の「葛飾砂子」を脚色撮影した。

大正一〇年（一九二一）　三五歳

一月、『潤一郎傑作全集』（全五巻）を春陽堂より刊行。三月、「私」を『改造』に、「不幸な母の話」を『中央公論』に発表。同月、「雛祭の夜」を撮影、つづいて「蛇性の婬」を脚色製作した。八月、「AとBの話」を『改造』に発表。九月、横浜本牧に転居。一一月、大正活映との関係を絶った。一二月、戯曲「愛すればこそ」（第一幕）を『改造』に発表。

大正一一年（一九二二）　三六歳

一月、戯曲「堕落」（「愛すればこそ」第二・三幕）を『中央公論』に、三月、「青い花」を『改造』に、六月、戯曲「お国と五平」を『新小説』に、七月、戯曲「本牧夜話」（三幕）を『改造』に発表。同月、帝国劇場で自作「お国と五平」を演出した。

大正一二年（一九二三）　三七歳

一月、戯曲「愛なき人々」を『改造』に、「アヹ・マリア」を『中央公論』に、「肉塊」を『東京朝日新聞』（四月完結）に、「神と人との間」を『婦人公論』（一三年一二月完結）に発表。九月、箱根で関東大震災に遭い、同月末、一家を挙げて関西に移住した。

大正一三年（一九二四）　三八歳

一月、戯曲「無明(むみょう)と愛染(あいぜん)」（第一幕）を『改造』（三月、第二幕）に、三月「痴人の愛」を『大阪朝日新聞』（六月まで連載）

に、一一月、「痴人の愛」（続篇）を『女性』（一四年七月完結）に発表。

大正一四年（一九二五）　三九歳

一月、戯曲「マンドリンを弾く男」（一幕）を、四月、「蘿洞先生」を『改造』に発表。七月、『痴人の愛』を改造社より刊行。一一月、「馬の糞」を『改造』に発表。

大正一五年・昭和元年（一九二六）　四〇歳

一月、「友田と松永の話」を『主婦之友』（五月完結）に発表。同月、長崎より上海に遊び二月帰国。五月、「上海見聞録」を『文芸春秋』に、「上海交遊記」を『女性』（八月完結）に、八月、「青塚氏の話」を『改造』（一二月完結）に発表。

昭和二年（一九二七）　四一歳

一月、「顕現」を『婦人公論』（三年一月完結）に、二月、「饒舌録」を『改造』（一二月完結）に発表、芥川龍之介と論争する。同月、『谷崎潤一郎集』（現代日本文学全集第二四編）を改造社より刊行。七月、芥川龍之介自殺。

昭和三年（一九二八）　四二歳

二月、『谷崎潤一郎篇』（明治大正文学全集第三五巻）を春陽堂より刊行。三月、「黒白」を『朝日新聞』に、「卍（まんじ）」を『改造』（五年四月完結）に、五月、「続蘿洞先生」を『新潮』に、一二月、「蓼喰ふ虫」を『大阪毎日新聞』『東京日日新聞』（四年六月完結、小出楢重挿画）に発表。

昭和四年（一九二九）　四三歳

一一月、「現代口語文の欠点について」を『改造』に発表。同月、『蓼喰ふ虫』を改造社より刊行。

昭和五年（一九三〇）　四四歳

三月、「乱菊物語」（北野恒富挿画）を『朝日新聞』（九月前篇終り）に、四月、『谷崎潤一郎全集』（全一二巻）を改造社より刊行（六年一〇月完結）。八月、千代夫人と離婚。秋、吉野へ旅行する。

昭和六年（一九三一）　四五歳

一月、「吉野葛」を『中央公論』に、四月、「恋愛及び色情」を『婦人公論』に発表。同月、『卍』を改造社より刊行。同月古川丁未子（とみこ）と結婚。五月、夫人を伴い、高野山泰雲院に滞留した。九月、「盲目物語」を『中央公論』に、一〇月、「武州公秘話」を『新青年』（七年一一月完結）に、一一月、「永井荷風氏の近業について」（「『つゆのあとさき』を読む」と改題）を『改造』に、「佐藤春夫に与へて過去半生を語る書」を『中央公論』に発表。

昭和七年（一九三二）　四六歳

二月、「私の見た大阪及び大阪人」を『中央公論』（四月完結）に発表。同月、『盲目物語』を中央公論社より、四月、『倚松庵随筆』を創元社より刊行。九月、「青春物語」を『中央公論』（一〇月以後「若き日のことども」と改題、八年三月完結）に発表。一一月、「蘆刈」を『改造』に発表。

昭和八年（一九三三）　四七歳

三月、「『藝』について」（「藝談」と改題）を『改造』に発表。五月、丁未子夫人と別居。六月、「春琴抄」を『中央公論』に、八月、戯曲「顔世」を『改造』（一〇月完結）に発表。一二月、「陰翳礼讃」を『経済往来』（九年一月完結）に発表。

昭和九年（一九三四）　四八歳

一月、「東京をおもふ」を『中央公論』（四月完結）に発表。三月、根津松子と同棲。四月、松子、根津から森田姓に復帰。一〇月、丁未子夫人と離婚。一一月、『文章読本』を中央公論社より刊行。

昭和一〇年（一九三五）　四九歳

一月、「聞書抄」を『大阪毎日新聞』『東京日日新聞』に発表。同月、森田（根津）松子と結婚。五月、『摂陽随筆』を中央公論社より刊行。九月、「源氏物語」現代語訳の執筆を始めた。一〇月、『武州公秘話』を中央公論社より刊行。

昭和一一年（一九三六）　五〇歳

一月、「猫と庄造と二人のをんな」を『改造』（七月、後半）に発表。六月、六部集『蓼喰ふ虫』を創元社より刊行。

昭和一二年（一九三七）　五一歳

二月、六部集『盲目物語』（安田靫彦挿画）を創元社より刊行。六月、帝国芸術院会員となる。七月、上製本『猫と庄造と二人のをんな』（安井曾太郎装釘挿画）を、一二月、六部集『吉野葛』を創元社より刊行。

昭和一三年（一九三八）　五二歳

九月、現代語訳「源氏物語」（三三九一枚）を山田孝雄の校閲を経て脱稿した。準備に二か年、執筆に三か年計五か年を費した。

昭和一四年（一九三九）　五三歳

一月、「源氏物語序」を『中央公論』に発表。同月、『潤一郎訳源氏物語』（全二六巻、一六年七月完結）を中央公論社より刊行。

昭和一六年（一九四一）　五五歳

七月、日本芸術院会員となる。

昭和一七年（一九四二）　五六歳

六月、「初昔」を『日本評論』（九月完結）に、「きのふけふ」を『文芸春秋』（一一月完結）に発表。この年「細雪」の執筆を始めた。

昭和一八年（一九四三）　五七歳

一月、三月、「細雪」を『中央公論』に連載し始めたが、検閲当局の圧迫によって六月以後は掲載禁止となった。一二月、六部集『聞書抄（第二盲目物語）』を創元社より刊行。

昭和一九年（一九四四）　五八歳

四月、兵庫県魚崎町より熱海市西山に疎開した。七月、『細雪』上巻を二百部限定自費出版して、友人知己に頒った。一二月、「細雪」中巻（五四四枚）の稿が成ったが、軍当局の干渉によって印刷頒布を禁ぜられた。

昭和二〇年（一九四五）　五九歳

五月、岡山県津山に避難した。七月、更に同県勝山町に疎開。八月一三日、永井荷風と会った。一〇月、終戦後初めて上京。

昭和二一年（一九四六）　六〇歳

三月、単身上洛。八月、『細雪』上巻を中央公論社より刊行。同月、「磯田多佳女のこと」を『新生』に発表。一一月、京都市左京区南禅寺下河原町に転居。新居を潺湲亭（前の）と名付けた。

昭和二二年（一九四七）　六一歳

一月、「『潺湲亭』のことその他」を『中央公論』に発表。三月、『細雪』中巻を中央公論社より刊行。同月、「細雪」下巻を『婦人公論』（二三年一〇月完結）に発表。一一月、『細雪』により、毎日出版文化賞を受けた。

昭和二三年（一九四八）　六二歳

三月、『都わすれの記』（歌集）を創元社より刊行。五月、前後七年に亙った「細雪」を脱稿した。一二月、『細雪』下巻を中央公論社より刊行。

昭和二四年（一九四九）　六三歳

一月、『細雪』により、二三年度朝日文化賞を受けた。同月、「月と狂言師」を『中央公論』に発表。五月、左京区下鴨泉川町に転居（後の潺湲亭）。一一月、第八回文化勲章を授与された。一二月、「少将滋幹の母」を『毎日新聞』（二五年三月完結）に発表。

昭和二五年（一九五〇）　六四歳

一月、「A夫人の手紙」（二一年秋の執筆であったが、CIEの検閲により発表できなかった）を『中央公論』文芸特集号に発表。二月、熱海市仲田に別邸を求め、雪後庵（前の）と名付けた。健康上の理由から夏冬をここで過すことが多くなった。三月、『月と狂言師』を中央公論社より、六月、『颱風』（発禁作品集）を啓明社より、七月、『谷崎潤一郎作品集』（全九巻）を創元社より、八月、『少将滋幹の母』を毎日新聞社より刊行。

昭和二六年（一九五一）　六五歳

一月、「元三大師の母――乳野物語――」を『心』（三月完結）に、「『篁日記』を読む」（「小野篁妹に恋する事」と改題）を

『中央公論』に発表。五月、『潤一郎新訳源氏物語』（全一二巻）を中央公論社より刊行。

昭和二七年（一九五二）　六六歳

この年健康を害し専ら静養に努める。

昭和二八年（一九五三）　六七歳

六月、『谷崎潤一郎集』（昭和文学全集第一期）を角川書店より、九月、『谷崎潤一郎文庫』（全一〇巻）を中央公論社より刊行。

昭和二九年（一九五四）　六八歳

二月、『続谷崎潤一郎集』（昭和文学全集第二期）を角川書店より刊行。四月、熱海市伊豆山鳴沢に転居（後の雪後庵、三四年頃より湘碧山房とも称した）。七月、「潤一郎新訳源氏物語」を脱稿。

昭和三〇年（一九五五）　六九歳

四月、「幼少時代」を『文芸春秋』（三一年三月完結、鏑木清方挿画）に、一一月、「過酸化マンガン水の夢」を『中央公論』に発表。

昭和三一年（一九五六）　七〇歳

一月、「鍵」（板画棟方志功）を『中央公論』（一二月完結）に、二月、「鴨東綺譚」を『週刊新潮』（六回にて第一部完）に発表。一二月、『鍵』を中央公論社より刊行。暮に京都下鴨の邸（やしき）を処分する。

昭和三二年（一九五七）　七一歳

二月、「欧陽予倩君の長詩」を『心』に発表。三月、『幼少時代』を文芸春秋新社より刊行。七月、「老後の春」を、九月、「親不孝の思ひ出」（二回中絶）を『中央公論』に発表。一二月、『谷崎潤一郎全集』（全三〇巻）を中央公論社（三四年七月完結）より刊行。

昭和三三年（一九五八）　七二歳

二月、「残虐記」を『婦人公論』（一一月、第一〇回中絶）に発表。

昭和三四年（一九五九）　七三歳

四月、「高血圧症の思ひ出」を『週刊新潮』（六回完結）に発表。一〇月、「夢の浮橋」を『中央公論』に、一一月、「文壇昔ばなし」を『コウロン』（三回完結）に発表。

昭和三五年（一九六〇）　七四歳

二月、『夢の浮橋』を中央公論社より刊行。九月、「三つの場合（阿部さんの場合）」を『中央公論』に発表。一〇月、狭心症にて東大上田内科に入院（一二月退院）。一一月、「三つの場合（岡さんの場合）」を『中央公論』に発表。この年、年来の友笹沼源之助、吉井勇、和辻哲郎、古川緑波を喪う。

昭和三六年（一九六一）　七五歳

二月、「三つの場合（明さんの場合）」を『中央公論』に、三月、「当世鹿もどき」を『週刊公論』（七月完結）に発表。四月、『三つの場合』を中央公論社より刊行。一一月、「瘋癲老人日記」（板画棟方志功）を『中央公論』に発表。同月、『谷崎潤一郎集』（昭和文学全集新装カスタム版）を角川書店より刊行。

昭和三七年（一九六二）　七六歳

五月、『瘋癲老人日記』を中央公論社より刊行。同月、随筆「四季」（六篇）を『朝日新聞PR版』（六月まで連載）に、一一月、「台所太平記」を『サンデー毎日』（三八年三月完結）に発表。

昭和三八年（一九六三）　七七歳

一月、『瘋癲老人日記』により昭和三七年度毎日芸術大賞受賞。二月、随筆（五篇）を『朝日新聞PR版』（三月まで連載）に発表。四月、『台所太平記』を中央公論社より、『谷崎潤一郎集』㈡（日本現代文学全集）を講談社より刊行。同月、伊豆山の邸を処分し、熱海市西山（吉川英治氏別邸）に転居。六月、「雪後庵夜話」を『中央公論』（九月完結）に発表。

昭和三九年（一九六四）　七八歳

一月、「おしゃべり」を『婦人公論』に、「続雪後庵夜話」を『中央公論』に発表。二月、新かなづかいによる『谷崎潤一郎』㈠（日本の文学）を中央公論社より刊行。六月、日本人としては最初の全米芸術院・米国文学芸術アカデミー名誉会員となる。七月、神奈川県湯河原町吉浜字蓬ヶ平に新築移転。湘碧山房と名付ける。一一月、『新々訳源氏物語』（全一〇巻、四〇年一〇月完結）を中央公論社より刊行。

昭和四〇年（一九六五）　七九歳

二月、東京医科歯科大学附属病院に入院。三月退院。五月、最後の上洛。七月三〇日、腎不全から心不全を併発し、湯河原の自宅にて逝去。八月三日、青山葬儀所にて葬儀。「にくまれ口」（絶筆）が『婦人公論』九月号に、「七十九歳の春」（絶筆）が『中央公論』九月号にそれぞれ発表された。九月二五日、京都市左京区鹿ヶ谷法然院に葬る。戒名安楽寿院功誉文林徳潤居士。一一月六日、百か日法要の日に東京都豊島区染井墓地慈眼寺の両親の墓に分骨。芥川龍之介の墓と背中合せである。

本書は、角川文庫旧版（一九七〇年七月十日改版初版）を底本とし、中央公論社版『谷崎潤一郎全集』（一九八一―一九八三）ほかを参照して、原文を新字・新かなづかいに改めました。

本文中には、気狂、盲、侏儒、癩病、乞食、狂人、発狂、盲目、低能、癲癇、気違い、跛、支那、魯鈍、畸形的、傴僂、乞食非人、片輪、狂気、聾といった、今日の医療知識や人権擁護の見地に照らして、不適切と思われる語句や表現がありますが、作品舞台の時代背景や発表当時の社会状況、また、作品の文学性や著者が故人であることなどを考え合わせ、底本のままとしました。

（編集部）

刺青・少年・秘密

谷崎潤一郎

昭和45年 7月10日　初版発行
令和3年 2月25日　改版初版発行

発行者●堀内大示

発行●株式会社KADOKAWA
〒102-8177　東京都千代田区富士見2-13-3
電話　0570-002-301（ナビダイヤル）

角川文庫 22545

印刷所●株式会社暁印刷
製本所●株式会社ビルディング・ブックセンター

表紙画●和田三造

●お問い合わせ
https://www.kadokawa.co.jp/（「お問い合わせ」へお進みください）
※内容によっては、お答えできない場合があります。
※サポートは日本国内のみとさせていただきます。
※Japanese text only

Printed in Japan
ISBN 978-4-04-110974-8　C0193

◇◇◇